中国作协重点作品扶持项目

鹤蜚 著

山东文艺出版社

图书在版编目（CIP）数据

娜样红 / 鹤蜚著. —济南：山东文艺出版社，2020.1
ISBN 978-7-5329-5887-0

Ⅰ.①娜… Ⅱ.①鹤… Ⅲ.①长篇小说—中国—当代
Ⅳ.①I247.5

中国版本图书馆CIP数据核字（2019）第132743号

娜样红

鹤　蜚　著

主管部门	山东出版传媒股份有限公司
出版发行	山东文艺出版社
社　　址	山东省济南市英雄山路189号
邮　　编	250002
网　　址	www.sdwypress.com

读者服务	0531-82098776（总编室）
	0531-82098775（市场营销部）
电子邮箱	sdwy@sdpress.com.cn

印　　刷	山东德州新华印务有限责任公司
开　　本	710毫米×1000毫米　1/16
印　　张	21　插页/2
字　　数	270千
版　　次	2020年1月第1版
印　　次	2020年1月第1次印刷
书　　号	ISBN 978-7-5329-5887-0
定　　价	48.00元

我们出发，只为信仰！

——题记

前　言

一九二七年夏天的大连闷热无雨。整个夏天里，人们都在翘首祈盼着滚滚的雷声撕破天际，祈盼着甘霖遍洒大地，而滚圆的太阳却依然在天空中悬荡，像久孕不生的女人腆着肚子招摇过市。这个夏天，中华大地乱象丛生，军阀混战将南方的战火生成阴霾，将北方的城邦幻化成无疆的野心，山河破碎的悲伤在阳光下暴晒、裂变、破碎，而乱世纷呈下的革命热潮却暗流涌动。

在受日本殖民统治的大连，南部海滨一个叫黑石礁的地方有个小广场。从小广场穿过去，有一条通往海边的靠海小街，它有一个浪漫的名字叫浪花街。这个夏天，在浪花街深处住着一位来自江南的女子，她只有二十岁，是一名年轻的共产党员，名字叫安娜。

那时候安娜没有想到，多年以后，当她重新回到黑石礁的时候，她住过的那条小街，因为她，有了一个光荣而骄傲的新名字——红星街。

红星街！多么响亮的名字啊！

目录

第一章

娜样红

1

安娜得到情报，大连各区的警察局正在秘密集结准备联动，下午要在全市进行大搜捕。自从奉系军阀张作霖在北平逮捕了中共北方区负责人李大钊，大连地下党组织上报给北方区委的材料被搜出，报告中的一些内容被公开登在报纸上后，大连有地下党活动的消息就已被披露。安娜曾经在《盛京时报》上看到过这些消息。加之不久前，青运部长武长胜在码头上秘密进行共产主义宣传时被逮捕，从他身上搜出了共产党地委刊物《大连人民》，日本当局更加确信大连有一个活跃的地下党组织。由于叛徒出卖，多名地下党员接二连三遭到逮捕，大连地下工作的形势越来越严峻。夏贺功每次开会都强调：大家要小心再小心，尽量单线联系，传递情报、接受任务时都要严格按要求进行，不能有半点纰漏，否则随时有生命危险。几天前，牛文礼奉命到西山水库去执行任务，约定的时间过了，接头的人还没来，他猛然想起夏贺功的叮嘱，匆忙躲进山林里。果然，不一会儿警察来了，惊得他出了一身冷汗。

那天早晨，夏贺功告诉安娜，让她随时做好撤退准备。看到安娜眼神里的恐惧，他把后半句"甚至做好牺牲的准备"咽了回去。夏贺功已经把一些秘密文件处理掉了。安娜也感觉到了危险的临近，但她并不知道，日本当局已经得到密报，正准备进行"大收网"行动，要把大连地下党一网打尽。

安娜在圣德公园里得到情报的一瞬间，还有些发蒙，接着她就像一个突然疯掉的女人，拼命地奔跑起来。如果不是十万火急，安娜绝不会在正午的大太阳底下像受惊的兔子那样玩命狂奔。她不停奔跑的脚步声在正午空旷的街道上回荡，咚咚咚咚，锤子一样击打着大地的胸膛。

八月的大连正赶上天气最炎热的时节，又逢干旱，连续几个月不见星点雨滴，天地万物似乎都被烤化、烘干，一碰就灰飞尘扬。正午时分，没有风，远远看去，黑石礁海面上波澜不惊，海风像被惯坏的孩子一样懒散、任性，不肯掀动哪怕一丝一缕的波纹。日头使出恶毒的招数，仿佛要蒸发掉天地间每一滴水珠。曾经的清风细雨好比负心的汉子，突然就坏了心肠，挽着放荡女人的腰肢扬长而去，一条道儿走到黑，再也不肯回头。

安娜从黑石礁车站下了电车，穿越小广场后飞奔向浪花街。她把蓝花布围巾胡乱地遮盖在头上，一只手捂住胸口，像是怕心脏从胸口蹦出来，另一只手紧紧攥着一个装满馒头的小篮子，生怕里面的馒头掉出来似的。此时，浪花街上少有行人，人们都躲在屋子里，仿佛自己是一滴水，只要一露面就会立即被热辣辣的太阳蒸发掉。如果这时候有人在大街上飞跑，一定会让人费解，甚至引起怀疑。安娜突然意识到这点，回头看看自己一路跑来带起的灰尘，自己的行为的确太反常了。

安娜跑得喉咙干渴，跑得几近虚脱。她感觉自己是那样无力和无助，就像一个在礁石上贪婪挖刨的赶海女人，突然发现大海已涨潮，自己却被困在礁石上，四周暴涨的海水马上就会淹没自己。安娜有种窒息的感觉，此刻只有她自己知道心里有多么焦急、多么恐惧。

是的，她从没有想过自己会如此恐惧。

安娜拼命地往浪花街下屯巷的家中跑去，蓝底白花的旗袍紧紧地裹着她的腰身，让她跑起来非常吃力。她扯开旗袍的下摆，全然不顾地大步跑着，浑身上下大汗淋漓。慢慢地，她感觉到虚脱、无力，似乎再也跑不动了，但是她知道她不能停，她害怕遛腿小山上的枪声在浪花街上响起，更害怕失去她的爱人夏贺功。夏贺功就是她的命，是她在这个混沌的世界里唯一的那丝光亮，如果没有了夏贺功，她不知道自己怎么活下去，更别谈什么革命了。她有那么多的理想和抱负都要和夏贺功一起实现，现在她知道夏贺功面临危险，她要做的就是冲到他跟前，与他一起面对。他们曾经发誓，今生今世都要在一起，一起生，一起死。安娜一边跑着，一边警觉地观察着周围。真奇怪啊，整个黑石礁一片寂静，真是太寂静了，这寂静让人害怕。她想起寒潮说的话，让她尽快离开大连，不要回家。但此时，她脑子里全是夏贺功，她还没有和他告别，他们今后要去哪里、要做什么，他都没有交代，自己怎么可以离开他？她拼命跑着，希望所有的担心都是自己吓唬自己。无论发生什么，她都一定要和夏贺功在一起。

安娜咚咚咚咚的脚步声和她乱糟糟的心跳声在正午的黑石礁浪花街上回荡，在天地间回荡。她努力按捺着惶恐不安的心跳，拼命地跑着，跑着。终于，她看到自己家的房子和不远处的大海了。远远看去，一切都好，一切都好！她松了口气，下意识地放慢了脚步，感觉自己似乎过于紧张了。寒潮还说什么会遭遇不测，可眼下不是一切都好吗？

安娜在浪花街口停下来，就像一条从海里蹦到陆地上的新鲜而绝望的皮匠鱼，一下又一下地蹦着，直到没有力气。她的旗袍已然湿透，蒸笼一样冒着热气。她弯下腰，一只手按在膝盖上，另一只手按住狂跳不已的胸口，力图平复剧烈的心跳和急促的喘息。安娜擦擦脸上的汗水，想看清楚周围的一切，眼睛却越发模糊。她掀开小篮子上的蓝底花布，伸手摸了摸那些馒头，像是摸到刚刚孵出来的小鸡雏，它们一个个胖乎乎的，没心没肺地挤在一起。两个点着红点的馒头，混在一堆馒头里，像是鸡雏里拱出的稚气调皮的小猴子，不时地眨眼看着她。突然，寂静的浪花街上传来一声枪响，接着是更多更凌乱的枪声，安娜抱紧小篮子，下意识地躲进路边的一片小树林里。

枪声是从家的方向传来的，安娜朝不远处那排平房张望。突然，她看见夏贺功出现在屋顶上，只见他飞快而灵巧地跳跃着，往黑石礁河的方向奔去，几个持枪的人在下面边追赶边向屋顶射击。夏贺功跳跃着躲避子弹，像暴风雨中穿梭的海鸥，忽上忽下地飞翔。安娜焦急万分，她不明白夏贺功为什么要跑到屋顶上，这不明摆着要把自己暴露在敌人眼皮底下吗？她远远地跟着夏贺功，追着他的方向跑过去。

有汽车开进浪花街，一大群警察从车上跳下来，冲进下屯巷。安娜穿过小树林，迅速地从下屯巷拐进相反方向的上屯巷。上屯巷是别墅区，地势高，地段好，可以俯瞰周围的一切。

上屯巷此刻静悄悄的，好像下屯巷的枪声在这里遭了隔绝，好像下屯巷飞来飞去的子弹是天空中乱窜的麻雀。别墅们像是互相约好了，都静静地躲在青藤缠绕鲜花环抱的院落里，没有任何响动，也没有任何人出来观望。大家似乎都躲在暗处，仿佛枪声就是通往死亡墓地的灵幡，没有人愿意迎接这样的召唤。安娜在小巷里快速地跑着，感觉身后像是有人追上来了，她跑得越快，那追赶的脚步声越近。她不知道自己要到哪里去，不知道身后追赶的是什么人，只觉耳边有什么东西不断滑过，是子弹！她不顾一切地跑着。突然，她感觉有人从背后猛地击了她一掌。她下意识地用手一摸，手上全是血。她的左臂钻进了一颗子弹，弹孔正在往外冒血，撕心裂肺般的疼痛接踵而至。她把花头巾缠到伤口上，目光蛇一样地穿梭进曲里拐弯的上屯巷深处，最后停留在一扇棕黑色的院门前。

2

安娜推了推棕黑色院门，门虚掩着。她听到身后越来越近的叫喊声，迅速地闪进院子，关上了院门。

院子里像大雪过后的深夜般静谧，让人不安。安娜环顾四周，院墙上爬满了茂密的藤萝，院子里花草正旺。她把手里的篮子藏到花丛中，躲到墙角警觉地往外面看去。安娜看着外面的人跑远了，刚刚缓口气，突然想起夏贺功还在房顶上跑着。夏贺功已经跑到了那排平房的尽头，再往前，就是黑石礁宽阔的河。

几路人马向夏贺功包围过去，他被逼到黑石礁河边，那里正是黑石礁河入海口，前方就是开阔的黑石礁大海。

夏贺功被逼停在河岸的堤坝处，一群人对着他疯狂叫喊着。他猛然转过身来，脸在阳光下显得格外红。他抬头看了看头顶上火辣辣的大太阳，像是要喊什么，却终究没有喊出来。看着聚拢过来的便衣警察，他确定自己已无退路。在一片叫喊声中，他把手里的枪高高地举过头顶，假意投降。四周安静下来，夏贺功四下里看了看，然后把头扭向一边，朝着黑石礁浪花街的方向看过去，似乎要把最后一眼留在家的方向。安娜远远地看着他，心一下子抽紧了，她感到了绝望，仿佛浑身的血液都凝固了。安娜知道，夏贺功那一眼，不仅有爱怜，有诀别，更有万般的不舍和赴死的悲壮。那一眼，仿佛一下子洞穿了安娜所有的岁月。一瞬间，安娜恍然大悟，她终于明白为什么夏贺功要跑到屋顶上了。那是为了给她报信！他一定知道自己马上就要回来，所以不合情理地跑到屋顶上引诱敌人开枪，以引起自己的警觉。顿时，安娜的心有种被撕裂开的疼痛。

在不断逼近的敌人面前，夏贺功果断地转过身去，纵身跳进了黑石礁河湍急的水流中。在他的身体碰撞水面发出响亮水声的那一瞬间，河岸上响起了密集而交错的枪声，子弹像冰雹一样噼里啪啦砸向河里。夏贺功跌落河底，眼前是道道金光，后背像钻进无数钢针，河水已经染成红色，他知道，他被打中了。他在水底憋气憋得难受，用力地浮上水面，河面上又重新乱作一团，子弹再一次射入河中，水面上喷溅起混乱不堪的水花，水花中闪耀着刺目的红。夏贺功重新跌落河底，子弹追击着他，腾起的水花像被雷管炸飞的鱼群，张扬地跳跃出水面，拼命地挣扎，无力地喘息。

夏贺功在湍急的河里挣扎着，顺流而下，通过河海交汇处，翻滚进开阔的黑石礁大海深处，他已感觉不到任何疼痛……

在子弹射向水面的刹那，安娜不由得尖叫起来，如果不是一只大手从背后一把捂住她的嘴巴，整个黑石礁都将听到她绝望的叫声。

3

安娜是按照夏贺功的指示去和寒潮接头的。在圣德公园内一个叫遛腿小山的地方，安娜第一次见到了传说中的寒潮。最初听到"寒潮"两个字时，她下意识地打了一个寒战，仿佛真的遭遇了一场寒潮，她不由得想起冬天里在黑石礁海边亲身经历过的那次寒潮。那是多么冷酷暴烈的一场寒潮啊，大地封冻，大海咆哮，天地混浊，风暴肆虐，那是安娜第一次在黑石礁领略真正的寒潮。那日刚好是正月十五，恰逢天文大潮，猛烈无比的强风裹挟着雨雪袭击了黑石礁。强风卷起惊涛巨浪，激怒的海浪拍打着礁石，飞溅起几十米高的水花，好像要把那些活过千百年的黑色礁石悉数击碎。那些来不及拖上岸的小渔船，被拍岸的浪涛撞击得粉碎，像除夕夜里鞭炮炸开的碎屑，更像被击碎了的皇朝旧梦，残破不堪，再也无法拾掇起来。

安娜朝着圣德公园走去，远远就看到了公园门前两棵高大的洋槐树，她清楚地记得五月槐花盛开的时候，她曾经和夏贺功一起来到公园里赏槐。赏花是假，执行秘密任务是真。那时候，公园里到处都是前来赏槐的日本人，他们把他乡当成故乡，把别人的家当成自己的家，聚集在槐树下怡然自得地嗅着花香，一个个都是陶醉的模样，这让安娜的心里充满愤懑。

第一次看到槐花开放，安娜不由得想起家乡的梓树。梓树褐色或黄灰色的树皮与槐树有几分相似。不过，梓树端正，冠幅开阔，叶大荫浓，春夏黄花满树，秋冬荚果悬挂，十分好看。相比梓树，槐树除了芬芳的花香并无更多迷人之处。大连的槐树大多是姿态粗鄙的刺槐，只有圣德公园门口的两棵洋槐树，以其高大俊秀的腰肢和繁茂的串串花朵惹人喜爱。安娜看着洋槐，似乎还沉醉在它的芳香之中。槐花才开过不久，转眼已是盛夏。时间过得太快了，来大连已经一年多了，安娜不知道何时能再见到家乡的梓树，突然有种离愁别绪涌上心头。圣德公园里的大挂钟显示接头时间快到了，她没有在洋槐树下停留，而是大步朝公园深处走去，按照指定地点，顺利地找到了寒潮。

寒潮来之前，得到沙河口警察署内线消息，说下午市内的沙河口、西山和水上等几个警察署要联合执行重要任务。寒潮知道，这几个警察署所在地正是大连地下党经常活动的地方，看来敌人已经掌握了重要线索，所谓的重要任务其实就是遍布全城的大搜捕。他焦急，但也清楚此刻不能乱了方寸，因为自己有更重要的任务要执行。

寒潮初见安娜时，不由得皱了皱眉头。眼前的这个女人虽然穿着当地的土布蓝花旗袍、拉带黑布鞋，但却梳着一头青年学生的发式，皮肤白得耀眼，穿着打扮和举手投足怎么看都感觉不对劲，怎么看都不像一个成熟的地下交通员。想到还有重要的任务要交给她完成，寒潮不由有些担心，她能行吗？

此时的安娜心思也有些飘忽，这是她第一次见寒潮。安娜来到遛腿小山后面，按照约定指令，找到了凉亭左边第三棵系有密密麻麻红布条的槐树，看到树下站着个男人，便忐忑地走了过去。男子戴着浅褐色的墨镜，手里的日文报纸《大连新闻》遮住了大半张脸，只露出他明亮而白净的额头。他不时拂起额前垂落下来的几缕发丝，每向上拂一下，就顺势四下观察一番。正是那不时在额头滑动的手指，让安娜有些困惑，这手实在不像男人的手，太过细腻，太过白净，太过修长，也太过柔软。再看看男子的衣着，太过讲究，大热的天竟然穿着一件长袖衬衫，蓝白细条纹的图案，一看就是正宗的日本货，安娜到千代市场取邮件时在橱窗里的模特身上看到过这样的衬衫。衬衫的袖口处还有一枚银色长方形袖扣，刀片一样雪亮，这一定也是特别订制的。笔挺的黑色西裤剪裁得体，收腰恰到好处，看上去像兴工街日本洋服店里日本师傅的手艺。还有他脚上的鞋子，也太过讲究。棕色的鞋帮上，金黄色的铜扣眼儿闪着光，深棕色的鞋带一丝不苟地往脚踝处系上去，在最后一排铜扣眼儿处打了一个漂亮的结。这身装扮不张扬，却很讲究，安娜怎么看都感觉眼前这个男人是个有品位的人。安娜对男人的衣着一向有研究，她在阿泰舅舅的裁缝店里经常看到这样的男人。阿泰舅舅开的高级裁缝店非常有名，就像苏州河一样有名，安娜小时候几乎天天待在那儿，不只是因为她的表妹唐娟住在阿泰舅舅那里，更确切地说是因为她喜欢裁缝店里的那种特别的味道，喜欢裁缝店里的一切。安娜喜欢画画，她经常泡在裁缝店里，按照阿泰舅舅的想法画出服装的草图，阿泰舅舅总是夸赞她画得好。阿泰舅舅的老婆是个哑巴，她总是微笑地看着安娜，然后埋头在衣料上飞针走线。安娜常常被她专注的神情吸引，被她的沉默感染，看着她沉迷在那一针一线飞逝的时光里。安娜惊叹于阿泰舅舅和他女人的手艺，他们总能把一捆捆一堆堆一卷卷死气沉沉又不起眼的布料，变成各种各样神奇的衣衫。安娜喜欢裁缝店里的味道，痴迷于堆积在案板上的那些衣料散发出的像是微微发霉却藏有暗香的独特气息，她经常把脸贴在那成堆的衣料上闻着、感动着、迷醉着。她尤其喜欢深色系的面料，她说那上面有一种特别的墨香。而表妹唐娟则更喜欢花花绿绿的锦缎，她经常把锦缎丝绸等料子缠在身上，学着画报里明星的样子，摆着各种各样的姿势让安娜画她，还在屋子里如模特般走来走去。那时候的安娜不叫安娜，还叫景怡，理想是长大了当一名女裁缝或者是女画家，而唐娟的理想是做画报里的那种模特。

安娜正是从衣料开始慢慢地认识男人，开始品味男人的不同之处。每次听到阿泰舅舅在前厅招呼订制服装的客人，安娜就躲在布帘子后面偷偷地往外看。店里虽然也有女人光顾，但是安娜更关心男客人，喜欢猜测他们多大年龄、从哪里来、做什么行当、同来的女人是不是他们的外室……反正她什么都好奇。久而久之，她便能从客人衣着穿戴的品位，判断出他从事的职业。不管是银行的职员、报馆的记者，还是乡下的绅士、突然发迹的暴发户，安娜都能猜个八九不离十……

根据接头场景，安娜认定，这个男人就是寒潮。安娜想对寒潮说，他不像传闻中的那样，可最终没有发出声。在她想象中，寒潮应当是五大三粗的壮汉，应当还会飞檐走壁，有一身的功夫。当她看到寒潮的那双手时，有些吃惊，也有点拿不准：有着这样一双特别洁净的手，衣着又讲究，这样的男人一定过着优渥的生活，关键时刻能靠得住吗？如果他被捕了，他的手经受得住那些坚硬的铁钳？他的手会不会像筷子一样被夹成两截？……安娜并不知道这双细腻而白皙的手其实是一双医生的手，更不知道这双手有时候会主宰一个人的生死。

其实，安娜一进公园的时候，寒潮就看到她了，他精灵般跳跃的眼神越过林间小路，捕捉着安娜的一举一动。安娜的出现像是忽然在天空燃响的爆竹，令他先是吓了一跳，继而又有些兴奋。如果不是安娜右手腕缠着一条端午节祈福用的五彩细绳，他不会相信眼前这个女人就是他的接头对象安娜。他的心情也随之坏起来，根据情报，他知道未来形势凶险，下一步计划真要依靠眼前这个女人来完成吗？想象着不可知的未来和随时会发生的危险，有一瞬间，他突然有些心痛。他远远地观察着这个女人，却有一种似曾相识的感觉。说实话，对待女人他向来比较挑剔，但安娜出现的时候，还是一下子吸引住了他。这个女人实在是少有的漂亮，虽然她把自己打扮得像一个村姑，也有点像工厂女工，但他觉得她更像是个不谙世事的学生，她白而亮的皮肤不是北方水土可以养成的。寒潮想不通，夏贺功怎么能把这样一个女人安排到工厂里，难道周围就没有人怀疑过她吗？这样白净的女人怎么看也不像是在工厂做工的人，不知道这么长时间她是怎么应付的，好在还没有暴露。现在她总算可以躲开危险了，因为组织上要让她离开工厂离开大连了。

寒潮没想到，自己竟然在心里悄悄地为她谋划着，确切地说是为她担心着。他不得不承认，看到安娜的那一刻，自己像是被谁从背后狠狠地踢了一脚，心跳居然有些猛烈。虽然安娜在他面前极力表现得沉着自然，但还是会流露出稚嫩、笨拙和紧张。不过，安娜对他充满质疑的眼神，还有对他那不经意间的观察，倒是让他有了些许的欣慰。这正表明，安娜是一个敏感细腻的女人，从事地下工作，至少要有一双时刻质疑的眼睛和敏感的神经，还要有反应迅速而智慧的头脑。此次传递"飞鹤计划"，组织上决定让安娜来完成，情况紧急，寒潮必须快速做出行动安排，因为他马上要离开大连到奉天和长春去执行秘密任务，他必须义无反顾，虽然不知道等待自己的是生还是死。

寒潮的担心有些道理。安娜自到大连以来，一直隐藏身份，和夏贺功秘密住在黑石礁，知道她真实身份的人没有几个，她也没有做太多具体的工作，组织上只安排她安心地当着夏贺功的夫人，做好一个新婚的女人，配合和掩护夏贺功工作。安娜平时只做一些辅助性的工作，再到工厂去结交一些朋友，发展革命力量。不过，看上去她挺幸福。寒潮想着，不由得为自己的担心感到好笑，同时还有些复杂的情愫在心里涌动着。

安娜盯着他的鞋子和衣服看时，寒潮看出了她的犹疑和不解，他打断了她的胡思乱想。"安娜同志！"寒潮的声音又急又重，不像他外表看上去那样波澜不惊，这声音甚至吓了安娜一跳。寒潮俯下身子凑近安娜，用耳语般的声音如此这般地交代了一番。然后他直起身，看了看远处葱郁而密实的树林，有些悲观："安娜同志，种种迹象表明，敌人已经开始了全面的行动，请你快速转告夏贺功，完成好重要任务，暂时停止一切活动，立即转移隐藏起来。还有，尽快把绝密文件'飞鹤计划'送到上海先生手里，无论遇到什么情况，都不能影响你完成这个重要的任务，哪怕失去生命，也不可以丢失'飞鹤计划'！切记，人在，'鹤'在！人保不住时，'鹤'要毁掉！"

"这么重要的文件，能问一下是什么内容吗？"

寒潮摇了摇头。

"我是说，我可以背下来，或者……"

"你不能问，也背不下来。"寒潮不客气地打断她的话，"只要在指定时间指定地点取走情报，并把情报送到上海，交到上海先生手里，你的任务就完成了。还有，即便我和夏贺功遭遇不测，你也必须要完成任务。"

当寒潮说到"不测"两个字时，安娜像是大热天一下子掉进了冰窖里，脸上的表情也一下子变得僵硬。这时，不远处传来了狗叫声，公园里本来就有许多便衣，寒潮不敢多停留，匆忙走开了。他走出几步，像是想起什么，突然又转回来，严肃地告诫安娜："你取走情报后要尽快离开，不要回黑石礁，先找地方躲起来，明天见机行事，等一切顺利再回去。如果夏贺功遇害，立即按第二套方案行动。"

"遇害？怎么可能?！"安娜听出自己的声音在发抖。

"现在形势严峻，做地下工作非常残酷，随时都有生命危险，没有什么不可能。"

"可是，我来了这么长时间，还不是好好的?"

"日本人可不是你想象的那么笨。"

"我如果不回去，贺功找不到我，他会着急的。"

"我会想办法通知他。"

"他还在等我回去！"

"从现在起，你暂时不要见任何人！必须迅速藏起来，然后按计划离开大连，前往上海。不管发生什么事情，你都要不惜一切代价把情报送出去。目前，我们唯一的一套电台密码已被破译，通过电台发报已无可能。这份文件对革命事业至关重要，必须送到上海。"

早上出门时一切都还好好的，贺功能有什么事？安娜心里想着，但没敢说出来，她被寒潮的语气吓着了。

"安娜同志，现在已经到了革命的生死关头，走错一步，都有可能造成不可挽回的损失。"

安娜听到远处传来狗叫声，有些为寒潮担忧。她想知道他从哪里来、要到哪里去，但是她知道，她什么也不能问，他什么也不会跟她多讲。安娜只知道他叫寒潮，他的衣着，他的气质，他的双手，他的从容不迫，他的一切对她来说都是谜。安娜还在愣神，寒潮已经快速钻进遛腿小山的树林里。直到这时，安娜才发现，自己根本没有看清寒潮的脸。不，是根本没有完整地看到，那张脸一直藏在报纸后面，声音也是从报纸后面发出的。

安娜按照指令去取情报，她听到寒潮跑远的方向传来了追喊声、狗叫声和刺耳的枪声，顿时，公园里乱成一锅粥。安娜顾不得太多，她冷静下来，迅速地厘清思路，快速来到圣德公园西侧的神庙里。安娜走进神庙，神庙里静静的，只有一个和尚坐在帷幔侧面的桌前打坐，案几上的香炉里弥漫着香烟。安娜跪到神像前的垫子上，先是祈祷，然后叩了五个头，又从衣襟里摸出几枚钱，扔到了功德箱里。这时，帷幔旁边的和尚走了过来，说："夫人，你的钱掉了。"

安娜抬头看了看和尚，说："我的钱都捐进功德箱里了，没有带多余的钱。"

和尚双手合十，说："夫人，上午我清扫了庙堂，今天是初二，从早晨到现在还没有第二个人来上香，这钱一定是你的！"

安娜的心脏急速地跳动，她没想到和她接头的是一个和尚。和尚把钱塞到她的手里，走到了帷幔后面。安娜接过钱重新跪下来，她低着头，打开卷在钱里的纸条，看了看，然后塞进了嘴里。

这时，和尚拿出一个篮子递给安娜："你捐了功德，这个篮子里的馒头，你带回去给你的家人吧。"

篮子里装着一些馒头，看上去就是平常人家在庙里上供用或者祭奠亲人用的馒头，其中两个上面点了红色的小圆点，情报就在这两个特别的馒头里。安娜想起寒潮跟她说的，这份文件比自己的性命都重要，不由得搂紧小篮子，她的心紧张得都要跳出嗓子眼儿了。

安娜取出随身带的蓝色花巾盖在馒头上，离开了神庙，从公园西侧边门走出了圣德公园。

一走出圣德公园，安娜就疯了一样地跑起来。

4

夏贺功对安娜说起寒潮，是在一个平常的下午。当时，安娜和夏贺功两个人坐在院子里的阴凉处，夏贺功在那里翻弄着烟叶，空气中飘散着烟草味，浓烈刺鼻。夏贺功弓着腰专注于那些烟叶，那样子一下子把安娜带回苏州河潮湿的往事里。那些发黄的烟叶，让安娜想起圣赖登教堂的神父赖登先生收藏的满墙满墙的旧书，那些旧书边角毛糙，一页页一层层叠加着粘在一起，书页的边儿向上翻卷着，像赌气的孩子生气地噘着嘴，倔强地站立着。赖登先生闲时总是在书房里翻弄着那些旧书，安娜对赖登先生痴迷于那些又破又旧的书不解，似乎那些书里面藏着神秘而又无尽的陈年往事。每到天气晴朗，赖登先生会把一些书搬到教堂后院的阴凉处，他戴着老花镜，聚精会神地翻书、晒书。安娜就是在那样一个平常的下午，在赖登老花镜的注视下，从容地离开了院子。赖登一定不会想到，他眼里那个看上去敏感而又有些忧郁的女孩子，有一天会成为一名共产党员。他也一定不会想到，安娜此时正在大连黑石礁海边的浪花街上，跟她的丈夫也是她的领导夏贺功一起，从事着一项秘密而神圣的工作。赖登更不会想到，常常坐在他教堂长椅上发呆的女孩章景怡已经有了另外一个名字——安娜！

给章景怡改名字的人，正是她丈夫，也是她的入党介绍人夏贺功。

"你选择我，也许是出于革命需要。如果让你重新自由地选择，你还会选我吗？"夏贺功曾经问过安娜。

"那是肯定的，无论我这辈子有多少次选择，我都会选择嫁给你。"

"为什么？"

"不为什么，就是爱你！"

"你不怕死？"

"和你在一起，我不怕死。有你保护我，我也不会死。"

安娜其实不敢承认，她有时还是怕死的。她先是爱上了夏贺功，当知道了夏贺功的真实身份后，她已无法不爱他。夏贺功的共产主义理想对于这个腐朽的社会来说就是洪水猛兽，对于她来说却是那样神圣和庄严。嫁给他时，虽然她对他说的主义和理想理解得还不是那么深刻，但她爱他，她知道要得到他的爱，必须和他以及他的理想在一起。夏贺功所做的一切不仅需要勇气，甚至可能需要献出生命，安娜知道，自己不能怕，只有像他一样勇敢，才能和他在一起。但是她有时又确实很怕，怕夏贺功哪一天会突然不见了，怕自己有一天会突然死掉。既然不能怕，安娜只好让自己勇敢起来，这样才能让夏贺功放心地爱她，不用为她担心。

安娜下决心，自己要像夏贺功期待的那样，像那位苏联女英雄安娜一样勇敢。

夏贺功认为自己与安娜从认识到结婚似乎有些仓促，他总觉得安娜还没有爱他那么深，还没有爱他到非要嫁他的那个程度。他知道自己从事的是一项什么样的事业，这事业促使他义无反顾地前行，这事业又让他无法保证这一辈子永远拥有她，他既爱她，又不舍得她。每一个夜晚，夏贺功总是把安娜搂得紧紧的，看着她睡，哪怕自己的胳膊被安娜枕得酸痛麻木失去了知觉，他都不舍得动一下，生怕任何一个响动惊扰安娜甜美的梦。在夏贺功的怀里，安娜睡得很安稳，如果哪一个夜晚夏贺功没有回来，安娜便彻夜无眠，那样的深夜，寂静会加剧她的恐惧。安娜一再地鼓舞自己要做个坚强的人，但还是常常为自己的胆小而自卑，甚至害羞。

　　那天，夏贺功在她眼前摆弄那些金灿灿的黄烟叶时，安娜就想：赖登先生收藏的那些旧书，现在是不是还要经常晾晒？那些丢在书柜里的旧画，会不会让苏州河涌上来的潮气洇漫得没了生气？安娜正胡思乱想着，夏贺功说起了寒潮。安娜的思绪从遥远的赖登先生的书房里转回来，她看着夏贺功。夏贺功从烟叶上抬起头，正撞见安娜的目光。安娜的眼睛明亮而清澈，就像是平静的海面突然有海鸥的翅膀掠过，荡起了水花，在他的心里飞溅。

　　夏贺功想起什么，他走回屋，拿出铅笔和纸递给安娜："现在我说你记，记完了你要背下来，要把细节一个一个记在脑子里，然后再把这些纸都烧掉。"

　　遇到紧急情况时的重要联系人、接头暗号、送情报时的注意事项，安娜认真地记下了夏贺功交代的事情，又背下来，然后复述给他听，直到无误。虽然安娜之前也多次参与地下活动，也接受过相关训练，但夏贺功好像还是对她不放心。毕竟以前她参与的所有活动都是在他直接指导下完成的，而这次她需要独自完成。

　　这个下午，安娜的表现非常出色，没有一点漏洞。夏贺功确认安娜的记忆准确无误后，开始向她交代任务。就是在这时，夏贺功向安娜提起了寒潮。原来，这是寒潮临时布置给夏贺功的任务，要他对安娜进行"考试"。"考试"过关后，再把一项特殊的任务交给安娜去完成。

　　"寒潮！什么样厉害的角色能起这样的名字？"安娜好奇地问。

　　夏贺功说："我们的队伍里藏龙卧虎啊！寒潮是我党北方区在大连的重要领导人，曾经在国外留学，一身好本事。反正，你能想象他多厉害，他就有多厉害！"安娜突然想起扬州那个盐商家的儿子宋大鹏，那人与自己有过婚约，也曾经在国外留学，不知道是厌倦了沉闷的家庭，还是在异国他乡有了心爱的女人，后来一去不回留在国外，不然自己早就成了盐商家的儿媳。总之，正是盐商家的"言而无信"，自己才有机会到北平继续读书，学习绘画。安娜从来没有见过盐商的儿子，更无法想象自己嫁给他。她有一张宋大鹏小时候与他母亲的合影，那是母亲给她的，母亲始终不甘心安娜放弃这段婚约。母亲哪里知道，如今女儿有了属于自己的爱和幸福。

夏贺功翻动着那些金黄的烟叶，像是翻动伤口上的结痂，小心翼翼。那些烟叶被晒得格外干且脆，轻轻一碰，空气中就会散发出焦躁而又让人着迷的香气。安娜常常坐在夏贺功的身边，看着他侍弄那些烟叶，闻着既烈又醇非常特别的香味，她喜欢那香味。自从安娜跟着夏贺功开始做地下工作以后，就爱上了他的一切，他果敢利落的行事风格，他睡觉打呼噜的声音，他越来越重的烟瘾，他不时变换的身份……在安娜眼里，夏贺功既是年轻的学生领袖、优秀的革命者、忠诚的革命战士，又是一个好男人、好爱人，现今，他是一名朴实的工人。

夏贺功频繁地奔走在不同的工厂间，交了许多穷朋友。每天回来，他都很疲惫，但他给安娜带回来的都是信心和力量，让安娜无时无刻不感觉到他澎湃的热情。他在做着一份让自己血脉偾张的事业，为穷苦人求解放的事业，这份事业是他思想和灵魂的出口。像是在漫长的暗道里前行，他感觉他每一天都在掘进，向着暗道另一头的那一丝光明掘进。他先是在福纺厂做工，后又到铁道工厂和制铁厂做工，对烟的喜爱也是从工厂里开始的，从最初在弥漫的旱烟味中咳嗽不止，到最后不知不觉迷上抽旱烟，仿佛也就是一袋烟的工夫。他跟着王大灿学会了自己晒烟叶，自己搓烟末，自己卷烟卷，技术也越来越娴熟。他总是耐心地将搓碎的烟叶均匀地撒在长方形的白色小纸片上，接着轻轻地将裹着烟叶的纸片卷成一头大一头小一头粗一头细的锥子样儿的烟卷，将烟卷在手里一圈又一圈地卷实，然后用舌尖将烟卷最外层的纸片轻轻一舔，再把烟卷粗而大的一头上多余出来的纸卷撕掉，最后利落地点上火，用力地吸一口，满足地吐出灰白色的烟圈来。整个过程看上去没有半点生疏，和"老烟袋"王大灿没什么两样。安娜喜欢看夏贺功卷烟，就像看乡下的农人在初春翻过的地垄沟里撒种子一样，他那种耐心而专注的神情让安娜心醉和着迷。

　　夏贺功边翻动烟叶边让安娜复述与寒潮见面的时间、暗号、口令等细节，安娜的记忆力让他非常满意，他愈发相信安娜是个聪慧的姑娘，也愈发相信自己的眼光。夏贺功在晒烟叶的盖帘上面拍了拍双手，好像连沾在手上的烟渣渣都金贵无比。从北平来到大连以后，他的同事、战友中许多人遭遇不幸，他非常清楚做地下工作有多危险，随时都会牺牲，但他从来没有担心过自己，从对着党旗宣誓的那一刻起，他就将自己的生死置之度外了。但是安娜不同，安娜是因为爱上自己才爱上革命的，如果不是和自己结婚，安娜现在还是北平师专的一个学生，或者正在家乡的一所学校里教书。安娜的革命经验还不足，甚至可以说没有什么经验，看看她那双明亮的眼睛就知道了，那里面有恐惧，有担忧，但更多的是对自己的爱和依恋，这种爱和依恋暂且让她忘记了恐惧和担忧。夏贺功看着安娜，心里满是怜惜。安娜齐耳的短发是来大连前才剪的，那是他亲手为她剪的。剪发时，夏贺功犹豫了好久，在安娜的一再要求下，他才合上了剪刀。辫子剪下来的时候，安娜拿在手里，眼泪一下子就落下来了。夏贺功搂着泪流满面的安娜，如果不是革命需要，他不会这么快地娶她。当然，他想象中的妻子应当就是安娜这样的，这是他们今生的缘分。夏贺功拉过安娜的双手，莫名地一阵心疼，那双会画画的手依然还是那么白皙、那么细长、那么柔软。该交代的他都反复叮嘱过了，离别就在眼前，他用力地握住安娜的手，想到有一天可能会失去安娜，他的心就陡然紧张起来。他低下头，不敢再看安娜的眼睛。他多么盼望今生就停留在这一刻，凝固不动，这样他便可以永远不失去安娜了。良久，他抬起头，眼眶发红，伸手把安娜脸庞的头发别到她耳后，仔细端详着她，亲爱的安娜，等以后咱再重新把头发留起来，想留多长就留多长，想留多久就留多久。

这个夜晚，夏贺功把无尽的爱给了安娜。直到他睡去，安娜依然沉醉在他的怀抱里难以入眠，他身上的烟味和汗酸味混杂在一起，像爱一样浓烈。安娜看着躲在云彩后面的月亮，想着并不遥远的过往，被夏贺功给予的甜蜜包裹了。她爱他，比想象中爱得还要浓烈。他的力量，他机智而果敢的奔跑，他在北平街头带领学生们奔走游行、振臂高呼的样子，他在工人中讲解革命道理时的目光，他和工人们开怀大笑的神情，这一切都让她着迷。安娜喜欢这样的男人，这样勇敢、坚定、执着且让她敬佩的男人。这个夜晚，夏贺功粗糙的手指一次次滑过安娜光滑的额头，在她发丝间摩擦，他令人窒息的拥抱和亲吻，让安娜幸福无比。安娜想起夏贺功最初抽烟时常会在夜晚咳醒，那时候，她总是在半睡半醒中依偎在他怀里，用手轻轻地拍着他宽厚结实的后背，他还之以更紧实的拥抱。安娜喜欢这样的拥抱，想一辈子享受这样的拥抱，然而，她并不知道，即将到来的会是生离死别。

5

那天，安娜走出很远，看到夏贺功还在家门口向她挥手，她冲他笑了笑，但心里却异常紧张。这是安娜第一次单独执行这么重要的任务。以往寒潮只和夏贺功单线联系，这次将与寒潮接头的任务交给安娜是因为情况紧急，夏贺功要去接受一笔重要的捐赠。党的六大正在紧张筹备中，大连的地下党正在积极筹措资金，这笔捐赠来得正是时候。虽然与夏贺功一起工作期间，安娜耳濡目染，各方面进步很快，但在来到大连的一年多时间里，却从未单独执行过重要任务。平时，她的主要工作就是到各工厂做宣传，和穷苦的女工们在一起，教她们唱歌、识字，给她们讲革命的道理，与女工们成为好朋友，这些都对夏贺功开展工作起到了很好的辅助作用。有一段时间，由于大连工人各种大小罢工不断，日本当局到处抓人，安娜遵照夏贺功的指示，好长时间没有去工厂。那阵子，安娜常常坐在家门口，手里做着针线活，眼睛却对着不远处的黑石礁海出神。安娜天生喜欢有水的地方，来到黑石礁，她一下子就喜欢上了这里，她喜欢黑石礁的大海，喜欢遍布海岸的成片成片的礁石。一处离岸边最近的大礁石，她取名千岁石；靠近西边山根处的又高又瘦的礁石，她取名黑天鹅；门前不远处两个相对而立的一高一矮一胖一瘦的礁石，她取名牛郎织女；还有一个下窄上宽的像猴子一样的礁石，她取名齐天大圣。她把上百块大大小小的礁石一个个地在笔记本上画了出来，还给它们都起了名字，有时还会写下密密麻麻的文字，记录下她的心情。她告诉夏贺功，有一天，她要把自己看到的知道的做过的一切亲口告诉孩子，如果没有机会告诉他们，就留下这个本子，让他们知道，爸爸和妈妈当年在一个叫黑石礁的地方住过，那里是父母干革命的地方。

安娜走后，夏贺功有些不安。之前听说新党员贾皓人被捕的消息时，他就有一种不祥的预感。随后，他去浪速町见朱沉潜时，朱沉潜在约定的时间又没有出现，这令他更为担心。夏贺功已传递消息给各党小组负责人，要他们将人员名单和相关资料快速处理，近期停止一切组织活动。

安娜离开家后，夏贺功就一直在焦急地等待王大灿，王大灿已成功取到那箱金条，马上就赶过来。他要等王大灿到来后，将金条连同以前收到的银圆一起藏好。这些金条和银圆是组织上准备的一大笔重要活动经费，必须藏好，等接到上级指示后再交出去。时间紧急，接触这箱金条的人要绝对可靠，知道的人越少越好。王大灿是夏贺功亲自考察发展的党员，政治上靠得住，夏贺功相信他。除了他和王大灿，交通员牛文礼也知道这箱金条，三个人研究后，决定把金条先藏在王大灿母亲家里，也就是夏贺功和安娜现在的住处。

夏贺功没有告诉安娜金条的事，他不是不相信安娜，而是有种隐隐的担忧：安娜一旦被捕，就一定会受刑，她不知道金条这回事，就不用忍受太多的酷刑。组织上派安娜去和寒潮接头，也是要安排她离开大连，这点夏贺功也没有对安娜说。寒潮希望由组织上亲自告诉安娜，既然是组织上的决定，安娜就一定会去执行。

安娜消失在浪花街的尽头，夏贺功的心还是一直跳个不停，他真的不放心安娜，又说不好不放心她什么。夏贺功曾经想过，有一天安娜会离开自己，但是当这一天一点点靠近时，他才发现自己心里有万般不舍。虽说当初娶她多少有些匆忙，但现在，他感觉自己已经无法离开她了。

6

安娜从和尚那里得到消息时，有一种不真实的感觉。昨天晚上，夏贺功对她说，如果他将来遇到不测，让她一定要振作精神，保证完成他未能完成的任务。她当时听到"不测"两个字的时候，像是突然被开水烫了一下，心顿时纠成一团，眼泪就下来了。尽管夏贺功多次跟她讲过地下斗争的复杂和危险，但她从来没有去想究竟有多复杂多危险。尽管她心里也存在恐惧，但只要和夏贺功在一起，她就不愿多想。虽然因为爱上夏贺功而爱上了革命，但安娜有时不得不承认，自己其实还没有真正领会革命的含义，没有经历过革命的残酷。与夏贺功在一起，她已经渐渐地把自己融入革命斗争中，她知道，革命有多种多样，她的革命就是和夏贺功在一起。当夏贺功要带她离开北平时，她走得毫不犹豫、毫不留恋。只要和他在一起，只要有他的呵护，在哪里又有什么关系呢？夏贺功想做的事，就是她想做的事，她相信他的主义，相信他的信仰，更相信他对自己的爱。对她来说，夏贺功就是她的一切，是她参加革命的原动力。

安娜其实并不知道，他们正在做的秘密工作遭到了重大变故。一个月前的北平大街上到处贴满了告示：宣传赤化、主张共产者，不分首从，一律死刑。大军阀张作霖突然发威，对苏联大使馆进行武装抄查。这一次抄查几乎洗劫了苏联大使馆，未来得及烧毁的几百个卷宗和几千份文件被劫掠而去。中共创始人之一、中共北方区负责人、北京大学教授李大钊被逮捕，二十名住在大使馆内的中国人也同时被逮捕，被查抄的那些文件中就有大连党组织呈送给北方区的报告和文件。日本殖民当局早已确认大连有共产党在活动，又联系到震惊全国的大连福纺厂大罢工等一系列工人运动，便加紧了搜查。遍布整个大连地区的大搜捕已经开始。

而就在两天前，夏贺功他们还在为组织的发展壮大喝酒庆贺呢。那天，夏贺功借着海龙王的"生日"做掩护，在王大灿家召开了秘密会议。

王大灿家靠近海边，院门前不远处是修船的大棚，王大灿以打鱼和修船为生。海边有十几户人家居住，到处都是各种小船和小舢板。下屯巷的海边有一个自发形成的鱼市，热闹红火。渔民每天早早出海打鱼，回来时就把船摇到山海相交的山脚下。那里是个天然小港湾，可避风，那些专门来收新鲜活鱼的鱼贩子早早就等在那里，等着渔民打鱼回来。到太阳出来时，鱼就卖掉了，渔民们回家吃饭睡觉。下午，渔民织织网修修船，等待第二天一大早再出海打鱼。循环往复，天天如此。随着渔港上鱼贩子增多，抢不到鱼的人就想买点别的，时间长了，鱼市就发展成了热闹的集市，声名渐渐远扬。郊外的菜农也把新鲜的蔬菜拿到鱼市里卖，还有卖肉的、卖煎饼的、卖豆腐的、卖小吃的，每天早上渔港都挤满了人，热闹极了。

黑石礁原本是个小渔村，最早到黑石礁浪花街安家的大多是渔民。日俄战争前后，紧挨着黑石礁海东部的星个浦公园建成，紧临星个浦公园的上屯巷就被开发成了高档别墅区，下屯巷也跟着一下子热闹起来，各种各样的人都住了进来，仿佛就想靠上屯巷的那些富人们生活。一时间，以上屯巷为目标，下屯巷衍生出许多行当，饭馆、茶馆、诊所、裁缝店、澡堂子、理发馆、照相馆、杂货店、小旅店、拉车行……这些行当生意都十分红火。下屯巷的居民成分也由原来的以渔民为主，变得越来越复杂，有专门为别墅区供应菜肉的商贩，有到星个浦公园打杂的工人，有在夜场唱小曲的姑娘，有专门收保护费的地头蛇，还有修脚的、理发的、拉着洋车跑脚力的、送货的，三教九流无不包罗。反倒是最早到浪花街海边以打鱼为生的那些渔民成了少数一派，他们许多人把自家在下屯巷的老房子租给那些外来人员，自己却住到了海边原来放杂物的破房子里。

王大灿的姥爷过世，老母亲和妹妹王大美一起回老家守孝，夏贺功和安娜就住进了浪花街王大灿家的老房子里。夏贺功和安娜对外声称来大连投奔亲戚，到大连工厂打工挣钱，这倒容易让人相信。日俄战争后，日本人开始接替俄国人统治大连，大连商港开放，成了整个东亚重要的出海口和自由贸易区，日本各大财团也借着战争的余威进驻大连。一时间，大连地面上，机车厂、纺织厂、制铁厂、石灰厂等各种工厂迅速投产，各国银行、办事处等机构纷纷立起，制造业、建筑业、服务业日益发达。日本人开始大量地移民大连，同时山东、河南及东北其他地区涌进大连的劳工、生意人也有近百万之多，大连街上形形色色的人骤增。而浪花街由于地处城乡接合处，房子租金便宜，从黑石礁到市内又有电车直达，交通方便，所以住户越聚越多，尤以在工厂打工的人为多。这些务工人员分布在不同的工厂里，人多而杂，又操着南腔北调，革命者混迹其中容易隐蔽，也方便开展地下工作。

王大灿的家最早在星个浦公园的海边。那里地势高，离海又近，还有自然形成的港湾，许多渔民的老房子建在高处，既亲海，涨潮时又不会淹到房子，久而久之住户越来越多。突然有一天，住户被告知要搬迁，通知下发没有多久，勘探的队伍就进来了。又过了不长时间，日本人开始强拆，不由分说就把王大灿家和邻居家的房子全部铲平了。好端端的小渔村被连锅端掉，许多人只好在下屯巷搭建新家，眼看着自己原来的家变成了一栋栋拔地而起的别墅，下屯巷的居民恨得牙痒痒。

王大灿的老婆丁采芹也是入党积极分子，她提起日本人牙齿咬得嘎嘎响。她说："日本人太坏、太狠，本来我们日子过得好好的，突然有一天，他们就拆了我们的屋、占了我们的家，到底还有没有天理了？"

农历六月十三那天一大早，丁采芹就和安娜一起坐车去了龙王塘，到那里的海神庙祈福。海神庙热闹非凡，庙前的广场上还搭建了戏台，安娜觉得新鲜，兴奋不已。丁采芹告诉安娜，渔民祭海祈福从元代就有了，大连人多是山东来的，他们把这一传统也带到了大连。每到海龙王"生日"这天，沿海的渔民都要祭海，黑石礁到小平岛再到龙王塘及旅顺沿线的海边最为热闹。祭龙王是非常重要的民俗，渔民们一大早就聚集在海边搭台、树旗杆、准备供品，举行上香、送神饭等一系列祭祀仪式，为海龙王祝寿，祈求海神、天后娘娘、龙王、船神赐给他们丰富的鱼虾，保佑他们出海免于海难、天天鱼虾满仓，给他们一个风平浪静的丰收年景。

丁采芹准备了馒头、香烛、纸钱等供品，摆上案几，拉着安娜一起上香磕头。安娜无意间发现，旁边一个穿着灰色制服、戴着墨镜的男人正双手合十跪在那里。安娜觉得自己一定在哪里见过这个人。男人连续磕了三个头后起身离去，安娜想起了什么，她迅速地跟出了庙堂。庙堂外人头攒动，安娜四下张望着，却再也没有看到那个穿灰色制服的男人。

难道是他？怎么可能？安娜一脸的疑惑。

去逛庙会，丁采芹看中了一块花布，趁着她讨价还价的工夫，安娜四下张望寻找着那个男人，她回想着神庙里看到的那张戴墨镜的脸，也说不准他到底是不是唐娟苦苦寻找的那个人。

当天傍晚的浪花街上格外热闹。海龙王生日这天，借着喜庆劲儿，家家都出海打鱼，讨个吉利。到了傍晚，辛劳了一天的渔民们也开始歇息，家家户户的灶台前都很忙碌，借着海龙王的光，再穷的人家也要准备点好吃好喝的，像是过年。王大灿家的大棚就在海边西山脚下不远处，院子里有两间小房，四周散落着修船的工具和渔网等渔具，大棚用破木板条和篱笆搭成，背靠山坡，地势稍高，能看到很远的风景。此时，丁采芹正在大锅前忙碌着，她把新摊的煎饼一张张摞起来，再把蒸好的萝卜条用凉水过了几遍，又炒了几个小菜。安娜把做好的饭菜端到桌子上，不一会儿桌子上就摆满了，有韭菜炒鸡蛋、炒土豆丝、蒸咸鲅鱼、自制的新鲜虾酱、大葱和生菜，还有新出锅的金灿灿的玉米饼子和蒸土豆，非常丰盛。夏贺功、王大灿、牛文礼和几个工友，围坐在桌子旁。王大灿拿出一大坛子自酿的高粱米酒，给大家碗里倒满，端起大碗说："祈求海神娘娘保佑渔民一年里平平安安，祈求老百姓能过上好日子。"说完，他一仰脖，将一大碗酒一饮而尽，大家也都跟着把碗里的酒喝干了。

大棚的院门敞开着，一群孩子在小船周围玩着躲猫猫。几株丝瓜顺着大棚的木板壁爬上来，遮住了大棚的顶，远远看去，大棚倒像是星个浦公园里爬满绿植的凉亭，有那么几分诗意。天气火热，不一会儿大家都吃得满头大汗，男人们干脆脱掉上衣，光着膀子喝酒。

夏贺功把一碗酒干下去，顿时感觉肚子里热乎乎火辣辣的，全身血脉畅爽，脸刹那间就红了。他用手往嘴上抹了一把，大声说道："痛快！

痛快！真痛快！"

安娜知道，每遇到高兴的事情时，夏贺功都要喝个痛快。

下屯巷多是出苦力的穷人，他们从天南海北过来谋生，多少都有些经历，也懂得生计的艰难，互相间也容易结交。不是说越复杂的地方越安全吗？眼下，夏贺功借着不起眼的渔民生活，借着海龙王生日这个特殊的日子，在王大灿的家里召开了个秘密会议，内容就是成立码头油坊党支部。

7

到大连之前，安娜对大连可以说知之甚少。之前，她从平时最喜欢阅读的《京报·妇女周刊》上看到过庐隐的游记《扶桑印影》。文中提到了东北和大连，她把文中有关东北和大连的句子都做了标记，并从庐隐的文字中看到了一个女作家的悲哀和愤懑："奉天本是中国领土，而南满铁路沿线的地方都成了日本所有。大连，这个让人向往的山清水秀的风景胜地，也成了日本人推进殖民化的租界地，除了日本人设立的学校外，连大连的公学校也都进行了殖民化的教育，培养了大批的奴才和帮凶。"

安娜读着这样的文字，心里竟然有了和庐隐一样的痛苦和忧伤。一些卖国求荣的奴才，与日本当局一起残害中国百姓，把好端端的一个大连变成了日本人的"天堂"，许多出生在大连的孩子甚至都不知道他们应当属于中国这个国家。安娜沉浸在庐隐的文字里，心里一点点燃起了忧国忧民的情愫。那时候她没有想到，有一天，当她真的来到大连，看到日本殖民统治下的这座城市，她的悲伤，她的愤懑，比庐隐的文字还要强烈。在大连，她第一次强烈而又深切地感受到了国将不国的那种悲哀。

转眼间，安娜跟着夏贺功到大连一年多了，算起来，她离开苏州也有两年了。对革命，从一开始冲动懵懂，到后来充满热情，再到现在她已经适应了这样的地下工作，她在不断进步。她感到幸运的是，自己既可以为革命理想而奋斗，又可以和心爱的人在一起。自到大连以来，夏贺功参与领导了福纺厂和满铁铁道工厂的大罢工，而她则教女工识字，给女工们写歌，教她们唱歌，给她们画像，交了好多朋友。

丁采芹娴熟地用梭子织着渔网，这个泼辣能干的女人坚强而勇敢，安娜心里满是对她的敬佩。丁采芹说：“当年我爷爷带着我父亲和大伯从山东老家闯关东来到大连，当时船就是在旅顺口老铁山海边靠的岸，哪想到正赶上日本鬼子在旅顺屠城，爷爷被杀害了，大伯下落不明，父亲后来也郁闷病死了。

“我听夏先生说过，日本人攻占大连湾那天正是慈禧太后的生日。你说说这个老娘们，日本人已经摸到我们鼻子底下了，天下大乱了，她还要过寿。那些文武大臣们也只顾谄媚奉迎，好像日本人打进来与他们无牵扯一样。其实就在慈禧生日的十多天前，日本人已经开始在庄河花园口登陆了。那些天，旅顺的黄金山、白玉山、鸡冠山等地方，到处都飘扬着日本旗。占领旅顺后，日本人开始屠城，见人就砍杀，见女子就奸污，见财物就洗劫，整个旅顺成了人间地狱。

“当时在旅顺有一个大池塘，日本人把中国人往这个池塘里赶，不一会儿池塘里就塞满了人，水里乱成一片，人在水里忽沉忽浮。等人多得挤不动时，池塘边的日本兵就拿枪扫射，见到往池塘岸上爬的，就用刺刀往下刺、往下劈……一时间，池塘里断头、斩腰、穿胸、破腹，搅成一团，塘水变成暗红色，成了血海。日本兵则在一旁欢笑狂喊。那些天，家家户户都敞着门，里面尽是七零八落的尸体。人走在旅顺的路上，鞋上都沾着血。都说野兽凶残，日本鬼子比野兽还凶残，他们连老人和婴儿都不放过，全城两万多人被杀得只剩下三十六人。这三十六个人还是被日本人留下来到扛尸队搬运尸体的，由于尸体太多搬不过来，日军不得不又从郊外抓来上百人加入扛尸队。扛尸队把尸体集中到花沟张家窑，浇上油用火烧，整整烧了半个月。然后将这些平民的骨灰装进大棺材里，埋在了白玉山下，还插上'清军阵亡将士之墓'的牌子来欺骗天下人。第二年开春时，气温上升，一些来不及处理的尸体腐烂后，臭气熏天，导致疫病流行。

"我爹被抓进了扛尸队，在池塘里往外捞尸体时，发现了死去的爷爷，当时爷爷的胸腔和两只手都被刺刀刺烂了。我爹发现爷爷后，差点晕过去，好歹忍住了，把爷爷捞出来，借着往白玉山万人坑送尸时，偷偷地把爷爷埋了，做了记号，想着以后有机会再去迁坟。大伯至今下落不明。有一天晚上，我爹趁守卫不注意偷偷跑了，逃到了金州去找老乡。找到老乡后，他就一病不起。后来他感觉自己活不了多长时间了，就托人给我娘带信，让我娘这辈子别到大连来，说这里不是天堂，是人间地狱。等我娘赶到时，我爹已经快不行了，他留话给我哥，让他这辈子要记下这个仇，要长志气、长骨气、长本事，将来要给他们报仇。我爹看过屠城的惨状，常常在夜里发出惨叫，最后抑郁而死。我娘带着我和哥哥把爹埋了，钱也花光了，一家人又走散了。我和娘流落到了黑石礁，本来我娘是要到黑石礁投海的，后来被王大灿的娘发现了，收留了我们娘俩，我们才活了下来。

"支持王大灿参加革命。俄国人和日本人到我们中国的地盘打仗，而我们老百姓跟着遭殃，谁能咽下这口气？这辈子不打跑日本人，我们就对不起死去的人。只要能打跑日本人，能让穷苦人翻身过上好日子，叫我做什么我都愿意，这辈子能为革命做事，让我死我也不怕。想到我和安娜你一起为革命出力，我心里就有劲，感觉日子有奔头，感觉这辈子就没有白活。

"安娜，你是读书人，我没有文化，但我明白一个理儿，就是我们自己的家别人不能随便来作贱。这就好比居家过日子，邻里邻居的来串门、来做客，我们欢迎，我们中国人就是好客，客人来了好吃的好喝的招待，怎么都行。但要是这个客人赖着不走了，还要霸占咱的家，还要欺负咱家里人，还要让咱家里的人听他们的话，给他们做牛做马，你说说，咱们能让吗？除非咱缺心眼，否则，是人都不会答应，对不对？"

安娜的眼泪在眼眶里打转儿，她握着丁采芹的手，久久不肯放下。

8

夏贺功在王大灿、牛文礼和一大批地下党员的支持下，不仅成功地领导了福纺大罢工等工人运动，还相继组织建立了满铁沙河口工厂、中村铁工厂、小坞、电气照明厂、顺兴铁工厂、小野田洋灰厂、大华窑业、福纺纱厂等二十多个党支部，发展党员上百人。夏贺功还利用夜校向工人们讲述国内学生运动和工人运动的情况，介绍苏联的政治经济制度和人民生活情况，让大家懂得要救中国非革命不可的道理。他还把《新青年》《向导》《苏维埃劳工政策》等书刊送给大家看。

借给海龙王庆生做掩护，夏贺功召开了党员会议，他分析了大连的形势，明确了当前面临的紧急任务，决定要培养和训练骨干分子，不断扩大党组织。会议决定派牛文礼去奉天，向北满领导传达中央筹建满洲省委的决定，磋商建立省委事宜。更让人兴奋的是，一位爱国商人资助了一箱金条，这些金条将作为"飞鹤计划"的重要活动经费。夏贺功一想到这些不断扩大的革命成果，想到正在发展壮大的革命队伍，想到为正在筹备中的党的六大筹措了一笔重要资金，就特别激动和兴奋。

会议开得很顺利，大家酒喝得也畅快，一个个热血沸腾的。牛文礼有些激动，他刚当选工运部长，这个工运部长实在不是什么大官，但那是为工人说话的官，能为工人撑腰是他最想做的事。一想到可以代表工人们与日本资本家、工厂主谈判，他感觉腰杆立马直了，硬气了。昨天，在瓦房店乡下的妹妹来信告诉他，他儿子牛丰收在复州城的学堂里学习很用功，学校的先生都表扬孩子聪明，说孩子将来一定有出息，妹妹还让他安心在大连工作，不要担心孩子。想起儿子，牛文礼一脸骄傲。他举起杯敬夏贺功，夏贺功也不客气，一饮而尽。看着这些跟着自己干革命的贫苦兄弟，夏贺功心里有说不出来的激动，想到刚到大连从事地下工作时的艰辛，想到他介绍的党员如今都可以独当一面了，他心里就特别有成就感。

已是半夜，大家都喝了好多酒，夜风袭来，吹来几丝清凉，让人愈加舒服畅快。大家相继散去，只剩下夏贺功、王大灿和牛文礼坐在桌前，酒早已光了，但三个人仍处于兴奋和激动之中。夏贺功不胜酒力，方才安娜已用眼神提醒了他好几次，他也明白她的意思，但是他不想扫大家的兴，不知不觉又喝了好多酒。他真想好好地醉一场，因为他太累了，但今天他就是喝不醉，喝再多也不醉。

安娜陪着丁采芹织网，不时地转过身看他们，偶尔会遇到夏贺功也转过头看她，两人相视一笑。安娜跟着丁采芹学织渔网，她弓着身子，认真地往梭子里缠着鱼线，齐耳的短发不时地从耳朵后边掉下来，遮挡了她的半张脸，身上的粗布大襟衣裳，在月光下蓝白分明。在夏贺功的眼里，安娜已经完全褪去了学生的模样，这变化不过是在短短一年时间里完成的。她从一个漂亮的女学生，变成了黑石礁渔村里的农妇，变成了工厂里的女工，变成了海边鱼市里讨价还价斤斤计较的过日子的女人，变成了缝缝补补的家妇。夏贺功想起她第一次穿着这件衣服站在他面前时的情形，忍不住笑了出来。安娜的眼睛里天生有一种忧郁的气质，脸上有一种柔弱而忧伤的神情，怎么看那件衣服都不属于她，即使一身村姑打扮，即使穿得衣衫褴褛，也掩饰不住她与生俱来的那份高贵和美丽。但是，如果要在黑石礁开展地下工作，长时间住下去，安娜必须要成为一个普通妇女，不这样就无法开展工作，更无法保证安全。那段时间，为了让自己像个劳动妇女，她出门时特意不戴帽子，让大太阳热辣地晒着。她跟着丁采芹去赶海，刻意让风吹，脸被风吹得红肿。安娜的这些努力让夏贺功心疼不已，但是他忍着，狠着心让她折腾。终于，安娜的脸晒黑了，手也粗糙了，连说话的嗓门也大了，也能咧着嘴哈哈哈哈地笑个不停了，越来越像下屯巷的女人。他需要她的变化，需要她从内到外的改造，需要她克服身上小资产阶级的那些习气。但他又格外心疼，毕竟安娜是有钱人家的娇小姐，一个学习美术的学生。为了工作和安全，他必须要下狠心改变安娜。看着安娜，夏贺功的心里生出一缕缕温暖的情愫，他能感觉到安娜对他的依恋和爱。

此刻，安娜坐在院子里，打扮得像一个渔妇。她收起了丝织旗袍，只穿粗布衣服，一头秀发也剪成了齐耳短发，说话也有一股大连海蛎子味了，有时说得自己听了都大笑不止。

"你不像我，我们又穷又苦，你这么漂亮，又是大学生，有那么好的家庭，你为什么要参加革命？"

丁采芹的话让安娜一时不知道如何回答，她好像还从没有认真地想过这个问题。要说参加革命的初衷，她还真有些说不出口，她没有丁采芹那样苦大仇深，也没有活不下去的明天，她参加革命是因为爱情，是因为爱上夏贺功才参加革命的。但是她细想，又不完全是因为夏贺功。

她接触的那些女工的境况，还有自己母亲的遭遇，千千万万个妇女的不幸，似乎点燃了她心底蕴藏的火种，那是为女性在这个世界遭遇的不平等对待的不甘心。夜深人静时，故乡和母亲常常会浮现眼前。这是她自己选择的道路，她究竟是为了谁，为了什么？也许是为了母亲吧，为了天下的母亲不再像自己的母亲那样没有自尊没有未来地活着，不再像自己的母亲那样只能作为男人的附属而活着，为了女人能获得更多的自由，或者是为了自己。现在，她心中有了更加明确的目标，她内心的革命意识更加强烈，在这个被外敌侵占的城市，她要为解放劳苦大众而革命，要为心中的信仰而革命，要获得那份原本就属于女性的自由！原本就属于中国人的自由！而这自由，已经被无情地践踏了。

"为了爱，也为了自由和信仰！"安娜看着丁采芹，坚定地说。

安娜看着远处的大海，有种恍如隔世的感觉，她想问丁采芹，是不是上辈子她们是姐妹，不然一个从江南苏州来的，一个从山东老家闯关东来的，怎么会走到一起呢？

"我们要做一辈子的好姐妹。"

"好，一辈子！"

安娜的眼睛像被夜晚海面上突然升腾起的雾气包围住了，有些潮热，有些模糊。她想起了家，想起了遥远的苏州河，想起了苏州河上飘荡的婉转悠扬的评弹。她把目光投向大海，仿佛眼前的大海就是那条静静流淌的苏州河，仿佛自己此刻是坐在苏州河边的堤坝上看着远处。她的脑海里不由得浮现出优美的曲调，她想起了一个人，想起了那个人美妙的歌喉，不由得轻轻地哼唱起来：

"知音爱我休催促，在下闲时定续成。白苎霏霏将送腊，红梅灼灼欲迎春。向阳为趁三竿日，入夜频挑一盏灯。仆本愁人愁不已，殊非是，拈毫弄墨旧如心。其中或有错讹处，就烦那，阅者时加斧削痕。"

丁采芹停下手里的活计，呆呆地看着安娜，待安娜唱完，她拍起了巴掌。

"真是太好听了，这是什么歌，调子这么好听？"

"这是苏州评弹《再生缘》。"安娜说，"我有一个妹妹叫唐娟，她的评弹唱得很好听。"安娜想起久未通信的表妹唐娟，心里涌现出无尽的思念。在她心里，除了远在苏州的母亲，她最牵挂的就是表妹唐娟了。不知道唐娟现在过得怎样，在这样的夏天里，她是不是还会像过去那样，无所顾忌地跳进苏州河里酣畅地游来游去呢？唐娟，我亲爱的妹妹，不知道你找没找到心中的那个男人……

安娜知道，此时已进入雨季，苏州河的水一定又暴涨了，那河上飘荡的美妙的评弹，一定又多了些许的缠绵和难解的惆怅。

9

夜风吹来，凉爽了许多，穿着粗布背心的夏贺功和牛文礼从王大灿的大棚里走出来。牛文礼喝了不少酒，走路有些不稳，他把手搭在夏贺功的肩上，两个人一边说话一边往夏贺功家走去。

进了夏贺功家的院子，牛文礼仍不想走。安娜泡了一壶槐花茶端出来，那是她自己晒的槐花茶，开水一冲，一股淡淡的槐香在夜风中散发开来。安娜说，这槐花茶既可以去火，又可以解暑、解酒。两个男人坐在院子里喝茶，牛文礼轻轻地吹着，呷了一口，烫得直咧嘴，他憨憨地冲着安娜笑，不知道说什么好。夏贺功知道牛文礼的酒劲还没过，他让安娜先去休息，自己陪着牛文礼。牛文礼其实就是想单独和夏贺功在一起好好说说话，他满脸通红，情绪很高。牛文礼点上一支烟，深深地吸了一口，又将烟圈长长地吐了出来，仿佛那烟圈中有他久长的日月。两个人默默地坐着。过了好久，牛文礼说："夏先生，我借酒盖脸，你看不到我脸红，嘿嘿。"他笑着，"不怕你笑话，我想求你一件事。"夏贺功坐在他的对面，看着他，并不插言，眼神却是鼓励他继续往下说。小桌子上的槐花茶香气缭绕，仿佛熏香了夜色。牛文礼喝了口茶，又用力地吸了口烟，说："夏先生，你和安娜都是有文化、见过大世面、做大事的人。你能看得起我，发展我入党，让我牛文礼今生能和你们一起去成就一番大业，这是我这辈子最大的荣幸。我就敬佩像你这样的读书人。我的爷爷曾经考取过秀才，给我们兄妹两个人起名一个叫牛文礼、一个叫牛文书，就是要让我们知书达理，让我们长本事、做大事。没想到，一场好梦被日本鬼子给打碎了。"牛文礼仰头看了看星光点点的夜空，像是在找寻自己已经丢失的时光。他说："本来我们的日子过得挺好，哪知道半路上出了岔子，就好像你在街上走着走着，突然遭遇晴天霹雳。"

牛文礼向夏贺功说起往事："就在日本人秘密进攻大连花园口前，有一天，爷爷的友人去世，爷爷和父亲一起去貔子窝奔丧。友人出殡后，爷爷和父亲往回走，在半路上遇到两个迷路的福建人，他们打听去复州城的路怎么走。爷爷说他们就是复州城的人，大家可以一起走。后来爷爷发现，那两人其中一个的长辫子有些脱节，仔细一看是假发，另一个人，爷爷跟他说话时他还有些听不懂。再后来，爷爷无意间听见他们在说日本话，才确认这俩人是乔装打扮的日本兵。爷爷知道遇到了奸细，他让父亲偷偷去给貔子窝的兵营报信，自己继续与两个日本人周旋。后来日本人发现父亲不见了，知道身份暴露，趁爷爷不备，把爷爷打死了，然后又去追赶父亲，把父亲也打死了。日本人占领旅大后，有人从报纸上看到了我爷爷和父亲被日本人打死的消息，我们才知道久无音信的爷爷和父亲出事了。那时候我和妹妹还小，私塾才读了两年。母亲记着爷爷让我们读书的叮嘱，让我们又读了两年。后来母亲突然生重病去世，我们就再也没有读书。"

"因为我们的国家不像国家，所以小家不像小家，日本人才能明目张胆地侵占我们的家，还杀死我们的亲人，这仇一定要报。"月光下，牛文礼表情严肃、凝重，"老夏，如果哪一天我出事了，你要帮我完成一件事。"

"什么事？"

"你要帮忙照顾好我儿子。他叫牛丰收，现住在瓦房店乡下，他小时候就没了娘，如果再没了我，他就成孤儿了，到时你要想办法帮他。这小子特别聪明，你要让他继续读书。如果你也不在了，要让你的同志们帮他，不管多艰难，都要让他读书，从小学读到大学，如果可能，要让他留洋。我希望他能像我爷爷和我父亲期望的那样，做一个有学问的人，对了，就像詹天佑那样，将来给中国人做大事，修铁路、造火车。这就是我要拜托夏先生的事情。"

牛文礼的眼前浮现出儿子天真的笑容，他已经很久没有看到儿子了。自从秘密加入党组织以后，他知道革命道路有多漫长，他感觉自己随时都会有危险，也许等不到儿子长大成人那一天。他不怕死，但是他不想让儿子死，他要让儿子等着美好日子的到来。他把儿子藏在瓦房店妹妹的家里，每每想象儿子坐在学堂里的样子，想象儿子背诵唐诗宋词时的认真劲儿，想象有一天儿子漂洋过海去留洋，将来成为工程师，他的眼前就会浮现出一片灿烂的未来。

"什么时候我们中国人能造火车就好了。"他说着，在烟雾中眯缝着眼睛，眼前浮现出火车穿越田野时喷薄如雪的浓浓雾气。

"你还知道詹天佑？"夏贺功有些惊讶。

"当然！"牛文礼有些得意，"我在满铁铁道工厂上班，我们工厂有一个翻译曾经留学日本，他家里的进口钟表坏了都是我给鼓捣好的。他曾经在日本的火车工厂实习，知道许多关于铁路和火车的事情。他告诉我，詹天佑十二岁就留学美国，是个神童，后来考入美国的……耶鲁大学，对，是耶鲁大学，学的就是铁路和火车。"

"你知道的还真不少。"

"可惜了，詹天佑硬是累死了，死时才五十多岁。他临终立下遗嘱：振奋发扬工程师学会活动，以兴国阜民；慎选人才管理俄路，以扬国光；就款计工，唯力是视，脚踏实地建成汉粤川全路。他说：上述三事乃天佑未了之血忱，如得到国家采纳，则天佑虽死之日，犹生之年。"

"这些你也知道？还背得这么熟？"夏贺功有些不敢相信自己的耳朵。

"这些都是从夜校傅先生那里知道的。傅先生听说我喜欢詹天佑，就找来些报纸和书给我看，这些话都是我从书报上抄下来的。我背下来，是为了讲给我儿子听，让他也做詹天佑那样的人。"

夏贺功看着牛文礼，有一种说不出来的欣喜，一个铁道工厂的普通工人竟有这样的家国情怀，让人敬佩："没想到，文礼，你竟然有如此抱负！"

"说不上抱负，其实就是不服！咱们中国人不比日本人差，以前都是他们来向我们学习呢。但是现在，看看人家日本人多厉害，一箱箱零件和一堆堆钢铁运进车间，关着大门在里面鼓捣，七装八装，大门再打开，天哪，就拱出一辆火车来，轰隆隆地就开出了工厂，变戏法一样，气人急人哪。好几次我都偷偷去组装车间看，就是时间短，看不懂，也搞不明白。日本人把车间门窗关得死死的，不让中国人靠边，发现中国人偷看还要吊起来打，这谁还敢看？烧锅炉的郭师傅就是因为偷看，大冬天被日本人吊在工厂门口的大槐树上用鞭子抽，差点没被打死，想想心里就有气。"

夏贺功眼眶里竟然有些潮湿："文礼，我答应你，无论如何，一定要让你儿子读书、长本事。现在国家还处于水深火热之中，就像案板上的鱼肉任人宰割。我们中国人之所以受欺负、受压迫，根子就是我们贫穷落后。但只要我们团结起来，强大起来，与日本帝国主义做斗争，一定会打走日本鬼子的。"

"是啊!"

两个男人的手紧紧地握在了一起。

"等你从奉天回来,顺路回家看看你儿子。"夏贺功从屋里拿出一件洗得干干净净的白布衬衫给牛文礼,让他去奉天执行任务时穿,又给了他一些钱,揣进他衣服口袋里。

"文礼,我等你回来!"

"一定!"

两个人击掌,然后不约而同地把手紧紧地握在了一起,又握紧了拳头互击了一下,彼此心领神会地笑了。夜已深,月亮似乎忘记了漫漫长夜里那黑暗的阴霾,依旧明亮。两个人握手告别,牛文礼踏着月色,走出了夏贺功家的小院,离开浪花街,往黑石礁广场的电车站走去。

此时,夏贺功和牛文礼并不知道,警察队长肖天飞正带着几个警察,秘密地等在牛文礼西官房的家中。肖天飞得知牛文礼的身份后,轻易地就在西官房找到了牛文礼的家。在牛文礼家里,他翻出了一封寄自瓦房店复州城的信。看完信后,肖天飞似乎明白了什么,写信给牛文礼的是个女人,叫牛文书,很显然,这个写得一手好字的女人是牛文礼的妹妹。

肖天飞脸上露出得意的笑容,他毫不犹豫地把那封信装进了衣兜里。

10

肖天飞是从叛徒贾皓人那里知道牛文礼共产党员身份的,贾皓人说他平时只跟牛文礼单线联系,至于牛文礼的上级是谁,是不是还发展了其他党员，他一概不知。肖天飞相信贾皓人的话，一方面，他知道地下党组织严密，互相之间都不知道身份，贾皓人作为一个新党员，很难了解更多的情况。另一方面，贾皓人被拖进刑房时，虽然看上去咬牙较劲、一脸凛然，但是眼神里充满了恐惧和绝望。果然只过刑一次，贾皓人就瘫如烂泥、昏迷过去。从那之后，肖天飞知道，贾皓人说的每一句话都无半句虚言，肖天飞参加过无数的刑讯，对贾皓人这样的人，他还是心中有数的。

贾皓人提供的情报让肖天飞心中大喜，但他还是对着瘫在地上的贾皓人狠狠地踢了一脚，心里恨恨地骂了句："垃圾！"他瞧不起贾皓人，像你贾皓人这种没有骨气的垃圾，比我肖天飞强不到哪里去。你不是什么坚定的共产主义分子，充其量就是一个投机分子而已。

从贾皓人口中得知牛文礼是共产党员没费多少周折，打听到牛文礼的家就更容易了。肖天飞第一时间就找到了牛文礼的家，他想，抓住牛文礼就可以顺着他这条线一直拽下去，一定会拽出一条大鱼。只要见到牛文礼，自己就算大功告成了。

肖天飞埋伏在牛文礼的家里，坐等牛文礼回来。他像一条狡猾的鳄鱼，正张开大口，等待着牛文礼钻进自己血腥的嘴巴。

牛文礼和夏贺功分手后，一个人往黑石礁电车站走去。夜深似海，静如深潭，白日的喧嚣已荡然无存。他走着走着，感觉有些发晕，可能是酒喝得有点多，夜风拂过，酒的后劲上来了。他昏昏沉沉，头重脚轻，浑身上下没有力气，腿如灌铅，越来越迈不开步，走得摇摇晃晃。他困倦不堪，索性在路边的一块大石头上坐下来，想歇一会儿再走，谁知不知不觉中就躺在石头上睡着了。不知道睡了多久，等醒来时，牛文礼发现夏贺功给他的衣服还抱在怀里。此时已是后半夜了，他忙往电车站赶去，到了才发现，电车早就停运了。大街上不见人影，牛文礼看了看夜空，想想要等到凌晨早班车发车大概还要好长时间，只好顺着电车道，摇摇晃晃地朝兴工街西官房的家中走去。

　　肖天飞等待着牛文礼，他早已把牛文礼家翻了个底朝天。此时，他看了看炕上睡得东倒西歪的几个手下，心里暗笑了好久。他的目光穿过西官房狭长而幽暗的街道，贼一样地捕捉着任何一丝变化，哪怕一声猫叫都让他兴奋。他像捕蛇人一样敞开了口袋，只等着蛇长驱直入落进袋中，他扎好袋口就万事大吉了。他越想越得意，不知不觉好几个时辰过去了，却始终不见牛文礼的影子。他越琢磨越感觉不对劲，难道是谁走漏了风声？不会啊，他心想，贾皓人被捕的事现在外人还不知道。

　　肖天飞久等不见牛文礼的身影，担心捕蛇不成却打草惊了蛇，他断定牛文礼一定是知道自己已经暴露，得到消息跑掉了。肖天飞开始胡思乱想，等得越来越不耐烦。他走出牛文礼的家门，抬头看了看幽暗遥远的夜空，突然又开心地笑了。他拿出在牛文礼家搜出的那封信，觉得这个叫牛文书的女人真是写了一手的好字，之前他还从来没有看到哪个女人写出过这样一手好字，这让他心里有点五味杂陈，都怪这个乱七八糟的世道，把能写这样一手好字的女人硬往阎王殿里引。他突然特别想见见这个牛文书，想知道她是一个什么样的女人。他一个一个地扒拉醒炕上睡得像死猪一样的手下，然后一挥手，走出院子。几个手下迷迷瞪瞪地跟上了肖天飞，他们一起跳上汽车，在夜色中朝瓦房店狂奔而去！

　　这一次，肖天飞不想再犯以前的错误，在他眼里，地下党员都不是人，就算是人，也是些顽固不化的人。他要智取，直击他们的软肋，让他们痛到不能再痛，痛到心死。他抽着烟，在烟雾里迷醉着，沉浸在假想的胜利中，时不时地嘿嘿嘿嘿狞笑几声，那笑声震得他几乎失重，他像是突然得了癫痫，无法控制地颤抖起来。

　　几个小时后，肖天飞毫不费力地就找到了瓦房店复州城郊外的牛文书家。已经开始晨读的牛丰收听到门外的喇叭声，立即兴奋地从炕上跳下来。他听姑姑说爸爸在外面做大事，总有一天爸爸会来接他去大连，去奉天，去更远的地方。每当他问什么时候才能见到爸爸时，姑姑总是说快了快了快了，牛丰收等这一天已经等了好久了。

牛丰收兴冲冲地跑出屋，看到肖天飞和几个警察时，他感觉有些不对劲。肖天飞看到了长相秀气的牛丰收，心里一阵喜欢，这孩子长得真是太标致了。他拉住牛丰收说："你是牛丰收吗？"牛丰收说："你怎么知道我名字的？"肖天飞笑着说："是你姑姑告诉我的。"牛丰收有些不解："你认识我姑姑？""那当然，现在这个社会，像你姑姑这样会识文断字的女人还真不多。"肖天飞又问，"牛丰收，你多大了？"牛丰收说八岁了。"天哪，"肖天飞大笑起来，"你和我儿子一样大，他也是八岁。"肖天飞伸手摸了摸牛丰收的头说："这样标致的孩子如果遭遇什么不测，就太可惜了，牛文礼一定不会让儿子遭遇不测的。"牛丰收越发不解："你认识我爸？""那当然，"肖天飞告诉牛丰收，"是你爸牛文礼让我们来接你的。"牛丰收并没有怀疑，他一直在等待这一天的到来。他跑回屋里拿起书包，装好文具，又跑到后院去找姑姑牛文书。他对着正在后院菜园子里浇水的年轻女人说："姑姑，我要去大连找爸爸了！"

跟在牛丰收后面的肖天飞远远地看着牛文书，如果不是亲眼所见，他根本不相信在复州城这个地方，竟然会有这么好看的女人。肖天飞有些发呆。牛文书一见到他们，就被吓到了，手里的水瓢一下子掉在了地上，人也扑通一声摔倒在菜园里，旁边的木桶被撞得滚出了老远，水洒在菜园里，田垄立即变得泥泞起来。牛文书倒下的时候，牛丰收的尖叫声突然炸响，他哭着扑向姑姑，弄得一身一脸的泥。肖天飞喜欢用脚踢人，他看着躺在泥泞的菜园里无声无息的牛文书，用脚踢了踢，又蹲下来，晃了晃头："真他妈可惜，还没有跟她说上一句话她就吓晕了，我长得有那么吓人吗？"不过这倒是让肖天飞相信那一手漂亮的字是出自牛文书之手。这时，牛丰收带着满身的泥巴扑上来，用头狠狠地撞向肖天飞。肖天飞一个趔趄摔倒在菜园里，帽子也滚出老远。这时候牛文书醒了过来，她大叫道："丰收快跑，快跑啊！"牛丰收听到后，撒腿就往外跑。这时，几个手下拉起了肖天飞，肖天飞大骂他们笨蛋，叫他们快去追小孩儿。手下们忙松开肖天飞去追牛丰收。肖天飞站不稳，重新跌倒在菜园里。他恼羞成怒，爬起来，也追出了院子。几个人把哭叫不止的牛丰收抓回来了，像拎小鸡一样把他拎到了肖天飞跟前。肖天飞一挥手，几个人把牛丰收扔到了车上，不费吹灰之力就控制住了乱踢乱叫的牛丰收。

牛文书从院子里冲出来，要爬上车去救牛丰收。一个警察站在车上用脚狠狠朝她扒在车帮上的手踩下去。牛文书痛得大叫，摔倒在地上。她爬起来，又往车上冲，又被几个警察踹倒了。牛文书哭号着，疯了一样地大骂肖天飞："你这个王八蛋、大汉奸、忘了祖宗的狗腿子。"

肖天飞浑身上下沾满了泥巴，似乎没有听到她的喊叫。他脱下衣服扔到了车上，又用力地跺了跺大皮鞋，然后掏出枪来到牛文书的跟前，一把抓住牛文书的右手，举起来看了看，说："你的字写得不错，就是这只手写的吧？"牛文书吓得脸色惨白。肖天飞抓住牛文书的右手，把枪对准她的手掌心，扣下扳机。随着一声尖叫，新鲜的温暖的血喷射得肖天飞身上脸上到处都是。肖天飞举起牛文书那只被打出大洞、血肉横飞的右手，透过洞口眯着眼朝天上看了看，天上不知什么时候已经升起了火辣辣的太阳。他丢开牛文书的手，用手背抹了抹沾着血的脸，对着倒在地上不省人事的牛文书恨恨地骂道："臭娘们，你没有资格骂我是汉奸，不管你字写得好不好，都没有资格骂老子！没有！"

肖天飞拉开车门，跳进了驾驶室，冲着司机咆哮："西官房！"

汽车猛地启动了，把车上还没有坐稳的牛丰收一下子甩到了车尾，他发出一声尖叫。司机似乎吓着了，一个急刹车，牛丰收又被重重地甩回到车头。还没坐稳，几个警察又一起把他扔到车尾，像扔一条无法呼吸的鱼。

汽车加足马力往大连开，坐在车上的牛丰收在汽车卷起的黄土烟尘里，眼睁睁地看着倒地不醒的姑姑牛文书渐渐地变小变小，最终看不见了……

11

肖天飞从瓦房店带回了牛文礼的儿子牛丰收。一路上，他为自己的计谋得意，无数次地想象着牛文礼看到牛丰收时的表情，那表情一定充满了惊愕，还有绝望。想到这儿，肖天飞高兴得几乎要笑出声来。他拿出烟斗，装上烟丝，然后用力地抽起来。烟雾在驾驶室里弥漫开来，他的眼睛有种想流泪的感觉，他不知道是烟呛的原因，还是源自他心里的那一份得意。自从接任沙河口警察局大队长后，他一直被这些地下党折磨着，日本警察署的头头们对他非常不满，甚至开始怀疑他的忠诚。这些不讲理的日本鬼子哪里知道，他肖天飞比日本鬼子还恨这些地下党。他每天都在四处寻找地下党的蛛丝马迹，也抓到过几个人，但是这些人要么宁死不承认自己是共产党，要么招供的尽是些没有价值的东西，有一个姓秦的疑似地下党甚至还在监狱里咬舌自尽。这真是让他想不通：就凭他们这些地下党还想对抗大日本帝国，这不是拿着鸡蛋碰石头吗？都说人不为己，天诛地灭。他们竟然还会为了不相干的人和所谓的主义自尽，这不是傻吗？肖天飞无论如何也想不通，他只能说这些人疯了。咬舌自尽的那个姓秦的嫌疑人的家属天天抬着尸体到警局门前闹腾，让肖天飞拿出秦是共产党员的证据。这件事让肖天飞十分被动，日本当局还以影响政府形象为由，差一点革了他的职。如果再不抓到地下党，不仅日本当局要拿他斥问，警局里的那些同僚们也会要了他的命。肖天飞一直苦于找不到线索，如果不是煤场老张头无意间透露出贾皓人的消息，他还真是无从下手。

煤场老张头有一天去贾皓人家，无意中发现他家炕席下面的报纸和一些红红绿绿的纸片儿。他不识字，只觉得好看，就拿着报纸回家糊墙了，剩下的纸片有些发软，他要留着擦屁股用。这些报纸是贾皓人准备发给夜校工友的，那些红红绿绿的纸片儿是传单，是他准备夜晚出去发放的。谁也没有想到，煤场老张头用来擦屁股的纸片儿在煤灰堆上飞来飞去，被警察署里的小警察无意中发现了。就这样，警察找到了老张头，也找到了贾皓人的家，又在贾皓人家里发现了更多的报纸和传单。

果然，贾皓人全招了，这个软骨头！肖天飞坐在汽车上，想着即将到来的战果，心里满是得意。坐在汽车上面的牛丰收一路上被几个警察推搡着，他知道自己遇到了坏人，他们根本不是要带他去找爸爸。他隐约感觉到爸爸出事了，不禁害怕又绝望。汽车在阳光下颠簸着行进，太阳透过车顶的棚布，烤得车上的警察一个个大汗淋漓。他们敞开衣襟，摘掉帽子，一开始还挺有精神头的样子，渐渐地，他们开始昏昏欲睡，只有一个警察还用手抓着他，时不时睁开眼睛看他还在不在。

牛丰收看他们一个个死猪一样地瘫在车上，一直想找机会逃走。他想，如果爸爸出事了，自己就更危险了，再说家里还有昏迷的姑姑。想到这群警察押他到大连一定没有什么好事，他决定想办法逃走再说。但是一路上，警察轮流看着他，他一直找不到机会。眼看着时间一点点过去，牛丰收心里更加焦急了，要是到了大连，他就更跑不了了。这时，正好汽车经过一段上坡土路，两边是成片成片的玉米地，牛丰收看准机会，趁着车爬坡时速度慢下来，闭着眼睛一狠心拿开了警察的手，趁机往前一跃跳下了车，一头钻进路边玉米地里，拼命地往前跑去。

汽车终于进入市区，经过沙河口火车站火车道口时，剧烈的颠簸把肖天飞从昏睡中颠醒。他发现手里烟斗的火已经灭了，烟灰撒到了裤子上。他气恼地用手指掸着那些烟灰，结果烟灰越掸越散，裤子越发脏起来，十分狼狈，旁边的司机忍不住嘿嘿地笑了起来。肖天飞更加气恼，伸手要打过去，司机下意识地躲开他，不想方向盘打歪了，车差点撞到路边的树上。这时肖天飞突然听到有人砰砰砰砰用力地拍打驾驶室的顶棚，他预感到了什么，大叫停车。司机一个急刹车，肖天飞的头重重地撞到玻璃上，撞得他眼冒金星。还没等他缓过神，一个手下跳下车拉开车门，大叫道："肖队长，不好了，牛丰收他跑了！"肖天飞瞬间感觉自己的头像是又重重地撞在了窗玻璃上。他一拳砸向那个手下的脸，顿时，那小子的眼镜片被砸得粉碎，鼻子一下子歪到了一边，满脸是血。他双手捂着脸，疼得在地上打滚。

肖天飞双手重重地敲打着自己的头，咬牙切齿地骂着："牛丰收，你这个小兔崽子，等老子抓住你，看怎么收拾你。"车继续往西官房方向开去。肖天飞头疼欲裂，双手捂着头，不停地痛苦呻吟着，像死了丈夫又丢了孩子的寡妇，失魂落魄。

12

夜深人静的时候，朱沉潜常常会从睡梦中惊醒，他一直后悔与三谷贞吉的合作，那次选择让他觉得是人生中的一场意外。

刑讯室外的一间屋子里，烟雾缭绕，空气有些混浊，像是南风天烟囱里的烟被风倒灌回屋里，让人睁不开眼，喘不上气。典狱长三谷贞吉站在窗前，凝视着窗外。窗外是一个偌大而空旷的院子，红砖砌成高高的围墙，围墙上还布满了通电的铁丝网，看上去戒备森严且令人窒息。院子里的青草长得浓郁，草丛间装有自动喷水装置，最近干旱，每天早晨犯人们放风后，狱警们就会给草丛喷水。三谷贞吉看着满院子绿油油茁壮成长的青草，心里有种说不出来的感觉。不知道为什么，这些草总会让他想起在故乡水田里忙碌的母亲，眼前这一片片长势旺盛的绿草，像极了家乡的稻田。想到母亲弓腰在田里插秧的情景，三谷贞吉的眼眶猛然间有种鼓胀的感觉，他分不清是烟呛的还是真的有眼泪要涌出来。他无时无刻不在怀念自己逝去的母亲，时间越久，他的怀念越深，离家越远，他的思念越强烈。他清楚地记得，离开家的那天上午，母亲正弓着腰在水田里插秧，听到三谷贞吉的呼喊，她从水田里略抬起头，潦草地向他挥了挥手，又低下头继续干活，仿佛儿子不是去参军而是去参加学校组织的短期旅行。之前每次旅行，母亲总会在他的书包里放上包好的紫菜饭团，那是他孩提时最爱的美味。他多么希望，书包里还能摸得到那一个个香甜的饭团啊。

　　他当时并不知道，母亲的那一次挥手竟是永别。那时，他告诉母亲，他不会再像父亲那样在劳作中过一辈子，而母亲并没有半点的觉悟，一如既往地在田里劳作。他不想过母亲那样的生活，他要奋斗，要有钱，要过富裕的生活。

　　三谷贞吉离开日本本州岛的时候，正是家乡新潟县农民开始插秧的时节，他这个时候离家，对于需要劳动力的母亲来说，好比断了一只胳膊，母亲的心情不知道有多沮丧。三谷贞吉无法说服母亲，他看着稻田里的人投向自己的漠然目光，只是感觉他们很可怜很悲哀。如果不去看看这些劳作的身影，很难想象他们都过着什么样的苦日子，他不想像父辈那样一生就守在这里。新潟县是日本有名的大米产地，产量仅次于北海道，而三谷贞吉家所在的鱼沼地盐泽町，因为越后山脉八海山清澈雪水的浇灌与四季分明的气候的影响，出产的大米闻名日本。不过，让三谷贞吉欲哭无泪的是，不管种多少大米，家人永远都吃不饱，这些美味的大米不是给了皇室，就是进了有钱人的肚囊，而农民却只能麻木地沉浸在自豪里。他们以种植名扬日本国的水稻而骄傲，只享受自己种植的大米被赞扬，似乎从来没有想过自己的命运，而是把一切都当作天命。但是他们辛苦的劳作，却始终没有换来想过的日子。三谷贞吉想，也许父母一辈子都不会想到，他们那样辛苦是没有尽头的，更看不到未来。三谷贞吉从读书时就决心找一条有别于父母的路，他认定自己一定会找到通往幸福的路，一条创造非凡人生的路。他离开了母亲，期待着有一天能成功，能骄傲地站在母亲面前。

但是他没有等到母亲的祝福。他离开家没有多久，母亲就死了，永远地倒在了辛苦劳作的稻田里，稻田也许是她向往的归宿。他听到消息时，就像一棵被狂风暴雨连根拔起的大树，再也无力挺拔，他所有的骄傲和自豪随着母亲的离去再也无人分享。从此，他像断了线的风筝，在人生漫无边际的汪洋里四处飘荡。三谷贞吉从军校毕业后就参军了，一路厮杀，一次次从死人堆里爬出来，成为战场上的冷面杀手，内心也一点点变得坚硬。日俄战争结束后，他先是去了上海，后来又被派到大连。窗外的大草坪，就是他任旅顺日俄监狱典狱长后，吩咐手下铺种的。如今，监狱院子里的空地上长满了绿油油的青草，草坪在他看来就是绿色的稻田。不过，即便眼前的绿再明亮，也无法替代他心里的那一片绿，那遥远家乡的绿是一种痛，只有他自己知道痛的根在哪里。

至于别人说的温情，这种小情小调、附庸风雅的东西，只有酸腐的文人才会讲究，作为大日本帝国军人的三谷贞吉才不会有。

三谷贞吉看着远处，思绪翻飞。他的双臂横抱在胸前，右手指上燃尽的烟灰已经很长了，细细的烟雾静静地在他的眼前袅袅上升。审讯室的门没有关严，这是他要求的，他需要通过那些号叫声来判断来思考。一声紧似一声的号叫还在继续，不过，不管号叫声怎样绝望，都没有打扰到他目光的凝视和思绪的飞翔，他喜欢在这样混乱而绝望的号叫声中静静地想着心事。不是有人说他是东京毒蛇吗？既然是毒蛇，就应当像毒蛇一样安静地做事、安静地想事、安静地等待机会，直到发出那致命的一击，直到刑讯室里的号叫与他的冷笑达成共识。

一声声炸雷一样的惨叫冲出刑讯室。真是个废物！他的目光从窗外的绿草坪上收回来。门开了，一个人裹着风似的进来。三谷贞吉手上长长的烟灰被吹落，落在了他的手背和衣衫上，落在了他笔挺的西裤和黑亮的皮鞋上。

三谷贞吉看着手上的烟头，并没有回头。

"死了？"

"死了！"

"这么快！才一支烟的工夫嘛。"

三谷贞吉将剩下的烟头用力地吸一口，直到烟蒂烫到了手指，才长长地吐出烟雾。他看着夹在指间的那枚火星渐弱的烟蒂，像是看着过年时天空中稍纵即逝的烟花，有些不舍地把它扔到地上，然后将他擦得锃亮的大皮鞋踩在上面久久地碾压着，仿佛要把那枚烟蒂碾压成旅顺口黄金海岸上细碎的沙子一样。

"再找个经折腾的！"

"是！"

旋即，又一个壮汉被拖进了刑讯室。

刑讯室里又传来了号叫，随着叫声，三谷贞吉啪地打开了打火机，重新燃起一支烟。他喜欢抽大前门香烟，自从他听到大前门的广告语"大人物吸大前门，落落大方"以后，他就迷恋上了这种烟。虽然他不是什么大人物，但是他喜欢大前门的好寓意。曾经，他喜欢老刀牌香烟，虽然烟不错，但名字太老气。后来，他又抽过一段时间的大英和哈德门，味道不是他喜欢的那种，感觉没有抽大前门那么醋畅。

他不紧不慢地抽着大前门，据他的推断，凡是进入这间刑讯室里的人，没有谁能扛得住他一支烟的工夫。一想到自己的杰作，他轻轻地哼笑了一下。虽然刑讯室里实施的酷刑为他的前辈所创，但却是经由他三谷贞吉发扬光大传播推广的，他还因此受到了上司的嘉奖，至今他都非常得意。他看着窗外，目光仍然那么专注地凝视着窗外的草坪，仍然慢慢地吸着烟，每吸一口烟，他都感觉离心中的目标近了一些，又近了一些。

早在三谷贞吉之前，日本监狱的酷刑就以标新立异而令犯人胆寒，而三谷贞吉推广的这种酷刑残酷更甚一层，以至于连"不畏残酷"的日本国内都已经禁止使用。日俄战争后，旅顺监狱开始暗地里使用日本国内禁用的酷刑，三谷贞吉来了之后，更是公开引进各种明令禁止的酷刑。旅顺监狱里的犯人成分复杂，有俄国人，有朝鲜人，有东南亚国家的人，也有日本人，更多的是中国人，在他看来，这些人是很难对付的。不过，三谷贞吉深信，重刑无人能抵，这也是他审讯犯人、破获情报的"重要心得"。他将以往在日本禁止使用的酷刑明目张胆地在旅顺监狱使用了。监狱里的水刑最为严酷，伴以笞刑、木刑、金刑、火刑，其惨虐毒暴几乎无人能扛得住。三谷贞吉一想到这些酷刑，就不由得感谢他的前辈。他到大连后，最先到大连大广场警察署去参观，那里有专门给犯人灌凉水的小屋子。这种小屋子修得很奇特，遭受灌凉水刑的人无论怎么惨叫，外面是听不到一点声音的。

参观那天，三谷贞吉亲自参与了一场刑讯。

那时正值严冬，大连的冬天北风居多，刑讯室外北风呼号，穿着军大衣的三谷贞吉来到刑讯室。几个警察拖进来一个大块头的男人，那男人浑身上下的衣服都被扒光了，被强行按在离地面半尺高的长板凳上。板凳上结着厚厚的冰，三谷贞吉不由得缩了缩身子。他随即看看四周，好在没有人发现他表情的变化，他为自己的软弱羞愧，甚至感到可耻。之后，他调整脸上的表情，一脸冷酷地看着眼前的一切。大块头男人面朝上被绑在长板凳上，头的正上方有一个大漏斗，里面装满了水。施刑的人手持水管，对着大块头男人的嘴开始灌水。大块头男人的肚皮开始一点点鼓胀起来，直到水再也灌不进去。此时，另一个矮胖的狱警站到长凳上，在男人的肚子上用力地踩了下去。男人腹内灌满的凉水随着胖狱警用力的踩踏，从眼眶、嘴巴、鼻子等地方喷了出来。这时，审讯的人就问受刑人是否招认，如若不招，再两次三次地灌。

三谷贞吉从大连回到旅顺后，第一时间把水刑——灌凉水的酷刑引进旅顺监狱，现在它已经成了三谷贞吉最常用的酷刑。有了这样的酷刑，三谷贞吉觉得审讯和侦破都变得容易了。水刑的残忍程度要远远超过其他酷刑，非常人所能承受，很多人都会在水刑下屈打成招。

眼下正值七月，空气中有种酷暑逼人的味道，然而刑讯室里却昏暗、潮湿、闷热，汗酸味和血腥味搅和在一起，臭烘烘的，几乎让人窒息。

就在不久前，大连的日本警察署拿到了一本以大连人民留京同乡会名义印刷的《大连人民》小册子，这是本强烈地反映抗日思想和共产主义思想，同时进行"赤化"宣传的小册子。警察局通过秘密侦查，根据油墨查出小册子是在大连印刷的，便开始严密地搜捕。夏天刚到的时候，几个人煽动工人罢工，被日本警察逮捕，有人经不住毒打招供了，导致又有几个地下党组织成员被逮捕，但是日本警察一直没有抓到地下党核心人物。现在，三谷贞吉秘密逮捕了中共大连地下党重要人物朱沉潜，他是一位级别较高的领导，三谷贞吉认为只要攻下他，必能将大连地下党一网打尽。

刑讯室内，到处是吊杠、老虎凳等各种令人恐惧的刑具。朱沉潜无比痛苦地坐在老虎凳上，他并没有受一丁点的刑，但他感到这比自己受刑还要难受、还要恐惧。就在他的眼前，一个下午已经有两个人被从外面拖进来，几经折磨，又被拖出去。两个人都是清醒着进来，软塌塌地被拖走。施刑的几个狱警早已筋疲力尽，三谷贞吉只好又换了几个新的狱警进来。

在朱沉潜眼前被折磨死的两个男人，哪一个看上去都比他要结实，哪一个都比他要高大，哪一个都比他要强硬，但哪一个都没有再站起来，都在他眼前号叫着死去。朱沉潜心情复杂，他知道，三谷贞吉正在用另一种方式摧毁他的意志。他开始怀疑自己，如果自己被绑在老虎凳上受刑能不能坚持住。这时，第三个大汉被拖了进来，那大汉显然被皮鞭抽打过，浑身上下血肉模糊。狱警扒下壮汉身上被抽烂的衣服，把他脸朝上绑在长凳上，扭开水龙头，把管子插进壮汉的嘴里灌水。壮汉被呛得喘不上气来，肚子也一点点地鼓胀起来，越鼓越圆，仿佛要爆裂一般。这时，几个狱警商量了一下，抬来一块大木板放在大汉肚子上，然后一起喊着号令，用力地下压木板的两头。顷刻间，壮汉七窍流血，来不及惨叫就死了……

这是下午在朱沉潜眼前死去的第三个人。朱沉潜用戴着镣铐的双手捂住了双眼，他开始还装坚强，最后终于忍受不住了，浑身战栗，害怕不已。他一直以为，下一个被用刑的就是自己，但是眼下狱警们并没有动他一根毫毛。三谷贞吉已经下令不许动他，一根毫毛都不要动。朱沉潜感觉，三谷贞吉像夏日里盘在他身体上的毒蛇，令他享受着冰凉的感觉，却也随时可能将他推向死亡的关口。

这个下午，朱沉潜亲眼见证了酷刑对人意志的摧残，他仿佛落进了黑不见底的枯井里，对死亡的恐惧越来越深。

他看着躺在脚边已经死去的大汉，终于忍不住，捂住脸痛苦地抽泣起来。

刑讯室的门开了，他不知道是不是死神已经在向他招手。他睁开眼，看到的是一双擦得锃亮的大皮鞋，三谷贞吉已经站在了他的跟前。

虽然朱沉潜不想承认，但他确实一直在暗暗地等着这个时刻。

三谷贞吉示意狱警抬走地上的大汉，然后拖来一把椅子放到朱沉潜对面，一只脚踩在椅子上，一只手撑着下巴。他发现朱沉潜坐着的凳子下面有一汪混浊的污水，朱沉潜的裤子已经湿透了，散发出一股难闻却很新鲜的气味。三谷贞吉心里小小地激动了一下，他暗暗地露出一丝狞笑，眼睛盯着朱沉潜。

"朱先生，难道你想像他们一样悄无声息地死去吗？"

朱沉潜没有应声，抬起头长吐一口气，目光直视着他。

"人死不能复生，死了，一切就都没有了，这一点你应当比我清楚。"

听到这话，朱沉潜又痛苦地闭上了眼睛。

朱沉潜的大脑似乎一下子凝固了，无法思索，闭口不语。三谷贞吉分明看出了此刻朱沉潜内心的动摇，似乎朱沉潜早就期待与他这样面对面。三谷贞吉为自己小小地得意了一下，也许他在见到朱沉潜的那一瞬间就看出了朱沉潜骨子里的那一丝犹豫和怯懦。此刻，他更是暗暗得意，看来当初自己的计划非常正确。

这之前，三谷贞吉将朱沉潜的历史翻了个底朝天，知道朱沉潜不同于一般人。朱沉潜曾经到日本留学，先是为日本秘密机构做事，后来到大连，想洗白自己，便秘密加入了共产党。蛇一样的三谷贞吉见识过各种各样的人物，也杀过无数的人，怎么看，他都认定朱沉潜是一个投机主义者，不会是一个坚定的理想主义者。对付朱沉潜这样有点层次的人，攻心大于毁身，要给予朱沉潜足够的尊严和耐心，更何况他还有更大的野心和计划要朱沉潜帮他实现，这也是他一开始对朱沉潜进行秘密抓捕却没有对他施以重刑的原因。他不仅能撬开朱沉潜的嘴巴，也能让朱沉潜忠心于自己。目前，他已经把朱沉潜了解得一清二楚，在他看来，这个一心想通过革命改变自己命运的知识分子，骨子里暗藏着成名成家、光宗耀祖的野心和虚荣。三谷贞吉相信，朱沉潜心里藏有许多不甘。

三谷贞吉对朱沉潜说："现在，知道你在这里的人都死了，包括刚才在你面前死去的人。只要你愿意，你可以从这里走出去，没有人知道你来过这里，你还可以一如既往地做你想做的任何事。我只是想和你交个朋友，我喜欢有才华的人，对于你这样在东京留过学的中国人，我还是充满敬佩的。"

三谷贞吉心里的目标更高，作为大连秘密警察，他现在需要的是抓住大连地区共产党的首脑。如果策反朱沉潜成功，他将抓住自己实施下一步更大计划的重要筹码。

朱沉潜低着头，眼睛却死死地闭着。

"只要你和我们合作，我们大日本帝国会保证你的安全。朱先生，该说的我已经说过了，你是明白人。"

朱沉潜猛地睁开眼睛，感觉到喉咙一阵灼热。

"当然，如果你跟我们合作，我们可以帮你实现更大的梦想。你还年轻，有知识，前途无量，共产党需要你这样的人才，我们大日本帝国更需要你这样的人才。我真不希望你像刚才那些人那样，什么事情都没有做成就默默无闻地死去了，人生这么早就结束，实在是划不来的事情。"

朱沉潜抬起头，脸上不知是汗水还是泪水，混合成污浊不堪的面孔，看上去狼狈不堪。他猛然睁开血红的眼睛，用力地盯着对面的三谷贞吉，他早就听说过这个人，但此刻，坐在他面前的三谷贞吉却并不凶悍。

见朱沉潜终于睁开了眼睛，三谷贞吉一脸笑容地凑近他。

朱沉潜张开干裂的嘴唇。

"你抽的烟是大前门吧？我就知道你与众不同。"

三谷贞吉哈哈大笑起来，他掏出大前门烟，轻轻地抖一抖，一支白色的烟卷从烟盒里露出头来，就像一个洁白如玉的少女从大浴池里露出半个身子。三谷贞吉看着雪白的烟卷，满脸都是爱意。他两根手指轻轻地一捏，小心地提出一支，轻捻着，递到朱沉潜面前。

"怎么样，来一支？"

朱沉潜把嘴微微张开，三谷贞吉把烟放进了他的嘴唇间，然后从怀里摸出打火机，准备给他点烟。朱沉潜愣了愣，他感慨，正是自己的老师丛林突然离世，他才有机会摆脱日本人，走上革命道路，谁料自己现在又重新回到了日本人中间，也许这就是摆脱不了的命运吧。

朱沉潜看了眼三谷贞吉伸到他眼前的打火机，说："IMCO品牌！闻名于世的弹壳打火机，燃油打火机的鼻祖，产自遥远的奥地利维也纳。"

"哈哈哈！我就知道你是个识货的人。哈哈哈！"三谷贞吉再次大笑起来，然后咔嚓一声点燃打火机，点着了朱沉潜嘴里的大前门。

朱沉潜猛地吸了口烟，然后将浓浓的烟雾吐出来。那长长的烟雾在他和三谷贞吉之间形成了一道魔幻般的屏障，他在那道薄雾般的烟云屏障中，想找寻一座遮挡他和三谷贞吉的山峰，如果能有一座让他永远看不到三谷贞吉的山峰该多好。他没有找到那座可以让他躲起来的山峰，却看到了老师丛林的眼睛。当然，他还看到了另一双眼睛，他一直装在心里的那双眼睛，美丽而忧伤。他还没有找到那双眼睛，他不能死在半路上，为了他的理想、他的爱情，他必须先活着。他闭上眼睛，在脑海中生硬地将自己隔在了烟雾之外，眼前重现三谷贞吉得意的笑脸。

去他妈的主义！比主义更重要的是活着。

活着。

活着。

活着才最重要！

他猛地吸了一口烟，又恶狠狠地吐出来，也吐掉了信仰，吐掉了是非观，吐掉了埋藏在骨子里的最后一丝尊严。

朱沉潜承认了自己的政治身份，供出了大连地下党的重要负责人夏贺功，供出了他所知道的一切。

13

那天，安娜去圣德公园后，夏贺功就不停地朝浪花街的街口张望，他一直在焦急地等待王大灿。他抱了一些柴草进来，放在灶台前，菜板上是切好的白菜丝，盆里是和好的面糊，看上去是要准备做疙瘩汤。

正是午饭时间，远近的烟囱都冒出浓浓的烟雾，随后烟雾开始缥缈，乌云一样地在天空中飘飞。夏贺功迟迟没有起火，他并不是想做饭，而是另有打算。终于，王大灿推着小车进院了，小车上是成堆的破渔网和盛鱼的破木桶。夏贺功扒开渔网，下面露出一个木箱。两个人对视一眼，心领神会，一起把木箱抬了下来。

夏贺功到院门口往外观察一番，见没有人，他迅速关上了院门，将一把铁锹斜着放在院门口。两个人抬起木箱进屋，关上门来到灶间。王大灿把灶台上的一口大锅端下来，大锅下面是一块青石板，挪开石板，下面是一个地窖。这个地窖是夏贺功刚来时和王大灿一起挖的，非常隐秘，平时灶台可以点火做饭，根本看不出与别的灶台有丝毫不同之处。地窖里藏着一些重要文件，还有一台简易油印机、几支枪、一些子弹，以及前几天收到的一箱银圆。王大灿麻利地跳进地窖，夏贺功从上面把箱子递给他，叮嘱他要把东西藏好。王大灿在下面藏好箱子，刚要上来，夏贺功突然感觉外面有响动，好像有人在推院门。"不好！"他朝地窖里喊了一声，来不及多想，立即推上地窖里的石板，端起地上的大锅重新放在灶台上。他迅速地往大锅里舀了几瓢水，盖上锅盖，把水瓢放在锅盖上，看上去像是准备烧水做饭。然后，他往灶台里塞进一把草，点燃了。这时，外面传来了铁锹倒地的声音，一个人影闪进院子，夏贺功一看，是牛文礼。他吃了一惊，昨天晚上不是才见过面吗？没有特别召集，不能随便见面，这是铁的纪律，牛文礼应该清楚这一点啊！而且，牛文礼按计划要去奉天执行任务，也应当上路了，这时候为啥出现在自己家里？夏贺功突然有种不祥的感觉。

夏贺功想到王大灿还在地窖里，忙把火灭了。他搞不明白牛文礼到底是怎么回事，只好掩饰说安娜去工厂上班了，自己想做点疙瘩汤喝。

牛文礼说："你还做什么疙瘩汤啊，出大事了！"

夏贺功一激灵，盯着牛文礼说："到底怎么回事，你快说，急死个人。"

牛文礼说："我昨天晚上喝得有点多，走着走着感觉没有力气，就在道边歇了一会儿，谁想到歇着歇着就睡过去了。醒来后已经是后半夜了，我没赶上电车，就走着回家了。等我到家后，发现出事了，家里进人了。"

"进小偷了？"夏贺功看着牛文礼，心里却惦记着地窖里的王大灿。

"进小偷我还来找你干什么？"牛文礼显然急了。

"丢什么重要的东西了？"

"有人进了我的家，拿走了我的信。唉，都怪我太马虎了！"

"什么信？谁的信？"

"孩子他姑姑写给我的信。"

"有什么问题？"

"小偷拿走了我的信，而且家里也被翻得乱七八糟。"

夏贺功沉默着，像是在思索，其实他已经意识到了问题的严重性，很可能是牛文礼暴露了。他突然感觉周围有些异样，立刻警觉起来，打开门，外面却什么也没有。

夏贺功想，是不是自己过于紧张了。他并不知道，三谷贞吉已经从朱沉潜的嘴里知道了自己的身份，此时有几个党小组的主要负责人陆续遭到逮捕，有人经不起酷刑已经叛变，一大队人马正飞快地往黑石礁奔来。

夏贺功对牛文礼说："你已经暴露了，快躲起来，没有命令不要和任何人联系。"

"不知道他们拿我的信干什么，会不会影响到丰收？"

夏贺功点了点头："很有可能。不管怎样，不要回家，一定要去奉天完成任务，向上级汇报大连的情况。"

"我还是有点担心丰收，要不我回一趟瓦房店吧？"

"坚决不行！"夏贺功低声吼着。牛文礼脸上现出犹豫的神情，夏贺功感觉到了牛文礼情绪的变化，心里不免担忧起来。

夏贺功发现院外好像有人影晃动，两个人迅速地对视一眼。牛文礼翻身跳进了旁边的院子，往海边跑去，钻进一个倒扣在沙滩上的小船下面，往夏贺功家里探看。见没有什么动静，牛文礼刚要爬出来，突然看到一辆汽车在不远处停了下来，一群持枪警察和便衣特务从车上跳下来，迅速地包围了夏贺功的家。就在警察冲进院子的时候，夏贺功迅速爬上房顶，在房顶上跳跃着、奔跑着。接着，子弹在夏贺功的身边砰砰砰地乱射，警察和特务们一窝蜂地追夏贺功去了。牛文礼从船下钻出来，顺着沙滩，鱼一样地蹿进海里，向大海深处潜游而去。等他从一堆礁石后面露出头来时，脸已经憋成了酱紫色。他把头重新扎进海里，四周一下子又成了黑暗无光的世界，他在又咸又苦的海水里，闻到了一股浓浓的血腥味。

14

朱沉潜没有受任何皮肉之苦。他是从监狱后面的一个秘密通道里走出来的，等待他的是一辆小汽车。在被抓进去之前，他设想了一千种一万种的酷刑，想到了一千种一万种的死法，想象过自己会坚决抵抗，想象过自己会无比顽强，但是等他进了刑讯室，剩下的只有恐惧。那时候他甚至后悔加入共产党，他本来是想在这样的组织里去实现个人理想，去出人头地的。他曾经无数次想象自己成功的样子，但是到了刑讯室里，看着眼前的一切，想象自己人头落地暴晒在阳光下的情景，他害怕极了。没有想到的是，他竟然能毫发无损地走出监狱。当然，按照三谷贞吉的计划，也许他会被重新抓进去，这样，就没有人知道他是叛徒。叛徒，一想到这个词，他浑身上下一阵哆嗦，然而四下看看，夜晚安静如旧。

朱沉潜想到三谷贞吉的计划，不由得有些胆寒，看来东京毒蛇这个名字对三谷贞吉来说真是名副其实。朱沉潜从进去到出来，整整一天一夜，他眼睁睁地看着几个大汉惨死在他的面前，而三谷贞吉并没有动他一根毫毛。死神曾经那么近地要和他握手，但终究还是擦肩而过。三谷贞吉对待他的方式，让他顿悟，更让他庆幸。他感觉到了生与死原来是这样不同，没有什么事情是不可以解决的，活着最重要。活着又是如此简单，只要懂得妥协。让他更能自我释怀的是，他发现他之前所从事的这项有意义的事业，其实前途是那么渺茫。在强大的政权面前，信仰是多么不堪一击，遵行理想和主义是多么可笑且不切实际。眼下，活着比什么都重要，他想，即使他今天不投降，明天也会投降，即使自己不投降，别人也会投降。想到这里，他就释然了，似乎为自己找到了开脱的理由。不过，他要为这种自由付出代价，三谷贞吉给他一个新的任务，这是他没有想到的。三谷贞吉得到情报，最近有个南方商人送给大连地下党一箱金条，在山东烟台的一家银行提取，送货的地点是大连。据三谷贞吉推算，这些金条一定与大连地下党有关。据可靠消息，目前地下党北方区正在制订一个秘密计划，这个计划可能针对的是日本下一步对中国的政策。三谷贞吉必须迅速地掌握秘密计划的内容，而完成这项任务急切需要一个内线，这个内线最好能进入地下党组织的核心权力部门潜伏下来，以获取更高职位，谋取更多情报。

三谷贞吉除了担任日俄监狱典狱长外，还有一个身份，他是日本秘密警察组织的重要成员，负责搜集中国的情报。在没有得到真正有价值的信息之前，他要做的就是给予地下党组织毁灭性的打击。三谷贞吉让朱沉潜先隐藏身份，以便将来获得更多的信息。眼下，日本正准备对中国进行一场更大的行动，三谷贞吉一直在等待。他相信，用不了多久，一场针对中国的大戏就要开演了。

朱沉潜在夜色中走进自家的院子，院子里静悄悄的。他抬头看了看繁星点点的夜空，长长地舒了口气，多么美好的夜色啊！

15

抓捕最早是从沙河口西山村开始的。当天上午八点，沙河口铁道工厂党支部委员王景山要在西山老水源地组织党员和积极分子开会。由于叛徒出卖，早已得到消息的沙河口警察特高课主任西村，指挥手下干将小川和渡边带领十几个人，拂晓前就在会场附近的山林里埋伏了起来。等开会的几个人到齐了，他们一拥而上，把参会人员全部逮捕了。

警察署的刽子手们对抓捕的人突击审讯，施以重刑，有两个人扛不住警察折磨而变节、招供，接着，又有几个支部的党员和积极分子在不同地方被捕。

此时的朱沉潜已经从旅顺监狱出来了，一辆小车把他秘密地送到了城郊的黑石礁。面对三谷贞吉的计划，朱沉潜不知道从何下手，他一点头绪也没有，但他首先想到的是夏贺功。

三谷贞吉知道金条就在地下党手里，虽然他紧盯着，但一点线索也没有。

在这个城市里，没有谁比夏贺功更有机会靠近那个秘密了，朱沉潜想。

三谷贞吉说过，让朱沉潜在沙河口警察署抓捕夏贺功之前找到他，想办法弄清楚他是不是已经得到了那箱金条。三谷贞吉不想打草惊蛇，他还没有任何线索，但他需要准确信息找到那箱金条。

朱沉潜没有想到，就在他去找夏贺功之前，大连的警察局已经开始抓捕夏贺功了。

警察局的特务们制订了周密的抓捕计划，对于夏贺功这个大连地下党组织最重量级的人物，他们颇费了番心思。为了把夏贺功、安娜、牛文礼、王大灿、丁采芹等重要人物和其他大连地下党主要成员一网打尽，他们严格保密，并提前开始了抓捕行动，在地下党的情报传出去的同时，他们已经开始四处抓人了。但小岗子警察局大队长肖天飞的一次自以为得意的莽撞行动，使牛文礼发现情况异常而逃脱，最终打乱甚至破坏了日本当局的整个抓捕计划。安娜逃脱了，牛文礼也不见了。

就在夏贺功被警察追击的时候，王大灿一直待在夏贺功家的地窖里。

当时他刚把装金条的箱子安顿好，就听到地窖上面传来了夏贺功短促而急切的声音，他还没听清夏贺功说的是什么，头顶的石板就被咣当一下盖上了，地窖里一下子陷入黑暗之中。王大灿使劲眨了眨眼睛，又眨了眨眼睛，但什么也看不见，突然而来的无光世界一下子包围了他，让他恐惧。又过了一会儿，一阵烟雾窜进地窖，显然是炉灶上生火了。夏贺功明知道他在地窖里怎么还要生火？正疑惑着，他隐约听到地窖上面有人说话，还有各种乱糟糟的声音。直到枪声响起，他知道，出事了。

地窖上面一片嘈杂，有翻找东西的声音，有东西被砸碎的声音，不知道折腾了多久才安静下来。突然，上面又重新混乱起来，又有人在翻东西、砸东西，过了一会儿又安静了。又过了好久，王大灿隐约听到了女人的尖叫声，好像是老婆丁采芹的声音。这声音刺激着他，他忽地站起来，想冲出去，头被重重地撞了一下，疼得眼冒金星。他重新坐了回去，冷静想想，不能出去。自己要出去了，这箱金条怎么办？还有这些印刷设备、文件怎么办？一切都会暴露的。

丁采芹去王家村磨坊磨玉米，顺便给安娜磨了些高粱粉，回来时已过了晌午。她端着盆来到安娜家，发现安娜家的院门大敞着，自家的小推车也在院子里，车上还有渔网、木桶和家里修船的工具箱。小车上的破渔网是她前几天才补好的，晒在海滩上，怎么拉到安娜家院子里来了？再看看屋里，大锅里还煮着水，夏贺功怎么把做了一半的饭扔在锅台上不管了呢？这小车一定是王大灿推来的，王大灿为什么要推一车破渔网来找夏贺功呢？王大灿不是一大早就出了门，说是要到工厂赶工吗？丁采芹越琢磨越觉得不对劲。她正愣神，突然几个警察闯了进来。她撒腿就跑，警察扑上去把她按倒在地。丁采芹奋力挣扎，大声尖叫着，一个警察用枪托重重地砸在了她头上。丁采芹强忍剧痛，拿起工具箱里的锤子冲着用枪托打她的警察抡了过去。一声枪响，她的手停在了半空，接着，扑通一声，她倒在了地上。

躲在地窖里的王大灿不知道院子里发生了什么事，也不知道丁采芹是生是死。他不敢出去，也不能出去，现在最重要的是保护好这箱金条。夏贺功说过，这箱金条比他们的命都金贵，这笔钱要用在革命大事业上，有大用处，与千万人的命运相关联。他小声自言自语："采芹，听天由命吧，我保护不了你了。"自从丁采芹小产以后，两个人一直想再要个孩子，想到妻子生死未卜，王大灿不由得哭了起来。他轻声念叨着："采芹，你受委屈了，以后我再补偿你，我现在就算死在地窖里，也不能出去救你。我出去了，这里的东西就都暴露了，那样我就是罪人，对不起党的罪人。"丁采芹并不知道地窖的存在，也不知道这箱金子的存在，更不知道他现在就在地窖里。如果丁采芹知道了，扛不住敌人的折磨，把这里的一切都招出来，岂不误了大事？王大灿这样想着，也祈盼着丁采芹平安无事。

王大灿不知道自己在黑暗中待了多久，好像是几个小时，又好像是十几个小时……终于，地窖上面没有了声音，约莫是后半夜了，他试着慢慢地推开石板，费力地爬出地窖，果然，四周漆黑一片。他从后窗爬出来，爬到屋顶，趴在烟囱后面向四周观察着，又看了看自己家的方向，没有什么动静。但他琢磨着，家肯定不能回去了，夏贺功又生死不明，自己只能先想办法逃走再说。

王大灿趴在屋顶上，突然看到院子里有个东西，像是人。他跳下屋顶，到跟前一看，是丁采芹！他一下子扑向丁采芹，而她此时已经气息全无。这时，远处有亮光闪动，有脚步声传来，他急忙放下丁采芹钻进草垛里躲了起来。这时，他看见一个人打着手电筒走进了夏贺功的家。借着手电筒的光，他认出这个人是朱沉潜。之前，他们曾见过一面，王大灿想，朱沉潜一定是来救我的。他刚要出来，突然发现又一个人走进了院子，朱沉潜与那人低声说着什么，虽然王大灿听不懂两人谈话的内容，但他能断定他们说的是日本话！王大灿惊得目瞪口呆，心脏怦怦地要跳到嗓子眼了，他有点不敢相信眼前的一切。两个人叽里呱啦地说了一通，四下里看了看，一起走出了院子。王大灿听到汽车发动的声音，不一会儿，汽车扬长而去。王大灿从草垛里拱出来，扑过去抱起地上的丁采芹，哽咽不已："采芹啊，你怎么就这样走了，留下我一个人怎么办，怎么办……"哭着哭着，他突然觉得有什么不对劲，一抬头，发现眼前站着一个人。朱沉潜不知道什么时候又回到了院子里。王大灿惊讶地问："你，你，你没有走？"朱沉潜看着他："我上哪儿去？"王大灿随手摸到一根棍子，刚要拿起来，朱沉潜冲着他的手一脚踩了上去，王大灿疼得大叫起来。朱沉潜拿枪对准王大灿的脑袋："夏贺功已经死了，所有的地下党都被逮捕了，现在只有我能救你了。"他蹲下来，靠近王大灿，"你娘就你一个儿子，你现在还没有儿子，你死了谁给你娘生孙子，谁给你娘养老送终？所以，你现在不能死，你得活着。"

王大灿恨恨地说："朱沉潜，没有想到你是个日本特务。你的日语说得真是流利啊，我夏大哥都被你骗了。我真是瞎了眼了，竟然没有看出来你是个坏蛋，还把你当好人、当老师、当圣人。"

"我本来就是好人，但是世道变了，人也得变。不变就得死，就像丁采芹，"他指了指院子里死去的丁采芹，"下场就是那样。你现在和我合作，我保你不死。"

"你给我讲的那些革命道理都是假的？你的那些理想和主义也是假的？"

"我原本以为是真的，也相信是真的。不过现在我才发现，那些革命道理说起来容易，实现起来比登天还难。现在活着比什么都重要。你的名字已经上了日本人的黑名单，现在只有我能帮你，能救你。"

"你能救我？怎么救，向日本人投降，当汉奸叛徒卖国贼？"王大灿怒斥着。

朱沉潜嘿嘿地笑起来："起初我也瞧不起汉奸，也不想当叛徒，这名声传出去，我们朱家祖上也无光，我的脸上也无光。但是，当我在刑房里看到那些被折磨死的人时，我就改主意了。管他日本人中国人的，与其在监狱里不明不白地死了，不如先活着，只要能活着就行，活着比什么都重要。"朱沉潜靠近王大灿，"我也有理想，还有很多的事没有做，有爱的人没有机会去爱，所以，我们先活下来，然后再找机会做大事，一样可以和日本人斗争，一样可以为革命做贡献，也一样可以爱国啊。"他指了指地上的丁采芹，"现在我们革命的时机不成熟，硬碰硬只能是死路一条，留得青山在，不怕没柴烧，何必硬要去送死呢？"

"你有办法？难道日本人能听你的？日本人能瞧得起叛徒，能帮叛徒？"王大灿似乎有些松动，表现出不再倔强的样子。

"随便你怎么骂我，"朱沉潜以为王大灿心活了，他靠近王大灿，"我当然有办法，日本人肯定能听我的，只要你交出金条！"他眼睛直直地看着王大灿。

"金条？什么金条？"

"别给我装傻！三谷贞吉得到情报，那箱金条已经从银行出库了，从山东运到了大连。夏贺功最信任你，他死之前一定向你交代过，你一定知道那些金条藏在什么地方，或者到哪里去和什么人接头能取回金条。金条藏在哪里，你告诉我就行，其他的让我来办。"

王大灿似乎有些犹豫。

"你说我们奋斗为了什么，不就是为了有一天能有钱，能过上好日子吗？现在机会来了，你只要把金条交出来，我保你不死，我们自己留一些，剩下的交给日本人，让他们送我们走。中国这么大，我们去哪儿都行，我们重打锣鼓另开张，做一番大事业……"

"去你妈的吧，王八蛋，我死也不当叛徒！"王大灿手里早已悄悄握住了木棍子，看朱沉潜情绪有些放松，扬手一棍子抡在了朱沉潜的脑门上。朱沉潜疼得捂住脑袋。王大灿一个鲤鱼打挺站起来，又一棍子砸下来。朱沉潜慌乱中躲闪不及，一下子被丁采芹绊倒了。王大灿又抡起棍子劈头打下来。朱沉潜仰面朝天，突然拿出匕首，照着王大灿的腿就是一刀。王大灿一下子跌倒。朱沉潜翻过身，拿着匕首对着王大灿一顿乱捅，血喷了他一身一脸。王大灿倒在墙根处，瞪着无神的大眼睛，已经奄奄一息。"你既已知道了我的秘密，我就必须杀掉你，我不能让你毁了我。"朱沉潜站起来，走进夏贺功的屋门，拿起锅台上的水瓢，从水缸里舀出一瓢水，咕咚咕咚地喝下去。然后，他把头扎进水缸里浸了好一会儿，洗了把脸，抬头看了看被翻得乱七八糟的屋子。他想起自己曾经来过这个小屋子，那时夏贺功才刚到大连。现在夏贺功已被打死在黑石礁河里，王大灿夫妇也死了，而那些共产党员几乎全部被抓……自己真是傻，竟然相信跟着他们能做一番事业，结果命差点都没了，想想真是后怕。

朱沉潜站在那里，看着锅台上切好的白菜丝，还有锅里的水，深有感触：什么革命、信仰、理想、主义，也许一顿饭的工夫不用，命都没了。他来到院子里，忽然又想起了什么，拿起一块石头回到屋里，对准灶台上的大锅猛地砸下去，锅瞬间就裂了。就在石头砸下去的时候，他突然听到外面当啷一声，有什么东西落到了院子里。他忙跑出去，见一个脸盆被扔在院子当中。还是赶紧离开这个地方比较好，他心想，然后逃出了院子。

脸盆是王大灿奋力丢过去的。他发现朱沉潜打着大锅的主意，自己却无力爬起来阻止，只好抓起身边的一个脸盆扔了出去，想吓跑朱沉潜。王大灿流了太多的血，倒在那里，奄奄一息，眼睛越来越睁不开了。他用尽最后一丝力气，蘸着自己的血，想在墙上写下"朱沉潜"三个字，可是"朱"字只写了一半，便再也无力支撑，墙上留下了一个"牛"字。"牛"字的最后一画，一直画了下去，直到他再也动不了。

天早就亮了，王大灿已经牺牲了。此时，王大灿的老母亲和他的妹妹王大美刚刚从码头下船，她们在山东老家守孝三年，终于回来了。在船上王大灿的娘就和女儿说，她回家要到老房子里住，还要好好管教管教儿子，再给媳妇好好调养调养，让媳妇早点给老王家生个大孙子。这位可怜的母亲怎么也想不到，在她下船的那个早晨，大连沙河口和小岗子以及水上各警察署，共逮捕了五十多人，而她的儿子和儿媳正直挺挺地躺在老宅的院子里，永远地离开了这个世界。

16

安娜在昏沉中进入了梦乡，她不知道自己究竟睡了多久。她在梦里见到了唐娟，自从和唐娟分别以后，这是她第一次梦见唐娟。奇怪的是，梦里的唐娟正游荡街头，像骷髅一样，又黑又瘦，完全没有了活泼俏皮的样子。

安娜头痛欲裂，昏沉无力，感觉自己已经醒来，却又仿佛是在梦中。皎洁的月光笼罩着外面的世界，又穿过木格子的窗棂溢进屋来，倾泻在幽暗的房间内。安娜的眼前浮现出过往的那些影子，小时候遇到的人、经过的事、吃过的东西、穿过的漂亮衣裳、看过的书，像是电影院里正在放的默片，在她眼前晃啊晃，既亲近又陌生，像是伸手可及，又那么遥远无望。安娜想起老家苏州十梓街上的圣赖登教堂，小时候，她和唐娟最喜欢去的地方就是圣赖登教堂。她们常常躺在教堂里的长椅上，看着高高的屋顶天庭处透过花格子玻璃落下来的五彩光线，长时间地在那里有一声没一声地聊着，漫长而无趣的童年就这样一点点有了友谊的光芒。安娜正是因圣赖登教堂窗户和墙壁上的那些彩画才开始爱上绘画的。当然，如果不爱上绘画，她不会离开苏州；如果不离开苏州，她不会遇到夏贺功；如果不遇到夏贺功，她也不会叫安娜，当然也不会入党，更不会来到大连开展地下工作。结婚当天，当她在结婚证书上看到自己的新名字安娜，并且这名字和她最爱的人夏贺功的名字并排写在一起的时候，她激动得眼泪一滴滴、一串串，那么长、那么沉、那么重地落在夏贺功紧握她的那双手上，落在夏贺功拥抱她的肩头上。夏贺功告诉她，安娜是苏联一位女英雄的名字，现在这名字就属于她了。"安娜同志！怎么样，喜欢这名字吗？"安娜！女英雄！这名字多么神圣又多么伟大，她因为安娜这个名字感觉自己一下子离革命近了。她一遍又一遍地重复着自己的新名字："安娜！安娜！安娜……"

安娜离开苏州不过几年的光景，有一段时间，她特别想念远在苏州的阿泰舅舅，她奇怪自己想念的不是母亲，也不是父亲，而是阿泰舅舅。她后悔没有和阿泰舅舅一起照张相，或者拿一两样属于阿泰舅舅的东西，哪怕一把尺子、一片画石、一块方巾，那样她就不会经常六神无主地想念他。小时候，除了母亲，她最依赖的就是阿泰舅舅，阿泰舅舅也最喜欢她、心疼她。阿泰舅舅对她的喜欢有时候让唐娟心生妒意，唐娟总是问阿泰舅舅："究竟你是我的舅舅还是她的舅舅啊？"小时候安娜喜欢做一个游戏，就是把阿泰舅舅的眼镜藏起来，她喜欢看阿泰舅舅到处找眼镜时着急的样子。阿泰舅舅总是费劲地到处找眼镜，深一脚浅一脚地在院子里转悠，到最后，总是安娜戴着眼镜在阿泰舅舅面前晃来晃去，直到被他看到为止。有一次安娜困了，趴在衣料堆里半睡半醒，她看到阿泰舅舅的老婆比画着，说着什么。阿泰舅舅说："你不懂，我知道了也不可以说知道，这孩子高兴的事情能有几桩？这桩事情她欢喜做，就让她做好了。你没有看到，我找不到眼镜着急的时候，她有多开心！"

离开苏州前，安娜还是一个叫章景怡的喜欢画画的女学生，她有一个同龄的发小叫唐娟。她和唐娟同一天出生，只是她提前了一个小时。

两个人从小一起长大，亲如姐妹。从懂事起，景怡就以姐姐自居，唐娟倒不争抢，她挺享受做个妹妹，那样就可以心安理得地享受被景怡处处迁就的快乐，还能占景怡的便宜。景怡像她的名字一样，有着温顺的性格，而唐娟更像个假小子，像个混码头的小江湖，身上有着男孩子才有的那种匪气。两个人的童年都算不上幸福，也没有多么不幸。景怡的母亲本来是做帮佣的下人，却生得漂亮，被当时还是少爷的景怡的父亲喜欢上了。因为母亲没有给章家生下儿子，父亲就在景怡出生不久后，另娶了一个大户人家的姑娘，景怡和母亲就被父亲安排在十梓街上居住，父亲每年派人送来银两。自景怡出生后，母亲再也没有走进过父亲的大宅，也从不和景怡讲自己的过去。因为住得离父亲很远，景怡不知道父亲长什么样子，她的出生就好像长在他脸上的伤疤一样，无处躲藏，却不能被提及。

唐娟的母亲倒是得宠，给住在同德里豪宅里的唐姓有钱盐商做了三姨太，闲来无事时跟着杜月笙的姨太太们一起玩。唐娟出生时，杜月笙的一个姨太太来给唐娟的母亲道喜，盐商听说杜太太认识的一个算命先生算得特别准，非要请他给唐娟算一卦。算命先生来了，他看了看唐娟的生辰八字，又仔细地端详了唐娟的面相，告诉盐商这个女孩子将来会有噩运，是个十足的灾星，出嫁之前不能养在家里，会不吉祥，到了出嫁的年龄要嫁得越远越好。就这样，唐娟从小就被送到阿泰舅舅家里，成了有娘的孤儿。

景怡随母亲住，和阿泰舅舅是邻居。景怡和唐娟两个人从小形影不离，表面上两个人都有着女孩子的温顺，私下里却生出胜过男孩子的顽皮还有侠气。两个人经常会不约而同地去做一个动作、一件事，每逢说到一起、想到一起时会不由得击掌欢呼，像男孩子一样豪迈。

景怡十岁的时候，父亲派人送信，说给景怡结了一门亲，对方是他的同乡，是个殷实的诗书人家，男孩子比景怡长几岁。景怡从那时起，就经常想将来和自己成亲的男人会是什么样子。后来母亲设法从父亲那里要来了那个男孩子的照片，照片是男孩和他母亲两个人的合影。照片上女人坐着，男孩在旁边站着，模样清瘦，眉眼清爽，很干净的样子。不过，照片有点小，景怡怎么看都看不清楚男孩子的具体相貌。想到自己有一天会离开母亲，和这个素不相识的男人成亲，景怡就有一种说不出的感觉。但看着母亲期待的眼神，她倒是想成全母亲，毕竟母亲一生都在别人的闲言碎语中生活。这个世界上，似乎没有人怪罪男人的无情，但却把无边的痛苦给了女人。景怡把照片放在贴身的口袋里，每每想到母亲站在苏州河边等待父亲派人送钱时叹气的模样，她就会用手摸摸怀里的照片，似乎那里有她和母亲的希望。

景怡每天除了上学就是画画，她所有的日子都是在期待中度过的，这期待多是为了可怜的母亲。母亲经常怪异地看着她，经常说她要是个男孩子该多好啊。说得多了，景怡就不服气，想到父亲的无情，就想顶撞母亲："难道我是男孩子，那样的有钱人家，就真的会娶你一个下人吗？"但是景怡终究没有说出那样的话来。母亲心里的伤口并没有随岁月的流逝而愈合，反而越来越深、越来越大，像是被啃噬过的梓树皮，永远无法再生。

父亲带话给母亲的时候，有附加条件，如果景怡不答应这门亲事，他就断了母女俩的生活来源。虽然没有和景怡见过面，但父亲似乎知道景怡的脾气，提前把她的退路给堵死了。景怡的心里藏着不甘，她心里是抵触这样的婚约的，有些害怕某一天夫家的花轿抬到家门口。她有时偷偷地想，如果她在这之前逃出家门到外面的世界去，会怎么样？她不想过母亲那种一辈子没有尊严的日子。不过，那会要了母亲的命的。景怡心里愤懑不平，但是为了母亲，她宁愿这样等待下去，宁愿牺牲自己也要给母亲一个想要的未来。像母亲说的那样，不管怎样，女人都要有一个明媒正娶的婚姻，那是女人一辈子的脸面，为了这脸面，即使不爱又如何？

　　景怡和唐娟放学后，最喜欢到十梓街上小街深处的圣赖登教堂。景怡喜欢去看教堂墙上的壁画和天窗玻璃上的彩绘，一看就看好久。唐娟不喜欢画画，她更喜欢唱歌，遇到教堂里的琴师练琴，她就坐在旁边跟着琴声唱诗。偶尔琴师不在的时候，遇到做礼拜，唐娟也代替琴师弹琴，别人远远地听着，并不觉得是换了琴师，唐娟因此十分得意。唐娟练琴的时候，景怡坐在那里画画，画累了，就躺在教堂的长椅上盯着高高的穹顶发呆，常常不知不觉就睡着了，睡了一觉又一觉。唐娟每看景怡的画，总感觉熟悉，教堂窗玻璃上奇怪的图案，苏州河上的船家，阿泰舅舅埋头裁剪的样子，景怡画来画去就那么几样风景。当然，景怡画得最多的是唐娟，唐娟弹琴的样子，唐娟的笑，唐娟的恼，唐娟坐在苏州河边看着远处发呆的样子。有时候看到景怡长时间看着教堂穹顶，唐娟搞不懂，景怡天天看为什么就看不够呢？景怡也说不清自己为什么那么喜欢看那些画，好像要从那些旧影的迷彩中找到执笔的奥妙所在。她用面团随手揉捏成的耶稣十字像，都让阿泰舅舅好生称赞。阿泰舅舅说："你这姑娘心灵手巧，不跟我学徒真是浪费了，你要是当了裁缝，整个苏州甚至大上海也没有人会超过你。"阿泰舅舅脖子上挂的软尺、手里的剪子，总是奇妙地将不起眼的面料变成一件件漂亮的衣服。那些针线走过的边缘，那些张弛有度的裁剪，总能幻化成男人女人身上的风景。这些当然也给了景怡最初的绘画启蒙。赖登先生经常来找阿泰舅舅，他黑色长袍里的白衬衣是阿泰舅舅的手艺。赖登让朋友从英国带回来好多画册，里面都是英国皇家美术学院学生的绘画作品。景怡看着画册，心里一下子没了底气，自己究竟要画多久才能追得上呢？

　　景怡从赖登先生那里知道了写生的重要。阿泰舅舅的裁缝店就开在十梓街上，与布满苏式传统建筑的平江路相比，这里都是些异国情调的房子，住着许多外国传教士，还有挂着听诊器的医生，腋下夹着书本的教授，穿着黝黑锃亮皮鞋、衣着讲究的银行职员，制服扣子系得规规矩矩的年轻学生，这些都成了景怡笔下的素材。景怡经常坐在阿泰舅舅家的屋顶上写生，自从重视写生以后，她的画技进步很快。赖登先生看着她的画有些不解，他不明白为什么那么多人喜欢十梓街，好像他们千年前的祖先就住在十梓街上，好像那里还奔涌着他们祖先的血液。唐娟虽然总是陪着景怡，但她的心思并不在画上，她羡慕的眼神始终跟着那些化着漂亮妆容、挽着男人的精致女人，她们踩着高跟鞋走在十梓街的情景经常会让唐娟眼热心随。有时候，唐娟会让景怡把自己画成穿着时尚衣着的女人，不过，景怡经常画着画着，就把她画成了穿着旗袍的女人。景怡更喜欢阿泰舅舅做的旗袍，不像那些洋装，松垮垮的，没形没款，像犯了烟瘾的女人……

　　安娜眼前出现一片明亮的光影，她闻到了一股熟悉的烟草味。一阵剧烈的咳嗽袭来，她手心里像是聚满了蚂蚁，黏糊糊的，发痒，眼睛却模糊得什么也看不清。她浑身发冷，隐约感觉到自己躺在一张床上，床上有一种特别的香味。她有些不解，努力睁开眼睛，晃了晃有些昏沉的头，看到了天花板上一盏华丽的吊灯。一扭头，又看见一只大狗坐在床边，一只脚正在抓挠她的掌心，怪不得手心发痒呢。安娜下意识地抽回手，吓得坐了起来。这时，她发现一个男人陷在沙发里，嘴里半咬半吸着雪茄，少顷，又将烟雾从嘴角轻轻地吐出。在自己吐出的长长的烟雾中，男人目不转睛地看着安娜。

　　安娜看到，这个男人的眼睛是蓝色的，跟十梓街上教堂里赖登先生的眼睛一模一样。

17

　　上屯巷是高级别墅区，紧挨着著名的星个浦公园。星个浦公园里，有一家知名的旅馆——大和旅馆，那里住着的都是些来自世界各地的"达官显贵"。

　　很多在黑石礁上屯巷买地造屋的达官贵人，最早都是大和旅馆的客人。日俄战争的炮火洞穿了国门，使那些借着枪炮壮胆的入侵者漂洋过海来到中国这个陌生而辽阔的国家。他们的贪婪瘟疫一样蔓延着，引来了更多的投资者。他们像海里的章鱼一样，把触角伸到了别人的家园，但他们并不知道，他们梦想征服的那片土地，深埋着倔强而不屈的种子。

　　安娜在上屯巷推开黑漆院门的时候，一个高大的俄国男人西德罗夫，正站在别墅挂着绣花窗帘的落地窗前。他神情悠然，大拇指和食指夹着一支大大的雪茄，其他手指张开着，像是在吹一枚精致的短笛，每抽一口雪茄，浓烈的烟雾便在窗纱后面云彩一样地腾起又散开。

　　这是西德罗夫位于黑石礁上屯巷的别墅。日俄战争后，日本人从俄国人手中夺下了大连，黑石礁南部海滨沿线绵延几公里的黑色礁石自然风光，吸引了大批投资者。从早期的俄国开发商，到日本侵占后的日本开发商，以及纷至沓来的世界各地的有钱人，都看中了黑石礁地势较好、依山傍海的上屯巷。他们连续不断地建别墅、建酒店、修公园、修高尔夫球场等，按照欧美标准打造着国际化街区。这些人非官即富，除大量日本侨民外，俄国人居多，另外还有英、美、法、意等国家的人。别墅区内，一栋栋形状各异的小洋楼坐落在绿树丛荫中，而为了修公园建别墅，整个黑石礁原来的居民都被赶到了浪花街靠近西边山脚下的下屯巷。

西德罗夫的身旁蹲着一条高大的高加索犬，那是他的爱犬黑罗。黑罗是俄罗斯国宝级的犬种，它的祖先生活在海拔四千多米的高加索山脉的寒冷地带，恶劣的生存环境培育了黑罗祖先们勇猛机智、无所畏惧、独立坚毅的基因。正如他的主人西德罗夫一样，它冷静，执着，坚毅，果敢。黑罗肌肉强壮，发育良好，杏仁状的眼睛深陷，强健的前肢又直又长，脚趾间长着厚厚的长毛，此刻，它陪在西德罗夫身边，随时等待着主人的命令。就在浪花街上的枪声响起的时候，西德罗夫别墅的院门被轻轻地推开了，黑罗兴奋地跳了几跳。

推开院门的是一个年轻的中国女人，她的身上受伤了，看上去神情紧张。西德罗夫认出了这个女人，她住在浪花街的下屯巷。他猜想这个女人一定跟不远处突然密集的枪声有关，于是迅速灭掉手里的雪茄，拍了拍黑罗的大脑袋，示意它安静，然后走出房门。

闯进别墅的正是安娜，她忍着腿伤的剧痛，躲在院门后面，目不转睛地看着远处屋顶上的夏贺功。此时，夏贺功正在枪声中拼命地奔跑着。西德罗夫跟随着安娜的目光，眼看着那个男人被追到了黑石礁河边，又眼看着那个男人跳进了河里。就在那个男人跳河时，四周的枪声瞬间响起，安娜正要张开口大叫，西德罗夫猛地冲过去，从后面一把捂住了安娜的嘴。西德罗夫听到不远处传来脚步声，又见眼前的女人拼命地挣扎，只得挥手砸在她的头上。安娜立即昏了过去，西德罗夫连拖带拉地把她抱进了别墅。

18

安娜醒了过来，仿佛是在十梓街上的教堂里睡醒了，只是眼前没有唐娟，也没有阿泰舅舅的裁缝店，没有让她陶醉的布匹的味道。梦中的她在疯狂奔跑，感觉自己一直在被人追赶，她的丈夫夏贺功也一直在被追赶。她睁开眼，环顾四周，发现自己躺在床上。这时，一个高大的身影出现在眼前，她吓得迅速地坐起来。

"这位女士，请不要害怕，我叫西德罗夫。"西德罗夫说着不太流利的中文，向安娜伸出手。安娜有些迟疑，本能地躲避着。

西德罗夫示意她重新躺下，他坐到对面的沙发上，旁边的大狗黑罗正在目不转睛地看着安娜。安娜缓过神来，看着眼前这个外国男人，似乎想起了什么。

"是你把我打晕的？"

"没办法，你要乱喊乱叫，我只能付诸武力。我已经很小心了，只是，"他晃了晃自己的手，"我练过拳击，看样子把你打得不轻。"西德罗夫边说边起身倒了杯酒，"你要不要也来一杯，可以止痛。"安娜又想坐起来，西德罗夫示意她不要动："我的医生给你检查过了，你中暑了，脱水严重。"他重新在安娜的对面坐下，喝了口酒，看着安娜，却一时语塞，不知道说什么好。在这个日本人统治的城市里，西德罗夫听惯了时不时响起的枪声，他并不在意这枪声响起的根由，更不关心枪声追逐的去处，他只专注于自己的事情，挣更多的钱，享受属于自己的人生。当然，他到中国来还有另一个重要的使命，听命于某个组织，给他们效力，期待有一天拿回属于自己家的全部财产。他对一切不属于自己的东西似乎都不关心，不会因为一阵枪声而慌张，更不会盲目地去搭救谁。只是他没有想到，这乱七八糟的枪声会引来一个女人，一个戴着花头巾的中国女人。等他看清楚这个女人后，他才发现，他认识这个女人。他很早以前就注意到这个女人了，这个包裹在粗布旗袍下的美丽女人，虽然平时把自己打扮成工厂女工的模样，却一定不是女工。他想象得出她在做着秘密的事情，在这个混乱的年代，生活在大连这样的城市，她应当属于某个组织。不过，他不关心这些，他只关心她的美丽，每次在鱼市上看到她，他都会悄悄地关注她。很显然，她在刻意隐瞒自己的身份。这种刻意的隐瞒，恰恰在此时让西德罗夫陷入两难境地：管她，可能给自己招来不必要的麻烦；不管她，那她就死定了。既然遇到了，就要救她，西德罗夫终于下定决心，对眼前这个美丽的女人，他实在难以狠下心来。

　　在安娜昏睡的时候，西德罗夫一直担心，不知道她会不会就这样睡过去。好在她醒了，这让西德罗夫心里暗暗高兴。他想起自己的母亲卡捷琳娜，当年逃难时，如果不是因为好心人搭救，她现在不会在欧洲过着自由自在的生活。当然，伴随母亲的还有她心灵上的悲伤，那是谁也搭救不了的悲伤，只能让时间去抚慰。正是这样的悲伤，让西德罗夫冒险来到中国，周旋在政商之间，尽管他的母亲已经多次发电报催促他去欧洲，但是他执意要完成自己的任务。再说，世界的生意在东方，待在大连，他还可以积累不菲的财富。只是，让西德罗夫没有想到的是，他遇到了安娜，更没有想到，在以后漫长的日子里，他与这个叫安娜的女人将结下心灵的契约。

　　眼下，这个女人一脸的惊恐，但他知道，她已陷入绝望之中。

　　"看样子我把你打得不轻，你已经昏睡了一天一夜了。"

　　"一天一夜？"安娜有些不敢相信。突然，她像想起了什么，有些惊慌失措。

"不知道你为什么要把自己打扮成这个样子，"他指了指安娜的衣服，"但这应当不是你的风格。"

"有什么不对？"

"你怎么打扮都不像个村妇。"

"我就是啊！"

"不，不是的。你忘记了，你救过我。"西德罗夫笑起来，"你的脸上有一种书卷气，衣服不能掩盖一个人的气质。你是一位漂亮有教养的女士，再怎么装扮也不可能成为一个土气的村妇。"

安娜一时语塞，不知道如何回答。

西德罗夫有些好奇，想了想说："你该不会是为了那个……"他手指在空中比画了一下，"什么主义什么理想而奋斗的与政府作对的人吧？"

"我不懂你的意思。"

安娜脸色一下子白了。她的小篮子，还有小篮子里的馒头哪儿去了？

这时，大狗黑罗从角落里叼起一个装着馒头的小篮子，放到了自己床边，那正是安娜要找的东西。安娜刚要伸手去拿，黑罗又叼起小篮子回到狗窝里，一篮馒头撒得到处都是。黑罗一巴掌拍碎一个馒头，玩耍起来。安娜看到那两个点着红点的馒头也在其中，她惊吓不已，忍着疼痛，想从黑罗那里抢过馒头，但是黑罗不时地转过身来，吓得她不敢靠前。

西德罗夫一把拉起安娜，说："狗在吃东西时是不能碰的，它们护食，你夺它们的食，就是要它们的命。"

安娜急得眼泪都下来了。

"放心吧，黑罗只是玩玩，它不会吃这种小馒头，它只对骨头感兴趣。"

西德罗夫拿出一根红肠，掰开，往远处一丢。黑罗噌地跳起来，丢下小馒头，啃红肠去了。西德罗夫趁机拿起地上的篮子，把散落在地板上的那些馒头一个个捡起来，放回到篮子里。

"几个馒头用得着这么紧张？"

安娜说家里老人去世了，等着祭祀用。好在那两个点了红点的馒头还在，她急忙把篮子抱在胸前。

"那个房顶上的男人，是你的丈夫？"

安娜有些警觉地看着他。

"你不怕掉脑袋吗？"

"什么？"安娜假装没听明白。

"我们俄罗斯有句谚语：不会燃烧的东西是点不着的。看来，你的内心已经埋下了火种。"

安娜的眼泪猛地涌出来了。是啊，难道真的不怕掉脑袋吗？她以前问过夏贺功这句话，但是从来没有想过夏贺功突然就这样离开了她。一切都那么不真实。看来自己也已经暴露了，没有了夏贺功，现在怎么办？寒潮在哪里？点红点的馒头里有什么？上海先生在哪里？她的脑袋里飞旋着这些问题，却一时没有半点主意。

突然，外面传来了敲门声，西德罗夫伸出手示意安娜不要出声。他扔给安娜一件女士睡衣，说："听我的，好好躺在床上，哪儿也不要去。"

西德罗夫出去了。安娜听到大门口有人说话，她拿起桌上的一个花瓶，躲在了白色床幔的后面。但她猛地想起西德罗夫的话，又钻进被窝里，重新躺下。

敲门的是警察队长肖天飞，西德罗夫把他请进客厅。肖天飞往虚掩着门的卧室看了看，又看看穿着一身休闲衣服的西德罗夫，调侃地说："西德罗夫先生，良宵美人，惬意惬意！"他隐约看到床底下的一双女人的鞋子，意味深长地看着西德罗夫，"西德罗夫先生，看样子你现在的口味有了变化，你不是不喜欢中国女人吗？"

"你怎么知道是中国女人？"

"这个你瞒不住我，我能从你身上嗅到中国女人的味道。"

"哈哈，肖队长真是火眼金睛啊，改天我请你喝伏特加、吃俄罗斯大餐。"

"你不怕我告诉你的伊莲娜？"

"千万不要告诉伊莲娜，她可是一个醋坛子。"

肖天飞接过西德罗夫递过来的雪茄，他是来找西德罗夫收钱的，之前，他帮忙把西德罗夫被日本人扣在码头上的酒给要了回来。西德罗夫在日本桥开了一间酒吧，酒吧里的酒大多是走私来的，每次他的货出问题，都是肖天飞帮他解决，每次解决完，肖天飞都会来收钱。

西德罗夫把早就准备好的一沓钞票递给了肖天飞。肖天飞拿起厚厚的钞票，轻轻地甩了甩，然后装进了衣兜里，脸上现出满意的笑容。他轻轻地叹了口气："还是西德罗夫先生日子过得舒心，想要女人有女人，想要钱有钱，天王老子也管不了你。"他告诉西德罗夫，他最近比较心烦，自从发现大连有地下党活动以来，日本当局已经多次找他训话，让他很难堪。他的几次抓捕都无功而返，就在两天前，一个小屁孩还在一大群警察的眼皮底下溜了。

西德罗夫说："你有空到我酒吧里喝酒，咱俩一醉方休！"

肖天飞边戴帽子边往外走："老兄，还是你懂我啊，你才是我的知己啊。"他猛地停下来，转过身朝卧室走去，"我很好奇西德罗夫先生喜欢什么样的中国女人，长得漂亮不？"西德罗夫惊恐不已，刚想拦阻他，他大笑起来，朝西德罗夫的屋里指了指："看你紧张的，我们中国男人有句话，朋友妻不可欺，我不会让你难堪的。你们这些人哪，有了钱就变坏了。"

其实，肖天飞对躺在西德罗夫床上的女人还是有些疑惑的，他说不出什么感觉，只是觉得有什么地方不对劲。西德罗夫把两瓶伏特加酒和一大包哈尔滨红肠塞到肖天飞的怀里："这些都是送给你那些弟兄们吃的，大热的天执行任务，弟兄们一定辛苦了。"肖天飞有些不好意思，朝西德罗夫笑了笑："是啊，大热的天，真想跳进冰窟窿里去。"说完，他捧着伏特加酒和一大包红肠，还有一个大列巴，离开了西德罗夫的家。

肖天飞走到大街上，嘴里还不停地重复着西德罗夫的话。"弟兄们辛苦了！弟兄们真他妈的太辛苦了！"他嘟囔着，觉得肚子有些饿了，摸出一根红肠，边走边把红肠塞进嘴里，恶狠狠地嚼着，大口地吞咽着，像是要吞噬掉所有的仇恨。不但没有抓住牛文礼，还让他的儿子牛丰收跑了，多好的一个露脸领赏的机会就在眼皮底下溜走了，他心里有太多的不甘和仇恨。他一直想在日本人面前好好表现表现，准备将来送儿子到日本去，他最不想得罪的就是日本人。"真他妈的倒霉！"他继续嘟囔着，大口地嚼着吞咽着，仿佛要把饥饿和不甘一起吞咽进肚子里。

西德罗夫想到安娜，心里一阵后怕。从见到安娜的那一刻起，他就断定这个女人与大街上的枪声有关，他本来只想暂时帮这个女人躲藏一下，没想到却给自己惹上了麻烦。

19

其实，昨天肖天飞已经来过西德罗夫的家，只不过昨天来是执行公务，今天来是拿钱。

昨天，西德罗夫打昏安娜后，刚把安娜抱进屋里，肖天飞就出现在别墅门外。看见西德罗夫走出来，他客气地行礼："西德罗夫先生，我们正在抓共产党，你这里有没有发现什么异常？"

"共产党？怎么会抓共产党？大连不是日本人的天下吗，怎么会有共产党？"

"可不是嘛，可就有些人放着好好的日子不过闹革命，真能折腾！"

"即便有，又怎么会跑到我家里？"

"哈哈，说的是啊，他们怎么敢跑到你这里来呢？不过，你要小心，别让共产党钻了空子，这些人狡猾得很。"

两个人打着招呼，但是肖天飞显得心事重重，他过去没少收西德罗夫的好处，为他的走私货开绿灯，保护他的酒吧经营。肖天飞当然知道，西德罗夫酒吧里的伏特加酒大多数都是走私来的，如果缴税，那可不是一点好处费就能解决的。好在西德罗夫对他从来都非常慷慨，这种慷慨让肖天飞既受用又满足。不过，眼下不是叙旧和聊天的时候，他告诉西德罗夫，近来共产党活动频繁，他们警察局天天抓人，忙得脚打后脑勺。西德罗夫一脸的真诚："肖队长，你们大热天抓共产党，真是不容易，用不用进来喝一杯咖啡，或者干脆来一杯伏特加酒提提神？"

肖天飞摆了摆手，有些语无伦次："我还有重要任务。这几天事情太多，先是在我手里丢了一个孩子，又打死了一个共产党的头子，他的老婆也不见了，天知道那个女的是不是他老婆。"

"没有照片什么的？"

"没有，这个女人很狡猾，没有留下任何线索。据说有人在圣德公园里见过她，之后就不知去向了。难办！还有几个地下党嫌疑分子失踪了，我们正在抓紧搜捕。"说完，他把西德罗夫送给他的烟装好，手一挥，带着几个手下往下屯巷方向跑去了。

肖天飞收了钱，带着酒和红肠离开了西德罗夫家。西德罗夫看着肖天飞走远，心情变得复杂起来。这个女人就是肖天飞要找的人，现在他不能把她交出去，交出去对自己没有任何好处。在这里，她暂时还没有危险。不过，怎么处理她，他还真是犯了难。

西德罗夫带着黑罗在院子里的小径上徘徊着。院子里到处都是盛开的月季花、玫瑰花，占据了弯曲小径之外的所有地盘。几棵树冠茂盛的梧桐亭立于院子的一角，上面跳着几只麻雀。别墅墙上爬满了开满黄色小花的藤蔓，蓝色的小格子窗，厚厚的窗帘，月白色的窗纱，都躲在藤蔓之后。西德罗夫边走边想眼前的事情该怎么处理。

直到西德罗夫回来，安娜手里仍然紧紧地攥着那个细长的金属花瓶。西德罗夫朝卧室挥了下手，黑罗嗖的一下蹿了出去。就在西德罗夫挥手的瞬间，安娜看到他手腕上戴着一个银色的手环，这手环特别眼熟。她想起来了，她和这个俄罗斯男人还有他的高加索大狗黑罗在海边相遇过。

那天，安娜到黑石礁海边沙滩上去捡牡蛎壳，好碾成粉末拌在鸡食里给鸡吃。丁采芹告诉安娜，把牡蛎壳碾碎拌在野菜里喂鸡，鸡下的蛋壳就硬，鸡蛋也特别好吃。安娜平时喜欢在海边转悠，每到海边，她就有一种想跳下去的冲动。因为从小在河边长大，她喜欢有水的城市。她的水性很好，来到黑石礁浪花街以后，经常和夏贺功一起到海里游泳。夏贺功的水性更好一些，每次一扎进海里，就往大海深处游去，还能在海里憋气很长时间。他们两个人喜欢在夜晚游泳，在海中看天上的星星，天地之间只有他们两个人，是另外的一种感觉。此时，安娜看着眼前的大海，心就痒了。她回家拿了泳衣，爬到黑老虎礁石后面换好衣服，就跳进了海里。黑石礁海边到处都是大小不一的黑色礁石，安娜曾经在海边遇到一位美国地质学家史蒂夫先生，他告诉安娜，这里的礁石都是人类的宝贝，有着上亿年的历史，是典型的喀斯特地貌景观。安娜自从知道了这些宝贝礁石的价值后，就时不时地来海边欣赏这些礁石，并把这些礁石用速描本一一画下来，足足画满了两大本。她还给这些大大小小的礁石起了各种各样的名字，像黑老虎、黑熊、黑星星、黑山羊、黑面包、黑美人……

安娜在海里游了好长时间，然后重新回到黑老虎礁石上，这里也是她经常一个人坐着想心事的地方。她坐在那里，往远处看去，不知道远处的远处是哪里。她想起孤单的母亲，想起埋头于布料中的阿泰舅舅，想起一去无音讯的唐娟，想起和夏贺功相爱的那些往事，一件件地想着，想过无数次，仿佛"黑老虎"是她的知音、她的亲人。正胡思乱想着，她看到一个在海里游泳的男人，正冲着岸上的一群孩子叽里呱啦地大声喊叫。原来，沙滩上几个顽皮的男孩子，拿走了他堆放在沙滩上的衣服。不管他怎么喊叫，小孩子们根本不理他，继续拿着他的衣服在海边疯跑，边跑边笑。那个男人又急又气，急忙往岸边游。到了岸边，刚要站起来，他又把身子缩回海里。小孩子们一起冲着他喊叫："丢，丢，不要脸！丢，丢，不要脸！"安娜从礁石上跳下来，追上了那几个小孩子，要回了他的衣服，并把衣服放回原处。安娜发现那男人是个外国人，有些纳闷，外国人都在星个浦公园里的海中游泳，这人怎么会到下屯巷海边游泳呢。

在那之后，安娜和这个男人又在鱼市上见过，他会远远地冲着安娜点头微笑。经常，这个男人牵着一条大狗到黑石礁码头的鱼市上闲逛，他手上的银色手环在阳光下总是非常耀眼。

安娜想离开，西德罗夫说："现在外面正在抓捕共产党，刚刚警察局的人告诉我的。"

"我不是共产党。"

"我不管你是什么党，女士，你这时候出去，只会引来不必要的麻烦。"

安娜有些迟疑地看着他。

"你帮过我，我们算是朋友。请你相信我，现在外面非常危险，这里暂时是你最安全的地方，不管中国警察还是日本警察，他们都不会来我这里找麻烦。"

安娜真是心急如焚。

"你放心，我只是一个商人。"西德罗夫说，"我不会伤害你，何况你还是这么漂亮的女人。现在你哪里也不能去,等风头过了再想办法走。"

必须尽快离开大连! 留下来,只有死路一条。安娜想着。

"我女朋友去了哈尔滨,过些天才会回来,你先在这里住下,警察是不会到我这里来搜查的。"他拿出几张报纸给安娜,"你先看看报纸,最近抓捕了不少共产党,现在都关在监狱里,有的已经被乱枪打死了。"

安娜看到报纸,知道大连地下党已经暴露了,家回不去了,可她的身份证件还都在家里,虽然那些都是假身份,但那毕竟是她的合法身份,没有那些东西,她就更无法离开大连了。她不了解西德罗夫,不能指望他做什么,眼下看来,他还不知道自己的身份,也不会把自己交出去。她想起寒潮交代过,如果遇到紧急情况,一周以后,就要想办法到大广场去,按照指定的方式去与联系人接头,他们会告诉她下一步的行动。

傍晚,西德罗夫和黑罗一起出去散步了,他告诫安娜一定不要离开别墅,否则后果不堪设想。去哪里,安娜还真的没想好。她想到去瓦房店牛文礼的家,但瓦房店那么大,她也不一定能找到。安娜躺在西德罗夫的家里,脑子里回想着寒潮交代的细节。

天黑时,西德罗夫回来了,他告诉安娜,海边的一个窝棚和一座房子都被火烧掉了,另一处平房里还发现了两具尸体。

安娜的脸色一下子变得惨白。

"你害怕了?"西德罗夫问。

安娜好像被他说中了。

"我说过,女士,我是一个商人,只是不想让一个这么漂亮的女人遭遇不测。一想到你可能会被关进牢房里,我的心都碎了。"说完,西德罗夫哈哈大笑起来。

安娜有些气恼。

"你们中国女人真不懂得幽默。"

西德罗夫虽然不关心政治,但私下里他还是支持共产党的,这个破碎的国家，应当有人出来管管了。他曾经看到过塞进门缝里的小册子，知道不少共产党宣传的事。他不想管闲事，但是此刻他不想让安娜去送死。

安娜有些担忧，我能相信你吗？但她没有说出来，只是在心里想想。西德罗夫似乎看出了她的犹豫："你现在没有别的选择，只能相信我了！"

是啊！夏贺功已经不在了，整个地下党组织已经遭到严重破坏。她的腿也伤情加重，已经开始发红、发炎，肿得不成样子了。她目前也只能相信西德罗夫了。

西德罗夫朝茶几上的大列巴和红肠指了指："我的伊莲娜和用人都不在家，只能凑合吃这些了。"他示意安娜别忘记吃饭，然后带着黑罗走出别墅。这时安娜猛然发觉，自己真是太饿了，她拿起面包大口吃起来。

她并不知道，窗外，一双女人的眼睛正在注视着她。

20

肖天飞回到家中，把西德罗夫给的钱收好，把红肠和大列巴拿给儿子肖似吃。肖似抱着红肠和大列巴，说要到自己房里边看书边吃，肖天飞听了很满意。肖似在大连的土佐町公学堂学习，日语老师土川先生称赞他聪明，一点就透。土川先生所言不虚，在肖天飞看来，儿子像他当年一样，爱学习，爱看书。年轻时，肖天飞一心想成就一番事业，如今，他感觉自己的理想破灭了，只能把理想寄托在儿子肖似身上了，他现在所做的一切都是为了儿子。肖天飞躺在院子里的躺椅上，随手拿起从警局带回来的报纸，报纸上有金州福纺工厂日本仓库着火的新闻，看图片工厂应该损失惨重。肖天飞想，日本人一定非常恼火，看来这次大搜捕并没有阻止共产党的活动。他猛然想到那个被乱枪打死在黑石礁河里的夏贺功，和夏贺功那个人间蒸发的老婆，还有人间蒸发的牛文礼和他的儿子牛丰收。想到这些，一股无名火就从心底里升腾起来，像灶膛里突然冒出的浓烟，一下子把他淹没了。

肖天飞回到房里，翻了翻挂在墙上的日历，若有所思。他的好朋友角野久造先生已经离开大连一年多了，不知道人家还记不记得他这个中国朋友。他拿起放在桌子上的照片，照片上，他和角野久造两个人站在星海公园东边的山头上，看着远方。那些美好的日子一去不复返了。他重新回到院子里，打开一瓶伏特加大口地喝起来，想起远在日本毫无音讯的角野久造，无比惆怅。他向天空举了举酒瓶："角野久造先生，我敬你。"说完，一大口酒下肚，他顿时觉得浑身发热，往事浮现在眼前。如果角野久造不走，他才不会去当什么狗屁警察队长，天天累得要死，经常被局长骂，还被日本人欺负。现在，他不知道自己什么时候才能再见到角野久造。想起往事，他的心里充满了忧伤，现在他才知道，正是那个可恶的夏贺功搅了他的局，让他丢掉了大好的前程。

肖天飞第一次见到角野久造是在春天，那时候的大连刚刚从寒冷中醒过来，大街小巷有一种清冷的洁净，天地舒朗透彻。角野久造对肖天飞说，他到大连的第一天就爱上了大连，还称赞他的天皇是个了不起的天皇，做的决定是英明的决定，不然他一辈子都没有机会到大连这座美丽的城市工作。后来，角野久造离开大连的时候，肖天飞为他送行，一向倔强的角野久造止不住地流泪，离开大连对他来说，像是要与热恋的情人生离死别。角野久造曾把大连形容为一个清纯的女孩子，没有经过俗世的污染，情感纯洁，爱恨分明。夏天有夏天的清凉，冬天有冬天的凛冽，春天里万物蓬勃，秋天里狂野豪放，四季如此分明，非美丽的大连莫属。

角野久造毕业于东京高等商业学校一桥商校，日本报纸称他为"商业奇才"。其实，他来大连时已人过中年，郁郁不得志的焦躁一度让他寝食难安。当接到日本福岛纺绩会八代裕太郎的召唤，要他到大连赴任时，角野久造立即像打了鸡血一样兴奋。他踌躇满志来到大连，新身份是福纺的常务董事，亲自到大连创立满洲福纺会社，也就是如今报纸上着火的这家"闻名"世界的纺织厂。

角野久造明白，踏上大连这片肥沃的土地是许多日本人的梦想，只是没有想到这梦想在自己身上实现了。日本侵占大连后，日本国内的纺织财团开始大举进入中国大连及整个东北市场。大连便宜的地价和充足的劳动力，低廉的工资和优惠的关税，广阔的市场和方便的交通运输，吸引了众多日本企业来此投资建厂。他曾经苦苦寻找机会，如今机会来了，他不会放过。

角野久造迅速地进入角色，想大干一场，他知道属于他的时间并不多，这个从底层爬起来一直想出人头地的男人，仿佛在大连找到了人生目标。他立即在大连设立办事处，并在报纸上发广告，准备在大连招收五十名本地学生，送到日本学习纺织技术。他知道，贫穷的中国人一定会为之疯狂，但是他心里也有隐隐的担忧，殖民统治下的大连人也许都是榆木脑袋呢？当看到手拿报纸的肖天飞出现在办事处的时候，角野久造心里乐开了花，眼前这个青年学生正是他要找的人，这个不顾一切往前冲的年轻人，未来一定会派上大用场。他紧紧地握住肖天飞的手，而肖天飞的额头上微微地冒着汗，不知道是因为激动还是紧张。第二天，角野久造将肖天飞报名的照片登在了报纸上，这个广告真是太好用了，五十个名额很快就报满了。角野久造亲自带队，把这五十个人送到了日本。学员年底学习结束返回大连的时候，他又到码头上接回了肖天飞。

那时候的肖天飞已是五十个人的领班，能说一口流利的日语，当他哈腰向角野久造行礼的时候，角野久造得意地笑了。

又一个春天到来的时候，角野久造精心打造的福纺厂正式开工。那时候他并不知道，这个当时亚洲最大的纺织厂，后来会终止他最为得意的职业生涯，他也没有想到，梦中的王道乐土从此成了他一生的噩梦。

福纺厂的投产让肖天飞异常兴奋，经历了在日本的一段生活，他对日本崇拜至极，这正是角野久造欣赏他的地方。在工厂六七十名管理人员中，没有几个中国人，而此时的肖天飞已被角野久造选为管理人员。角野久造希望他手下的中国人都要当顺民，这一点和肖天飞的想法如出一辙。肖天飞才不管谁在这里当家，能过上"好日子"比什么都重要。

肖天飞不知道，笑容满面的角野久造其实是个残暴的人，他的诡计总是和算盘结成同盟。工厂只招了十几个日本工人，其余的全部是中国工人，上千名中国工人中一半以上是女工，还有一些童工，这些人成本低、好管理。饥饿和皮鞭的驯服，再加上肖天飞这样被奴化的汉奸管理者的日夜奋战，不到一年时间，福纺厂创造的利润已经成了亚洲之最，角野久造也成了日本人心中的明星。

得意的角野久造开始谋划未来，他在大阪的新宅已经开始动工。那天，角野久造在长盘桥附近的日本料理店招待肖天飞，请他吃了日本寿司和生鱼片，还请他喝了日本清酒。他们边喝酒边聊起日本，角野久造拿出他日本新宅的设计图，说他不远万里到大连来才不是为了什么天皇，其实就是想过上好日子。这时，电话响了起来，从他接电话的表情里，肖天飞有了不祥的预感。

惹祸的是田中定治郎，他是角野久造最得力的干将。其实隐患由来已久，出事的早晨，田中为了显示他的权威，无故杀害了中国工人李吉祥，惹了众怒。田中从来没有把中国工人当成人看待，仗着角野久造的撑腰，他对工人残酷盘剥和压榨。工厂的工作环境极其恶劣，没有任何劳动保护措施的中国工人天天在纷飞的棉絮中工作，每天从事着长达十二小时的繁重劳动，而工资仅是日本同行的四分之一，女工工资又比男工少五分之一，童工工资则更少。中国工人上班受监视，下班被搜身，被污辱甚至打骂都是常事儿，还经常发生工伤事故，生命安全受到严重威胁。

"工厂的工人造反了！他们已经罢工了！"田中在电话里叫着。

肖天飞跟着角野久造回到工厂时，工厂的大门外已经聚满了人。两个人从后门进入车间，仿佛一下子坠入了云山雾罩之中。车间内棉絮纷飞，尘灰飞扬，机器空转着，却不见干活的工人。角野久造从来没有想过中国工人敢罢工。他对肖天飞说："难道他们和钱有仇吗？"

"是啊，难道他们跟钱有仇吗？没有工厂之前，他们看到过钱吗？"

肖天飞想起这些往事，心里愤慨不已。他坐在院子里，就着红肠喝了口伏特加，感觉这酒的味道并不怎么样，也没有什么特别，还死贵，真搞不懂那些俄国佬怎么把这破玩意儿当成宝贝。夜深人静，肖天飞已经喝了太多伏特加，困倦袭来，他有些迷迷糊糊。他先是进了儿子的屋，看到儿子睡着了就往外走。突然，他被什么绊了一下，一看，是儿子的鞋子。他弯下腰把地上的鞋子归拢好，又觉得有些不对，地上有四只鞋子。他抬起头看了看，炕上竟然有两个小脑袋瓜子。他有些吃惊，晃了晃头，不知是不是自己看错了。管他呢，明天再说，他回到自己的屋里，昏天暗地睡过去了。

肖天飞醒来时，太阳跳得老高，儿子早就去上学了。他揉了揉眼睛，感觉头昏沉沉的。他又想起了什么，来到儿子的房间，地上什么也没有，显然是昨天晚上自己喝多了，把两只鞋看成了四只，一定是自己眼花看错了。他穿上制服走出了家门，走了几步，突然又转头往儿子的学校走去。

21

肖天飞在大太阳底下走得有气无力，他格外沮丧。既然夏贺功已死，那一定要抓住安娜。那场让他倒运的大罢工，那场让他丢掉大好前程的大罢工，幕后指挥就是夏贺功和安娜。

肖天飞无论如何也没有想到，那场罢工会持续那么久，更没想到，自那以后，他所有的梦想都跟着角野久造的逃离而永远地破灭了。

当初，被田中定治郎打死的李吉祥的家属，在福纺厂工友的支持下，向厂方提出严惩凶手、赔偿损失的要求，还要求日本工厂主及工头为李吉祥出大殡，并且要保证以后不再打骂工人。

回到工厂的角野久造站在办公室的阳台上，看着越聚越多的中国工人，发出了一阵阵的冷笑："这群穷鬼，放着好好的工不做却要作死，那就让他们死吧。"角野久造把肖天飞叫到跟前，交代一番。于是，肖天飞代表角野久造，站在阳台上喊话，他说："角野久造先生考虑到大家的感受，除了出大殡，其他条件都答应。只要大家安心生产，工资可以适当增加，生产环境也会改善。如果不同意，全部开除。"

大门口的人陆续散去，角野久造嘿嘿地笑了起来，他看着散去的人群对肖天飞说："没有我们发的银子，这群穷鬼一天也活不下去。"肖天飞也不无得意："角野久造先生，他们都是闯关东来的难民，有口饭吃就不错了，不会再闹事，哪有人会和自己的饭碗过不去。"

然而，让角野久造没有想到的是，回到工厂的工人开始消极怠工，已经签约的订单一拖再拖，工厂损失惨重。让角野久造更头痛的是，李吉祥的家属并不罢休，天天抬着尸体到工厂大门口抗议，坚决不让步。眼看着事态有扩大的趋势，财团的那些头头们担心工厂遭受损失，开始指责角野久造办事不力，角野久造只好违心地答应了工人的全部条件。

李吉祥出殡那天，全厂停工，工厂为李吉祥举行了隆重的送葬仪式。天还没亮，送葬的队伍就出发了。在队伍前面，走着披麻戴孝的角野久造，他看上去狼狈不堪。送葬的队伍走走停停，李吉祥的家人哀伤的哭声伴着唢呐手吹响的悲怆曲调，似乎要延伸无尽的忧伤。马路上挤满了看热闹的人，一度挡住了前行的队伍。他们一边迎过来对着角野久造指指点点，一边又给送葬的队伍让路，嘴里还装作好奇地议论着："哎呀，这是给谁送葬啊，怎么日本人也披麻戴孝啊？""是给李吉祥送葬呢，日本人把人家打死了，人家家属坚决不让步，这才让厂长戴孝出殡。"

走在队伍前面的角野久造听着路人的嘲笑，并没感觉有多伤自尊。正像肖天飞劝慰的那样，角野久造不会为一时困境而患得患失，他相信那句老话，君子报仇十年不晚。

再苦再难的时间也会流逝而去。专事祭祀的内行人把李吉祥的棺材落入墓穴，又按家属的要求立上了碑。帮忙的人在家属的哭泣声中，不慌不忙地用铁锹把土挖出来，扬在棺材上，一下，又一下，高高地扬起，又雨点似的落下去，直到原来平坦的地面上，新堆起一座坟。

再痛的悲伤也会过去。李吉祥的家属和工友们虽然有着失亲失友的疼痛，但是看到日本工厂主亲自给李吉祥送葬了，似乎仇恨淡化了许多，这也正是角野久造期望的结果。

已近晌午，角野久造总算完成了恼人的仪式。此时，天空突然降下急雨。人在哀号，风在呼啸，山林中的树叶被疾风骤雨吹打得疯了般地狂摇。出殡的人群在急雨中四散而去，山林里一下子变得空荡荡的。新堆起的坟上的土被雨水冲刷下来，令角野久造的鞋上沾满了黄泥。角野久造环顾四周，恨恨地骂了句什么。这时，肖天飞赶紧把衣服脱下来，挡在了角野久造的头顶上。

角野久造扯掉身上的孝衣，狠狠地摔在地上，和肖天飞一起离开了墓地。肖天飞因为这次全力配合，和角野久造的关系也进一步拉近，两人仿佛成了一对难兄难弟，有事没事地聚在一起。他们都在打着自己的如意算盘，角野久造只爱财，肖天飞呢，期待有一天能够得到日本主子的关照，把儿子送到日本去。他在日本学习纺织技术时，就对这个岛国佩服得五体投地，期望有一天儿子也能踏上日本的土地。

两个人一定想不到，那场看似平常的事件，后来演变成让他们无法收场的轰动全国的大罢工。

22

春天，大连还没有从寒冷中醒来，一场人为的"倒春寒"袭击了大连市民。日本殖民当局突然宣布金票涨价，狡猾的角野久造自作聪明，决定用小洋开饷，却用金票扣饭票。角野久造的蛮横，也助长了手下人的苛刻，他们对中国工人的工资层层克扣，工人原本微薄的薪水更无法养家糊口了。

最初工人开始罢工的时候，角野久造根本没有放在眼里，当工人代表向他提出要求时，他竟然一脸冷笑。不准打骂和虐待中国工人，准许做工的妈妈在工间给孩子喂奶，增加三分之一工资，减少一小时工作时间，每两周有一个公休日，公休日干活要发双倍工资，对食宿的工人降低房租和不收电灯费，对通勤的工人发放补助……这群穷鬼真他妈的疯了，还敢跟我谈条件！角野久造想都没想就赶走了工人代表。

为了阻止工人进一步行动，角野久造找肖天飞好一番密谋。他派人把住工厂大门，阻挡罢工的工人出厂。他还亲自到厂门口威胁工人，说中国苦力到处都是，走一百来一千，三天不干没饭吃还得回来。但工人们还是合力涌出了厂门。

角野久造派肖天飞找来几个社会上的流氓、混混，到处散布谣言，说中国工人的工资并不少，只是他们太贪心，指责中国工人懒惰、怠工、破坏厂规、聚众闹事等，妄图以此扰乱视听、欺骗群众，并开始招收新工人。但是他万万没有想到，竟然没有招到一个人。气急败坏的角野久造勾结日本当局，采取了全面镇压的手段，罢工工人被全部开除。后来他又征得民政署长田中千吉的指令，以"胁迫嫌疑罪""业务妨害罪"先后逮捕了罢工的二十多名工人代表，对他们严刑拷打、残酷折磨。

就在罢工一度陷入僵持的时候，让角野久造和肖天飞真正头疼的事儿来了。大连地下党组织和大连中华工学会召开了全市性的"声援福纺罢工"大会，全市十几家工厂几千名工人和附近的农民一起游行，大家喊着"打倒日本帝国主义！""打倒资本家！""我们要吃饭要自由！"等口号支援罢工斗争。在工人团体乃至国民政府的声援和资助下，福纺罢工竟然持续了一百天，引起了国内外的关注，迫使日本殖民当局屈服，基本答应了罢工工人的要求。大罢工涉及全市，震动全国，被新闻界称为"惊天动地之一场大风潮"。

为防止事态进一步扩大，以尽快结束罢工，福纺老板日本福岛纺绩株式会社社长八代裕太郎由东京来到大连，与江东厅长官密谋对策，最终做出决定：答应工人提出的要求，撤销角野久造的厂长职务。

角野久造最后一次到工厂时，夏天即将过去。刚下过一场大雨，像是对他职业生涯的嘲弄，平时棉絮翻飞的厂区似乎清冷了不少，平时呛人的空气也清爽了许多。空气中散发着湿润的布匹的味道，地上到处都是踩烂的棉麻破布、边角余料和随处可见的水坑，锅炉房里飘出燃煤的烟味，装货的大车一溜儿停在车间门口。有几个原来的手下，在忙着招呼装货，一个记账员正埋头数着大包大包的货品。一切还是那么熟悉，只是没有人再去看他一眼，曾经踌躇满志准备在大连大干一番的角野久造结束了他的职业生涯。

那些天里，肖天飞抱着红红绿绿的传单痛苦不已。角野久造走了，也带走了他的希望。他知道，他的主子再也没有能力给他什么，他的前途就这样完蛋了。

工人赶走了角野久造，肖天飞也没了依靠。从离开工厂的那一天起，他就一直想抓住大罢工的组织者。他知道，不管是工厂的那些工人还是其他什么人，他们敢于走上街头，敢于跟财大气粗的工厂主叫板，身后没有撑腰的是不可能的。他知道，这些罢工工人的后台就是那些影子一样存在的地下党，他们就是坏他大好前程的人，他一定要抓住他们。

23

早在朱沉潜来到夏贺功家之前，夏贺功的家就已经被搜了个底朝天，甚至连炕和墙皮都被刨得乱七八糟。警察们搜到了大量的宣传材料，还有一些"证据"暂时没有披露，但这些东西足以确定夏贺功的身份。

朱沉潜料定，夏贺功身上还有许多警方没有掌握的秘密，其中很多也是他所不知道的。俗话说，越是危险的地方越安全，夏贺功的家里一定大有文章。不过，那天他和三谷贞吉的司机一起到夏贺功家时，被躲在草垛子里面的王大灿意外发现，无奈之下只好杀掉了王大灿。他当时检查了，夏贺功的家里除了床上的行李和一些简单的家什，并没有其他什么有用的东西和线索。想想也对，夏贺功怎么会把重要的东西放在家里呢？

有件事始终令朱沉潜心神不宁，他在屋子里转来转去，百思不得其解。王大灿海边修船的窝棚已经烧掉，夏贺功家里也翻了个底朝天，三谷贞吉所说的那笔神秘的金条还能藏在哪里？夏贺功作为大连地下党的重要领导，他的上级是谁？他通过什么方式去传递消息？那个和夏贺功在一起的女人，是他的老婆还是假扮的夫妻？一切的一切，他都一无所知。走出日俄监狱的时候，他没打算简单地听三谷贞吉的摆布，人生不是非此即彼的，他也有自己的打算。

朱沉潜决定一个人再去夏贺功的家里找找线索。他在长盘桥坐上电车，从黑石礁小广场往浪花街奔去。一路上，他不停地看到有警车呼啸而过，他有些好奇。警车穿过浪花街，再拐到下屯巷，停车的地方正是夏贺功家的院门外。院门前挤满了人，朱沉潜远远地听到了女人的号哭。凑近一看，只见院子里摆着两具尸体，一男一女，正是王大灿和丁采芹。一老一少两个女人守在尸体旁边痛哭，周围也有不少人在烧纸，到处都是黄色纸钱燃烧的灰烬。老女人边哭边念叨："这是什么世道啊，还有没有王法了！"年轻的女人披麻戴孝，哭倒在地，说三年不见大哥大嫂，没想到见面却天人两隔，让她们娘俩怎么活。朱沉潜听明白了，这是王大灿的娘和妹妹，她们刚从山东老家回来，没想到王大灿和他媳妇双双被害。这时，有人推来辆破板车，抬上两具尸体，要到警察局去暴尸，要讨回公道。

警察在现场驱赶围观的人群，朱沉潜在人群中看到了肖天飞。他认识肖天飞，当年肖天飞是福纺厂管理者中仅有的中国人，在福纺大罢工的时候，肖天飞跟角野久造穿一条裤子，还在报纸上发表了为日本工厂主辩护的文章，但后来还是被赶出了福纺厂，加入警察署，当上了大队长，成为人人皆知的汉奸。朱沉潜远远地看着肖天飞，他可不想做肖天飞那样人人唾骂的大汉奸。想想那些被抓捕的同伴，他又有些庆幸，他不想早早地结束自己的生命，不管是政治的还是人生的。只要自己运筹得当，一切皆有可能。

　　一大早，朱沉潜到街上买来豆浆和油条，顺便带回来几份报纸。他边吃边看，报纸上果然都有共产党员被抓捕的消息，《关东报》和《泰东日报》上还有几名被抓捕的共产党员的照片。《满洲报》报道得最为详细，称警察在夏贺功的家里搜到了违禁刊物，有《大连人民》《党员须知》《关东县委通告》《红五月》《共产党口号》《工人与政党》《共产主义》《特别班教材提纲》《满洲工农兵》《布尔什维克》等，还附有照片。报道称，如再发现谁持有此类报刊，就按通共联匪处理。

　　朱沉潜住在山城町的一所私宅里，偌大的房子只有他一个人住。他提上包走出家门，往萨摩町的大连医院走去。他在医院做院务管理，兼做一些历史资料的收集、整理、入档工作。

　　从山城町到萨摩町，步行也就十几分钟。一路上，他走在树荫下，眼睛却时不时地观察四周，他有一种异样的感觉，有人在跟踪他。他装作弯腰系鞋带，猛然回头，却并没有发现什么人。

　　朱沉潜刚进二楼的办公室，就听到敲门声，有人送来了报纸和信件。他坐回办公桌前，看到一个白色的信封，打开信封，从里面掉出一张照片。他拿起照片，倒抽了一口冷气。他放下手中的照片，来到窗前，透过办公室的窗户，能看到不远处的大广场。大广场中间立着日本首任关东都督府都督大岛义昌的塑像，塑像是日本殖民统治者冒充大连社会各界的名义建造的。这个日本明治时期的陆军大将，在甲午战争中曾经率一个混成旅在牙山首先挑起战争，又在日俄战争时任第三师团长。这时候，几只鸽子正在大岛义昌塑像的头上和肩膀上恣意地跳跃着，或许只有它们才不管这个世界上的生和死、爱和恨。

24

电话响起前，西德罗夫正在码头上奔跑，旁边是黑罗，还有一个身穿花布旗袍的女人。女人跑得很慢，西德罗夫不时地回身来拉她，但是她依然跑不动。身后几十个警察在追赶着他们，一排排子弹嗖嗖地擦过他们的头皮，眼看着女人要被子弹打中，西德罗夫拼命地奔跑，拼命地大呼救命……这时，他闻到了一股特别的味道。他猛地睁开眼，眼前是一张女人的脸，不错，是梦中的女人。他一把抓住了女人的手。

"你没事吧？"

安娜被他没头没脑的话问愣了，她用力地往外挣脱，手却被西德罗夫紧紧地抓住。

"做噩梦了？大喊大叫的。"

"刚才我梦见警察正在追赶咱俩，子弹满天飞。"

"电话响了好长时间了。"安娜指了指床头柜上的电话。

西德罗夫忙坐起来。电话再次响起，西德罗夫对着话筒叽里呱啦地说了一大堆俄语。安娜听不懂，但从他的表情里，安娜看出他好像遇到了什么为难的事。

电话是领事馆打来的，西德罗夫要奉命去完成一个特殊任务，他的神情让安娜有些恐惧。安娜趁西德罗夫出门，一个人偷偷地从他家里走了出来。她穿上了大衣柜里的连衣裙，戴上了墨镜，打着洋伞，像是一个时髦的女人。只是她的腿疼痛不已，她叫了辆黄包车，离开上屯巷，往大广场去了。

西德罗夫接到的任务比较特殊，领事馆通知他，有重要的货需要他帮忙运出去。

日俄战争后，日本人占领了大连。后来苏联在中国设立了许多秘密机构，他们利用这些机构做掩护，搜集情报，秘密资助一些组织，也帮一些有特殊需要的人办事。有些事官方不好亲自出面，就选择商人和演员等知名人士作兼职秘密工作人员，关键时刻为政府所用。作为贵族后裔的西德罗夫，也签订了这样的秘密协定，他本不想参与任何组织和政治派别，但是为了保住他在苏联的财产，还有自由出入国门的权利，他只能选择为政府秘密服务。

大使馆关键时候不能出面的事情，会指派他们这样身负秘密身份的人出面，甚至让他们出钱出力。西德罗夫欣然接受，这是他获得自由的条件和代价。他不喜欢政治，不喜欢战争，只喜欢财富，为了得到这些，他别无选择，不然他的家产就要全部上缴，他出入的自由也会被限制。这些年，他通过到中国做生意，不停地秘密地往欧洲转移他的财产。他的兄弟姐妹都去了欧洲，只是他心里还留恋圣彼得堡，那里有他热爱的土地和河流，那些土地浸渍着先辈的汗水和泪水，那里的河流流淌着先辈们征战的血液。不过，他早就想好了，终有一天，他会去欧洲。他不想参与任何形式的主义，也不想加入任何政党，他只对生意感兴趣，只想做一个自由自在的商人，把家族产业扩张到世界各地。

他签订的秘密协定不过就是帮助苏联政府做一些官方不便出面的事情，有时是运一箱特殊的好酒，有时是运一些走私的货物，有时是转移一些财产，有时是筹措一笔经费，这些事情总是让他既意外又新鲜，他喜欢这种刺激的感觉。

领事馆就在大广场东侧的东公园町。远远看去，他像一个有钱的公子，又像一个沉稳的富翁，反正怎么看都是有钱人。他让司机把车停在远一点的地方，他喜欢走路，边走边欣赏这座美丽的城市。从大广场中心公园穿过去，可以看到围绕广场四周的各种各样的建筑。这些建筑分属不同的国家，这些外来者带着征服者的姿态，在这个陌生美丽的城市任性妄为。西德罗夫伸手往外拽了拽上衣口袋里金表的表链，让表链露出更多一些，以便更引人注意。他有许多块这样的金表，并经常在关键时候露点富，有时候对方一个眼神、一句话，他都会心领神会，根据情况需要主动献出金表来，这样会减少他很多麻烦。不久前，他的货差一点被海关扣了，关键时刻他就献上了他的金表。

西德罗夫接到的任务有些特别，多少让他感觉有些麻烦，他从领事馆出来后，站在东公园町的马路上，好久也回不过神来。他的金表链还在他的胸前闪闪发光，看来他估计错了形势，显然今天领事馆里的官员们对他的金表不感兴趣。他倒希望他们只在意他的表，与他们要他做的事相比，他更喜欢献上自己的金表。他回头看了看领事馆漂亮的欧式三层小楼，想象着小楼里的某个窗口前，有人正在注视着他。也许在别的什么地方，也经常会有人在注视着他吧，只是他不知道而已。进领事馆之前，对于此次任务，他设想到多种可能，就是没有想到让他去与大连的地下党接头。他从来没有想过，这个小楼竟与大连地下党有着某种联系，更让他没有想到的是，配合他工作的竟然是一位共产国际的女干将。虽然还不知道这个俄国女人究竟什么来头，但他要和这个女人一起完成一项几乎不可能完成的任务，这是无法改变的了。

他不想参与政治，但是他知道，他没有选择。

25

离开浪花街很长时间以后，安娜仍然无法让自己相信夏贺功就这样在她眼前消失不见了。她的眼前总是浮现出夏贺功跳进河里的情景，耳畔时常爆响起一阵阵刺耳的枪声。好多年了，无论是在莫斯科，还是在上海，无论是躺在柔软的大床上，还是睡在杂乱的车站长椅上，每到夜晚，只要闭上眼睛，安娜的脑袋里就是黑石礁河里翻滚的血水和刺耳的枪声，那一幕犹如依附在她灵魂深处的蚂蚁，不时地啃噬着她，使她难以安宁。

那些天里，安娜悲痛欲绝，再加上中暑，她病倒了，西德罗夫找来医生为她诊治伤口。西德罗夫从安娜紧张的神情中，知道了她与屋顶奔跑那个人的亲密关系。当警察头子肖天飞出现在他的别墅时，他知道，这个女人就是一个"革命者"。他不喜欢女性革命者，一个女人如果没有机会享受富贵，那至少也要安于本分。但是，作为一个有胸怀的俄罗斯男人，当一个女人遇到危险时，他是必须要搭救的，更何况那是他曾经认识的女人。既然上帝把她送进了自己的家门，就是缘分，自己就应当保护她，至少不能让她在自己的家里被带走。

西德罗夫知道，如果这个女人被抓起来，不死也免不了牢狱之灾，所以，那天他对肖天飞说了假话。不过，他没打算久留她，如果情况好转，他想让她立即走人。毕竟他亲爱的伊莲娜就要回来了，如果伊莲娜看到家里多了一个中国女人，他是无法解释的。他不想知道这个中国女人的事，也不想知道她要到哪里去，他只能让她走，但是要让她安全地走，不能眼睁睁地看着她被抓起来。

　　西德罗夫差人到三越商店给安娜买了两套衣服。安娜身上那套蓝白相间的粗布旗袍已经破旧，她换上新的裙装，竟然非常合身。他拿出伊莲娜的一条长丝巾，还有一副墨镜，让安娜打扮一下。安娜穿上衣服，戴上墨镜，一下子变得更加引人注目，两个人都感觉不妥。安娜干脆用那条长丝巾装那些馒头，这令西德罗夫感觉有些好笑，这可是名牌丝巾，她怎么能用这么名贵的丝巾装那几个馒头？

　　安娜解释说："这些馒头是给亲人上坟用的，弄坏了，天上的神灵会怪罪的，埋在地下的亲人也会怪罪的，所以要好好保管。"西德罗夫问："难道死人会知道活人的事情？""当然会，"安娜说，"有一天我们都会到天堂里去，你，我，我们所有人，都要在那边见面的，所以我们做事情要对得起他们。"西德罗夫只觉得好笑，但也只好由着她了。

　　安娜趁着夜色，走出了别墅。下屯巷的家是回不去了，安娜想起牛文礼在小岗子有一个叫云霞的女朋友，曾经是她教书的学习班里的学生。牛文礼正和云霞恋爱，估计别人不会知道，也不会有人怀疑云霞。安娜想着，就朝电车站走去，想坐电车到云霞那里去。刚走到浪花街的街口处，迎面看到有人在打量她，她心里多疑，脚步就有些迟疑。到了车站，果然有几个警察在大街上晃荡，不时地对行人进行盘查，安娜见状只好转身往回走。突然后面有人大喊"站住"，安娜吓得拔腿就跑，一转身，迎面撞上一个男人，安娜惊出一身冷汗。撞上的人是西德罗夫，他不放心安娜，一直在后面跟着她。他搂住安娜，告诉她不要害怕，人家不是喊她的。安娜吓得浑身发抖，转过身才看到，警察正在盘问一个年轻的女工。她一时不知怎么办才好，既不能前进，也不知往哪里去。西德罗夫干脆紧紧地搂住她，走回浪花街，往上屯巷去了。

　　安娜听从西德罗夫的话，暂时先在他家避一避，想到这些天他对自己的照顾，相信他并不知道自己的情况。她身负重任，现在最重要的是设法把情报送出去，送给上海先生，可她并不知道上海先生是谁。

早晨，西德罗夫出去遛狗，回来时，手里多了几张残缺不全的告示，那上面是安娜的画像。"这画像也不像你啊，画得没有你好看。"西德罗夫故作轻松地说。

安娜看到画像，有些后怕，幸亏她没留下照片。为安全起见，来到大连后，她把证件照片撕下来藏了起来，把其他照片全部毁掉了。看来夏贺功还是有些斗争经验的，不过，敌人找到她只是时间问题，安娜想。

西德罗夫还带回来一张日文报纸《大连新闻》，报纸的主要版面上登了一张大照片，照片上十几个人被五花大绑地押到了一个操场上。安娜仔细辨认，认出了其中几个人。报纸的下方还有一张照片，是夏贺功的证件照，但却没有夏贺功被抓捕或者是死亡的照片。安娜看不懂日文，但通过时不时蹦出来的一些汉字，她知道，夏贺功已经被乱枪打死沉入大海了。

安娜眼泪止不住地流下来，浸湿了报纸。西德罗夫从她手里拿过报纸，放在旁边，然后指了指桌上的油条和豆浆："先吃了，吃饱了才有劲悲伤。"安娜拿起油条，就着泪水一口一口木然地吃着，吃了几口，终于忍不住呜呜地哭了起来。

西德罗夫说："既然是些要命的事，为什么还要去做？"

安娜忍住泪："如果有人到你家里来了，抢你的、吃你的、拿你的、用你的，还要霸占你的家、你的老婆，你会怎么样？"她想起丁采芹的话。

"那我也要先保命，有了命才能做其他事。"

西德罗夫告诉安娜，说安娜的家里住进了一个老太太和一个年轻的姑娘，安娜知道那是王大灿的娘和妹妹王大美。她想起自己曾经和王大美见过一面，那次王大美秘密护送一个地下党员从山东来大连。王大美现在回来，一定是带着使命。

26

那天，西德罗夫在家里把一个女人送上床的时候，伊莲娜已经回到家了，只是黑石礁广场上刺耳的警笛声让她的脚步略微迟疑了一些。在伊莲娜的印象里，凡是响起这样的警笛声，就一定有事情发生。随着警笛声的临近，伊莲娜看见一辆警车开进了浪花街，敞篷车上站满了黑衣黑帽的警察，他们跟着车在上下颠簸，像聚在一坨狗屎上乱飞的苍蝇。

伊莲娜回到西德罗夫家里时，肖天飞已经提前在那里了，她只得躲在外面，从窗外看家里的一切。她看到肖天飞进了屋，西德罗夫老练地应付着一切，心里突然有种异样的感觉。想起西德罗夫对女性从来都不太热心，可这个女人却能让他费力地帮忙，伊莲娜突然觉得西德罗夫不只是商人这么简单，他下意识的动作，作为障眼法给肖天飞送钱，都让伊莲娜心生疑惑。当看到他慌乱中让安娜躺在被子里时，她知道他已经暴露了。她把这一情况报告给了领事馆，领事馆的指示是让她继续待在西德罗夫身边，通过他的身份，为共产国际搜集情报，至于西德罗夫帮助的那个女人，他们会调查清楚。

从领事馆出来后，伊莲娜没有回家，她让司机把她送到了邻近的大和旅馆，那里与浪花街的上屯巷仅一街之隔。

27

这几天，肖天飞倒霉透了，王大灿的娘和妹妹王大美把王大灿和丁采芹的尸体抬到了警察局的门前，要求警察局严惩杀人凶手，还老百姓一个公道。天气炎热，一老一少两个女人，抬着已经开始腐烂的尸体在警察局门前讨要说法，引发了老百姓的围观。警察局门前人越聚越多，不知道谁在警察局的墙上贴上了标语："欺压百姓，讨回公道！"有的更猛烈："警察局里有汉奸，打倒日本帝国主义！"看来，共产党的地下活动并没有停止。有一家小报的记者，还去拍了照片发到报纸上，引起了日本殖民当局的不满。日本殖民当局批评警察局破坏了他们的"亲民"政策，破坏了"大东亚共荣亲民"的好氛围，让他们严惩凶手，妥善处理，以免出现不必要的动荡。

肖天飞骑虎难下，十分被动，事情越闹越大，他们反而不敢太过分，谁也不敢对一个老太太下狠手。为了息事宁人，警察局派人跟王大娘交涉，他们狐假虎威，连吓带唬，采取各种手段，总算劝住了王大娘。按照王大娘的要求，他们把王大灿和丁采芹厚葬，找人把王大灿家刨坏的墙和屋子收拾了一下，又赔了些钱，算是损坏东西的补偿，这才把王大灿的母亲和妹妹安顿好。

那些天里，肖天飞一筹莫展，抓住的那几个"共党分子"都是铁嘴铜牙，宁死不招，有两个招供的，吐的也都不是什么重要线索。现在，日本当局和警察署都已经下令，要他限期抓住失踪的那个神秘的女共产党安娜。特务们在浪花街调查过，安娜平时梳着齐耳的短发，穿着蜡染的蓝白碎花旗袍、黑色的拉带布鞋，失踪之前，也是这身打扮。有人说她在圣德公园里出现过，好像去庙里上过香；后来，有电车乘务员说看见她手抱着小篮子上的电车，又在黑石礁下的车，好像下了车就跑。

肖天飞有些恼火，在他的管辖范围内，跑丢了一个"共党分子"，上级会追究他的。肖天飞想，上级还不知道"共党分子"牛文礼的儿子牛丰收也是在他手里丢掉的，否则他更是吃不了兜着走。一想起在自己手上丢掉的小孩牛丰收，他火气更大了，仿佛油锅下又添了一把火，烧得他浑身难受。

肖天飞来到儿子学校的时候，正赶上下课，学生们都在操场上玩。他在操场上扫视了一圈，没有看到儿子的身影。他穿着警服，许多学生认识他。正纳闷，一个小孩往操场边上的围墙指了指。他顺着小孩手指的方向找去，看到儿子坐在墙根处，旁边还有一个小孩，两个人正一起说着什么。肖天飞仔细一看，那个小孩不是别人，正是牛丰收。他下意识地躲起来，想听他们说什么。这时，上课铃声响了起来，肖似一下跳起来，大声说道："你在这里等我，下课我们一起走。"

肖天飞终于明白，昨天晚上在自己家炕上躺着的确实是两个小孩，自己并不是喝多了。他想了想，觉得真搞笑，这两个小崽子怎么弄到一块儿去了？等儿子进了教室，肖天飞走近牛丰收。牛丰收看到他并没有害怕，仍然坐在墙根处，那里倒是阴凉。

肖天飞不由得乐了，这个小兔崽子有点意思，竟然对自己满不在乎，难道他吃了熊心豹子胆？他坐到牛丰收身边，看着他："你不认识我了？"

"认识！"

"你知道我是谁？"

"刚才肖似告诉我了，他说你是他爹。"

"这小兔崽子，原来他早就看到我了。"肖天飞说，"你知道我是谁，为什么还不跑，不怕我把你抓起来？"

牛丰收说："我不跑，肖似不让我跑。他说有人警告他了，要是我被抓走了，你晚上就见不着他了。"

肖天飞一下子无语了，他忙站起来看了看四周，什么也没有，只有教室里传出来的读书声在四周回响。

"再说，你也不会抓我，你要抓的是我爹。现在我爹跑了，你抓我也没有用。"说着，牛丰收从书包里拿出一张纸条，"这是我爹写给你的。"

"写给我的？"

牛丰收点了点头："是我爹给肖似的，肖似让我转交给你。还有，肖似说，下课的时候，他不想让同学们看到你。"

岂有此理！肖天飞既愤怒又好笑，这些王八羔子，敢在老爷我头上动土！他打开纸条，只见上面写了一行字："如果牛丰收在你手里有什么闪失，你就别想再见到你的儿子！丰收在，肖似在；丰收不在，肖似亡！"

肖天飞气冲脑门，他四下看了看，感觉牛文礼好像就在眼前，却什么也没有。看着眼前满不在乎的小孩牛丰收，他把纸条揉成一团扔到地上，想了想，又捡了起来。他重新打开纸条："别说，你爹这个字写得真不赖。"他又看了看牛丰收，心想，干吗跟一个孩子过不去。

肖天飞丢下牛丰收，一个人走了。路上，他拦住一个街上卖冰棍的，往怀里装了一大包的冰棍。他回到警局的时候，见几个手下正围坐在院子里的石桌前喝茶乘凉。他把冰棍往桌上一丢，立即升腾起一股寒气。几个人跳起来抢冰棍，一个个猴急地往嘴里塞。肖天飞看着弟兄们的样子不由笑了。弟兄们一个个嘟囔着说："这天真是热，真想跳进冰窟窿洗个澡，现在好了，有冰棍吃了。"

肖天飞若有所思地吃着冰棍，突然他想起了什么。他想起了西德罗夫，他在西德罗夫家也说过"大热的天，真想跳进冰窟窿里去"，又猛地想起西德罗夫卧房里那个躺在床上盖着被子的中国女人。他突然哈哈大笑起来，大热的天，这中国女人怎么可能钻进被窝里？他像轰然启动的火车，吐着白色的雾气，浑身上下一片沸腾。

"弟兄们，走，我们海边逮大鱼去。"

一大群警察跳上卡车，往黑石礁飞奔而去。

肖天飞几乎是用脚踹开的西德罗夫的家门，他看见沙发上坐着一个金发女人，正是西德罗夫的女朋友伊莲娜。

28

西德罗夫欢迎伊莲娜归来的方式就是到大广场附近的马克西姆餐厅吃饭，那里的酒货源与他有关，那里也是日本人、朝鲜人、美国人交易情报的地方。趁着伊莲娜和老板娘聊天的机会，西德罗夫从老板娘手里要了一块面包，去了大广场。餐厅里的人都知道西德罗夫除了喜欢养狗，就是喜欢去广场喂鸽子，他的爱心总是遭到老板娘的数落，说他糟蹋了那么好的面包，那可是她用从俄国运来的上好的面粉制成的。

伊莲娜手拿酒杯坐在吧台，和老板娘热烈地讨论着西德罗夫的高加索犬黑罗，她开朗的笑声吸引着餐厅里的人。她似乎发觉自己太大声了，有些不好意思地举起了手中的酒杯，向四处示意了一下，眼睛的余光却透过马克西姆餐厅的大落地窗，看向广场上漫不经心撒着面包喂鸽子的西德罗夫。西德罗夫金色的袖扣在阳光下格外耀眼，手里的面包还有一半的时候，他似乎有些累了，走到了广场上的一条长椅上坐下。他看了看旁边坐着的女人，愣怔了一瞬间，然后把手里的面包递给旁边的女人。伊莲娜看到她接过面包开始喂鸽子，但她不像西德罗夫那么有耐心。她把面包在手里搓了搓，然后站起来把面包渣往前方一扬，成群的鸽子立即飞起来，在太阳底下四处乱抢。就在她用力抛撒面包渣的时候，放在裙子上的包掉到了地上，西德罗夫忙绅士地上前帮她捡起了包。女人接过包，拍了拍身上的面包屑，穿过地上抢食的鸽子，头也不回地走了。伊莲娜的眉毛轻轻地挑了挑，不由得想起了肖天飞那张沮丧的脸。

恰在这时，伊莲娜看到肖天飞出现在大广场上，她迅速走出马克西姆餐厅，巨大的裙摆在阳光下舞动着，像一只斑纹美丽的蝴蝶，张着翅膀向广场中心飞去。

29

安娜去大广场的时候正是下午茶时光，广场上的鸽子在自由地飞翔着，甚至大胆地把屎拉在广场中间大岛义昌雕塑的头上、脸上、胳膊上、西服的领带上，才不管它高兴与否。安娜拿着面包在广场上喂着鸽子，只有她自己知道她的腿有多么痛，腿伤几乎让她寸步难行。

安娜看着广场中央大岛义昌的雕塑，愤懑之情从心底升起。这个站在广场中央的入侵者，怎么可以这样耀武扬威，这里是你的家吗？是什么让你有胆量在别人家里横行张狂？我们怎么可以这样任你们欺负，这里可是我们中国的土地啊！我们怎么可以让这些外人无耻地践踏我们的家？安娜突然感到无比心痛，她似乎懂得了夏贺功、王大灿、丁采芹、寒潮的那些自信与豪情，他们相信，有一天，中国人终会扭断这些侵略者的脖子。安娜这时候对夏贺功不仅是怀念，更有敬佩，她想到了落在自己身上的使命，突然就有了力量。看着一群群飞翔的鸽子，她突然有一种想飞的冲动，要是自己也能成为一只鸽子该有多好，在天地间自由地飞翔，想去哪儿就去哪儿。

可是眼下，她愁容满面。按照夏贺功曾经交代过的，如果遭遇突然的变故，要先把自己藏起来，等到每周四下午一点三十分，到大广场上正中央的长条椅子上坐着，手里拿一份日文版的《大连新闻》。到那时，苏联领事馆的情报人员就会知道她是自己人，知道她需要帮助。

这是她最不想记住的细节，她最担心用到这样的细节。因为她知道，只有到了最危急的时候，她才可以去大广场，这是最后的选择。

安娜看着手中的面包，想起那些藏着秘密的馒头。虽然她告诉过西德罗夫，那是她给先人们祭奠用的，但是西德罗夫竟然要亲自尝一尝，说这么宝贝的馒头一定很好吃，还说，他听说在中国享用祭祀的东西会带来好运气。当然，安娜拒绝了他吃馒头的要求。

"我们俄罗斯民族才不信这些，这是迷信，我们更相信力量。不过，我尊重你，再说我也不喜欢吃馒头。"西德罗夫的样子像是在开玩笑，又不太像。

西德罗夫来到了大广场上，他一边喂着鸽子，一边观察着四周。不远处的长椅上坐着一个女人，旁边放着《大连新闻》，阳光下，她的头发乌黑发亮，那身影让他感觉有些眼熟。

西德罗夫怀里的金表提醒着他，时间到了。他手里拿着面包，边撒向那些鸽子，边走向那个女人。他真切地看到，眼前自己的接头对象就是安娜。

他决定要救她，毫不犹豫！

西德罗夫在大广场上与女共产党员安娜接上了头。他想起领事馆曾经交代过，如果有可能，给这个女人拍张照片。他照办了，给安娜拍了照片，但是他没有把照片交给领事馆，而是留给了自己。

30

火车站附近发生了爆炸事件，这是这个城市一天之内的第三次爆炸。大批地下党遭到逮捕，这些爆炸显然是针对日本殖民当局的报复行为。安娜想到还有许多人在背后支持自己，心里便有了一种力量。

伊莲娜接到任务的时候也有些吃惊，自己要保护的人居然是安娜，这个中国女人竟以这样一种方式进入她的生活。从大广场回来时，伊莲娜和西德罗夫坐在后排，坐在副驾驶上的安娜一直通过后视镜观察着这两个人，然而两人一路上无话，甚至连交流的眼神也没有。

安娜没有想到西德罗夫就是那个接头人，而西德罗夫和伊莲娜在一起，一个引开了肖天飞，一个带走了安娜。

回到别墅后，伊莲娜上了二楼的房间。直到晚饭的时候，伊莲娜才出来，换了件旗袍，头发也挽起来了。

切牛排的时候，西德罗夫一直都在看伊莲娜，以至于把牛排切到了盘子外面。此刻，伊莲娜的心里在想一个叫陈与田的男人。那个男人突然不辞而别，伊莲娜猜测他一定是去了大连，因为她曾经在他留下的包裹里看到了大连地图，那是他留给她的唯一线索。那个男人对衣着格外着迷，喜欢用银色的袖扣，穿深咖色的皮鞋。一次，他送给伊莲娜一件旗袍，对着远处的大海说："大海的另一边就是我的家，终有一天，我会让你穿上中国旗袍，娶你回家。"

那个男人失踪两个月后，伊莲娜在报纸上看到了他去世的消息：一个男人自杀在莱茵河里，头朝下，面目全非，但衣着和他一模一样。伊莲娜不知道那是不是真实的他，自从和他在一起以后，她知道不能问他任何事。

自那以后，每到有重大事情发生，伊莲娜觉得自己可能不久于人世，便穿上旗袍，把自己想象成陈与田的中国女人。

西德罗夫说："你穿旗袍真好看，如果不是你的蓝眼睛，我还真把你当成了中国女人，像美丽的安娜小姐。"

陈与田死后，伊莲娜遇到了西德罗夫，跟着他到了大连，她好像已经忘记了自己还有一件漂亮的旗袍。安娜说："你这件旗袍一定是苏州师傅的手艺。这种丝绢只有苏州有，这种工艺也只有苏州师傅能完成。"

伊莲娜是中俄混血儿，出生在哈尔滨。十八岁那年，她被父母送到英国读书，在英国认识了陈与田，之后，她再也没有回到父母身边。父母在她毕业前曾经给她来过信，让她回自己的祖国。她想都没想就收起了信，在她眼里，中国才是她的祖国，况且那里是她深爱的男人的故乡。

几个人吃着牛排喝着红酒，心思却沿着各自的方向前行。西德罗夫喝多了，他想起第一次看到安娜时，她正在海里游泳。一个江南女子有这么好的水性，多少有些出乎他的意料。只是现在，对她，西德罗夫更有了一种神秘感。他盯着安娜看了好久，心里念叨着，这么美丽的女子怎么可以做这么危险的事？像伊莲娜这样不好吗，吃喝玩乐，享受人生？

在酒精的作用下，伊莲娜脸上的阴霾一点点消散，和西德罗夫两个人你一杯我一杯地喝了起来，直到她喝醉，倒在沙发上呼呼大睡。

安娜和西德罗夫走出别墅，一起往黑石礁的海边走，夜晚的凉风从海上徐徐吹来，很快把两个人的酒意吹散了。西德罗夫告诉安娜，伊莲娜的祖辈是贩酒的生意人，整个莫斯科和中国一半的洋酒都是她家贩来的，正因为生意上的牵扯，他才与伊莲娜相识。有一天，西德罗夫拿着他卖到中国的酒对着伊莲娜吹牛的时候，伊莲娜随便说了一个男人的名字，当他知道那个男人是伊莲娜的爷爷时，他简直要给伊莲娜跪下了，对于爱喝酒的人来说，她爷爷就是神。

"安娜，把你送走了，我不知道什么时候还能见到你。"

安娜回过头来，看到了他在夜晚格外明亮的目光。

"我不知道你做的事有什么意义，我认为，这个世界让我们生存的是财富，其他一切都是虚无缥缈的。如果你愿意，跟我去莫斯科，或者欧洲。我不想有一天，你像那些人一样，突然地消失了。个人的力量在这个世界太小了。"

"我们无数微小的力量汇聚起来就是大的力量，大到最后将不可战胜。"安娜像是回答西德罗夫，又像是说给自己听。

两个人不知不觉走到了海边。夜晚海水有些凉，漫过脚背的海水让人感觉很舒服。安娜身上还有伤，有些站不稳，不小心跌坐在海水里。西德罗夫忙从后面挽起她，站起来的那一瞬间，他突然抱紧了安娜："安娜，你一定很孤单吧，我想一直这样抱着你。从见到你的那天起，我就一直想象着有一天能这样抱着你。"

安娜在西德罗夫的怀里有些僵硬，她想起了第一次被夏贺功这样抱着的时候。那一天，他们订婚，安娜就这样被突然的幸福包围着，但是那个幸福的瞬间已经永远消失了，自己还有更重要的使命。她转过身来，看了看远处的大海，说："太晚了，伊莲娜会着急的。"

返回别墅后，安娜回到了自己的房间。伊莲娜站在二楼的拐角处，看着西德罗夫留在安娜房门上的目光，似乎那扇门里有他投给未来的期许。伊莲娜发现，她的心里有那么一点点泛酸，这是她以前没有过的。她等西德罗夫收回目光，紧跟着进了他的房间。她跟随陈与田秘密地加入了情报组织，却从来没有想过西德罗夫也在其中。她有许多的疑惑需要西德罗夫解释。

西德罗夫没有给伊莲娜任何机会，等她推开房门的时候，他一把把她拽到了床上。伊莲娜这才想起来，他们已经分别了好久，现在没有什么比他的怀抱更让她感觉幸福的。只是在西德罗夫的怀抱里，她明显感觉到了他的小心和局促。伊莲娜突然有了一丝不安，她在猜想西德罗夫和安娜在海边究竟发生了什么……

当气喘吁吁的西德罗夫终于平息了身体和心情，伊莲娜问他："你们俩在海边待那么久都做了什么？"西德罗夫像是梦呓："有多久？我怎么感觉就一会儿工夫。"他的话随即被自己酣睡淹没了，像遭遇暴雨来袭的夏虫，突然地安静下来。

伊莲娜关上门的那一瞬间，西德罗夫睁开了眼睛。他坐起来，拿出装在盒子里的雪茄，点燃。伴随着星点的火光，他想着刚才在海边抱紧安娜的情景，思绪陷入深邃的黑暗之中……

安娜进屋后，背倚着门，身上还有海水腥咸的味道。从夏贺功遇害开始，她就有种恐惧的感觉，感觉自己时刻会有危险。

她无论如何也没有想到，在大广场上与她接头的竟然是西德罗夫。据西德罗夫所说，他不是什么间谍，也不是这个主义那个帮派，他只是受制于人，在关键时刻用特殊身份帮助苏联领事馆做事。

她现在没有别的选择，只能依靠西德罗夫了。

半夜时分，街上传来急促的枪声。西德罗夫正站在二楼的露台上吸烟，雪茄浓烈的香味在夜空中弥漫。

伊莲娜来到露台上时，西德罗夫掐灭了雪茄。他说："让玛丽雅多发些面，我想吃她烤的大面包，越大越好，最好和她的头一样大。"

伊莲娜笑了，说："你从来没有为哪个女人这样上心过。"

西德罗夫转过脸来，有些恼怒，一下子抱紧伊莲娜："如果不是因为你，我会到这个地方来吗？"

伊莲娜笑了笑，说："西德罗夫，这个世界上恐怕没有哪个女人像我这样了解你。"

31

码头上灯火明亮，装货的，登船的，送客的，告别的，忙乱不已。西德罗夫和他的高加索犬黑罗早早就来到码头，他从来没有想过，有一天，他的命运会和一个美丽的中国女人联系到一起。他在码头货仓前一个稍显僻静不被人注意的角落，一边慢悠悠地抽着他的大雪茄，一边远远地观察着码头上的一切。雪茄在黑暗的码头上一闪一闪，犹如不远处海上的航标灯，忽明忽暗，若有若无，充满神秘。黑罗一直安静地蹲在他的脚边，不时地抬头看看它的主人。离开家之前，西德罗夫仔细检查了一下安娜的装束。她的短发已经盘起，深蓝色的旗袍外，披着一条藏青色与咖啡色相间的细格子披肩，脚上是黑色的高跟鞋，手上是一个精致的黑色挎包，鼻梁上架着一副金丝眼镜，整个人看上去高贵内敛。陪伴安娜的，是西德罗夫的女朋友伊莲娜。

西德罗夫有些担心，感觉安娜的装扮还是有风险。虽然大街布告上的安娜画像是警察们凭着记忆画出来的，他们还没有一张真实的安娜的照片，但西德罗夫还是非常担心。他必须保证安娜的安全，与其说是执行任务，不如说他是真心想帮助安娜。

这些天，市内的车站、码头、广场、旅馆等公共场所，到处都是警察。而此时，肖天飞也来到了码头，正指挥着手下在码头上巡视。看到肖天飞时，西德罗夫吃了一惊。他曾经专门给肖天飞送过钱，肖天飞也答应他在他需要办事的那几天，会想办法在家里休息。肖天飞告诉西德罗夫，他本来就是一个不喜欢管闲事、不喜欢折腾的人，有钱万事休。西德罗夫知道肖天飞说的是假话，但是根据内线的消息，这几天肖天飞应该忙着审讯那几个地下党的案子，无法分身管其他事。西德罗夫不知道情况为什么又变了，是消息不准确，还是另有原因？一切都安排好了，他只能见机行事了。西德罗夫从到达码头的那一刻起，脑海里浮现的都是安娜被捕的镜头。夜幕降临，离开船的时间已经不远了，西德罗夫按照原定计划，在码头上静静地等待着，像是在等待命运的安排。

水上警察署的警察一直在检票口周围，检查准备上船的乘客的船票。

一辆小汽车开进了码头，安娜和伊莲娜一起从小汽车上下来，她们信步朝头等舱的检票口走去。检票口有好几个警察在巡视盘问，西德罗夫远远地观察着，他装作若无其事，心却提到了嗓子眼儿。队伍不时地往前挪动，就要到安娜了。安娜左右看看，眼光停留在某个地方，西德罗夫顺着她的目光看去，竟发现了王大美。王大美的手在胸前晃了晃，安娜轻轻地点了点头。西德罗夫有些疑惑。这时，两个警察离安娜越来越近。突然，从不远处急匆匆赶过来一个女人，她梳着齐耳的短发，用力地挤到头等舱队列的前面。似乎感觉有些热，这女人有些唐突地脱掉黑色外套，露出里面蓝白相间的土布旗袍。她一边脱外套，一边在口袋里找着什么。她的手上提着一个小篮子，篮子上面盖着蓝白花的头巾。终于，她摸出船票。检票员拿过去看了半天，然后向远处招了招手，有几个人迅速地朝这个女人聚拢过来，有人抓住了她的胳膊。女人像是受到了惊吓，用力地甩掉那个抓住她的人，突然抽身朝码头外面黑暗处飞快跑去。接着，有人朝那个女人的背影开了一枪，码头上立即乱作一团。枪声一响，几乎所有的警察都跟着枪声追了过去。西德罗夫知道，那个女人跑得太快了，那一枪注定无法打中她。那个女人边跑边扔下外套和篮子，白色的馒头在码头上滚来滚去，被追赶的人踩得粉碎。那个女人在大马路上东一头西一头地到处乱撞，终于被几个警察和便衣按倒在地。警察们把她塞进警车，呼啸而去。

　　与此同时，在大连火车站站台上和大广场的汽车站上，有好几个打扮酷似安娜的女人被警察抓住装进了警车。这是西德罗夫没有想到的。他现在明白安娜让他送给王大美那笔钱的用处了。这个安娜真是聪明绝顶，他在心里暗暗叫好。王大美选这些"安娜"的时候，要求她们一定要特别能跑。这些"安娜"每个人都得到了一件蓝白相间的旗袍和一篮子上供用的小馒头，当然，她们每个人还会得到一大笔赏钱，这赏钱是西德罗夫的功劳。

　　西德罗夫相信，这些女人除了会受些皮肉之苦外，不会有任何麻烦，因为她们什么都不知道。

　　此刻，安娜和伊莲娜已经顺利地上了船。汽笛响起，船一点点地离岸驶出码头，一点点越过忽明忽暗的航标灯，昂然挺进茫茫无际的大海深处。西德罗夫看到甲板上的伊莲娜向他挥动着纱巾，那是一切平安的暗号。此刻他感到伊莲娜要多可爱就有多可爱。他狠狠地抽了一大口雪茄，借着烟头燃烧的光亮，用力向天空画了一个圈，又画了一个圈，再画一个圈……那一圈一圈的光亮犹如流星一般闪过，短促而迅捷，但他知道，那流星汇聚的光芒是安娜的面孔，从此执拗地住进他的心里，倔强地闪耀着。

　　甲板上没有安娜，那是他的命令，但他还是有些怅然。他向伊莲娜挥手再见，心里却盼望能看到安娜。尽管他对安娜满心喜欢，甚至有了爱的情愫，但他知道，他和她注定无缘，而这无缘此时更加剧了他无法割舍的那份爱怜。他知道，他帮助她走出这一步，就是把她拱手让给了她的理想国，今生她都不会再与自己携手。夏贺功跳进黑石礁河的那一瞬间，西德罗夫就从安娜的眼睛里看到了她的绝望，她的绝望摧毁了他。是的，安娜注定不属于自己，他悄悄爱上的这个女人，义无反顾地走上了一条充满荆棘甚至凶险的路，他无法阻拦她，也无法让自己不为她担心和难过。

码头上的喧闹渐渐退去，船越来越小，直到不见了踪影。一路平安，美丽的安娜，还有我亲爱的伊莲娜。他把未抽完的雪茄扔到了码头青灰色的石板上，用擦拭得又黑又亮的大皮鞋使劲地碾下去，再碾下去，像是要永远碾碎他的悲伤和烦忧。

他拽起趴在地上的黑罗，走出码头，大步走进大连街头热闹而繁华的霓虹中。

33

起初，西德罗夫是要把安娜打扮成俄罗斯女郎的，他弄来金黄色的假发，并在上屯巷的欧洲洋服店里给安娜订了几件洋服，还买了高跟鞋、手套、围巾之类的行头。待安娜穿上这些时，西德罗夫又改变了主意，因为不管怎么收拾，安娜那张脸都是东方女性的脸。

已是深夜，安娜站在甲板上，将盘起的头发披散开，海风将她的头发吹起来，不时地盖住她的脸。雾气浓重的夜晚，天地间一片黑暗。她听着大海的声音，看着暗无边际的夜空和早已淹没在天地间的海岸，想着此次离开大连也许永远不会再回来了，想着生死不明的夏贺功，一下子觉得浑身都没了力气。

安娜做过手术的左臂感染了，有些发烧，浑身疼痛睡不着觉。

伊莲娜和西德罗夫都劝她病好了再出发，安娜却说，她死也要死在上海。上船前，她吞了大量的止痛片，身上还打了吗啡，咬着牙硬挺着。

伊莲娜远远地跟着安娜,她答应过西德罗夫,要帮助安娜离开大连,其实护送安娜到上海更是共产国际交给她的任务。伊莲娜没有想到,西德罗夫会让她来协助安娜去上海,更没有想到西德罗夫竟然背负着特殊身份。她没有选择,当她看到肖天飞在码头上奔跑着追"假安娜"时西德罗夫紧张的样子,她知道,西德罗夫这一次一定是动了真情。不过,越是这样,伊莲娜越不甘心,她相信凭着自己的美貌与智慧一定会赢得西德罗夫。伊莲娜走过去,把身上的披肩给安娜披上。她知道,在这样寂静的大海上,安娜的思念一定很深很重,那种悲伤无助绝对不会是为了西德罗夫。想到这里,她有些难过,为西德罗夫,也为自己。

披肩上浓郁的香水味儿,让安娜从大海深处收回目光。她看着眼前身材高挑的伊莲娜,从心里赞叹她的美丽。西德罗夫说过,如果伊莲娜顺利完成护送任务,他将在满洲里等她,他们一起回俄罗斯。安娜并不知道,伊莲娜不止为了西德罗夫这份承诺,更是为了自己的使命。安娜只确定一件事,没有西德罗夫的帮忙,说不定自己早已人头落地;没有伊莲娜的成功掩护,自己不可能逃离大连,更不会登上去往上海的轮船。

34

肖天飞又想起那天在西德罗夫家里看到的情景,他意味深长地看了看伊莲娜。伊莲娜给了他一个迷人的微笑,然后坐进了西德罗夫的轿车里。肖天飞觉得有什么地方不对劲,想来想去,他猛地拍了拍自己的脑门儿:"西德罗夫,你这个老毛子居然骗了我。"

肖天飞现在确信，那天西德罗夫床上的女人一定就是失踪的安娜。大夏天，谁会躺在床上盖着被子？他又想起来，那天他在大广场上看到西德罗夫从苏联领事馆里出来，便跟了过去。结果半路上被一个盲人给撞倒了，他的帽子飞出去老远，等他再回头看时，西德罗夫却不见了，眼前出现的竟然是伊莲娜。等他和伊莲娜说完话，西德罗夫身边的女人根本没影了。

王大灿和丁采芹"烧头七"的日子，上坟回来的王大美在家门口看到了等在那里的肖天飞。肖天飞坐在门口的石阶上，看上去闷闷不乐。看到王大美，他一脸的冷笑。那几个抓捕到的"假安娜"确实什么也不知道，但最后还是有一个人告诉他了，是黑石礁浪花街上的王大美雇佣她们去车站、码头还有大广场的，这个王大美还给了她们好多钱。

肖天飞来到了王大美的家，他回想起这些天里的一些事，有些后悔当时把丁采芹一枪打死了。如果不打死丁采芹，他就可以折磨她，从她嘴里抠出更多的东西来。这一次，他要单独会会这个王大美，从她嘴里搞清楚安娜的下落。

王大美看见肖天飞并不吃惊，好像早就知道他会来。她说："我知道我嫂子丁采芹是被你打死的，我也知道安娜藏在哪里。今天是我哥嫂烧头七的日子，如果你要抓我，我可以跟你走，但我得吃饱了饭再走，我不想成为一个饿死鬼。"

肖天飞听王大美说到安娜，像是打了鸡血，一下子来了精神。他看着王大美，突然对这个女人有了点兴趣：这个女人一定不简单，她去警察局暴晒哥嫂尸体的时候，我就应当知道她不是个省油的灯，不然一个乡下的女人哪里来的那么大的胆子，敢跑到警察局门前撒野。说不定她也是个"共党分子"。我怎么没想到呢，真是笨死了。想到这里，他心里一阵狂喜，看着王大美进了屋子，他也不在乎。他按了按别在腰里的枪，料定王大美是跑不掉的。

王大美走进屋子，肖天飞紧紧地跟着。锅台上放着两碗清凉透彻的绿豆水，王大娘看到女儿回来了，说："看你这一头一脸的汗，先喝碗绿豆水解解渴吧。"说着，她就端起锅台上凉着的绿豆水递给女儿。王大美端起大碗，扬起脖子咕咚咕咚一饮而尽。王大娘看女儿喝得快，一个劲地说："慢点喝，又不是没有了，喝那么急干什么！"肖天飞在一旁看着，喉咙动了一下，感觉有些干渴，毕竟他也在外面等了老半天了。王大娘看着肖天飞说："这姑娘也没个姑娘的样子，让你见笑了。"肖天飞有些尴尬地笑了笑，眼睛却看着锅台。王大娘说："要不你也来一碗，大热的天，当差不容易。"说着，她端起另一大碗递给肖天飞。肖天飞浑身燥热，想也没想就接过碗一饮而尽。真痛快，他用手抹了抹嘴，把碗还给王大娘。这时，他看见王大美站在眼前冲着他笑，两颗小虎牙露了出来。这笑容突然让他有种不祥的感觉，他看见那两颗白白的小虎牙一点点变成了两个小黑点……

几天后，肖天飞的尸体在十海里外的小平岛海上被发现。尸体已被海水泡得肥硕，远远看去，像一条肚皮朝上死去的海狗。人们发现他时，他正顺着海流向大海深处漂移着……

35

朱沉潜从大广场上收回目光，他从三谷贞吉的来信里得知，夏贺功并没有死，他的"尸体"在黑石礁海河交汇处找到了。夏贺功此时可能正在被秘密救治，但是没有人知道他的下落，大家都以为他死了。

按照三谷贞吉的安排，朱沉潜会和夏贺功见面。朱沉潜知道，不得到那箱金条，三谷贞吉不会罢休的。

第二章

娜样红

1

　　火车咆哮着，像个赌气的孩子，蛮横地冲进站台。唐娟的眼睛快速地扫过站台橱窗里五颜六色的广告，她感觉自己好似在梦中，喷薄的雾气使她把熟悉而又让人怀念的苏州河十梓街统统抛在了脑后。车站上熙熙攘攘挤满了迎客的人们，穿着体面长衫的先生，裹着旗袍的女子，笨拙的老人，活泼的孩子，他们像是怕火车逃掉似的，尚未停稳，便顺着火车前行的方向急速追赶着，胡乱地朝着窗口打招呼，好似一下子就可以从千百张面孔中找到自己的亲人。车站上还有许多外国人，大家司空见惯，并没有过多地关注他们。他们在这个城市甚至是这个国家享受着特权，在大上海寻找着、挖掘着走向富裕的金矿。他们混杂在如潮的人流中，似乎被环境触动，被车站特有的那种热情感染，外表的那种体面终于抵不住内心企盼亲人的焦急，也变得躁动起来，在人群中伸长脖子，挥动着手臂寻找目标。

　　真的到大上海了？

　　唐娟看着站台上的人群有些兴奋，但她不敢承认，甚至还有些许恐慌。她回头去寻找戴先生，却发现他已经离开了包厢。她忙往车窗外看去，这时候戴先生正在站台上，朝着与火车前进相反的方向走去。他戴着礼帽，穿着风衣，身后跟着两个动作干练的人。他们钻进了一辆黑色轿车，轿车拐出站台，转眼间就消失不见了。

"到了大上海，一切都要靠你自己了。"他还真是说到做到。

唐娟掏出那张纸条看了看，而后开始收拾东西，并离开了包厢。她下了火车，走出站台，来到大上海的街头。

2

往事像凿在石碑上的文字，即使经历风吹雨打，人们依然可以通过那些深刻的凿痕触摸到曾经的记忆。

很多年过去了，景怡仍清楚地记得那天的情景。那是一个糟糕透顶的阴天，老天从早晨开始就黑着脸，像十梓街上赌输了钱的烟鬼一样没个好脸色。四周的建筑暗淡无光，映衬得苏州河里的河水呈现出好似发霉的灰绿色。唐娟坐在码头的堤坝上，面朝苏州河。两个小时前，唐娟约景怡去堤坝处见面。当时她想，如果两个小时内自己想通了，景怡来了就可以见到自己；如果两个小时内自己没有想通，那么即便景怡来了，也无力阻止自己，一切已成事实。唐娟每次做大决定时，都喜欢到河边的堤坝处来，仿佛只有面对开阔而幽深的河流，她的脑袋才能清醒，才能决定是生还是死。

景怡去天赐庄一带置办文房四宝，刚到家就看到了唐娟留下的纸条，那时候已经超出唐娟约定的两个小时了。景怡打开纸条时不由得乐了，她已经被唐娟约到堤坝处好多次了。"你规定两个小时，如果我回不来呢，难道你唐娟还真跳进苏州河不成？真是个坏囡囡！"景怡了解唐娟，知道她不会有事，但约自己去堤坝处，究竟有什么事呢？唐娟的心思像苏州河里肥硕的鱼，看得见却很难捉住。景怡边猜想着边走出家门。虽然两个人经常见面，但遇到重要事，一定要到苏州河边堤坝处见面的，那是两个人的秘密。景怡笑话唐娟："我要是去北平读书了，你再约我，可不是想约就能约得到的，别说两个小时，两天我也不见得能及时赶回来。"

景怡想起最近两次两人会面的大事，一次是唐娟决定嫁给马贩子周先生，另一次是唐娟决定不嫁给马贩子周先生。如果不是意外地遇到了一个男人，而那个男人又不辞而别，也许唐娟就嫁人了。真不知道盐商和他的太太是怎么应付这样变来变去折腾人的女儿的。

景怡不知道，唐娟在走出家门前的确是想跳进苏州河的，虽然每次想跳河最后都没跳，但这一次是真的！她咬紧牙关，自己给自己打气。远处有船经过，不时有人对她指指点点。不过，她又有了新的想法：在跳下去之前要回忆一下往事，如果回忆完了，心还是痛，那就跳；如果心不那么痛了，就跟着景怡回去。

唐娟出门前，特意换上了阿泰舅舅给她做的白底蓝花的旗袍。旗袍缂着挺阔而圆润的蓝色包边，配着她小巧玲珑的身材，非常好看。她就那么静静地坐在堤边，一动不动，仿佛在倾听鱼在水里的细语。远远看去，她像一个凹凸有致的青花瓷瓶。

景怡无论如何也想象不到，唐娟这次没有跳进苏州河是因为她有了新主意——她要跟着景怡一起去北平。"我去给你做伴、做饭、做姆妈，做什么都可以，就是不想在这个闷人的地方再待下去了，我已经透不过气来了。"景怡一时不知道该如何回答。唐娟说："景怡，你带我走总好过我四处瞎跑吧？你带我走总好过我嫁给年过半百的马贩子吧？你带我走总好过我孤单一个留在苏州河边吧？如果你狠心不带我走，我活着唯一的希望就没有了。你前脚走，我后脚就跳进苏州河里一死了之。"景怡说："你不用吓唬我了，咱俩就是在这苏州河里泡大的，跳一百回也死不了。"唐娟有些恼怒，说："这次是真的，真跳进去不上来了。"

景怡对她突然提出的想法不知所措："我就奇了怪了，你唐娟想嫁马贩子时就说人家长得人高马大、威武壮实，是个可以依靠的男人，不像我们苏州男人那样黏糯那样弱不禁风。不想嫁的时候就说没有爱情，还拿人家年过半百说事。唐娟，你也是十七八岁的人了，怎么能说变就变呢？"唐娟说："你要不懂我，这辈子就再也没有人懂我了，如果连你都不帮我了，我真的只有去死了。难道你舍得我嫁到寒冷的北方去，给一个老男人做填房，给一大窝孩子当后妈？"景怡觉得唐娟这一次说得还挺在理——实际上景怡从来就没有不被唐娟说服的时候。

唐娟后来说："遇到那个男人之前我觉得这辈子就这样了，可是我遇到了爱情，我无法不爱了。你没爱过就不知道爱是什么，得到了爱而又不能爱，那真是生不如死。"

景怡好像永远无法找到拒绝唐娟的理由，这一次又被她的真情感动了，于是不知不觉加入唐娟的密谋之中。两个人商量好后，回到家开始悄悄地做各种准备。期间，景怡时不时地问自己带走唐娟对还是不对。虽然唐娟善变，但从小到大，景怡已经适应了她忽左忽右的想法，谁让她是自己的妹妹呢。即使她只比自己晚出生一会儿，那也是妹妹。

3

章景怡答应帮唐娟离家出走时，并没有想到半路上会突生变故。直到后来，景怡还是无法相信既成的事实——她和唐娟两个人竟然没有任何征兆地从此天各一方。

景怡记不太清是从什么时候开始她一心想考艺专，不管是北平的、上海的，还是广东的、山东的，只要能画画，确切地说只要能离开苏州，考到哪里都没有关系。她没有当女画家的梦想，她只是想离开苏州，摆脱让人尴尬的一切。

她一心想出去读书是不得已而为之，如果真的能考上哪个学校，她或许可以摆脱父母给她定下的婚约。父亲做主选定的夫家倒是开明，希望未来的儿媳妇有文化，她喜欢读书就读书，喜欢画画就画画，反正婚约在那里，人终究是跑不掉的。景怡那时候根本想不到，夫家如此开明另有原因：那个曾经要娶景怡的男人，多年前出国留学，一开始还与家里联系频繁，后来只偶尔给家里寄几张明信片，似乎是告诉他们自己还活着，至于在哪里、做什么、现在什么样，家里统统不知道。这个叫宋大鹏的男人自出国后再也没有回来。夫家只好任由景怡学这学那，以便寻找疑似把家忘记了的儿子。

这之前，景怡一直在等待着这个相貌模糊的男人宋大鹏，经常在无数次想象中美化着宋大鹏的一切，把他当成生命中可以给她幸福的那个人。景怡经常拿着照片看，照片中的宋大鹏看上去是个规矩而安静的孩子。景怡这样一个不被父亲待见的女儿，能在父亲的慈悲之下，找到这样体面的好人家，在十梓街上风风光光地嫁出去，不知道会给母亲挣来多少颜面。

能嫁给这样的人家，在母亲看来是景怡的福气，至少女儿不会像她那样寂寞地度过一生。女人漫长的一生中，有一个可靠的男人比什么都重要。作为苏北农村贫穷人家的女儿，母亲在走进父亲家门的时候，从来没有想过会被父亲看上。跟父亲之前，母亲可能从不敢做关于爱情的梦，如果那也算是爱情的话。母亲的不安全感时时在景怡的眼前展现，有再多的钱，母亲都过得很紧张，担心那些慷慨的赠予会突然消失不见。母亲似乎忘记了自己年轻的时候曾经勤劳过，忘记了自己还有生存的技能，现在只想每日里看看闲书绣绣花，像有钱人家的太太一样无所事事地虚度光阴，骨子里向往着另一种从不属于她的生活。母亲有着严重的不安全感，却又不肯放弃这种生活，仿佛换一种生活方式是人生的一次冒险，她心里在为女儿赢取时间和未来，这种想法也渗透进景怡的世界里。那时候，景怡不知道人生还有激荡人心的爱情，当然也不会知道，与爱情同行的除了甜蜜还有痛苦和忧伤。

景怡常常想象着自己未来的时光，对照片中的这个叫宋大鹏的年轻人多了些依恋，浪漫的情愫在心中拱涌着，他受过西学的浸染，应该不会让自己的女人像母亲那辈人那样刻板地生活，不会在大红盖头下开启沉闷的婚姻。新式风尚开始流行，看似根深蒂固的传统风俗在动荡中苟延残喘。母亲最担心女儿对传统的背叛，而景怡心中种下的都是新鲜时尚的种子，她更喜欢挽着男人的手，穿着西式的婚纱，到十梓街上的教堂里，在神父的见证下结婚。当然，这只是她的假想。宋大鹏肯接受父母为他选择的未婚妻，想必是个开明但不会忤逆父母的人，这更让她内心妥帖。一个喜欢替别人着想的男人，不会差到哪里去。所以，如果不能到教堂里结婚也没什么，一个旧式的婚礼也不错。

　　父亲对女儿的关心和慷慨竟然让母亲感动，她似乎忘记了过去漫长的时光里那些暗含屈辱的日子。她告诉景怡，那其实就是命。她想尽办法让景怡过得快乐。令景怡记忆深刻的是，母亲总是时不时地打断十梓街上的叫卖声，买回来景怡喜欢吃的东西，十梓街上的点心店、绸缎店、洋布行，母亲是常客。十梓街上的人似乎被她的母爱感染了，渐渐忘记了她有些不堪的过往，总是讶异于她对一个无用的女孩子如此娇宠。

　　景怡想，如果这样的日子一成不变地推进着，也没有什么不好。她可以像母亲希望的那样，做一个乖巧懂事的女儿，慢慢而平稳地长大，慢慢地画画，慢慢地过每一天，等待着那属于她的幸福时刻的到来。那不仅是母亲的希望，也一点点成了她的希望。不过，没有哪种岁月不经历风霜侵蚀，再平常的日子也会突生变故。本来好好的姻缘变得越来越让人担心，说不出是什么感觉，仿佛一切都变得越来越不好把握，就连十梓街上每日悠闲的一切也开始变得混乱。时局的动荡开始波及四处，让人的心里陡然增加太多担忧。不到十年，直系、皖系、奉系、桂系、滇系、晋系等军阀间进行了上百次混战，当兵成为司空见惯的事。穿各种各样制服的年轻人虽然分属不同派别，却个个表现出一样的气宇轩昂，仿佛国家大业就在他们的运筹帷幄之中。实际上，硝烟和战火带来的是民不聊生、满目疮痍，就连平静的苏州河上也时常传来口号声。乡绅们经常会给各种名称的组织捐出大把的银两，大上海的租界里新增了大批外国人，他们初来乍到，忙着典当金银细软，好让以往那些繁华旧梦在新的土地上得以延续。

　　因为一直没有宋大鹏的消息，景怡有些郁郁寡欢，除了上学就是画画，后来又拜女校的美术老师为师。老师对她自由散漫、不成系统的画风进行了纠正，经专业指导后，景怡画技渐进，如愿考上了北平艺专。

　　母亲和婆家似乎都松了口气，仿佛死罪突然变成无罪。不管怎样，景怡去北平读书算是缓兵之计，以后的事谁知道呢，先去读书也未尝不可。

　　眼看着景怡要远走高飞，平日里无所事事的唐娟顿觉无聊。她本来也报考了几所学校，却都没有被录取。想到景怡走了以后，就剩下自己一个人孤单地跟着那些迂腐的老人们一天天挨日子，唐娟就有些心灰意冷。恰好这时有人给唐娟说媒，介绍了一个在中苏边境专门贩马的周先生。周先生长得人高马大，却喜欢小巧玲珑的苏杭女子，他太太刚刚去世，他一看到唐娟就喜欢得不得了。唐娟父亲记得她小时候算命先生说的话，为了把唐娟嫁得远远的，精明的盐商甚至备了好多值钱的嫁妆。阿泰舅舅不舍得把唐娟嫁那么远，但想想算命先生的话，还是忍了，只要唐娟幸福平安就好。看着阿泰舅舅一家飞针走线地为唐娟忙碌，景怡劝唐娟收起无所谓的态度，认真地想想以后的人生。唐娟想到从小在苏州河一带不受待见的遭遇，想着景怡要远去北平上学，从此她将孤单一人，便觉得能远远地嫁个好人也不错，况且还是那么喜欢自己的一个男人。

　　这个人高马大的男人，让唐娟有种安全感。

4

　　唐娟想到要和景怡长久分离，心情十分沮丧，但她又是个没心没肺的人，不纠结，凡事得过且过。她说："我有点像我妈，天生是个做小的命。算命的说了，我是个坏运气的女人、不祥的人，嫁得越远越好，也许北方的天寒地冻会冻死我身上的不祥之运。"

　　让景怡没有想到的是，唐娟竟然要跟着她离家出走。多年以后，景怡才知道，唐娟下决心离家出走，完全是一个偶然事件造成的。

　　唐娟答应了马贩子的婚约后，盐商父亲格外高兴，唐娟的嫁妆也越来越多，阿泰舅舅的裁缝店里新增了几个帮手，师傅们天天都在后面的作坊里埋头忙碌。那天，景怡和唐娟百无聊赖，她们穿着阿泰舅舅做的青花素雅旗袍，坐在码头边的堤坝处闲聊。远远看去，她俩像一对一模一样的青花瓷瓶。不断地有船靠上码头，唐娟指着不远处刚刚停靠的船说："船上拉着的这些人，一个个都像是在忙重要的事情，南来北往地奔波。不像我们俩，无所事事，天天都做着嫁人的美梦，嫁的又是自己不了解的人，过那种看不到未来的日子……"话没说完，唐娟伸出去的胳膊一下停在了半空，景怡顺着她的目光看过去，只见船上走下来一个高个子青年男子。唐娟看到那个青年男子后呆住了，嘴巴半张着，似乎连空气都凝固了。那个青年男子手里拎着一个讲究的黑色小皮箱，毕恭毕敬地跟在一个矮个子中年男人后面，似乎在向他介绍这周围的一切，中年男人不时点点头。他们沿着堤坝朝着景怡和唐娟走过来。那个青年男子穿着纽扣系到下巴的黑色立领装，戴着眼镜，裤子笔挺，皮鞋锃亮，头发黑黑的，眼眸黑黑的，皮肤很白净，牙齿更是白得耀眼。他的手真白啊，如果能嫁给有着这样一双手的男人，那该是何等幸福，也不枉此生了吧！唐娟心里想。

　　唐娟平时最喜欢坐在那里看南来北往的船，猜想船上的那些人都是干什么的，要到哪里去。那天，她的目光一直跟着那一高一矮、一老一少的两个男人。唐娟并没有想到，那个男人会朝着她们走来。

　　景怡看到唐娟的眼睛里有座着了火的老房子，一片火红。景怡后来想，如果不是遇到了这个男人，唐娟也许已经做了马贩子周先生幸福的太太了呢。只是景怡不知道，那个年轻的男人，唐娟认识。

　　唐娟自己都搞不懂，为什么每到关键时刻，她的人生总会出现岔路口。

5

裁缝店后面的作坊里，大家都低着头在那些布料间忙碌，手指上的针线在布料中穿行，到处都是大小不一的布头和纠缠在一起的线头。乱糟糟的裁缝作坊让唐娟想起金玉其外，败絮其中这样的词语。无儿无女的阿泰舅舅对景怡和唐娟都娇宠得不得了。阿泰舅舅老花镜下面的眼睛总是盯着来人，认真地打量他们，好像他们的脸上都写着身体的尺寸。他的耳朵上总夹着一支粉笔，弄得那一侧的头发里总是一片粉末，像阳春面馆子里面点师傅帽檐儿下白面染过的花白头发。阿泰舅舅总是慢条斯理地给客人量身材，好像在考验做衣服的人的耐心。阿泰舅舅做活很慢，收费也高得离谱，但远近闻名，总是顾客不断，许多达官贵人的衣服都是阿泰舅舅的手艺。

那天下午，天气有些昏沉，唐娟在裁缝店院子里百无聊赖地半躺在躺椅上。裁缝店的院子紧临大街，院门半敞着，她躺的位置正好可以看到大街上匆匆走过的行人，而那些行人如果不是特别留意，不太容易看到院子里的唐娟。薄毯盖在身上，芭蕉叶子做成的扑团扇子盖在脸上，唐娟看上去像是睡着了。但她醒着，眼睛时不时地从扇子下面看着大街上的行人。那些行人或快或慢地行走在石板路上，她看着大大小小的鞋子分辨着鞋子的主人是男人还是女人，是老人还是孩子，是穷人还是富人，是摩登的时髦女郎还是小脚的老太太，是当差的官人还是布衣的平民。有时看到的是一双鞋，有时是一大一小两双鞋，有时是一堆鞋。天气潮闷，连走在石板路上的脚步声也不再清脆。那些石板像是被潮湿的苏州河水浸泡过千百年似的，了无生气。

唐娟有些后悔，那个人明明就是他，可是自己为什么没有拦住他？不过叫住他说什么呢？当他走到跟前时，她简直不敢相信自己的眼睛，眼前这个男人分明就是多年前消失在十梓街上的那个男孩子。十年前，也是在码头，这个男孩子跟在一个女人的后面，从她面前匆匆走过。唐娟盯着那母子俩直到再也看不见。晚上她坐在阿泰舅舅的院子里，想着那个阳光般的男孩子去了哪里。这时，她看见那个从船上下来的女人走过门前的石板路，身后就是那个男孩。她一下子跳起来，跟了出去，却看到穿旗袍的女人和男孩越走越远，她大声地呼喊着让他们等等。但那喊声只有她自己听得到，因为她并没有喊出来，她只是在心里默念着，他什么也没有听见。他的手在她眼前晃来晃去，她从来没有看到过一个男孩子的手会长得那么细白而光滑。那双手像刀子一样在她的心里猛地扎了一个口子，使她陷入长久的疼痛之中，而他对这一切浑然不觉，从来没有想过在他生活的那条街上，有一个漂亮女孩对他一往情深。

那个女人和男孩子住到了街的对面，每天早晨，他跟着那个女人走出家门，然后再回来。他们到哪里去、做什么，她一概不知，她只是每天看着他们出门，再看着他们回来。她经常倚在门口盼着他们，那个男孩子似乎也注意到了她，偶尔会对她笑笑。那个男孩子的出现，给唐娟乏味的童年照进了一束明亮的光，她以为日子长着呢，有的是机会去认识他。然而，她没有想到，有一天男孩子突然消失了，连同那个女人一起消失了，从此再也没有出现。

唐娟无聊地躺在藤椅上，有些懊恼，又有些难过。院外面的石板路上有人推着小车走过，是卖棉花糖的阿伯，黏糊糊的叫卖声在街巷间缠绵着。那小车太简易，简易得让唐娟担心它会不会突然就散架了。又出现一辆小车，是一辆带篷的童车，由一个小脚女人推着，后面跟着的女人穿着高跟鞋，丝袜里面的小腿绷得直直的，看来是个有钱人家的太太……唐娟看着，猜想着，似睡非睡。突然，眼前出现了一双锃亮的黑色皮鞋，唐娟往上抬了抬扇子，她看到一只手一晃而过。那只手太特别了，唐娟能在众多手中一眼就认出来，那只手让唐娟这个昏暗的下午一下子亮得耀眼。她一把掀掉盖在脸上的扇子，坐起来往外看去。门外似乎没有什么人，石板路依然潮湿地在那里躺着，只有卖棉花糖的叫卖声。她心想，难道是自己的眼花了？

唐娟躺回躺椅上，有些失望。她重新盖上薄毯，把扇子也重新盖到脸上，微闭上眼睛。她刚刚躺舒服了，却感觉有些异样，那双穿着锃亮黑色皮鞋的脚分明就在眼前，那白净的手也在眼前。她一把掀开扇子，这一次是真的，眼前站着的男人正是在码头上从自己跟前走过的男人，那个少年时匆匆来去的男孩。唐娟有些不知所措，语无伦次地说："你……你……你是找我吗？"

男人伸出那双让唐娟羡慕的手，轻轻地握住了她的手。唐娟简直要醉了，这手太湿软了，简直能把她融化。她的心狂跳起来。他说："我叫朱沉潜，跟我老师到这里来搞社会调查。请问，你能不能给我当向导？这里我实在是不熟。"唐娟喜出望外，她简直不敢相信，那个在码头上从她身边匆匆走过的男人，她以为永远不会再见到的男人，就在眼前。

唐娟心里暗暗地想，也许他的身后长了眼睛，不然，他怎么会知道我的眼睛一直在跟着他转呢？

6

　　唐娟从来没有这样兴奋过，她天天陪着朱沉潜和他的老师丛林。丛林像是聋哑人一样地沉默着，在朱沉潜给他介绍唐娟时，他才"嗯嗯"了两声，此后再也没有和唐娟说过一句话。

　　朱沉潜和他的老师丛林先生没有住在唐娟推荐的五卅路上，唐娟以为他们会喜欢那里，五卅路上建起了许多洋房。朱沉潜和丛林先生租住在巷子很深的同德里，也许那里精致的古风建筑更符合他们学建筑的人的品位，唐娟想。

　　朱沉潜和丛林先生所住的同德里的建筑确有特色，是个二层小洋楼。清水砖墙砌成的外墙，高高拱起的门厅，挂着铜环的大门，雕着花饰的石柱，缠满青藤的窗户，西洋风与中国风完美结合。住在小巷也有好处，巷子深处清幽洁净，相邻的建筑多是独立的，互不干扰，有利于他们做调查，搞研究。朱沉潜说，他和老师丛林是专门研究建筑的专家，到苏州调查建筑和风土人情，他们就想住在这样有特色的建筑里，也想远离喧嚣，安心搞研究。

　　唐娟搞不懂朱沉潜和丛林先生研究的是什么，但她可以帮助他们。她说："苏州我最熟了，我就是在这里长大的啊。"朱沉潜说："你愿意给我当向导真是再好不过了。"他拿着地图，把想去的地方指给唐娟，她就带他们去。只是朱沉潜和丛林先生不分昼夜地丈量、勘探，不停地做着记录，没有多少时间和她说闲话。不过，那些日子唐娟还是很开心，像是小孩子遇到马戏团，开心得不得了。那时候，唐娟并没有想到朱沉潜所从事的勘测究竟有什么用，他们的社会调查在她看来没有任何新鲜感，她只对眼前这个男人感兴趣。朱沉潜和丛林每到一个地方都认真地做记录，他们对河水的温度和流向、渔村的名字、菜农种菜的品种、村庄的人家、老街的历史、树木的种类等等，样样关心。在唐娟眼中，那些东西都司空见惯。丛林虽然不说话，却不停地在小本子上记着什么。朱沉潜倒是对唐娟十分和善，有时候她冲着丛林的背影吐舌头时，朱沉潜就偷偷地冲着她笑。两个人有一种默契，好像在一起已经好久了。

　　苏州河上雾气弥漫，丛林坐着船往雾的深处去了。唐娟和朱沉潜本来是坐在堤坝上边聊天边等丛林，聊着聊着，朱沉潜说："不如我们也租条船吧，一起坐在船上聊天多好。"两个人就租了条船，朱沉潜坐在唐娟的对面，让她多给他讲讲苏州。他说他小时候曾经在这里住过，只是那十几天的情景，他大多忘记了。

　　唐娟指着远处若隐若现的景物，一一道来，翠的山峦，绿的田野，还有河岸人家。朱沉潜好像对十梓街的教堂还有些印象，除此之外，对唐娟介绍的一切都感觉新鲜。人们喜欢吃什么，经常去哪里的馆子吃饭，高级会所有多少，阿泰舅舅喜欢做什么样的衣服，都是什么样的人来做衣服，女校里的英文老师来自哪个国家，钱庄里的老板是不是当地人，这些他都想知道。

　　船公把船摇进了一条僻静的支流里，那里水草丰盛。在一个简易的码头上，船公上了岸，说要去办事。他上岸前把船拴牢了，然后就不见了。

　　唐娟和朱沉潜坐在船上，船在岸边，随着河水轻轻地晃动着。唐娟说："你想知道的真多啊！""当然，我对这里的一切都感兴趣，因为有你在这里。也许从此以后，我在这里就有了新的牵挂。"说完，他看着唐娟，唐娟的脸一下子红了。朱沉潜看似无意的话，却把两个人都说得沉默了，气氛有些尴尬。他们对看一眼，又都不由得看向远处，远处是朦胧的河面，微风把雾气胡乱推送着，搅动得四周越发纷乱。水草漂浮在河面上，聚在船的周围，又顺着水流向更远的远方漂去。

两个人几乎同时想到了上岸，于是，朱沉潜自然地拉着唐娟的手一起上了岸。码头不远处是一个小村子，村里没有几间房子。朱沉潜要方便，唐娟就在岸边等他。过了好一会儿他才回来，说雾太大了差一点迷路。两个人在岸边随便走着，浓雾逐渐变成了细雨，他们一开始并没有在意。雨突然下大了，他们躲闪不及，一起跑起来，朱沉潜边跑边用身子护着唐娟。两个人躲在河边一座房子的屋檐下，唐娟的洋布衬衫湿透了，朱沉潜搂着她的肩膀并没有松开。他指了指她的衣服，唐娟看到身上的衣服紧紧地裹着身子，脸一下子红了。她笑着指指朱沉潜说："你看看你，也不成样子了。"朱沉潜的衣服也全部湿透了。

两人同时感到了心跳加速。

这时，雨突然停了。

这雨来得突然，停得也突然。朱沉潜有些尴尬，松开唐娟的肩膀。唐娟心里有些失望，但她没有想到，刚刚松开她的朱沉潜突然把嘴靠近她的耳边轻声说："娟，你知道你多美吗？"唐娟仰起头，看到朱沉潜黑色的眼眸里充满爱意的光芒，她有些不能自持。朱沉潜重新抱住她的肩膀，扳过她，紧紧地吻住了她的嘴，吻得她好长时间喘不过气来。她感觉到了巨大的幸福。朱沉潜像是想起什么，拉着唐娟的手向小船走去。走了没几步，不知道谁先发的力，两个人突然一起跑了起来，跑得水花四处飞溅，像炉膛上水壶里翻滚的开水，再也没有谁能挡得住沸腾热烈。

回到船上，两个人来到了简陋的船舱里。还没有坐稳，朱沉潜就紧紧地一把抱住唐娟，让唐娟的脸庞朝向自己，吻住了她。唐娟呆呆地偎在他的怀里，没有挣脱，而是婴儿般地呢喃着。这不正是她想象过无数次的情景吗？只是她从来都不知道，在电影和画报里看到的亲吻竟然这样惊心动魄。她又害怕又渴望，又激动又不安，她不敢言语，怕这样的幸福瞬间消失。这时候，朱沉潜开始脱唐娟的衣服，他说："你衣服湿透了一定很冷，让我给你暖暖吧。"还没等唐娟反应过来，他已经扒光了唐娟的衣服。暴露在他眼前的是唐娟修长的脖颈和雪白的乳房，他一把抱紧唐娟，力大无比，再也不给唐娟半点挣扎的机会……

船在剧烈地颠簸，河水也疯狂起来，哗啦哗啦作响，水草被挤得此起彼伏，雾气浓烈的河床上回荡着心跳和喘息声。他们并不知道，船在剧烈晃动的时候早已挣脱了绳栓，开始顺河下行。他们在船舱里喘息着，像两条死里逃生的鱼，任凭船在苏州河上顺流而下。等他俩发现船已经离开岸边的时候，船正左右摇晃着往下游奔驰而去，像是要飞起来，越跑越快。朱沉潜奋力拽住仅有的一个橹把，用力地阻击着船。唐娟衣衫零乱地冲出船舱，潮湿的衣服被风吹过，寒冷一阵阵侵入她的肌肤。她从后面抱紧朱沉潜，帮他使劲地摇着橹，结果一不小心，船橹掉进了河里。船在河里飞旋着，最后撞上岸边的一块巨石，唐娟一个趔趄翻到了河里。朱沉潜对着唐娟绝望地大叫："唐娟——"

船在一片纠缠的茂密水草前停下了。朱沉潜眼看着唐娟淹没在水草中不见了，他不会水，不停地大叫。突然，唐娟从船尾露出头，双手抓住了船帮。朱沉潜又惊又喜，忙把唐娟拉了上来。

唐娟爬上了船，衣服不见了，赤裸的身上挂满了绿色的水草，头发和乱糟糟的水草纠缠在一起，让她看上去像是一棵长在水里的树。

唐娟事后都想不清楚，自己怎么就这样把第一次给了他。朱沉潜不知道的是，在他消失的十年时光里，唐娟从来都没有忘记过他。

那天晚上，唐娟来到朱沉潜的住处，把自己的日记本和一件阿泰舅舅给客人做的新式格子衬衫一并送给了他。那场惊心动魄的爱像掺了老面引子的面粉，还在不停地发酵、膨胀。朱沉潜拉住唐娟的手，想带她去二楼自己的房间里。这时他听到丛林老师屋里剧烈的咳嗽声，丛林老师像是被鱼刺卡住了喉咙，听上去很难受。

朱沉潜紧紧地拥抱了唐娟，两人约好第二天上午一起去五卅路的书店。

第二天，唐娟去找他的时候，发现院门开着，朱沉潜和丛林老师不见了。衣服和箱子都还在，但是那些衣服里没有唐娟给他的格子衬衫。那个好看的皮箱也在，只是里面空空如也，原本放在里面的照相机和测量工具统统不见了。

唐娟看到狼狈不堪的房间，好似犯了哮喘的病人，好长时间喘不上气来。

7

阿泰舅舅家来了一个警察，他定做了一件长衫，准备参加侄子的婚礼时穿。他试衣服的时候，阿泰舅舅指给唐娟看，说人高马大的人穿着长衫最体面好看，能撑起来。警察穿着长衫确实合身，气派。警察边试衣服边告诉阿泰舅舅，昨天在五卅街的教堂里抓住了一个日谍，他在逃跑中跳进了苏州河里，只是他水性不好，顺着滚滚的河水漂了好久，后来沉了下去，再也没有上来。

"那他的那个学生呢？"唐娟急忙问道。

警察说："那个学生不见了，一定是和他一伙的，要不跑也是死路一条。"警察说着，突然住了口，好像意识到了什么，警觉地看着唐娟，"你认识他们？"唐娟慌乱起来，忙回答说不认识。"那你怎么知道他有一个学生？"警察的目光变得严肃。唐娟有些不知所措："你……你刚才说他还有一个学生的。"警察把长衫脱下来，看了看阿泰舅舅，说："你刚才听我说他有个学生了吗？"

阿泰舅舅装作什么也没有听见，认真叠好那件长袍，把它装进一个花布包袱里，递给警察，说："钱我就不要了，你穿着合适比什么都重要。"

警察拿着包袱走出了阿泰舅舅的家，身后的唐娟眼里已经噙满了泪水。他哪里会知道，此时的唐娟心里都是绝望。她知道，那个男人永远也不会回来了。

那时候，她不明白警察所说的日谍是什么。他一个中国人怎么会成为日谍？

多年以后，在一个夜深人静的夏夜里，朱沉潜打开了那本日记本，认真地读起来。那个小姑娘对少年朱沉潜的种种相思，在字里行间真切地显现出来，如烟的往事浮现在眼前。他想起了小时候去过的十梓街，想起那个对自己一往情深的苏州女孩，想起在船上跟她恩爱。他找出了那件当时时兴的格子衬衫穿上，镜子里的自己有些模糊。他说："唐娟，我一定要去找你。"

8

唐娟每次下狠心去做什么事的时候，最后都会心软下来。对于母亲余桂花来说，这个女儿不仅没有带来好运，反而因她遭到了冷遇。唐娟做好跟随景怡出走的决定后，就和景怡一起去了盐商父亲的大宅子。此时的余桂花正在后院的亭子间里和几个女人吃茶，完全想不到女儿竟然要背着她离家出走。唐娟分不清这些女人谁是谁。唐娟的突然来访让母亲有些吃惊。母亲一直希望女儿早早地嫁出去，省得整日东跑西颠让人心烦。她说女人早晚都是要嫁人的，晚嫁不如早嫁，这迎合了几个女人的心意。她们七嘴八舌地说唐娟太娇惯了，性子也太野了，不像是苏州女孩子，嫁给周先生倒是蛮般配的。余桂花似乎并不真心和她们讲唐娟的事情，她只想让唐娟快点离开，而不是被这些女人品头论足。唐娟本来想跟她多要些钱，但是怕引起母亲的猜疑，不知道怎么开口。余桂花什么都好，就是心太粗，竟然看不出女儿有什么异样。余桂花生在有钱人家，从小就过着衣来伸手饭来张口的日子。在她十几岁时，父母先后离世，她不知道该怎么过日子。那时候，盐商和她的父亲是生意上的伙伴，就将她和她家的生意一起收了去。她生完唐娟以后，一直想给盐商家添个儿子。唐娟清楚地记得母亲到处找偏方，天天喝汤药。唐娟六岁那年，弟弟出生了。余桂花像是在苏州河连绵的大雾里突然看见太阳闪了出来，她抱着儿子和唐娟哭了好久都无法平复心绪。唐娟那时候感觉不到这个肉乎乎的小家伙有什么好，直到两个月后那个小家伙突然抽风死掉了，唐娟才知道他对余桂花有多重要。她自此变得神经兮兮，天天抱着别人家肉乎乎的小男孩不撒手，给小孩穿戴好带到照相馆照相。直到盐商的大巴掌打到她的脸上，她才知道儿子只是一场美梦。

　　虽然没了儿子，但是盐商并不敢怠慢余桂花，毕竟盐商后来发家很大程度上依赖的是余桂花的家产。清醒后的余桂花过着衣食无忧的生活，听听戏，打打牌，打扮打扮，吃喝玩乐，再也不去想要儿子的事了。后来，盐商娶了小妾，她乐得独自清闲。唐娟平时多在阿泰舅舅家住，那里有景怡做伴，她也懒得操心，唐娟需要钱了或者有事情了才会来找她。余桂花从来没有断了唐娟的钱，不久前才给了女儿一笔钱，她不想让唐娟过没有钱的日子。她觉得女儿嫁给马贩子也没有什么不好，有钱花、有好日子过就行。女人一辈子还求什么？生在有钱人家，嫁到有钱人家，才是人生的大福。

唐娟最后也没有告诉母亲自己有多需要钱，她担心节外生枝，等到了北平安顿下来再给她写信也来得及。那时候生米煮成熟饭，母亲想反对也没有用了。

那天，景怡和余桂花闲聊着，景怡说冬天放假的时候会从北平回来看她。余桂花有些惆怅："冬天还要好久好久啊！你一个女孩子干吗去那么冷的地方，你受得了吗？你的姆妈想你了怎么办？画画画得再好还不是要嫁人，为什么要把自己弄得人老珠黄才嫁出去？"景怡想不出该怎么回答她，将来干什么她自己也没想过。也许当教师，也许什么都不做，就是画画。"想画画就在家里画，干吗跑那么远？现在世道那么乱，女孩子在家里最安全。再说了，这世界上没有什么比我们苏州河里的水更好了，看把你养得多水灵。"

景怡有些难过，为余桂花难过，这位母亲还不知道真相。景怡不知道这样做是不是对不起余桂花，看上去她对唐娟不管不顾，其实她是怕唐娟受委屈，要给唐娟一个无忧的生活。

唐娟拉着景怡往外走的时候，景怡有些生气。"唐娟你想好了？你是不是太任性了？你走了，你就不怕你姆妈跳进苏州河吗？"

9

景怡出发那天，阿泰舅舅的徒弟早早就帮忙把行李送到了火车站。景怡和母亲告别后，借口去和教堂的赖登先生道别，躲开了送行的人。实际上，景怡真的去了教堂。教堂的大门关着，景怡来到后院，看到后院的小门虚掩着，就走了进去。她看见赖登房间里的床上躺着一个人，那人脸上盖着一条白毛巾。赖登正和一个穿白大褂的大夫拿剪刀剪开他的衣服。景怡看到那个人的胳膊上缠着绷带，绷带外面的手虽然沾满血迹却掩饰不住它的特别之处，它让景怡有种似曾相识的感觉。

赖登把景怡挡在了门外，他知道景怡要去北平读书后，为景怡祈祷并拥抱了她，祝福她一切顺利。

景怡离开教堂后就往火车站去了，一切都在不动声色中进行。唐娟按照事先的约定，早早地就从家里出来了，两人相约在离火车站不远的绿扬饭店见面。

景怡赶到饭店的时候，唐娟已经等了好一段时间了。两个人一见面，没有半点的不妥和紧张的感觉，倒像是玩捉迷藏被逮住了一样，竟然同时哈哈大笑起来。这不像离家出走，而像夜色中相约去苏州河上听一曲评弹。后来，景怡问过唐娟："你后不后悔离家出走？如果重新选择，你还会做出同样的决定吗？"唐娟没有回答。

景怡和唐娟各点了鲜肉汤圆，津津有味地吃着。唐娟吃着汤圆，忽然想起马贩子周先生在她家第一次吃鲜肉汤圆时的情景。马贩子虽然见多识广，但还是被苏州人给吓着了，他说这个世界上恐怕没有任何一个地方的人吃东西像苏州人这么诡异——明明是包饺子的肉馅，硬生生塞进了汤圆里。景怡看着唐娟说："看上去你对他还是有好感的，现在改变主意还来得及。"唐娟不以为然："你不懂，女人不能过没有爱的日子，反正我不想就这样稀里糊涂地过一辈子。"她俩坐在靠近窗户的位置上，边吃边看着大街上熙熙攘攘的人群。其实两个人的脑子里一刻也没有停摆，甚至在翻江倒海地折腾，她们不知道自己做得对不对。她俩已经吃饱了，唐娟却不想走，又要了一碗荠菜馄饨。"吃一碗少一碗，不知道这辈子还有没有机会再吃到这么好吃的馄饨了。"景怡听唐娟这样说，心软了，眼眶有些发热。她又想起了心里一直放不下的那个话题，从窗外收回目光，说："你现在后悔还来得及，你终究不会为了找那个人而放弃这么好的姻缘吧？说不定，这时候你姆妈已经跳河了。"

唐娟顿了一下，抬头看了看景怡，又看了看窗外，眼圈红了。她重新埋头吃馄饨，好像跟馄饨有仇似的，一个接一个地大口吃着。景怡并不知道那个在唐娟生命中一闪而过的男人毫无原因地不辞而别，到哪里去了，做什么去了，而唐娟也不明白自己为什么会那么疯狂地爱上他。唐娟想，她和周先生终究是没有缘分。周先生怎么也想不到，为了那个偶然出现的男人，这个女人就要放弃他。世界这么大，唐娟也不知道自己该到哪里去找他。他就像落在河里的雨一样消失了，再也找不到了。

景怡为马贩子周先生担心，他回家准备迎娶唐娟却又找不到她，该会何等伤心！唐娟倒觉得自己做得对，嫁一个不爱的男人，将来还是会痛苦的。唐娟认为周先生听惯了东北二人转，冷不丁听到悠远婉转的苏州评弹，被吴侬软语迷了心智，才会想着娶唐娟这样飘忽不定的女人。一想起周先生看唐娟的眼神，景怡就不由得打了个寒战，唐娟精明的盐商父亲，委曲求全的母亲，还有从小视她如己出的阿泰舅舅，这些人可怎么办？唐娟你怎么可以一走了之？

不过，眼下说什么也没有用，唐娟执意要跟景怡一起去北平。

两个人吃完饭后一起往火车站赶，一路上都是乱糟糟的人群——大多是些青年学生。火车站广场上挤满了提着大包小包行李的男人和女人，报童在人流中穿行，卖力地大喊大叫："大总统去世了，快看看谁掌权了？"

"现在全国哀悼，不可喧哗！没看到大街上到处都是警察吗？"一个穿灰色长袍的老者边警告报童边从他手里夺过报纸。报童却不以为然地顶撞老者："不大声喧哗，你会知道我是卖报的？"景怡远远看着觉得好笑，唐娟却满腹怨言，不明白这些人为什么不好好在家待着。唐娟当然不愿意承认，有一瞬间她是有些后悔的。去那么远的北方，做那个周先生的太太，会过什么样的日子？她的不辞而别会给母亲带来多大的困扰？但她无论如何也不能在这里待下去了。如果没有遇到朱沉潜，她可能会嫁到北方去，但朱沉潜的目光锁住了她，他神秘的一切和他的爱都渗透到了她的骨子里。虽然他不辞而别，但她相信，他一定是遇到了什么解决不了的事情，她从来没有想过他会背叛自己。当然，他也没有对她承诺什么。唐娟还没来得及了解他的一切，他就消失不见了。如果他是什么"日谍"，那他肯定不会回来了。

唐娟感觉肚子有些不舒服，继而开始一阵一阵地痛。她吃了太多荠菜馄饨，从饭店到车站一路上去方便了好几次。唐娟的心情有些沮丧，身体发飘，头晕乎乎的。到了火车站，她看到喧闹嘈杂的人群，几近崩溃。景怡不时安慰她，说等上了火车就好了。成群结队的年轻人不像是学生，倒像是想去当兵打仗的狂热分子。现在正是军阀纷争的时候，连苏州河上撑船的阿公都想着去当兵打仗，指望捞个一官半职好光宗耀祖。他说若不是上了年纪，自己才不会在苏州河上撑船摆渡呢。他每一次深入河心的长杆仿佛都伸向黑暗的岁月深处，伸向无尽的遗憾，他似乎忘记了自己有一条天生的残腿和淤泥一样污浊复杂的人生。他羡慕唐娟和景怡这样的年轻人可以自由自在地想去哪里就去哪里，怎会想到唐娟心里也不是滋味。如果可以选择自由自在的生活，那她怎么可能离家出走，跟着景怡去往前途不明的未来呢？

唐娟看到几个年轻人聚在阅报栏前，对着报纸上的大照片指指点点，争得面红耳赤。他们都穿着流行的黑色学生装，头上戴着帅气的多角帽，一个个看上去都是血气方刚，充满朝气，当然还透露着一丝稚气。站在唐娟不远处的一个男生，正从一个女学生的手中接过大茶缸，咕咚咕咚地往肚子里灌水。女生一脸爱意却假装责备地说："你慢点，怎么像是几辈子没有喝过水似的？"那神情看着让人心生妒意。唐娟脑海里不由得浮现出朱沉潜的样子，他跟着老师沿着苏州河调研的时候也是穿着这样的制服，戴着这样的帽子，那样子又帅气又腼腆。她也曾经递给他一个大茶缸，茶缸里面是泡得正好的绿茶。朱沉潜端起来，不管不顾地喝下去。那可是一大茶缸的茶水，唐娟担心他撑破了肚皮，他却嘿嘿地笑着，露出雪白的牙齿。

一眨眼间，他就不见了，像白日里的一场美梦被惊醒了……

10

如果不是遇到了朱沉潜，如果不是他突然不辞而别，唐娟可能不会那么坚决地离开家。母亲的逼嫁不过是借口，她承认，朱沉潜拽走了她的心，就像是一下子将她手里的风筝线给无情地扯断了，那风筝便瞬间挣脱了她的控制，飞走了，飞远了，从此没了踪影。

唐娟站在火车站的广场上，心里有些怅然，她在等去取票的景怡。站着站着，她觉得有些累了，想找个地方靠一靠、歇一歇，但又怕景怡找不到她，就不敢走远。她看见阅报栏前的学生四下散去了，便提着大包小包挪过去，想倚在阅报栏上歇一会儿。她顺势看起了阅报栏上的报纸，阅报栏上贴的是《申报》。报纸上有一条黑色醒目的大标题《孙中山逝世留下遗嘱》，怪不得那么多人围在报栏前。

国事遗嘱如下：

余致力国民革命，凡四十年，其目的在求中国之自由平等。积四十年之经验，深知欲达到此目的，必须唤起民众，及联合世界上以平等待我之民族，共同奋斗。现在革命尚未成功。凡我同志，务须依照余所著《建国方略》《建国大纲》《三民主义》及《第一次全国代表大会宣言》，继续努力，以求贯彻。最近主张开国民会议及废除不平等条约，尤须于最短期间，促其实现。是所至嘱！孙文

给家人的遗嘱如下：

　　余因尽瘁国事，不治家产。其所遗之书籍、衣物、住宅等，一切均付吾妻宋庆龄，以为纪念。余之儿女，已长成，能自立，望各自爱，以继余志。此嘱！孙文

报纸上满是孙中山在北平逝世的相关消息，国共两党正组织各界民众开展哀悼活动，广泛传播孙中山的遗嘱和革命精神，要在全国形成规模宏大且声势浩大的革命宣传活动。大街上有这么多人，可能就与报纸上的这些事情有关吧。这个国家有的忙了，唐娟想。两个男人来到阅报栏前，穿长袍戴眼镜的男人手里拿着报纸，但他并不看自己手里的报纸，而是盯着阅报栏上的报纸，嘴里还念叨个不停："孙先生这下倒好，革命了一辈子，只给太太留下那么点薄产。"另一个男人不屑地说："这革命还有什么劲哪？日子过得还不如不革命。"长袍先生立即不悦地说："他只为民众，心里没有自己。"另一个男人又说："听说要为孙先生举行国葬，财政部一下子就拨出十万元治丧费，各国驻华使馆纷纷前去吊唁。"

大总统死了，年轻人怎么看上去没那么悲伤，倒像是没心没肺的样子？看来人们对旁人的牵挂永远都那么糊弄。

唐娟见人多起来，就移步到旁边的阅报栏。上面的报纸有些旧了，大概是放了好几天了吧。她随便看了几眼，被报纸上一个女人的大照片吸引住了。照片上的这个女人太漂亮了，一定是个明星。唐娟心里想着，

仔细一看，感觉有些面熟，再仔细看，才发现照片下面写着赵敬霞三个字，旁边是两幅她演出的电影的剧照，一幅是《不堪回首》的剧照，另一幅是《早生贵子》的剧照，果然是个明星。唐娟想起舅舅家有几本服装剪裁彩色画报，在那上面见过这个女人，画报上有好多她穿着旗袍和洋装的照片。唐娟还看到照片旁边附有两则演员速成班的招生启事，一则是上海神州影业公司的，另一则是上海明星影业公司的。奇怪的是，这两家公司用的广告模特儿竟然都是这个赵敬霞。唐娟不由得仔细看起来。原来，赵敬霞一开始是神州影业公司的明星，后来被挖到明星影业公司，两家公司都说赵敬霞是自己培养的大牌明星。现在这两家公司都在办演员速成培训班："只要面容姣好，有表演才能，有明星梦想，年龄在十六到二十二岁之间的女子都可以报名，免费培训，包吃包住，成就你的明星梦想……"上面还有详细的地址。唐娟看着看着，感觉心头一热，一下子精神了许多。

　　这时唐娟的肩膀被拍了一下，是景怡回来了，她的手里拿着两张火车票和一纸袋子零食。景怡一边拎起放在地上的大包小包，一边说："我们快走吧，火车就要开了，今天只有这一趟火车，下一趟要等到明天。你不希望我们还在苏州住一晚吧。"见唐娟不动，景怡有些不解，感觉她哪里不对劲，就拿起地上的一个包袱往她的肩膀上搭，说："你想什么呢？快走吧，再不走就来不及了。"唐娟突然涨红了脸，说："我不想去北平了，不想去了！"她声音有些急，"我又不会画画，也考不上艺专，还要天天麻烦你。"景怡有些吃惊："不是说好了去了再说吗？不画画也可以干别的啊！"唐娟突然激动起来，她指着阅报栏上的报纸说："景怡，我要去上海。""去上海？""是啊是啊！你看，快看哪！"唐娟干脆扯下报纸，递到景怡眼前说，"景怡，我知道我想干什么了。原先我不知道我能干什么，现在好了，我在学校里演过戏吧？"见景怡点头，唐娟说，"我演得好吧？"景怡又点头。"对啊，你看，你都说我演得好。"景怡还是一头雾水，她看了看报纸，好一会儿才反应过来。她抬起头看着唐娟，然后把手放在唐娟的额头上，说："你是不是发烧了？肚子疼闹的吧？还别说，你的头真的很热，看来是烧得不轻啊！"

"我说真的！"唐娟有些恼火，一把夺回报纸，"你能不能认真地听我说？"她把身上的包袱往地上一扔，"说心里话，我本来就不想去北平，我是没地方去才想跟着你去北平的。真去了北平我能做什么？怎么生活？你还得为我操心。现在好了，我可以去考演员培训班，我演过戏，肯定能考上，我要当明星！你看看，我比这个赵敬霞差哪儿了？"

"真没想到你对自己这么有信心。"景怡笑了，她知道唐娟又试图说服她了。唐娟总是这样，想做什么事都有理儿，但是这一次景怡有些生气。"你这一天三变的人怎么能让人放心？再说明星梦是你这样的女孩子能做的吗？"

"我怎么了？我是什么样的女孩子？我为什么不能做？你敢说我长得不好看吗？"

"你长得好看，我承认，但你那也叫演戏？我们女中的那些戏，不过是一群孩子在一起闹罢了。"景怡打断她，突然大声说，"快走吧，要来不及了！"她抓起唐娟的手就走。

唐娟用力地甩开景怡的手，坚决地说："我不！我要去上海，到上海去学演戏！在这之前，我不知道我将来要做什么，现在我想好了，我要当明星。"

景怡把车票用力塞到唐娟的手里，说："快走吧，已经来不及了，发什么疯。"她拎起两人的行李，往站台上大步走去。任凭唐娟在后面怎么起劲地喊叫，景怡都不理会。她大步地上了火车，把包袱放在车座上，回头看才发现身后没了唐娟。她惊出一身冷汗，忙往站台上看，唐娟还站在那里一动不动。

景怡忙打开车窗，把脑袋伸出去，大声喊着："唐娟，唐娟，你快上来，火车就要开了，快上来……"唐娟站在那里一动不动地看着她，后来干脆把头扭向一边不理她。景怡急得要疯了，快速往车门口挤去。她急着下去，反被急着上车的人挤了回来。最前面的一个人突然撞了她一下，把她撞倒在座位上。景怡还没反应过来，更没有看清眼前是什么人，又有一群人大喊大叫着冲上了火车。车厢里的人不知道发生了什么事，只好闪出道来让那些人过去。

等景怡终于可以挤出去时，火车已经轰然启动了。景怡把头伸出车窗，火车吐出的大团大团的雾气模糊了她的眼睛，她看到雾气中的唐娟正在向她挥手。景怡急得眼泪都掉下来了，她挥着手，用力地叫着唐娟的名字。火车开始提速，站台上的唐娟突然跟着火车跑起来，她大声地喊着："景怡，我会给你写信的，我一定会成功的，等着我的好消息吧！"唐娟的声音淹没在轰隆隆的火车声中。景怡看着雾气中唐娟挥动的手臂，再也忍不住，呜呜地哭起来："唐娟啊唐娟，你是个坏囡囡啊……我们说好了一辈子在一起的……你是个骗子，大骗子！从小到大你都在骗我……唐娟！你怎么可以这样，我怎么对阿泰舅舅交代，怎么对你的姆妈交代……"

景怡看着站台上越来越小的唐娟流着眼泪，她突然想起什么，转过身把唐娟的行李一件件扔到了站台上。行李散落在站台上，它们像是从景怡身上撕下的肉，鲜血淋漓。唐娟仍然在追着火车跑，她边跑边喊着什么，可是景怡什么也听不到。眼看着再也看不到唐娟了，景怡又把别在腰里的荷包掏出来，用力地抛了出去。那荷包在站台上打着滚儿地蹦跳着，里面是景怡全部的钱。那个漂亮的荷包上面绣有半朵荷花，另半朵在唐娟腰里的荷包上，两个半朵拼在一起，就是一朵盛开的荷花。这是阿泰舅妈一针一线绣出来的。正像阿泰舅舅说的那样："这朵荷花就是景怡和唐娟，缺了哪一半都不完整，你们两个人要做一辈子的好姐妹。"

景怡坐在车厢里掩面哭泣，心情久久无法平静。悲伤不已的景怡无论如何也想不到，她和唐娟经此一别，竟然走向了两个截然不同的世界。

11

　　如果不是因为有心事，唐娟就不会吃得太多，也不会吃坏肚子；如果不是因为吃坏了肚子，她就不会一次一次地往洗手间里跑；如果不是因为车站里人满为患，连洗手间的地板上都挤满了人，她也不会大胆地跑到贵宾室的洗手间，也就不会遇到戴笠。就算遇到戴笠也不要紧，如果不是她心里过于感激，她也不会多话。言多必失，她不多话，就不会引起戴笠的注意。让她始料不及的是，她无意间的一句话，竟然惊出戴笠一身冷汗。

　　后来，唐娟无数次想起与戴笠的相识，她只能归结为一个字："命！"

　　唐娟与景怡分手后，重新买了去上海的车票。因为吃多了，她的肚子很不听话，她只好一遍遍地往厕所里跑。但火车站的人太多，连厕所门口都坐满了人。

　　唐娟对在贵宾室门口值班的一个中年男人说了许多好话，那个男人看到唐娟确实是肚子不舒服才同意让她用贵宾室的厕所，但不允许她在贵宾室里休息。唐娟感激不尽，但她刚从厕所出来，就又开始肚子疼，只好再次回去。这样折腾了几趟，她几乎虚脱了，再也走不动了。她从远处看了看守门的中年男人，想着如果出去了，可能再也进不来了。她捂着肚子，蜷着身子蹲到厕所的角落里。

　　蹲着蹲着，唐娟不知道什么时候竟然在那里睡着了。恍惚间，她觉得有个人把她从地上拉起来了。她以为是值班的中年男人来赶她走,不想站起来,闭着眼抵抗着。但她隐约从那人身上闻到了一股特殊的味道,像是人血的味道。她猛然睁开眼,眼前是一个眉清目秀的男人,他身着黑色西装,平头,目光温和。那个男人看着她,说:"这里太凉,也不干净,换个地方歇息吧。"她终于顺从地站起来。他扶起她,并没有表现出特别的关切。这时,守门的中年男人走了过来,上来就要把唐娟的东西扔出去,还一个劲地嚷嚷:"你这个人怎么说话不算话,说好了借厕所用的,怎么还赖着不走了? 你这样子会让我丢掉饭碗的呀! "他边说边过来拉唐娟。唐娟无奈,只好拿起地上的东西出去。她对着扶起自己的那个男人笑了笑,鬼使神差地说了句:"你不会是杀了人吧? "唐娟不过是想谢谢他,又不知道说什么好,想到他身上那种怪怪的味道,这句玩笑就脱口而出了。

唐娟要走,却被那个男人拽住了。唐娟发现男人的西服袖口处有一条细细的红色蚯蚓慢慢爬出来——那分明是新鲜的血迹! 她忙捂住嘴,惊恐地看着眼前的男人。男人并不在意,紧了紧袖口,像是一下子掐死了那条蚯蚓。他对着守门的说了几句话,然后带着唐娟到了贵宾室。

唐娟跟着男人一起到了贵宾室,她坐到沙发上,脸色发白。有人给她送来了热水,唐娟大口地喝下去,感觉舒服了一些。她勉强挤出笑容,感激地看着眼前的男人。此时,男人袖口处的蚯蚓又爬了出来,而且比刚才的那条更粗更红。唐娟掏出手帕递给他,他接过手帕擦干净了手臂。唐娟看到他再一次把那条红色的蚯蚓碾死了,一同碾死的还有她心里的恐惧。

火车终于来了,唐娟跟着男人往贵宾车厢走去,车厢的过道上挤满了人。终于到了贵宾包厢,疲惫的唐娟松了口气。男人手心里始终握着唐娟那条鹅黄色的手帕,他并不是想发善心,而是想弄明白眼前这个年轻的姑娘是怎么知道他杀了人的。

两个人终于坐稳了，男人主动和唐娟攀谈起来，他笑着说："你这么美的姑娘可真不应当坐在厕所的地上睡觉。"

"我闹肚子了。"唐娟说，"荠菜馄饨做得实在不地道，放了太多肥肉，真给苏州人丢脸。"唐娟吐了吐舌头，有些羞愧。

男人好像并不跟着她的思路走，脑子里仍然在想杀人的事："你叫什么名字？"

"唐娟！"

"唐娟，这名字好，美！"男人笑着，又说，"当然，人也很美！"

唐娟开心地笑起来，虽然有些虚弱，但依然能让人感觉到她的那份美。"我父亲早年做丝绸生意，他喜欢锦缎丝绸之类的东西，家里的女孩子起名字不是锦绣就是蚕绢。"

"这么说你有很多姐妹了？一个个都生得这么漂亮，当父亲的一定很开心。"

"姐妹倒是很多，只是都是不同太太生的。"唐娟无奈地笑笑。坐在高级包厢里，受到特殊的照顾，唐娟的心情好多了，肚子的疼痛也缓和了一些，不再那么难受了，而且帮助自己的男人又这么随和体贴，她心里非常感激。

"你呢？"唐娟看男人性情不错，也愿意和他攀谈。

"我？就不用告诉你了吧，告诉你也记不住。"

"我得知道，你是我的恩人！到了上海，我得找机会报答你。"

"恩人？别太早下结论！恩人称不上，能帮助你这么漂亮的女人是我的荣幸。"

"难道是革命党？怕我出卖你？"唐娟想起他胳膊上那条蚯蚓一样的红色血迹，不由得疑惑，嘴上却仍然调皮。

"告诉你也无妨，在下戴笠。"戴笠报上姓名，微笑着看着唐娟。

他其实是个有点玩世不恭的人，看她那么好奇，反而觉得告诉她也无妨。

"戴笠？好名字。"唐娟脑海里跳出一首古时歌谣，不由得念叨起来，"君乘车，我戴笠，他日相逢下车揖。君担簦，我跨马，他日相逢为君下。戴先生的名字不会是从这里来的吧？"

"你知道这首歌谣？"

"当然！"唐娟独自译起来，"我的朋友，如果有一天，你荣华富贵乘车前行，而我困顿失意，路上相遇，请别忘记下车，与我拱手作揖。如果有一天，你贫寒失意不得志，而我高官得做，骏马得骑，路上相遇，我一定会跳下马来，向你请安问好！就是说，好朋友不在意对方是不是成功和风光。我说得对吧？"

"不简单！"戴笠不由心头一动，迄今为止，他认识的女孩子里还没有人知道他的名字与这首诗有关。戴笠这个名字是父亲取的。父亲是个理想主义者，可是终生不得志，他在人生最失意之时有了戴笠，他既惆怅又对儿子满怀希望。笠字就是雨伞的意思，戴笠和担簦，都代表着失意、贫寒、不得志，跨马与乘车，都寓意荣华富贵。不过，很少有人知道他名字的真正来历，这首歌谣也不常见，这个年轻女孩子竟然知道这首诗，肯定有些诗书的底子。听到唐娟念出这首歌谣，戴笠心里生出一种复杂的情愫。虽然年纪轻轻，但戴笠已经饱经人间沧桑，处处小心经营。想到父亲对他的期望也许永远都无法实现了，他心里涌出的丝缕暖意瞬间消散了，眼圈有些湿润。再想到自己人生坎坷，几次死里逃生，他又心生感慨，只可惜现如今诗中所描述的这种友谊少之又少啊！不过，眼前这位漂亮的女孩倒是聪明伶俐。他见过太多美女，经历过太多情感纠结，对女性他拿捏得当，可以说是一位与女性交往的专家。但是眼前的唐娟不仅漂亮聪明，亦有些小机灵，虽是初次见面，他却暗暗喜欢，心生好感。

"看来你读了不少诗书。不是说女子无才便是德吗？"

"谁说女子就应当无才？你们男人为什么那么不愿意我们女人有才？天下哪个男人不是女人所生？"

"说的是啊。我非常尊敬女士，没有半点不敬的意思。"

"那好吧，我不计较了！"唐娟笑了，又想起什么，她想问戴笠是不是杀了他的仇人。但她的问话在心里盘旋了一圈，还是没有问出来。没想到他自己倒是先开口了，他说："唐小姐，你是怎么知道我……"他指了指衣袖和手帕，"你是怎么知道的，那个……"

唐娟说："我天生嗅觉灵敏，可以闻得出各种奇怪的气味，我甚至可以闭着眼闻出物品的颜色来，连我自己都不知道是怎么回事。只要这个人从我身边走过，我就能闻得出他是做什么行业的，吃了什么，穿的衣服是什么料子的。"

"那你闻得出我是做什么行业的吗？"

"你吧，嗯……反正不是杀人越货的，是个好人！"

"何以见得？再说我明明……"他又把唐娟的那方手帕晃了晃。

"嗯，外表不像！"唐娟迟疑了一下，心里却想回答："是的，你的确像是个杀人越货的。"看她欲言又止，知道她心里有话不好说出来，戴笠不再追问。这时，他胳膊肘上挨的那一刀的伤口开始隐隐作痛，他不由得皱了皱眉。

戴笠正值而立之年，如果不是老板秘密指派，他是不会亲自出马去上海的。此时的他，已经不是刚出道时的那个毛头小子，他已经洗去了少年的鲁莽和冲动，变得沉稳老练了许多。他想起了他的主子，也是提携自己的恩人蒋介石。如今的蒋介石已辞去党内职务，为了追求心仪的美龄小姐，也为了在未来实现他的政治野心，正在日本给宋家老太太使计。实际上，他仍然大权在握，没有一天放弃过指挥权，也从未放弃对党内一切的指挥。他嘱咐戴笠，为实现下一步目标，要组建一个秘密的情报机构。戴笠从蒋介石手里得到了一笔巨款，这笔款项就是供戴笠成立秘密组织使用的。这次苏州之行，他本是来了结一个多年恩怨，没想到遇到了麻烦，使他受了轻伤。

坐在通往上海的火车上，戴笠想起远在日本的主子，猜测他或许已经得到了宋老太太的欢心。想到这里，戴笠心里升腾起一股豪情，对眼前的女子就多了些大度，小女子也许将来能派上大用场，党国的事业正需要这样的年轻人才。这样的人才如果能为我所用，为党国所用，一定会助力蒋老板实现大业。他不由得审视起唐娟，有意无意地询问起她的情况，对她的一切都充满兴趣。此时的唐娟还在做着明星的美梦，虽然眼前的男人外表英俊，但是她从他身上闻到了血腥味，她已经敏感地察觉到他有特殊的身份。身处乱世，一旦入错行，就可能万劫不复。虽然她对大上海的一切都充满了期望，但她怎么也不会跟一个身上揣刀的男人成为朋友。她从包里拿出一张不完整的旧报纸，打开来铺在戴笠的面前，一脸认真地告诉戴笠，她要去上海当明星。

戴笠看看报纸，又看了看唐娟，笑了。她真是够聪明，看出了自己的意图，先下手为强，将了自己一军。戴笠不由得在心里暗暗地佩服眼前这个聪明的女子。他早年在上海滩混日月时，最早接触的就是大上海的演艺圈。当年他处于人生低谷，混迹到大上海寻找机会，尤其喜欢去百乐门混日子，在那里认识了一些演艺界的人士，也正是那时候认识了后来改变他命运的蒋介石。他的机灵懂事深得蒋老板的喜爱，蒋老板知道他想出人头地，又肯动脑子，就有意提携他，为他日后飞黄腾达打下了基础。戴笠是在风月场上闯荡过的人，他当然知道在上海滩当电影明星是怎么回事。一个人没有背景和靠山，想成名比登天还难。眼前的这个年轻姑娘做着明星的美梦，以为长得漂亮就可以出名，真是太天真了。

戴笠一路上都在想着唐娟的事，他有心拉唐娟入行，趁她现在热情满满，好好打造一番，日后必有重用。但戴笠明白，凡事不可强求，尤其是对于做着明星美梦的姑娘来说，社会是最好的学校，不经历几个生死轮回是锻造不成利器的。他懂女人，知道执着的女人不用解释和挽留，她们不吃苦头不知道世界上有好人和坏人之分，不撞南墙不会回头。不如让她自由闯荡闯荡，只要她在上海滩，就是在我戴笠的地盘上，人生处处可相逢。

　　戴笠看出唐娟与众不同，她不仅有着特别发达的嗅觉，还有敏锐的思维，以及时时保护自己的那份小心。她看似无所谓的外表下，有着很重的心思，她一定有着不为人知的秘密，这真是一个不可多得的人才。戴笠预感到和唐娟真正的缘分还在未来，以后还有很长的路要走。想到这里，他意味深长地看着唐娟，眼里露出一丝笑意和暖意。眼下党国急需的是人才，即便不是人才，只要为我所用，肯为我卖命就行。戴笠看人很准，他经历过大起大落，既五毒俱全又百毒不侵。他练就了一双识人的犀利眼睛，他相信自己的眼光。在卫生间里看到唐娟的那一瞬间，他心头一亮，但是他知道，这个女人还没有真正地遭过难，没有受过大的挫败，这正是他所担心的。一个人需要历练和磨难，唐娟好像经历了一些人生变故，但她的身体里尚有纯情，尚有犹豫不决的暧昧，这样的情感很容易让人走到另一条道路上。

　　戴笠一路上都在犹豫，要不要帮她找找老板。这不像他，他一向是个果断的人，连他都对自己的犹豫不决感到奇怪。也许是一路上太折腾，唐娟半倚在座位上迷迷糊糊地睡着了。戴笠看到她毫无戒心的睡像，动了恻隐之心，有那么一瞬间，他决定帮助她。戴笠当时没有想到，和唐娟的无意结缘竟为日后的一切埋下了伏笔。唐娟更没有想到，眼前的这个男人会改变她的人生轨迹。

　　后来，戴笠无论是受老板指派组建间谍机构，担任复兴社特务头子，还是处于万人之上的高位得意之时，他的脑海里仍不时跳出初见唐娟时的情景。这个女人无论在属于自己的时候，还是在属于别人的时候，她古灵精怪的面孔，她天真的明星梦，以及她后来让戴笠无法料到的勇猛和残暴，经常盘旋在他的脑海里，挥之不去。

火车到达上海的时候，戴笠给了唐娟一个地址，告诉她在大上海，这个人可能会帮她圆梦。

唐娟看到纸条上写着"欧阳寻"三个字，下面一行小字是地址。唐娟握着纸条，对戴笠充满了感激，她执意要他留下地址，说自己安顿好后要当面向他道谢。戴笠摆摆手拒绝了她："唐娟小姐，有缘必会重逢。"

戴笠给的是大东方影业公司的导演欧阳寻的地址，他最终决定把唐娟先交给欧阳寻，与其让那些垃圾导演们糟蹋这么好的一个人才，不如让欧阳寻好好调教。他相信欧阳寻，欧阳寻善于改造女人。没办法，不管多么漂亮、单纯、执着的女孩，最终都要让社会这个大染缸浸染，这个世界本来就充满险恶，自己何尝不是被命运之手捉弄来捉弄去？如果命运是不可躲避的，跟着我和跟着别人又有什么不同呢？当然，他知道，对于眼前这个大胆而又执拗的姑娘需要智取，若想让她心甘情愿地跟着自己，需要费点小心思。不过，他相信欧阳寻，他们是那么好的搭档，欧阳寻定会想办法调教好唐娟的。如果有一天他们重逢，那一定是她成熟的时候。他喜欢成熟的女人，他有耐心等待。或许她会知道，与他重逢的那一天将意味着她走上了一条不归路。但是谁不是去往一条不归路呢？说到底，不管好人还是坏人，最终都是殊途同归。早走，晚走，什么方式走，又有什么不同呢？与其让这么漂亮的脸蛋浪费在那些臭男人手上，不如让她为党国的事业做点贡献。这么优秀的女孩子可不容易遇到，她的未来远远不是当一个肤浅的明星那么简单。他看着唐娟，仿佛看到了唐娟的未来。

12

　　戴笠走出车厢，大步走向站台，钻进了提前等在那里的一辆黑色轿车里。他知道唐娟一直在看着他，但他没有再回头。

　　坐进车里后，戴笠才发现手里仍然紧紧地攥着唐娟替他止血的那方鹅黄色的手帕。手帕被揉搓成一团，上面的血渍已干，变成暗红色。他慢慢展开手帕，发现手帕的一角绣了一朵红色的小花，花朵不大，却让他感觉有些刺目。他想了好久，也没有想到是什么花。

　　当时，他看到唐娟倒在厕所的地板上像是昏迷了，就下意识地去扶她，由于用力过度，他右手臂的伤口又渗出了血。等他发现时，唐娟已经把手帕递给了他。他边擦拭手腕处的血渍边开玩笑地说："这么漂亮的手帕用来擦这种脏东西，可惜了。"那时唐娟也笑了，她说："算我报答你吧……"

　　戴笠闭上眼睛，深深地吸了口气，把手帕握成一团，伸手摇下车窗想扔到窗外。犹豫了一下，他又放弃了，重新把手帕展开看着上面的那朵红花，突然想起来这是什么花了。

　　戴笠眼前浮现出唐娟的笑容，一种复杂的情感突然涌上来。他拿起手帕放在鼻子底下闻了闻，似乎想闻出那朵花的香味。

　　他在手帕的边角处找到了手帕的商标，不出他所料，这手帕是正宗的日本货。

　　他的眉头渐渐地拧成一个疙瘩。

　　扶桑花！

　　他确定。

13

　　唐娟下了火车，搭上了一辆黄包车，按照车夫的指引找到了王开照相馆。黄包车夫瘦小精干，说自己也是苏州人，到大上海好多年了。听说唐娟是苏州老乡，他格外热情。唐娟指望着他打听路，想让他等等自己，说拍了照片就出来。但黄包车夫急着要走，说江湾的跑马场正在赛马，他要去赌一把。他说现在上海滩的人都热衷于赛马，虽然每个月只举办一次，但是好多人都已经发了财，他好多朋友赢了大把的钱呢，这会儿武川路上一定人山人海了。看他兴奋的表情，好像成堆钞票堆在跑马场等着他去拿。不过，他又说，看在老乡的分上，如果唐娟能加点钱他就再等等她，唐娟当即就把钱给了他。车夫收了钱，点头哈腰地致谢，说："你尽管去照相吧，我在这里等你。"

　　唐娟照相的时候，和照相的师傅说起跑马场的事。没想到照相的师傅也非常热衷跑马，他边帮唐娟摆姿势，边讲跑马场上的一些传奇的事，讲得有鼻子有眼的。唐娟听着听着，好像也有了冲动，心想这跑马场一定很有意思，以后一定要去见识一下。照完相，店员毕恭毕敬地把唐娟送了出来。来到大街上，唐娟有些发蒙，黄包车不见了。她前后左右地转了一圈，还是没找到。唐娟知道被车夫骗了，她所有的东西都落在了车夫那里。没想到这个车夫看着老实，却是个不仁不义之人。刚来上海，就遇到了坏人，唐娟心情坏透了，欲哭无泪。景怡交给她的荷包和她自己身上的荷包正好是一对儿，现在景怡的那个丢了，将来怎么和景怡交代？她难过不已，就好像把景怡也弄丢了一样。

唐娟重新回到照相馆，照相馆里的人对她的遭遇都很同情，师傅还告诫她，初来乍到一定要小心。唐娟想起身上还有戴笠写给她的纸条，她拿出来，向师傅打听上面的地址。照相馆的一位女店员倒是挺热情，告诉她怎么走，还把她送出来，给她指了路。

唐娟走出照相馆，一脸迷茫。她有些后悔，自己太天真了，不该不听景怡的话一个人跑到上海，但此时说什么也没用了。还好戴先生给自己留了一个地址，不然，偌大的上海还真没有自己落脚的地方。唐娟按照女店员的指引，边走边打听，上海真是太大了，说是很近的路，却怎么也走不到。她心里焦急不已，加上身体的种种不适，此时已有筋疲力尽的感觉。

傍晚时分，唐娟终于找到了纸条上写的愚园路。愚园路不宽，但却挺长，马路两侧都是些好看的私家洋房。唐娟从最东端的静安寺一直走到最西端，也没有看到地址上的门牌号。她想，那个叫欧阳寻的导演能住在这样的环境里，一定是个非常有钱的人。此时，马路上行人不多，唐娟想打听一下，可他们都是自顾自地走路，没有人愿意搭理她。偶尔身边有小汽车驶过，她便眼睛一亮，希望哪部车上的人会停下来，打开车门关心她一下，问问她是不是迷路了。但是，没有人停下来，她只好一栋房子一栋房子地找过去。唐娟从来没有见过这么多漂亮的房子，她想象不出这些幽静的院落里都住着些什么人。终于，快走到马路尽头的时候，她找到了236号，古铜色的大门，门旁没有任何的标识。她定了定神，退后几步，踮起脚朝院子里张望。院子里有一幢二层灰色小楼，房顶上有一个铁青色的半圆形球，像茶馆里伙计的帽子，扣在楼顶上，帽子中心位置还有一个长长的锥子伸向天际。小楼墙上爬满了茂密的藤蔓，一层层互相拥挤着攀附着往上长，一直长到屋顶。几扇小格子的窗户躲在绿色的藤蔓中，显得格外古朴宁静。小楼门厅两旁各立着一个不大不小的石狮，楼前的花草修剪得整齐漂亮。远远看去，院子里的一切都那么庄严而静谧。

唐娟半张着嘴，两眼不停地东看西看，却不敢上前去叩门。

此时，房子的主人欧阳寻已经看到了在外面张望的姑娘。这里表面是大东方影业公司欧阳寻的宅院，实际上是国民党的一个秘密机构，地下的刑讯室里隐藏着太多惊人的内幕。所以，当唐娟这个漂亮的女子准备敲门的时候，欧阳寻知道，这里又要添丁进口了。

欧阳寻穿着讲究，看上去温和谦逊，骨子里却是个不折不扣的坏蛋。虽然对外挂着大东方影业公司导演的名头，但他的主要任务是豢养大批特务，从事暗杀活动。当然，欧阳寻也导戏，也培养明星，但他培养的明星可不是专门用来拍戏的。从他欧阳寻手下出来的美女，可能在大屏幕上矫揉造作、演技拙劣，但是在现实生活中，个个都是真正的好演员，总能令那些信仰不坚定的人彻底臣服。

欧阳寻听从戴老板的指挥，没有任务的时候，他只管拿钱挥霍，时不时地与女演员谈谈天、调调情，培养她们。

欧阳寻站在二楼窗前耐心地打量着唐娟，并不急着开门。门前这姑娘衣着土里土气，看什么都感觉新鲜，一看就是刚来上海。模样倒是挺漂亮的，不过在大上海，漂亮的姑娘一抓一大把。欧阳寻看来看去也想不出戴老板为什么会把这个女人送过来，这个没见过世面的青涩女人难道真有什么过人之处？

他打开后门，绕到前面，又在不远处观察着唐娟。唐娟犹豫着要不要敲门。她看了看手里的纸条，没错，正是这里。她刚要伸手按门铃，一个声音在身后响起："这位小姐，请问你找谁？"

唐娟回头一看，一个戴着金丝眼镜的瘦小的男人一脸笑容地站在她的身后，便问道："请问您住在这里吗，我想找欧阳寻先生。"

欧阳寻把未抽完的烟用手指轻轻地往远处一弹，走上前来，热情地说："在下正是欧阳寻！"

唐娟看着眼前的欧阳寻，感觉他好像已经观察自己好久了，便把戴笠的信递给他。欧阳寻看了看信，然后轻轻一推门，看似紧闭的院门一下子打开了。他在唐娟的侧面弯腰做了一个请的手势，唐娟便走进了院子。

14

阳光正在西行的路上，天地间泛着金黄，那种不真实的光让人感觉美好又虚幻。欧阳寻彬彬有礼，脸上始终挂着微笑，把手不远不近地放在唐娟的后腰处，引着唐娟往前走。他先带着唐娟参观小楼。小楼的墙上，是一排排的明星剧照，欧阳寻指着那些照片向唐娟介绍着。他说："戴老板真有眼光，姑娘年轻美丽，充满青春活力，一定能成为大明星。"他一脸友善，带着笑意，看不出是奉承，显得真诚而又暧昧，唐娟不禁脸色绯红。当唐娟看到墙上一张欧阳寻的照片时，欧阳寻微笑着说："那是一张剧照，年轻时候的事了。"唐娟说："和你现在没有什么区别啊。"欧阳寻立即挺直了腰杆："让你这么漂亮的女孩子夸奖，本人十分荣幸。"

走廊的尽头是一座小楼梯，拐角处有些窄小。楼梯通往楼上和楼下，唐娟不知道要往哪里走。欧阳寻说："你随便，想上楼还是想下楼，一切都由你来选择。"唐娟抬起脚上了楼梯，她想象不出楼下和楼上的区别，只是不自觉地想往楼上走。

欧阳寻听说唐娟想当明星，就大加称赞："你这么漂亮的女孩子不当演员真是人才的浪费啊，长得这么漂亮得让更多的人知道才行。"他又指着一个男明星的照片说："你看看这个王亮，所有的男演员都想杀了他。""为什么？"唐娟不解。欧阳寻哈哈笑起来："因为所有和他演过戏的女孩子都想嫁给他啊！"

唐娟从来没有见过这么彬彬有礼的男人，他像一只泥鳅一样紧紧地围绕着她，那样体贴耐心，恐怕没有哪个女人会拒绝他。欧阳寻好像感觉到唐娟的想法，装作不经意地靠近唐娟，手有意无意地搭在她的肩上，引导着她一张张剧照看下去，有时说着模棱两可的话，充满了暧昧。

唐娟被临时安排在二楼一间小巧雅致的房间里。一个女用人悄无声息地进来，做好了一切，又悄无声息地退了出去。雪白干净的床单和柔软的被子散发出浆洗过的清新的味道。夜风吹过，一阵阵花香从窗外飘来，像清凉的风在脖子上拂过，让她有种舒服的感觉。她久久无法入睡，没想到自己到大上海的第一天是这样的，没有像景怡担心的那样露宿街头。唐娟为自己在苏州火车站的临时决定而庆幸，她已经和欧阳先生说过，要到演员学习班学习，要演戏，欧阳先生也一口答应了。欧阳先生说："其实我们每个人都在这个世界上演戏，只不过有的人是本色出演，演自己，而有的人是演别人。等你想演别人的时候，你再回来演你自己，你就是好演员了。"

唐娟不知道自己会不会成为好演员，她在大上海的第一个夜晚是在憧憬中度过的。在这样的花香弥漫中，她睡了一个长长的、香甜而又踏实的觉。

15

　　欧阳寻带着唐娟来到上海路的一家咖啡店，店员像看到熟人一样过来打招呼。唐娟闻着咖啡的香味，深深地吸了口气，再看看大街上一片光明，像是自己刚刚进入这个世界。欧阳寻突然低下头看着她，靠得很近："你昨天晚上睡得好吗？"唐娟还没有反应过来，他又说，"我昨天可是没有睡好，这么漂亮的一个女孩子就住在我的楼上，我怎么能安心睡着？除非我是个木头人。"说完，他自顾自笑了起来。

　　唐娟的脸红到了脖子根儿。按理说，她听惯了男人奉承，应该不觉得难为情，但是听欧阳寻大胆露骨地说出这种话来，她的脸还是不由得红了。

　　"你眼睛很美，真是当演员的好材料。"

　　唐娟兴奋起来："那我能被培训班录取吗？"

　　他把身子靠近她："你真想当演员？为什么？"

　　"不知道，觉得当演员风光，或许生活会更好吧，能挣好多钱呢。"

　　欧阳寻意味深长地笑了："当演员并不风光，他们受罪得很呢，有时候甚至会很惨。"他喝了口咖啡，然后眼睛直直地看着唐娟，似乎看出了她的不谙世事，"其实，当演员也好，出名也好，都是为了挣更多的钱。说到底，钱才是最重要的，有了钱就有了一切。像你这么漂亮的女孩子，不用那么拼照样可以生活得很好。"

　　欧阳寻靠得更近了，唐娟有些慌乱，弄洒了咖啡，也弄脏了他的领带。唐娟手忙脚乱地给他擦拭，他却握住了她的手，然后摘下领带丢到一边：

"我真的无法平静地看着你，我无法不想你。以后你跟着我就行了，至于演戏嘛，那是以后的事，就看你的表现了。"

唐娟被他这突然的举动吓着了，她站起来，冲出了咖啡店。欧阳寻并没有追出来，他想，她知道在哪里可以找到他。

唐娟来到王开照相馆取照片，店里的一个女店员正在对着镜子化妆，说是要到附近的一家舞厅去跳舞，并邀请唐娟一起去。唐娟没想到，她自此喜欢上了跳舞。跳舞不仅可以赚钱，有吃有喝，还能结交朋友，她越来越喜欢那舞厅了。白天她蒙头大睡，晚上她打扮一新，粉墨登场，准时出现在舞厅。她的舞跳得很好，也越来越受欢迎。

没过多久，唐娟在舞厅里结识了苏州老乡陈凯。陈凯舞跳得潇洒，和唐娟配合默契，而且他出手阔绰，总是给唐娟很多的小费，几乎把唐娟当成了专用舞伴占着。哪天陈凯没到舞厅，唐娟就觉得跳得没有意思。后来，渐渐熟悉的两个人成了无话不谈的好朋友。当陈凯听说唐娟来大上海是为了当演员，他说自己就是导演，唐娟想当演员他可以帮忙。唐娟十分高兴，觉得这真是得来全不费工夫。

唐娟跟着陈凯到了摄影棚里，陈凯让她给电影拍造型照，还要拍裸体和半裸体的照片，保证只是用于宣传。

那天，恰巧《真相画报》的记者到影棚采访，他也拍了好多唐娟的照片，回去后就发在了画报上，整个版面都是唐娟的半裸照片。唐娟不知道，其实这本画报照片大多以俊男靓女为主，尤以女性裸体模特的照片吸引眼球，文字则以揭人隐私与性事描写为重，被称为上海滩"最具性趣的肉感刊物"。

拍摄照片后，唐娟和陈凯的关系也愈加亲密，她等待着有一天，像那些明星一样扬名上海滩。她有时庆幸自己离开了欧阳寻，不然，在他那样的色鬼老板手下，不知道哪年哪月才能成名。唐娟不知道，《真相画报》喜欢挖掘上海滩的年轻女孩，给她们拍摄照片，让读者有新鲜感和陌生感。陈凯是拿了《真相画报》的钱，才主动去骗取唐娟的信任。直到有一天，唐娟在一家舞厅的门口看到卖画报的人直勾勾地看她，才发现原来自己的照片上了《真相画报》。看着画报上自己裸体的样子，她羞愧不已。刊登她照片的那期画报，初版五千册两天内全部销光，再版一万册也一销而空。让唐娟没有想到的是，这本画报开始销往全国，一时间，她比明星还出名，成了上海滩的名人。

唐娟最初在画报上看到自己时，既愤怒又羞愧，后来四下无人时，偷偷看着照片上的自己又觉得真的好美，心里竟然有种莫名的激动。陈凯安慰她，说："唐娟，你现在红了，不管怎么样，能红就行。反正你没有掉一块肉伤一块骨头，有什么不可以？这对你将来的演艺事业有帮助啊！"

自上画报成名后，唐娟就在陈凯的安排下，去试了几次戏。唐娟每次都认真准备，认真表演，试戏的导演却总不满意，说唐娟没有演戏的天赋。其实，陈凯并不是真的要让她演戏，几次试戏只是做做样子，不了了之也属正常。后来，陈凯又带来了"好消息"，说有一家南洋的画报社出大价钱，要让唐娟拍摄裸照，脸上可以进行艺术处理，或用羽毛扇子挡住脸，拍照后，她一定会大红大紫。唐娟按照陈凯的意思，又拍了照片。但这次没刊在画报上，不知道刊在了哪里，唐娟也没有得到报酬。

唐娟哪里会想到，热情活络的陈凯是个花花公子，专门玩弄女性，用女性赚钱。他用唐娟赚了不少钱，渐渐觉得唐娟没有什么用处了，而且唐娟越来越喜欢吃醋，也不肯配合他再拍照片，还天天嚷着要拍电影当明星，他就想甩掉唐娟。他精心设计，在一家电影公司雇了一个女演员和一个小孩子扮成他的家人，假装从老家来上海找他。当唐娟看到陈凯的"老婆"带着"女儿"大包小包地出现在自己面前时，又气又恨。她想到母亲，想到了自己从小到大的遭遇，不想为难陈凯，毅然决然地离开了他。

　　唐娟身无分文，只好重新回到舞厅里陪舞挣小费度日。有一天，唐娟从舞厅里出来，非常疲惫，顺势坐在舞厅门口的台阶上。她从包里掏出烟点上，用力地吸了几口，才感觉身上有了点力气。这时，她看了看舞厅门前的电影海报，感觉有什么地方不对劲。她站起来，靠近了，没错，海报上的女人正是陈凯的老婆，女人手里领着的孩子，正是那天和他老婆一起来的女儿。唐娟看着看着，不由得笑了，这个女人竟是电影《上海之蓝》的女主角，而那个小孩，就是红透上海滩的童星兰碧儿。哈哈哈，自己真是看走眼了，明明看过兰碧儿的电影的。

　　唐娟专门买票去电影院看了《上海之蓝》。电影内容是，一个男人爱上了一个良家妇女，但是他发现自己得了绝症。为了不拖累自己心爱的女人，为了让她能够主动离开他，男人花钱到电影公司雇了一对母女，装扮成他的老婆孩子。当那个善良的女人忍受着巨大痛苦离开他时，男人的心都碎了，最后自己默默地死去……银幕上的这对母女演得真是逼真感人，唐娟竟然被她们的表演感动得满脸泪水。

　　唐娟有些愤怒，这个垃圾，枉费了我对他的一往情深。唐娟找到陈凯的公司时，老板杜先生说："你好端端的一个姑娘家，何必对一个花花公子用情太专。"唐娟找到了陈凯的住处，看到院子里有一口井，就直接跳进了那口井里。她不想活了。醒来时，唐娟才发现自己跳的竟然是一口枯井，里面堆满了垃圾。她摔得浑身疼痛，拼尽力气喊叫。不知道过了多久，一根绳子垂落枯井里，随着落下来的还有她的包，包里装着她的化妆袋。

　　一个男人出现在井口，正是陈凯。他对着井里的唐娟说："既然做不成鬼，就好好打扮打扮。从这个井里出来的女人，现在都活得好好的。人生有许多条路，干什么非要一条道跑到黑呢？"

　　唐娟坐在枯井里，打开了化妆包，就着井口的光，把脸上的残局收拾一番。她抬头看了看井口之上的天空，很亮，很蓝，想必风也一定很温柔。

　　我不在乎死，还在乎活吗？重燃斗志的她拉紧绳子，爬出了枯井。

在舞厅的角落里，唐娟喝了许多酒。舞曲一曲接一曲地放着，她终于等来了陈凯。陈凯正一本正经地跟一个学生模样的女孩子跳舞，他跳得风度翩翩，跳得彬彬有礼，跳得有模有样，像个纯情的大男孩。唐娟趴在那里，边喝边看他跳舞，直到舞曲终了，大厅里大灯小灯都灭了，她还趴在那里。她不知道要到哪里去，不知道这个坏透了的世界什么时候能不那么坏。

喝得大醉后，唐娟趴在舞厅里睡着了，梦里都是陈凯狰狞的面孔。她好像听到陈凯在说话："如果不行，直接把她送到妓院吧。那里有床，她可以舒舒服服地睡，还有男人陪着她睡，多美的事啊。"终于，舞厅里的小弟叫醒了她。她站起来，又倒下了。这一次，她听到了自己说话的声音，那声音把她自己都吓了一跳："欧阳寻！你帮我打电话给欧阳寻，我让他重重地赏你。"

几天后的一个深夜，在陈凯家的院子里，唐娟等到了酩酊大醉的陈凯。她迎上去，温柔地把一根细细的绳子套在了他的脖子上，结果了他的性命。她把一堆钱扔给了一个舞厅小弟，小弟毫不费力地就把陈凯扔到了枯井里。那口枯井没过多久就给填上了。既然井已经干枯，留着又有什么用？而且，唐娟觉得，陈凯在枯井里一定会做一个好长好长的梦。

16

唐娟搬进了蒲石路上一个叫孔园的别墅里，欧阳寻告诉她，这是他专门给她租住的地方，为了欢迎她的回归。

　　欧阳寻打了一通电话，有人送来一大堆衣物和饰品让唐娟挑选。唐娟有些不知所措。欧阳寻说："你要当演员了，得有些像样的衣物。"唐娟哪里肯要。欧阳寻又说："这些东西都是你的福利，等将来你发达了，这些东西你就看不上了。"他说得轻松，唐娟也不好推辞。她挑来挑去，看哪一件都好看，欧阳寻索性让把所有的东西都留下。送货的人一听，忙往大衣柜里挂衣服、摆放物品，不一会儿大衣柜里就满满当当的了。

　　唐娟换上了新旗袍，看手工，与阿泰舅舅的手艺不相上下，看来这大上海也有好裁缝。那些饰品，唐娟试戴了几个，觉得都不好看，好在她手上有一个家传的翡翠镯子，配哪件衣服都不逊色。

　　如果要有得意的人生，就要让虚荣和物质结伴而行。休息的这几天，唐娟的生活像是换了一个世界。欧阳寻带着她四处游玩，从黄浦江到百乐门，又吃又喝又唱歌又跳舞，还去看了电影。

　　有天晚上，从电影院里出来，唐娟挽着欧阳寻在南京路上散步。一辆黄包车从旁边经过，看到他俩便停了下来，问他们是否要坐车。欧阳寻挥了挥手，有些不耐烦，车夫只好跑开了。就在车夫跑开的一刹那，唐娟无意中看了他一眼，突然想起来，这个黄包车夫就是偷走她东西的那个人。然而，黄包车夫早就消失在夜色里。

　　唐娟想起被黄包车夫偷走的包裹里有景怡给她的荷包，便执意要追上车夫，却被欧阳寻拦住了。欧阳寻说："在上海这个地方，莫说找一个黄包车夫，就是找一只蚂蚁也不在话下。"

　　欧阳寻果然找到了那个黄包车夫。那天，唐娟跟着欧阳寻一起来到城郊一条很深的弄堂里，在一个挂满破衣烂衫的小偏厦子前，果然停着一辆黄包车。欧阳寻一脚踹开小偏厦子半掩着的破门，见那个黄包车夫正在翻一个黑色的皮箱，看样子是他才偷来的。看到欧阳寻和唐娟，黄包车夫一下子瘫坐到了地上。唐娟环顾四周，房子里堆满了各种各样的皮箱、衣服鞋帽，很显然，这个黄包车夫是惯偷。唐娟看到自己的荷包正放在桌子上，她一把拿了过来。荷包还好好的，那半朵荷花正开得灿烂。唐娟把荷包捂在胸口，仿佛见到了景怡。她刚要骂这个混蛋车夫，欧阳寻却把她拽到身后。他拿出枪，对准地上黄包车夫的膝盖就是一枪。随着黄包车夫的惨叫，他又朝黄包车夫另一个膝盖打了一枪。在黄包车夫的号叫声中，欧阳寻带着唐娟大摇大摆地离开了他家，离开了深长的弄堂。

欧阳寻开枪的样子刻在了唐娟的脑海里，她被这个外表温和的男人吓到了，脑海里始终回荡着黄包车夫的惨叫，一路上只是僵硬地跟着欧阳寻走，不知道说什么好。

晚上吃饭的时候，唐娟喝了好多的酒。想想到大上海好长时间了，演员培训班的事连个影儿也没有，再想想眼前这个男人，还有那幢神秘的小楼，以及戴笠胳膊上那条红色的蚯蚓，这一切的一切，都让唐娟感到一种恐惧。当初跟景怡去北平就好了，嫁给马贩子周先生也挺好，这时肯定在温暖的屋子里看雪呢。她后悔了，眼泪在眼圈里打转儿，突然特别想念景怡，想念阿泰舅舅，想念母亲和父亲。她想了半天也不知道该怎么办，最后决定先回苏州再说。

那天，唐娟与欧阳寻两个人到了租界的一家意大利餐厅吃饭。吃到一半时，欧阳寻说胃不舒服，便到附近的中药房去买了点药。吃完饭送她回到住处，欧阳寻倒在沙发上不肯走。唐娟开始收拾东西，她说她想回苏州，她说她其实是离家出走，她说她已经有了想嫁的人，她说现在母亲一定非常伤心。

唐娟边收拾边哭，收拾了半天才想起来，这里的东西一样也不是自己的。欧阳寻坐起来，像是喝多了，脸像炉膛里的火焰。他看着唐娟，一把把她拽到了自己旁边："你在这里吃住了这么长时间，一分钱也没有付，一分钱也没有赚，不能说走就走。"

"多少钱？我给你。我爸爸有的是钱，我的未婚夫也有钱，我让他们加倍给你。"

"加倍给我？说得轻巧。你走了，我怎么找你？"

唐娟把手上的翡翠镯子撸下来，递给了欧阳寻："这个给你，我可以走了吧？"

欧阳寻拿着手镯在灯光下照着，说："这个很值钱啊！"

"当然，是外婆家传几代的了。"

"这个我不能要。"他一把抱住唐娟，"再说，我不能要你的东西，这样不仁不义啊！"

"那你要怎样？"

"你忘记你的理想了？"

"当演员？"唐娟笑道，"现在你还在骗我，你那公司就是一个挂羊头卖狗肉的骗子公司，什么演员培训班，都是假的！"

"我承认，我们不只是做电影。不过，你是戴老板介绍过来的，你要是有个三长两短，我也不好交代啊。"

"我到大上海就是来演戏的，既然没有戏可演，我只能回去。"

"不如这样，"欧阳寻声音软下来，他把镯子塞到唐娟的手里，"我也不强求你，你再忍些日子。这个地方我也不想待了，我的朋友要组建一家新的电影公司，不如我们一起过去，到时候就让你演戏，让你当主角。"

唐娟对当演员早就没有了兴致。虽然她不知道欧阳寻是做什么的，但是觉得他肯定不是什么电影公司的导演，而是一个危险人物。想到这里，唐娟不禁为自己后怕起来。

"要走也明天再走吧。"欧阳寻像是醉得不行，他拉住唐娟的手，放在自己的胸前，不一会儿就睡着了。唐娟也感觉有些头晕，不知道什么时候也睡了过去。

醒来时，已经是第二天的晌午了。唐娟迷迷瞪瞪地睁开眼，晕晕乎乎地打开窗帘，看着外面的阳光，习惯性地伸了伸懒腰。这时，背后传来一阵剧烈的咳嗽，她吓得转过身来，看到欧阳寻赤裸着身子躺在床上。
她猛地明白了什么，忙拉过一件衣服挡住了自己同样赤裸的身体。

"亲爱的，给我来一杯水吧，渴死了。"

唐娟看着眼前的男人，默默地倒了杯水给他。

欧阳寻接过水杯一饮而尽："你打扮一下，我们出去。"

见唐娟站在窗前一动不动地看着他，欧阳寻和善地说："别那样看
着我，有一个重要人物要见你。"

"是导演？"

"导什么演？你有比演戏更大的舞台。想演戏，就在活生生的当下演，
这个世界就是你的舞台。你这么聪明漂亮，不愁找不到属于你的角色。"

唐娟并没有反对。她洗过澡，打扮一新，看得欧阳寻心花怒放，
他满意地点点头。正像欧阳寻所说的那样，没有哪个女人能逃得出他
的怀抱。

17

唐娟一个人坐在舞厅的角落里，眼睛的余光看着四周。与欧阳寻在
一起以后，她逐渐知道了他的真实身份，便不再想着演戏的事。欧阳寻
说得对，他们有比演戏更快乐的事，更有意思的事。欧阳寻等的正是唐
娟这份心甘情愿的加入，他要让她感觉她做的事情有价值、有意思。欧
阳寻有意训练唐娟，教会她许多东西。唐娟不仅跟着欧阳寻执行各种任
务，还跟着他一起收集情报，一起搞钱。他们越来越有钱。唐娟还有了

自己的助手王林，王林对她言听计从。这时候的唐娟感觉自己无所不能，逐渐喜欢上了自己新的身份。

有一天，唐娟无意间发现欧阳寻偷偷地给日本人做事。那天，欧阳寻让唐娟去中药铺抓药，并让她按自己的吩咐，把抓来的药送到街口一家专门熬制中药的铺子，说熬好药他自己会去取。第二天，唐娟发现那家铺子已经关门了。唐娟当时还在想，药铺怎么说关就关了呢？欧阳寻的药取回来没有？唐娟不知道，药铺其实是欧阳寻的一个秘密情报点，她送去的正是让药铺老板跑路的情报。

欧阳寻不仅自己偷偷地和日本人做交易，还利用唐娟给日本人传递情报。唐娟似乎明白了什么，她感觉欧阳寻一直在利用自己。不久后，她就证实了自己的感觉。不过，她并没有告发欧阳寻，而是主动要求他介绍自己和日本人认识。她有了一个新的想法，她要通过日本人找到朱沉潜。

日本人很快回信，他们答应帮忙寻找朱沉潜。唐娟没想到，她的事情终于有了进展，心里甚至有点喜欢这个欧阳寻了。两个人各怀心思，却配合默契。唐娟跟着欧阳寻出入高档会所、舞厅、私人聚会，欧阳寻还会打着导演的旗号，把漂亮的唐娟介绍给那些有钱的投资人，两个人到处拉赞助，以拍片子的名义谈生意。欧阳寻其实什么片子也没拍，唐娟也不打算演什么角色，他们知道自己的目标是什么，那就是弄钱。

唐娟在欧阳寻的介绍下，认识了一个银行家查先生。查先生看了欧阳寻的电影拍摄计划，很感兴趣，决定投资他们拍电影，还邀请唐娟演女主角。不过，查先生似乎更在意美丽的唐娟，开始单独约会她，还要带她去香港出一次公差，说一个人去那么远的地方实在感到孤单。想到又有一大笔收入，欧阳寻和唐娟自然爽快答应。

唐娟跟着银行家查先生去了香港，两个人住在香港半岛酒店。一开始，查先生每天很早出门，晚上很晚回来，总是忙得披星戴月的样子。

有一天，查先生突然肚子疼得厉害，他让唐娟去给自己请大夫。唐娟按他的要求去医院请来了大夫，大夫开完药，唐娟去药铺抓了熬好拿回来，查先生喝完药很快就好了。

唐娟住在酒店里百无聊赖，就经常自己出去闲逛。有一天，她发现查先生在鹅颈桥头焦急地徘徊，像是在等什么人。她正疑惑，忽然一辆轿车开过来，一个男人下车和查先生交谈着什么。唐娟看那个男人有些面熟，猛然想起他就是来给查先生看病的大夫。唐娟感觉到了一丝秘密的气息，看来查先生不只是银行家那么简单。

那时候，唐娟不知道，有人正在秘密跟踪查先生。

从香港回来后，查先生把唐娟送回了家。

分别时，查先生显得心事重重，好像唐娟是一副重担，他终于把她卸了下来。唐娟从车上下来，没走几步，发现家门前坐了好多人，有裁缝店送货的小宋，还有几个商场的熟人，都哭丧着脸。原来，他们是来收账的。唐娟不解，自己从来也不欠账，这些人来干什么？再说了，收账找欧阳寻就是了，干吗聚在自己家门口？小宋说："唐娟小姐，你还不知道吧，今天报纸上说，昨天松江路附近发生了一起枪战，欧阳寻被人追杀，到现在生不见人死不见尸。"

唐娟在楼上看到了坐在沙发上的王林，王林告诉她，据说欧阳寻和日本人勾搭的事儿被发现了，这时候说不定已经被人除了奸。

唐娟不知道，她和欧阳寻吃的住的穿的用的，一切开销都是欧阳寻以她的名义签的单赊的账。唐娟猛然想起了什么，在屋里翻找着。家里的东西被翻得乱七八糟，她放贵重物品的小皮箱空着，她的那些金银首饰全部没有了，那个祖传的翡翠手镯找不到了，她藏起来的那些钱也不见了，只剩下一大堆账单。唐娟告诉小宋和等在屋里的那些收账的，她一定会还给他们钱。但是那些人不相信欧阳寻走了唐娟还能付得起钱，任她怎么说也没有用，王林拿出枪来也没有人怕，最后有人报了警。

唐娟被带到了警察局，显得很无辜的样子，让人联想到她一定是个被骗财骗色的可怜妇人。不过，有几个人叫嚷着如果唐娟不还钱就把她的事发给报馆。唐娟不想让更多的人知道她的事，她想到了查先生。王林去找查先生，查先生自己并没有露面，而是派人出面把唐娟保释出来。

没想到香港一行，回来是这样的结果。欧阳寻跑路，唐娟并不在意，有没有欧阳寻，对她来说已经无所谓。但再往深处想，唐娟就有些担心了，欧阳寻知道她和日本人也走得很近，万一他告发自己怎么办？下落不明的欧阳寻对唐娟来说，已经成了充满危险的隐形炸弹。

唐娟走出警局的时候，正是午夜，她看见王林站在警察局门前的路灯下等她，两个人一起慢慢地走着。唐娟穿得单薄，感觉有些凉意。经过陕西北路的时候，王林看到一家院子里晾晒的衣服没有收，便拿走了几件女人的衣服。唐娟找地方换上，正好合身，但一看就是普通人家女人的衣物。唐娟对着大街上的橱窗照了照，问王林："我穿这样的衣服是不是很傻？"

王林笑了："太朴素了，真的不适合你。"

18

唐娟再次见到戴老板的时候，欧阳寻已经失踪好几天了。唐娟不知道，正是这次重逢，让她正式进入了戴老板的视线。此时戴笠正在大上海招兵买马，准备大干一番。这之前，国共两党合作破裂，戴笠在黄埔军校亲身感受到了政治风云的突变，政治立场成了能否活下去的关键。

不用说，他的立场就是适者生存，只要能活着，能出人头地，管他什么主义。果然，老蒋开始清党，几乎一夜间，军校里已经有数百人被清除，大量的共产党人被杀掉。戴笠适时向军校入伍生部政治部的胡靖安揭发了二十多名共产党员学生，胡靖安顺着这条线索，又抓捕了好几百名共产党员。从此，胡靖安记住了这个表面不动声色内心狠毒到家的学生，而戴笠因此成了胡靖安最得力的亲信和助手。

如今的戴笠已经被人称为戴老板。进入八月，戴老板重新回到了上海。在开往上海的火车上，他想到了那个聪明又机灵的唐娟，经过欧阳寻的调教，她已经日渐成熟。戴老板想，自己要好好培养培养这个女弟子，以便让她将来为自己效力，为党国效力。

戴笠此次赴上海，已经与当年不可同日而语，他现在是最得党国赏识的人，到上海是要办大事。一段时间以来，蒋介石在国民党内部受到汪派、桂派等派系的排挤打击，竟然有种毫无还手之力的感觉。此时，成立完全听命于自己的秘密组织是老蒋的当务之急，也是他着眼未来的长远大计。于是，蒋介石派胡靖安在上海成立了"黄埔同学联络小组"，一方面发动同学关系四处收集情报，另一方面加强对属下的控制。经胡靖安推荐，戴笠重新回到上海，主持黄埔同学联络小组的工作。

那天，唐娟和戴笠一起从舞厅出来，在大街上漫无目的地走着，两个人都有些意犹未尽，好像有好多话没有说完。戴笠心里承认自己喜欢唐娟。当年在火车站，唐娟从他身上闻出了血腥味儿，看出他杀了人，就让他有种惊悚的感觉。不过，他喜欢这样有灵性的女人，有意让欧阳寻带着她混世界，让社会这个大染缸浸染她，让她身上慢慢滋长出勇猛和无畏。唐娟用手挽住了戴笠的胳膊，很自然的样子。她现在住在霞飞路一幢不起眼的民宅里，那是戴笠让人安排的。唐娟感觉到眼前这个男人对自己的喜欢，就问他："你爱我吗？"戴笠说："有时候爱对我们来说意味着毁灭。唐娟，你是个非常美丽的女人，也非常可爱，我可以对你好，但是我不能拥有你，谁也不能拥有你。这个道理，你慢慢会懂。爱，对我们这种人来说实在是太奢侈了。凡是想拥有奢侈的东西，都需要付出代价。我们从事的这种职业，不可能有安定的生活，今天我们走在夜色中，明天就可能暴尸街头，谁知道呢？共产党会杀你，日本人会杀你。还有，因为我们党国的利益，因为我们所掌握的那些秘密，也许不用什么原因，有一天你就会突然消失不见。我可能也管不了你那么多，在这个世界上你只能完全靠自己。你是你自己的主宰，你的生死就在你自己手中，也许一念之间，你会飞黄腾达，也可能会陷入万劫不复的境地。记住，无论生死，这个世界都是你自己主宰。"

从打浦桥一条小街穿过去，就到了泰康路。泰康路是法租界，夜幕下的街道灯火通明，有着浓浓的异国风情，浪漫的法国人总是把房前屋后打扮得格外有情调。这里住了大量法国传教士，还聚集了一大批文化名人。灯影下，有一家不起眼的小店，挂着荠菜馄饨的招牌。唐娟有点饿了，两个人便在小店门外的桌前坐了下来，一人来了一碗荠菜馄饨，味道极好。

"荠菜馄饨也是欧阳寻的最爱啊！"吃完馄饨，戴笠默默地说。唐娟一时无语，感觉心快跳到了嗓子眼儿。

戴笠和唐娟吃完馄饨已经很晚了，两个人叫了辆车，一起回到了戴笠的住处。晚上睡在戴笠身边的时候，唐娟有些害怕，她发现了问题的严重性：自己没有和戴笠说实话。她和欧阳寻早已偷偷地给日本人做事，欧阳寻是为了钱，她则是想通过日本人找到朱沉潜。如果戴笠知道她也参与其中，她必死无疑。或者说他已经知道了，却不动声色。

戴笠从来没有想过，自己最得力的助手欧阳寻竟偷偷地给日本人做事。他知道党国多少事情？送出去多少情报？

戴笠不知道的是，正是欧阳寻的介绍，唐娟也加入了日本的谍报机构。唐娟为了找到朱沉潜，秘密地为日本人做事，而知道这一切的，只有欧阳寻。

要么生，要么死，一切都取决于你自己。

唐娟想起戴老板经常说的这句话，心里有了主意。

19

起风了。

唐娟站在桂花树下，目光犀利地穿越松江路繁华的街巷。刚刚经历一场秋雨，树上原本翠绿发亮的叶子都暗淡了，颜色跌落一地，像迟暮的后宫嫔妃们挤在一起，再也无力争宠比艳，任凭风吹雨打花落去。风有些清冽，吹到脸上有些刺痛的感觉，唐娟不由得打个寒噤，仿佛整个人掉进了冬天的苏州河里，浑身上下透心寒冷，人也一下子变得僵硬起来，甚至都迈不开步、走不动路了。

唐娟想起欧阳寻，牙根儿咬得嘎嘣响。没有什么比被人欺骗更让人气愤，也没有什么比被无情抛弃更让人心生绝望，唐娟恨不得马上找到欧阳寻，杀掉他。

唐娟料定受了重伤的欧阳寻跑不远，他就藏在松江路附近，自己一定要赶在别人之前找到他。既然欧阳寻已经暴露，那么他的死就是早晚的事了。即使活着，他也难逃酷刑，也许生不如死，还不如让自己了却他的痛苦，让他和他身上的秘密一起消失。她可不想让这个男人坏了自己的好事。

欧阳寻并不避讳唐娟，他知道许多日谍的事，还在唐娟不知情的情况下，让她传送过情报，给过她很多赏钱。如果戴老板知道，他们俩都必死无疑。戴老板不会明白，唐娟帮日本人做事，是为了找到自己心爱的人。

　　每每在大上海繁华的夜色中想到不辞而别的朱沉潜，唐娟心里就有种隐隐的痛。多年以后，唐娟还时常想起那个诡异的下午，如果石板路上的那双黑亮的皮鞋走过时，她和往常一样正在打盹儿，就会与朱沉潜擦肩而过，那样他们的生活就不会有交集。她把这说不清的相逢解释为命运。

　　唐娟发现自己从来没有恨过朱沉潜，她无数次地替他开脱：他一定是因为不宜宣人的理由才会不辞而别的。不然，十梓街上曾经出现的那个英俊少年，那个文质彬彬的年轻人，她的朱沉潜，怎么可能会成为一个日谍？抑或是他被严厉的老师所逼，或许他自己也不知道自己在做什么，自己不也是稀里糊涂地进了欧阳寻的圈套吗？

20

　　唐娟想起欧阳寻经常带自己去的那家意大利餐厅。欧阳寻的一个老乡在那家餐厅做西餐大厨，因为早年欧阳寻曾经有恩于他，这位大厨知道欧阳寻喜欢吃荠菜馄饨，经常会包好了让手下送给欧阳寻，据说包馄饨的荠菜都是大厨从一个郊外的老乡那里专门弄来的。

　　唐娟早早就来到了黑猫舞厅，独自找了一个角落坐下来。她没有特意打扮，看上去很普通，像一个来欣赏音乐的闲人。几乎没有人注意到她，也没有人会想到，这个寻常打扮的女人曾经是上海滩最风光的舞女，拍过裸照，上过画报。不过，今晚这里不是她的秀场，她是到这里来找人的，找那个西餐大厨陶先生。陶先生最近和这里一个叫波儿的舞女好上了，他每天从租界的意大利餐厅赶过来，与波儿跳上几曲，然后再一起共度良宵。

舞厅里幻影炫目，光亮处一览无余，暗淡处隐秘幽私。高悬在头顶的灯旋转着，把舞厅勾画成迷人的光影，乐曲在光影里悠扬地流淌着，像漂在水面的浮萍。一曲华尔兹舞曲响起，唐娟有些陶醉，多么令人销魂的夜晚啊，这么好的乐曲，不跳舞真是太可惜了。唐娟曾经特别迷恋跳舞，什么巴黎、桃花宫、远东、爵禄，还有月宫、凤凰、大东、东亚、新新、嫦娥等等，她几乎把西藏路、北四川路以及南京东路这一带的舞厅跳了个遍。

巴黎饭店内的黑猫舞厅，就在西藏路宁波同乡会隔壁，这里是在上海的宁波人喜欢来的地方。唐娟环顾着黑猫舞厅，这里真是太完美了，锦幔奢华的天花板，梦幻迷人的彩墙，抹了油般锃明瓦亮的地板，无不让那些舞客们激情澎湃、恣意畅达。唐娟看到倚在吧台的一个美女，正向一个刚进舞厅的先生抛媚眼，乍看去，倒是与花枝乱颤的红舞女吉吉有几分相像。不过，吉吉现在已经无心跳舞，据说她已被一个宁波人收为私有。好端端的一个乱世佳人，与铜臭同床共枕，不知会伤多少男人的心。

乐声响起时，舞客们脚下生风，互相惦记的舞伴重新牵手，轻盈地滑进舞厅。人生就像这美妙的乐曲，虽然没有苏州河那样抒情，却也让人酣畅淋漓。

曾经，唐娟的舞姿和娇好的面容总会引起别人的注意，她温软的苏州话也让男人们瞬间产生爱怜的冲动。那时候，唐娟天天跟着欧阳寻去舞厅跳舞，想想过往，真是恍如隔世。

午夜时分，唐娟看到那个西餐大厨从旋转门进来了。他把帽子和大衣给了门童，信步走进了舞厅。刚好一支舞曲响起来，唐娟迎了上去，他还没有反应过来，唐娟已经把他拽进了舞池。他有些恼怒："小姐，我有舞伴，不方便与别的女人跳舞。"唐娟并未回应，而是把手伸进了他敞开的西服里，从后腰处搂住他。他感觉到了身后硬硬的东西，只好跟着音乐节奏，把唐娟搂在了怀里。

"你不要想着怎么逃走，因为黑暗中有一支枪对着你。"

"你想怎样？"

"我只想知道欧阳寻躲在哪里。"

"我不知道！"

"好吧，你的女人可能永远也不会醒过来了，你那意大利餐厅的老板也许再也见不到他的西餐大厨了。"

"如果日本人知道是我告的密，我也死定了。"

"你涉水很深啊。"

"没办法，为了生存。"

"你的舞伴马上就到，这几天你只要一直和她在一起，哪里也别去，就没有人怀疑你。"

一曲终了，大厨的女友已坐在了角落里。唐娟与大厨牵着手走向那女人时，正是舞曲交替、灯光暗淡的时候，仿佛星星在夜空中眨了一下眼睛，沉浸于舞曲的人们没有察觉任何异样。

一切都那么自然，像风轻拂夜空一样自然。

21

也许没有多少人知道，在郊外的一片洼地上生长着茂盛的荠菜。

唐娟坐在车上闭目养神。小汽车颠簸了一下，她睁开眼睛，一幢显赫夺目的楼房展现在眼前。这楼房体积庞大，在松江路上格外显眼。楼房的设计和建筑看上去颇费心思，挺拔的立柱和雕花的窗户精美无比，秀丽的门庭在阳光下闪耀着，看上去真是巍峨气派。唐娟想了想，问正在开车的王林："这就是你说的那个有名的韩三楼？"王林边点头，边按着喇叭赶走了一条野狗。唐娟远远地看着，嘴里不由得赞叹："还真是气派啊！住在这里的女人得是什么命啊？"王林说："听说是韩家的老三为了一个女人起的楼，他费尽了心思要娶那个女人。""那个女人一定很漂亮吧？"王林边开车边探头看着楼房，笑着说："漂亮是一定的。"似乎觉得不妥，"不过肯定没有你唐姐姐漂亮。"唐娟假装一脸正色，却忍不住笑了："想不到你还挺会拍马屁。"这时，小汽车已经转到楼后了，唐娟忍不住又回头看。王林说："唐姐姐将来也要嫁个韩三楼这样的男人？"唐娟立即反驳："我才不要嫁这样的男人，我要自己买这样的房子，属于我一个人所有。"绕过韩三楼不远，就是一片乡村景色了，远远地看到一排平房，一个宽大的院子围在平房四周。

唐娟让王林把车停在路边，她跳下车，朝那排房子走去。雨后的空气新鲜无比，田野上到处都是大片大片碧绿碧绿的荠菜，生得格外繁茂。看来，大厨还真是找到了生财之道。

唐娟远远看到一个男人蹲在院子里正用炉子熬药，四处都是汤药的味道。一个男孩子坐在院子里的木桌前画着画，一个女孩子正在院子外不远处晾晒衣服。女孩看到唐娟，表情立即有了异样，迅速地跑到男人那里说着什么。男人从炉前直起身子，看到唐娟后似乎很紧张。

男孩从木桌前站起来，和女孩一起站在了男人的身后。男人说："你俩都回屋里去吧。"

两个孩子一起进了屋，然后关上门，走到窗前满脸紧张地看着外面。唐娟走进院子，四下里看了看，然后走到煎药的炉子前，看着眼前的男人。男人脸上表情凝重，没有热情，也没有反感，尽量表现出平静的样子。

　　唐娟看了看窗前的两个孩子："你难道不请我到屋里坐坐吗？外面实在是太潮湿了。"男人打开门，把唐娟请进屋。屋里桌子上放着一个小盆，盆里面是调好的馅，面板上有一团和好的面，看来男人是要包荠菜馄饨。唐娟在屋中央的桌子前坐了下来，顺手拿出别在腰里的手枪，放在了桌子上。两个孩子眼里满是惊恐，男人有些茫然不知所措。唐娟点了一只细细的烟卷，轻轻地吸了一口烟。

　　"我们认识吗？"男人试探地问道。

　　唐娟说："听口音，你是宁波人吧？"

　　"是啊是啊，我是宁波的。我能为你做点什么？"男人忐忑地应承着。

　　唐娟笑了："我恰好在学宁波话，可以向你讨教讨教。"她看了看两个孩子，"这是你的孩子？"

　　"是的。"

　　"我记得你有三个孩子呢，另一个女儿呢？"

　　"她和她母亲去了宁波乡下，家里老人病了，她们去看看。"

　　"看上去你的女儿也不小了。"她朝女孩招了下手，"你叫什么名字？"

　　"她叫招娣。"男人抢着回答，又对女孩说，"去给这位姐姐泡杯茶。"

　　女孩子立即动起来，拿过暖瓶和茶杯，泡了一杯绿茶。杯里的茶叶像是受了惊吓，拥挤在茶杯里，似乎随时要逃出去。唐娟端起茶杯，轻轻地吹了吹，茶叶立即四散开来。

　　唐娟喝了口茶，放下杯子，对着眼前的男人说："滕先生，我就不绕弯子了。听说你的荠菜在上海滩很有名，你的西餐大厨老乡说，你这里的荠菜最好，新鲜干净，虽然他的餐厅并不需要。"她看了看四周，"你祖上还真有眼光，在这里买地置业。"

　　男人看了看唐娟，似乎不知道她下面要说什么。

　　唐娟靠近了一些，说："滕先生，我想和你私下里谈一谈，不想让孩子们听到，他们还太小，大人的事情他们还不能理解。"

男人说："招娣，带你弟弟出去玩吧。"

看着两个孩子走了出去，唐娟站起来，从一个房间走到另一个房间。里面的屋子都是卧室，床上收拾得干净整洁。她又回到客厅，环顾四周，房间很大，北侧和西侧各有一排高大的壁橱，装修得很好。

唐娟重新坐到桌前，拿起茶杯又喝了口茶，说："滕先生，刚才我说了，我正在学说宁波话，你小时候就在宁波长大的，一定不会忘记自己的乡音吧？"

男人点点头。

"那好。俗话说，能听苏州人吵架，不听宁波人讲话。我们说宁波话好不好？"

男人又点点头。

唐娟用宁波话问他："滕先生，我很清楚你和你家人的情况，我也知道你有一个做西餐大厨的老乡，这个老乡喜欢到你这里来买荠菜，他的一个好朋友喜欢吃荠菜馄饨。"

男人脸色有些发白。

"我知道，你并不清楚这个吃馄饨的人是谁，也不在乎他是谁。你也不想让这个人来麻烦你，更不想你的家人因此受到牵连。"

男人看着唐娟，眼里有了恐惧。

"看来你还不懂我的意思。我们正在抓捕一个危害国家利益的叛徒，他是专门给日本人搞情报的汉奸，抓捕的过程中让他逃脱了。据我们所知，他现在没有离开上海，因为他受了重伤。滕先生，如果你知道一个叛徒出卖自己的国家，你会帮助他吗？"

男人看了看唐娟，习惯性地点了点头，感觉不对，又急忙摇了摇头。

"这个叛徒身上还带着情报，正在想法离开上海。现在他像人间蒸发了一样，我想既然他受了伤，就应该没跑远，应该是有人把他藏起来了。"唐娟顿了顿，"滕先生，听你老乡说过，他有一个朋友喜欢吃你的荠菜馄饨。"

"从没听说过。"

"他拿走了你那么多的荠菜，竟然没有告诉你要送给谁，真不够意思！"唐娟用盆里的筷子搅了搅那些馄饨馅，"这些荠菜看起来真新鲜，看不出你做饭的手艺还蛮不错的。"唐娟似乎看出了什么，她的眼睛被身边壁橱上的什么东西吸引了。那是一滴新鲜的血，像戴笠手臂上的红色蚯蚓一样新鲜。

壁橱里的男人欧阳寻蜷缩着身子，腿上的绷带已经被鲜血渗透了。他从壁橱门缝里看到了唐娟，感觉不妙，但又听不懂他们在说什么，只隐约听见两个人在说馄饨。唐娟说："看样子你还没有吃饭，我先走了。不过，我想你的药大概快煳了，毕竟火太旺了。看来你不懂得熬药的门道，要小火慢熬，你太心急了。"唐娟拿起手枪，重新别在腰间。

"俗话说，识时务者为俊杰。人有时候应当学会低头，如果不在现实面前低头，很可能就得掉头。低头是一种取舍，也是一种智慧，不是无原则的妥协，不失颜面和尊严。不懂得低头的人，是没有未来的。"大道理说罢，唐娟觉得是时候向这个男人摊牌了。

"滕先生，我想我说得够明白了。我给你一次机会，不然我早就……你看你的两个孩子还小，再说我知道你与这件事无关，你收了钱尽了力，已经仁至义尽了不是吗？"说完，她紧紧地盯着男人看，逼近他说，"你是不是窝藏了那个奸细？"

男人的眼里充满恐惧："我不知道他是奸细。"

"你把他藏在了壁橱里？"

男人点头。

"应该是那儿吧？"唐娟指了指西边靠门的那个沾着血滴的壁橱。

男人的泪水涌出眼眶，脸上是痛苦的表情，哽咽着又点点头。

唐娟说："欧阳先生一定在听我们讲话，可惜他听不懂我们宁波话。

都说宁波话难听，我怎么听得那么舒心呢！"

唐娟站起来，边往外走边重新说回上海话："谢谢你，滕先生，你的茶味道不错，一看就是春天的新茶，我喜欢。"

唐娟走出屋子，对男人说："滕先生，你最好带着你的孩子们走远一些，越远越好，我担心他们受不了。"接着，她向不远处的王林招了招手。王林提着一个箱子进了院子，打开箱子，里面是一把自动步枪。他拿出来，递给唐娟："头儿，要不我来？"

"不用，我就想自己亲自动手，想听到他惨叫的声音，那一定非常刺激。"

唐娟端着枪回到屋里。壁橱里的欧阳寻刚松了口气，就看到唐娟端着枪对准了他。正像唐娟料想的那样，当枪扫向壁橱的时候，她听到了期待中的欧阳寻的惨叫。

"够刺激。"唐娟对着王林竖起了拇指。

欧阳寻从壁橱里滚出来，摔在了地上。唐娟从他的衣兜里摸出了自己那个翡翠玉镯，上面已经沾满了鲜血。她把手镯在欧阳寻的衣服上擦了擦，对王林说："没想到这小子还挺识货。"

王林把壁橱里的皮箱拿出来，提着枪，跟唐娟一起扬长而去。

22

杀掉欧阳寻后，唐娟一直担心被戴老板处置，感觉自己死路一条。没有想到的是，她竟然被送到了特训学校。她并不知道，表面温和的戴老板其实暗怀阴毒。他看出了唐娟的潜质，这个狂傲而又热情的姑娘，聪明却又简单，好冲动却爱憎分明，这样的人正是他所需要的部下。老蒋把他派到上海，就是让他网罗人才，对于年轻人，他自有一套家国情怀的言辞加以感化。什么是对，什么是错？对于懵懂的年轻人，全在于怎样引导。他知道欧阳寻拿走了唐娟的全部财物，唐娟打死他也在情理之中，再说欧阳寻背着自己私通日本就该死。人死不能复生，与其为一个死人纠缠，不如让活着的人做大事，为我所用。因此，他才会对唐娟网开一面。

当唐娟把子弹扫向那个柴草一样干枯的欧阳寻时，也把自己送到了死亡的边缘，但是戴老板竟然放过了她。难道戴老板猜不出来自己是有意打死欧阳寻的？难道戴老板本人也想干掉欧阳寻以杀人灭口？唐娟越想越不寒而栗。总的来说，戴老板不仅不杀她，还重用她，这样的举动让唐娟感觉他的形象瞬间高大起来，对他感激不尽、佩服不已。在唐娟眼里，戴老板不仅拥有过人的眼光，更有着男人的冷静、果敢、温和、重义。戴笠坐在唐娟对面，凝视着她，看上去又温和又狡黠，像一个厚道而有威望的兄长，怪不得大家都叫他戴老板。戴老板的眼神让唐娟印象深刻，那是让唐娟佩服并一度为之迷恋的眼神，那眼神里的孤独和勇气已经浸入唐娟的心灵。

"干掉欧阳寻，一箭双雕，真是太妙了。欧阳寻挺冤枉，但是谁让他笨呢。这个社会就是一个弱肉强食、优胜劣汰的社会。他没有错，你也没有错，是这个世界错了。现在的你正是我想要的那个唐娟。"戴笠说。

后来，唐娟才体会到戴老板刚毅面孔后面隐藏的沉郁气质里还存着恐怖，只是现在她还没有那么深的体会。有一次，在利用暗杀手段替主子处理掉几个"祸害"之后，他们在一起喝酒，喝了好多。唐娟猛然发现，眼前这个严谨甚至严酷的男人，身上却流露出很深的自卑和烟火气。他竟然在唐娟面前流泪了。那是他对主子蒋先生的感激涕零，还是他对以往人生的顾影自怜，唐娟无法捉摸。他看上去很激动，说："唐娟，我们都是党国的儿女，为了党国，我们不献身谁来献身，我们不奋斗谁来奋斗。我们现在没有别的，只有一腔热血和流不干的汗水，我们不要吝啬，要勇敢地前行。"

这个男人，少年家庭不幸，青年东碰西撞、几度沉寂，曲折的生活经历锻造出他不一样的性子。他在大上海的灯红酒绿中遇到了蒋先生，终于可以不再漂泊，由疯子变成了绅士，由浪荡子变成了人中龙凤。此刻，他对唐娟诉说着，却让唐娟感觉到他正对着千军万马演说，她不禁也热血沸腾。

有魅力的灵魂终会相遇。唐娟非常崇拜眼前这个男人，被他想干一番大事业的雄心征服了。有时候想到自己的初心是当一个演员，唐娟言语中透露出遗憾。戴老板却说："你确实可以成为好演员，但你的舞台不在片场，不在荧幕上，你的舞台是人海搏杀的现实世界，是这个乱世争雄的社会。你这样的女中豪杰如果不战斗、不搏击，简直愧对人生，愧对这个时代。你要为自己争气，为党国效力。"

从特训学校出来的唐娟，身手异常敏捷。她从来都没有想到，自己竟然喜欢上了特训学校的那一段时光，那种训练令多少人痛不欲生，而唐娟却有某种快感，被折磨和被回炉锻造的快感。如果没有火车上的相遇，她的人生将多么无趣。现在多好，这个国家跟自己有了某种关联，虽然危险将从此徘徊在生命之中，但这种危险里有自己的希望，有自己丢失的那份爱，只有靠近危险才有机会得到那份爱。唐娟想起了朱沉潜，那个被当作日谍的男人，他现在一定在哪个角落里注视着自己，也一定在等待着自己。她相信朱沉潜爱她，因为她相信他的眼睛。人的眼睛不会骗人，她一直在寻找那双眼睛。

唐娟一直都没有发现，原来自己那么喜欢枪。她常常在某个夜晚，双手握枪，仰首向天，对着天空一阵乱射。子弹飞出的那一瞬间，她有种灵魂出窍的美妙感觉，仿佛子弹已经冲进遥远的天庭，仿佛躲在云层深处的某个仇人被她一枪击中，陨石一样地滑过天际，跌落在无边的黑暗之中。她太喜欢这种感觉了，枪已经成为她不离不弃的伙伴。从杀掉第一个臭男人陈凯以来，她不再忌讳杀人，更不忌讳杀的是谁，甚至有些杀上了瘾。如果让那些作恶的人活着，那才不够人道。

23

唐娟和戴笠站在审讯室门外，透过门上的方孔看着审讯室里的一切，她不敢流露出半点异样的情绪。

她亲自抓来的银行家查先生，是个日伪特务。唐娟想起他们一起去香港的那些天里，查先生有好几次单独出门、早出晚归，她哪里知道查先生带她去香港只是利用她做掩护，秘密与日本人接头。

唐娟最初是在霞飞路上发现查先生行踪的，当时他正挽着一个年轻女人的胳膊，信步走在林荫道上，像是一对坠入情网的恋人，亲热得不得了。唐娟和王林一行人远远地跟着。后来查先生他们坐上了黄包车，唐娟和王林他们也紧跟了上去，直到看着查先生和那个年轻女人拐进了一条弄堂深处。刚进弄堂，查先生他们就奔跑起来，显然他们发现了有人在跟踪他们。弄堂对面已经有人堵在那里，但是唐娟赶到时，查先生和那个女人早已不见踪影。唐娟又迅速让人把四面的弄堂封住，然后他们开始每一家每一户地查找，结果查了个底朝天也没有找到查先生他们。

弄堂的尽头有一户人家，临着喧闹的街市，若论隐藏和脱身，那是最好的地方。可那里已经被查了好几遍了，屋里也没有可以通往大街的窗户。唐娟在那里转了几圈，她不相信查先生会从大家的眼皮底下逃跑，唯一的可能是这家人将他严密地藏了起来。唐娟在弄堂尽头这个小院子里转了好久，怎么看小院子里的人家都与查先生毫不相干。这个小院子太过朴素与祥和，女主人坐在院子里的藤椅上织着毛衣，很显然过着无须忧虑的生活。但细看之下，她那眼睛里流露出隐隐的担忧，在院子里玩着的两个女孩子时而跳跃时而停顿张望的神情，让唐娟断定，这里不同寻常，查先生一定就藏在这里的某个地方。唐娟进得屋内，用靴子狠狠地跺了一下脚下的地板，这时，她听到了什么东西掉落的声音。她走出去，看到刚刚还在织毛衣的女人正站在院子里，手里是几朵盛开的玫瑰花，眼前的地上是摔碎的玻璃花瓶。她分明听到了女人内心的尖叫声，因为她的手指尖上有鲜红的血，不可能不尖叫，虽然只在心里。这时，院子里的两个女孩跑过来，依偎着女人。女人忙蹲下身子搂着两个女儿，安慰着她们。唐娟听到女人说话，瞪大了眼睛，然后笑了起来。她听得真真切切，这个女人说话是一口山东腔，她差一点被这个假扮的上海女人骗了。

唐娟看着眼前的女人进了房间，也跟了进去，把王林挡在了门外。她脚步有力地走过空荡而干净的地板，地板上爬满了清晰的鞋印，像初恋的女人在男人脸上留下的笨拙的初吻唇印。唐娟穿着长筒皮靴，合身的制服显得格外精神，用王林的话说，这才像个军统女干将的样子。她抬起手，看了看左手无名指上新换的蓝宝石戒指，这是她在南京路上遇到的一个男巫师送给她的，男巫师的眼睛如同戒指上的蓝宝石一样闪着幽暗的蓝光，那目光让她不由得相信了他的魔法。巫师说他一直在找一个相配的人戴上这枚戒指。唐娟当然知道，这样的戒指上镶嵌的肯定不是什么宝石，但是当她把那戒指戴到手上的一瞬间，竟然感觉身上的血液似乎在加速奔跑。她凝视着手上的戒指，眼前突然出现了查先生的影子。她咧开嘴笑了，吻了吻手上的戒指，然后看着眼前的女人。这个女人异常镇定，这镇定太过反常，反而露出了她隐藏着的不安。唐娟从女人手里抽出一枝玫瑰花，放在鼻子底下闻了闻，然后坐在了女人家客厅里的硬木椅子上，跷起了二郎腿。她看了看院子里的两个女孩子，用纯正的上海话说："你的女儿很漂亮，家也很漂亮。"

她看着一脸茫然的女主人，又说："你信不信，女儿的幸福一定与母亲的爱有关。"

女人略微有些发抖，虽然极力掩饰，但还是让唐娟看出了端倪。

唐娟说："我们的组织跑了一个重要的案犯，关键他还是一个骗子，杀死了自己的情人。当然，我说的死不一定是肉体上的，有时候是精神上的死。现在他可能还在这个弄堂里转悠，说不定躲在了某个屋子里的地下室……"

女人摇了摇头，似乎唐娟在说一件与她毫不相干的事情。

唐娟看了她好一会儿，才有些无奈地说："知道我最恨什么吗？我最恨那些只顾自己的人，尤其是一个母亲这样做的时候，我更痛恨。人怎么可以不顾及家人和孩子的生死？有什么东西比这个更重要？"

说这句话的时候，唐娟竟不自觉地想起了自己的母亲。她走过光滑的地板，走出房间，对着王林和手下挥了下手，然后坐在了院子里的藤椅上，目光穿过庭院围墙浓绿的篱笆，投向那幽静的弄堂深处。

王林是在小楼的地下室里找到查先生的，要按王林的性子，早直接做掉查先生了。王林就是一个不见血不痛快的主儿，杀人越货对他来说是家常便饭。但唐娟已叮嘱过王林，先留一下查先生的狗命。查先生并不是什么银行家，只是汪精卫手下的一个特务而已，他不仅利用唐娟做掩护，还从唐娟那里偷取情报。戴笠已经知道了他的底细，下令抓捕他。他得到内部情报，准备跑路。走之前，他想去接老婆和两个女儿一起走，没想到被唐娟发现了。

唐娟抓住了查先生。此时，她坐在戴老板身边，心里有些后怕。后怕的不是自己亲自抓了一条大鱼，而是戴老板无所不知、六眼通神的本事，她不禁为自己捏了把冷汗。

唐娟慢慢感受到了一种力量，当她把欧阳寻杀掉的时候，她身体里的那种搏杀欲望被唤醒了。她并不在意查先生离开她，她才不在乎爱，因为她的爱都是被剥夺的，她不能容忍的是这个男人对她的无视和欺骗。现在，这个男人就倒在刑讯室的地上，当烫红的烙铁贴上他的胸膛时，他发出了绝望的号叫。当然，查先生什么都招了。他不过是个懦弱的家伙，这个假冒的银行家已经结束了自己虚构的人生。

戴老板走了，把奄奄一息的查先生留给了唐娟。唐娟走进刑讯室，用穿着长筒皮靴的右脚踩住了查先生的右手，在那只手上碾了几下，又狠狠地朝那只踩得如烂泥般的手踩了几下，弄得那只手血水四溅。唐娟紧皱眉头，朝着王林说："这只手摸了不该摸的东西。"

王林有些不解。

这只手污辱了一个女人的信任！想起每次与查先生在一起的时候，查先生都习惯伸出他的右手抚摸着她的乳房，唐娟那种愤怒的情绪就在升腾，像炉膛里冉冉升起的烟，抓不到，摸不着，却弥漫在空气中，无处不在。她拿出炉膛里烧红的烙铁递给王林，然后走了出去。

刚走出刑讯室，她便听到了身后亡命般的号叫，一股焦煳的奇异味道在空气中散发，飞出刑讯室追逐着她。她抬头看了看天，感觉到潮湿的气息在抚摸着脸庞。上海的天气也太潮了，黏糊糊的，哪里比得上我们苏州那样滋润舒适。

24

这一天，唐娟女扮男装，像一个低调的商人，坐在码头附近的一家上等茶室里，独自品尝着茶馆里新进的一种日本抹茶。沸水泡过的抹茶翻腾没多久，就在杯子里安静下来，些许浮在上面的碧绿的茶末，看上去像极了夏天苏州河上飘浮的绿藻。唐娟细细地品尝着，抹茶里暗藏着一股香香的如大米花一样含混而又特别的焦煳味，她喜欢这种味道。服务生动作利落而安静地为客人服务，白得耀眼的衬衫正适合窗外明媚的阳光。时间尚早，唐娟在这里消磨时光，心里却在想码头上等待自己的那个人。她已经找到了自己需要的线索，剩下的就是钱的问题。在这个世界，凡是钱能办到的事就一定不是什么难事。

门开了，一个穿着长衫的男人走进茶室。他从唐娟的桌旁经过，坐到她的邻桌。刚落座，他又折了回来，坐在唐娟的对面。

"唐小姐，多年不见，你一点儿也没变。"

"你认错人了。"唐娟头也不抬地说。

"唐小姐，我记得你，不会错的，你瞒得了别人瞒不了我。我不知道你为什么要把自己打扮成这样，"他看着女扮男装的唐娟，"但我还是一眼就认出了你。"

唐娟面无表情地看着他，并不言语。

"你的小拇指，"他指了指唐娟的左手，"你刚才喝茶的时候，我一眼就看出是你，很少有人像你这样。"他举起了手，比画着自己的小拇指，"唐小姐，你的小拇指与无名指长得一样长。"

　　唐娟表面不动声色，心里却惊讶不已。算起来，他们总共见面没有几次，一次是在相亲的时候，还有几次是在苏州五卅路上信孚里的一家茶室。

　　"看来唐娟小姐已经找到了属于自己的人生，不过这身装扮……看上去你过得并不轻松。长话短说，唐娟小姐，如果你愿意，我的荣华富贵仍然为你留着，现在跟我走，我的一切都还是你的。"

　　有那么一瞬间，唐娟的喉咙有种干裂的感觉，像是刚从浓烟滚滚的火海里逃出来。她想起那个弃家而去的日子，想起苏州火车站阅报栏上带给她拐点的那个演员培训班的招生广告，想起与景怡的相背而行，想起火车上景怡对自己撕心裂肺的呼喊。

　　即便当初不跟景怡走，也应当跟着眼前这个男人走，唐娟想。

　　不过，人生没有回头路。

　　唐娟把茶杯端起来，当着他的面把杯里的茶喝得一干二净，然后放下杯子，看也不看他，就走出了茶馆。

　　你跟出来，我就干掉你！唐娟边走边恨恨地想，仿佛腰间的手枪随时会跳出来对准周先生。她眼前竟浮现出周先生脑袋开花，孤独地倒在大街上的情景。

　　周先生站起来，真的就跟了出来。他看着快步走远的唐娟那消瘦而娇小的背影，突然捂住脸呜呜地哭了起来。

　　他永远也不会知道，离去的唐娟早已泪流满面……

第三章

娜样红

1

伊莲娜悄无声息地睡着，像一只疲倦而安静的猫。

夜已酣沉，天海苍茫，无边无涯，几只海鸟不时在船的周围低翔，守着寂寞的时光。船舱里的酣睡淹没在夜航船的轰鸣中，大船早已将大连熟悉的码头、海岸线和起伏的山峦甩得无踪影，鲜活而生动的大连如今成了影子留在脑海里，再也看不到了。安娜望着深邃而浩瀚的大海，陷入沉思。当初，从天津上船前往大连，她和夏贺功是两个人，那时候他们新婚不久。如今，同样在海上，却只剩下她一个人，幸福的生活也戛然而止。她把自己全部的爱都给了夏贺功，现在一切都消失了，她的家，还有她的爱人，像是一场梦。如果知道所有的爱和欢乐都这么短暂，她还会答应和夏贺功一起到大连吗？如果她不去，夏贺功会不会放弃去大连？她清楚自己的答案。她心甘情愿地为夏贺功去做任何事情，去帮助他实现心中的理想，成全他伟大的事业和雄心。爱他，就用行动去爱，她心甘情愿，从不后悔。

旅途让夜晚更加漫长，让黑夜也更加黑暗，未来越发迷茫，她感觉自己像天上的海鸟，孤单痛苦，无依无靠。漫长的海上航行总会让人生出无法摆脱的离愁和伤感，思念也常常会不期而至。一年前，她是一个幸福的新娘；一年后，她成了一个悲伤的寡妇。虽然夏贺功曾告诉过她，干革命总会有牺牲。但她没有想到牺牲真就朝她走来了，她无法接受。一想到自己失去了最亲最爱的那个人，安娜压在心底许久的悲伤就在夜色中潮水般涌来。她终于忍不住了，泪水像海浪般汹涌，止不住，流不完。

上船前，伊莲娜买了许多报纸，开玩笑说："留着做个纪念吧，也许你这辈子都不会再回到大连了。"安娜在《辽东新报》首页上看到了醒目的标题，下面是大连警方抓捕地下党的报道：

"在我政界严密控制下的关东州，尤其是大连市内发生的这起中国共产党事件，简直让人做梦都想不到。其影响之大，意义之深，在于它不仅轰动了这块小小的满洲，而且使中国和日本的各界人士也都感到了惊讶。这伙共产党的口号是取消私有制，废除治外法权，其方法手段是很狡猾的。他们企图首先在大连巩固共产党的组织，接着举行大罢工，逐步掀起排外高潮，狂热地宣传共产主义。我当局为防患于未然，采取果断行动，将魁首夏贺功以下五十名一网打尽。"

安娜看着报纸，心里有了更多的忧虑。她原本以为夏贺功已经牺牲，现在报纸上却又说将夏贺功以下五十人一网打尽，至于夏贺功是死是活并不清楚，不知道这个报道是不是日本人的障眼法。

另一份《东亚日报》，以"违反治安维持法的罪名将十七名共产党员判处十年徒刑"为标题，发布的是审判的消息和图片。还有一份日文报纸《大连新闻》，以"舌尖上燃烧着不屈的言辞，主义者之一魏某对当局的审问豪言处之"为题，做了报道：

"遭逮捕的魏某二十三岁，身无业职，专心狂奔于宣传，碰到他那火一样怪癖的人，大致都要为他折服。他是一个出色的组织者，警察审问他时，他以泰然的态度说：'失败一两回算不得什么，不管抓得怎么厉害，我们培育的苗子会接二连三地像风暴一样发展起来。'审问他的警察可费了苦心……"

由于叛徒的出卖，大连地下党组织已经遭到了严重破坏，筹建满洲省委的工作也因此搁浅，更重要的是，夏贺功活不见人死不见尸。安娜想起夏贺功，心里就万般疼痛。没想到，那条通往大海的黑石礁河，最终成了夏贺功的归处。自己幸福的生活还没维持多久，就在心里种下了永久的悲伤。如果知道死亡如此之近，她也许不会让他去冒险。她看着茫茫的一片天地，想着背负的重要使命，心里又紧张又害怕。眼下，她要把"飞鹤计划"传递给上海先生，无论如何都要完成任务，她要为夏贺功完成他未完成的事业。"飞鹤计划"是关系到党的命运的绝密文件。目前，满洲省委正在积极筹备中，为保证党的六大顺利召开，北方区委经过周密工作部署，秘密建立了大连和东北三省的重要地下交通站网，以保证前往莫斯科参加六大的共产党人的交通通道顺畅，保证全部参会人员准时、安全到达。这项重要的计划和经过周密安排的方案就在安娜身上，她不知道自己能不能完成这艰巨的任务。没有了夏贺功的陪伴，安娜不知道自己的前方在哪里，不知道等待她的又是什么。

夜船在海上默默行进着，把安娜的思绪拉回到幽深的往事中……

2

认识夏贺功之前，安娜不叫安娜，她叫章景怡。

章景怡是从苏州考到北平艺专的。她到学校报到的当天，正赶上学生罢课，当时她提着大包小包的行李站在艺专门前，想打听去西画系怎么走，可是学校周围乱得很，也没有谁搭理她。学生们三三两两地举着小旗往学校大门外走，一个个看上去精神抖擞，走在前面的一个男同学还拿着小喇叭，带头喊着口号。

当时，北平多所国立高校教育经费被军阀挪用，拖欠长达十几个月，几所学校处于倒闭的边缘。各校师生纷纷走上街头，罢教索薪，罢课请愿。国立北平艺专也掀起了驱赶校长的学潮。学校和警方联手，无端抓捕了几位带头游行的学生，校方不经调查，就宣布开除两个学生，另几个学生也受到处分。一些老师和学生开始罢课，以示抗议。景怡找到西画系的时候，几位同学正在一间教室里忙着印刷传单、做小彩旗。看到景怡来了，一个叫秀姿的女同学像见了熟人一样，把一大摞传单塞到她的怀里，然后和几个同学一起，拉着景怡到大街上发传单去了。那天，景怡跟着秀姿和一大帮同学，在北平的大街上和胡同里钻来钻去，散发传单，以争取社会各界的支持，秀姿甚至喊哑了嗓子。回到秀姿的宿舍已经快半夜了，景怡累得头晕。秀姿煮面条时，景怡已经昏昏欲睡了。这时有人敲门，一个男生扛着大包小包进来了。景怡一看，正是自己的行李，自己忙昏了头，竟然把行李落在了学校的门卫室。

景怡正好奇，秀姿先发话了："夏贺功，你怎么知道这行李是我们景怡同学的，情报工作做得不错啊。"夏贺功憨憨地笑着，脸一下子涨红了。秀姿见了，不依不饶："看看，说对了吧，脸红了。我们钢铁般的战士夏贺功可是从来没有在女生面前脸红过啊，莫不是动心了？"

夏贺功的脸越发红了，一直红到耳朵根儿。他看着景怡，笑着说："今天艺专谁不知道来了一位南国佳丽啊，如果不是游行，可能全校师生都要夹道欢迎了。"他坐到饭桌前，拿起秀姿盛好的面条就要吃。秀姿假装去夺，景怡说："让夏大哥吃吧。"秀姿也笑了："好吧，看在你给我们景怡同学拿行李的分上，批准你吃。"景怡也坐到了桌前，三个人边吃边开心地聊着天。景怡知道了眼前的夏贺功是学生会主席，正是因为他的带领，大家才有了主心骨。

本来，景怡以为等几天学校就会恢复正常，没有想到事情越弄越大，先是学校校长迫于压力辞职，接着学校也暂时关了门。

那些天，景怡和秀姿他们一起上街游行，到教育局去抗议，一起与校方开除进步学生等行为做斗争。让景怡没有想到的是，这次罢课后学校竟然关门长达半年；她更没有想到，政府竟然昏庸腐败到如此程度，任凭学校关停，任由警察妄为，而那两个被警察抓起来的学生，只不过是参加了几次抗议集会。那天，景怡和同学们跟着游行队伍到了教育局，她远远地看到夏贺功在教育局门前的台阶上慷慨陈词，上千名学生跟随着他的话语欢呼鼓掌。那时候，景怡对夏贺功心里升腾着仰慕，但是她感觉自己的觉悟还不够高，还没有夏贺功和秀姿那样敢于要求与教育局局长对话的勇气。这次学生斗争，迫使教育局与夏贺功等几位学生代表进行了谈判，并最终答应了学生要求，恢复了两个学生的学籍，学校也正式复课。

景怡终于坐到了课堂上，但是她决定放弃绘画，转到西语系。她告诉秀姿，说自己本来就不喜欢画画，其实她自己知道为什么，她想经常见到夏贺功。转系后，虽然与夏贺功不是同一年级，但她成了夏贺功的同系师妹，能经常见面。那时候景怡不知道，夏贺功早已秘密加入了中国共产党。

秀姿处处表现得很勇敢，景怡对她充满了敬佩。秀姿的身世很苦，她告诉安娜，她父亲好赌，家里欠了好多钱。"有一天，父亲被追债的打死在街头，我们家已经家徒四壁，连安葬出殡的钱都没有了。我那时才刚刚十五岁，远房一个表舅家里的独子得了重病，已经奄奄一息，正到处找姑娘要娶过去冲喜。他们知道我家里穷，就找人上门说亲，妈妈说什么也不舍得，但是又没有办法，最后还是同意了。婆家匆忙中把我娶回家冲喜，可我嫁过去的时候，丈夫已经不省人事，最后还是没能活下来。

但是，婆家已经提前说好了，五年之内不允许我离开，更不允许我改嫁。我披麻戴孝地把丈夫送走了。婆婆家虽然富有，但唯一的儿子不在了，家里实在是冷清得很。我的母亲因为我的婚姻，也郁闷不已，不久就去世了，婆家人倒成了我的亲人了。我想，这可能就是命吧，不如就死心在这家里待下去，好好地给二老养老送终。公公和婆婆言语不多，待我却不错，想让我当女儿。本来就想着这样过一辈子吧，谁知一天晚上，我坐在沙发上看书，看着看着就睡着了。半夜里，公公起来，看到我在沙发上睡着了，就顺手给我盖了条毯子，正好被婆婆看到了。不久，我就被赶出来了。好在我有积蓄，就来到了北平，我喜欢画画，就报考了艺专。再后来，在学校里认识了夏贺功，我才知道，我遭遇的这一切其实是这个丑恶而不公的社会造成的。一想到无数和我一样命运的女人还过着没有尊严的生活，我就不甘心，就感觉身上有沉甸甸的使命。"

之后，秀姿暂时告别景怡，去了上海。景怡替代了秀姿的工作，跟着夏贺功四处奔忙。两个人越来越亲近，逐渐成了无话不说的好朋友。得知景怡的父亲年轻时也出国留过学，也有过办学办实业的雄心，最终却由于封建礼教的牵绊，放弃了理想，宁愿做一个乡绅，夏贺功有些感慨。国家尚在危难之中，小家的好日子又能维持多久？安娜一点点了解夏贺功，被他成熟的思想和才华折服，也时常自省，为自己只想读书画画享受个人生活的小资产阶级情调而暗自羞愧。

景怡跟着夏贺功，似乎到了忘我的地步，有种心灵相通的感觉在两个人心中慢慢地升腾。夏贺功去外地几天，景怡就会坐立不安，魂不守舍。景怡知道，自己已经爱上了夏贺功。

一晃半年过去了，北平的形势骤然紧张起来，就在这时，景怡收到了一封特殊的来信。信是父亲写来的，景怡有些不解，父亲怎么可能会给她写信？

3

　　景怡的骨子里有些倔强，对于学生运动，她其实并不陌生，早在五四运动时，她就在家乡的学校感受过这场史无前例的爱国热潮。当时，五四运动影响全国，也震荡着景怡所在的女中，那段日子，同学们私下里都在议论北平街头的游行。但在一个保守的学校里，学生们再有热情，再有热血，也会被学校严苛地管教，那些激情的火焰也会被无情地浇灭。对于保守的学校来说，不管是运动还是游行都是大逆不道，一切可能引发动荡的学生运动都是洪水猛兽。有一天，一个从北平探亲回来的同学王欢把一本《新青年》杂志送给景怡。那些天，景怡和同学们总是缠着王欢，让她讲在北平的见闻。那时候，景怡就想着去北平读书学画。当然，她还有一个不为人知的心愿，就是要到东四条胡同找那个宋大鹏，和他当面把事情说清楚，或者让他给自己一份自由承诺书。几个人谈得正欢的时候，一直跟着他们的班主任刘老师一把抢过王欢手里的杂志，扯个稀碎，并大声训斥他们，严令不许聚会，不许谈论国事。

　　为了防止"不良思潮"入侵校园，校方甚至擅自拆开学生的信，景怡和同学们感到仅有的一点自由也被剥夺了。于是，景怡带头领着同学罢课，还离开学校，和同学们一起搬到外面的小旅馆住。他们要求学校和班主任向同学们认错，不然就抗争到底。那段时间，景怡身上的热血似乎被点燃了，她渐渐明白，这个僵化的教育体制不改变，这个混乱的世界不改变，自由就永远遥遥无期。后来，校方承认了错误，班主任也辞去了教职，那是景怡和同学们的胜利。

景怡在北平做的事情传到了苏州，远在苏州的母亲惊慌不已，她听话又乖巧的女儿竟然走上街头参加学生运动，参加游行示威，甚至还跟一个学生会的"危险分子"走得很近。母亲无法相信，那个十梓街上安静的女孩，竟然会抛头露面地四处宣传进步思想。她想起景怡在女中的那次经历，更加担心，她知道自己是无法阻止女儿的，只好硬着头皮去找景怡的父亲。

父亲给她来信了。看到父亲的笔迹，景怡有些悲伤。她拿着信，对着随信寄来的照片看了好久好久，照片上的一对男女不是别人，正是自己的父亲和母亲。她看着有些陌生又有些苍老的父亲，心情无法平静。这张照片是父亲和母亲的合影，父亲身穿长衫，一根细细的金表链子从胸口拐进了衣襟里。他戴着金丝眼镜，目光深深地看向镜头，像被这个多舛的世界封冻了情感，雕塑一样凝固，看不出喜怒哀乐。母亲站在父亲旁边，眼睛后面似乎藏着火花，凝重而不安。父亲的来信，让她感到悲凉而又辛酸。从小到大，父亲当她不存在。父亲在她心目中，只是一个想象和符号而已，只是她童年生活里的影子，只是她成长岁月里的猜想。景怡有一种说不出来的委屈在心底升腾。这之前，母亲已经给她寄过无数封信，让她休学回家。她先是说自己得了重病，后来又说父亲答应只要景怡回家，就接她们母女俩回到自己身边生活。景怡懂得母亲，也许在过去，回到父亲身边是母亲的梦想，但是现在回去是母亲极不情愿的，母亲是想用这个方法唤回女儿。景怡一想到自己不幸的母亲为了让她回家，放下脸面卑微地去求那个男人，就伤心难过。每次收到母亲的信，她心中的悲凉就越发加重，为自己那个不幸的母亲悲哀，也为自己悲哀。

景怡知道，这张照片没有让母亲幸福，却会让母亲所有的夜晚都更加黑暗而漫长。照片上的母亲衣服平展展的，不见一丝褶皱，那一定是阿泰舅舅的手艺；头发梳得一丝不苟，一定抹了不少发胶。想到母亲如此卑微地活着，景怡就有种愤懑在心里升起。她给母亲回信说："我现在越来越觉得天下不公，社会不公，对女人不公。为了天下的女人和天下的母亲不再活得卑微，不再活得那么没有尊严，我要努力奋斗，去改变这一切，实现一个男女平等的社会，实现一个没有剥削和压迫的社会。"

景怡没有想到，在接到父亲的信和照片后没多久，从未出过远门的母亲，竟然一个人到了北平。那些天，已经加入学生剧社的景怡去外地演出，没在学校，她不知道母亲过来。母亲就天天在学校的传达室里等她，晚上传达室关门了，母亲怕错过景怡，就在学校的外面等。

从外地回来后，景怡和夏贺功正组织演讲会，一个同学告诉她，说她的母亲来了，在学校等她。景怡赶到学校，远远就看见母亲倦容满面地在学校门口四处张望，多日的等待和寻找已经使母亲蓬头垢面。景怡突然捂住脸，蹲在地上哭了起来。母亲也看到了她，她走过来紧紧地拥抱景怡："景怡，如果你有个三长两短，叫我怎么活下去啊！"

母亲不顾寒冷一直在等景怡，因而得了重感冒。在被送进医院时，母亲昏昏沉沉中还不停地叫着景怡的名字。无论景怡怎么解释，都无法让母亲放心。母亲理解中的罢课、游行、演戏，就是和国家作对，就是大逆不道。景怡无法让母亲懂得什么是革命，母亲理解的革命就是一项危险的事情，就是要被杀头的事情！她可不想看着自己辛苦养大的女儿，为了革命而去坐牢甚至丢脑袋。

母亲的病稍微好些就急着出院，她要景怡送她回家。景怡说什么也不回去，还是夏贺功劝她，她才答应送母亲回苏州。

4

景怡陪母亲回苏州了。她也想了却一份心愿，她知道，下一次回故乡的日子也许遥遥无期了。

重新回到十梓街的景怡，终于在一个雨后的下午见到了父亲。那天，景怡陪着母亲去了十梓街上的一家上海饭店。父亲身边多了一个大着肚子的年轻女人小汤，那是父亲的新姨太太，是一直想多要儿子的父亲娶的第四个女人。小汤是潮州人，听说十梓街上的上海饭店里新来了一个会做潮州菜的厨师，她一定要跟着来品尝品尝。小汤第一次见到景怡，看她梳着短发穿着学生装，有些不以为然。她说："现在年轻的女孩子不好好嫁人过日子，却去闹什么学潮罢课，真的以为就可以天下为公了？到头来还不是要靠男人吃饭？不如趁年轻找个好人家嫁了，省得人老珠黄了，男人连看都懒得看。"

给人家做小竟然能这样得意，这样理直气壮，景怡感到无语，又为她悲哀。正是有众多这样无知而又愚昧的女人，这个世界才那么混沌。景怡看到小汤对她和母亲既不屑又鄙夷的神情，还有父亲对小汤各种任性视而不见的纵容，就想站起来教训一下小汤。母亲适时地剧烈咳嗽起来，一手捂着嘴巴一手在桌子底下用力地拽着景怡的裙子。正好汤上来了，景怡只好重新坐下，低着头拿着勺一口接一口地喝汤。这时小汤又说："女孩子家不要剪那么短的头发，要把头发留起来，不然出嫁的时候盘头发不好看。还有啊，喝汤也不要这样子急嘛……"景怡不等她说完，把勺子扔到桌子上，端起汤碗大口大口地喝光了，然后放下碗，两眼直视着小汤。小汤并不恼，仍然慢条斯理地喝汤，她说："女孩子家，无论何时都要斯文，哪怕是生气的时候……"

那顿饭吃完了，父亲也决定了一件大事。他拄着文明棍，移动着干瘦的身子，像一棵枯树朝景怡倾斜过来。景怡竟然有种莫名的恐惧，这位绅士每月都会差人送来银两，从不曾间断，多少年了，景怡只在送来的银两里感觉到父亲的存在。她不明白，这样的人，这样一个冷漠而又固执的守旧男人，母亲怎么会喜欢，而自己又怎么会是这个人的女儿。

那次家宴，父亲说了好多话。景怡发现，父亲不像母亲所描绘的那样儒雅，说话声音有些嘶哑，怎么看都是一个干巴巴的小老头。景怡看着他，说不出来自己对他是一种什么样的感觉。他身上有一种大家长式的霸道和说一不二的威严，真真一个倔强的乡绅。

"听说你的画画得很好，还参加过南洋举办的画展？"他看着景怡，似乎在告诉她他知道她许多事情。他又对着母亲说："她长得很像你年轻的时候。我当初见到你时，你也是这么大吧？"母亲的脸不知何时聚满了红晕。景怡看了眼母亲，心想自己离开后，母亲将来怎么办啊？

母亲眼泪下来了，屋子里开始有些压抑。景怡想起母亲年轻时给父亲家当用人，再后来就成了父亲的女人。母亲经常对景怡说："如果你是男孩子，我们就能和你父亲生活在一起了。"

景怡想，父亲，一个有钱人家的少爷，对母亲这样一个年轻漂亮的下人动一动心思而已，即使母亲生下的是儿子，命运也不会好到哪里去。

景怡从没想过回到父亲的身边，也从没想过得到他的爱。

"现在时局很乱，不要参与任何组织，也不要听信任何人的教导，好好把书念了。学画也好，可以有一个养活自己的手艺，看看你，什么也不会。不过，女孩子终究要嫁人，要嫁一个靠谱的人。"景怡不知道父亲说的靠谱的人是不是他那样的人，不觉心里笑了笑。她真想问问眼前这个老男人，他算不算靠谱的男人？但终究没有说出口。那时候，景怡无心恋战，只想着快点离开他们，离开苏州，离开愚钝顽固的周遭。不仅仅因为夏贺功在等着她，更重要的是，这个蒙昧的世界如此不堪，自己如果不去拯救，不投入到即将到来的火热的时代，今生岂不白过？

5

景怡知道，父亲曾经留过学，也算是见过世面，却因为要继承家业而中止了学业。景怡想，他当初想娶母亲并不一定是爱母亲，一定是无法摆脱命运的那种无奈在身体里生发出的反抗在作祟，因为最终他还是放弃了母亲。

父亲看景怡如此执拗，或许想到了自己年轻时的那种抗争。"无论是谁，我们终究扛不住蛮横的岁月，最终都会在漫长的时光面前败下阵来，人的一生其实没有什么意义。"他说得如此有哲理，让景怡有些惊讶。她记得母亲有一张父亲年轻时的照片，照片上还有一个女人，长得非常像母亲，最终父亲没有娶到那个女人，景怡永远也不会知道原因。在小时候的记忆里，她常常听到母亲感慨，说这辈子不知道能不能像照片上的那个女人一样，和父亲一起照张相。这样的愿望，父亲从不肯让母亲实现，也许父亲是想用这种方式让母亲死心，毕竟他爱的不是母亲。母亲只是那个女人的替代品。父亲为自己的荒唐而自责，他不肯再见景怡和她母亲，却肯给她们最好的生活，给她们钱，那或许是他赎罪的一种方式。景怡有一瞬间似乎懂得了父亲。他也是那么无奈啊，在这个世界上，他一再地对不起女人。在那样的家庭里，他终究不可以选择自己的爱和路。

临分别时，父亲告诉景怡，他正在托人给她找一户好人家，嫁妆也开始准备了，只等着对方回话，挑选个日子结婚。父亲主动走过来，握住了景怡的手。景怡感觉父亲的手松弛而僵硬，像老树的树根。

父亲差人把许多布料送到阿泰舅舅的裁缝店里，给景怡做嫁妆。阿泰舅舅也说，女人还是早点嫁人好一些，因为早晚都得嫁。阿泰舅舅并不知道，他心中那个乖巧的女孩景怡不见了，她心里有了自己的爱情。阿泰舅舅对一切都无从知晓，他翻来覆去地摆弄着那些布料，眼里却水漫金山，他不由得想起了唐娟。先前他并不知道唐娟没有跟着景怡去北平，如今知道了真相，想到至今没有音讯的唐娟，他就无比担心，常常守着那些布料发呆。

6

景怡人在十梓街，心却留在了北平，她想起与夏贺功在一起的点点滴滴，越是远离的日子，那些回忆就越是真切。那些天景怡也病了，她心里格外思念夏贺功，脑子里天天想着夏贺功的一切。母亲天天陪着景怡，不肯离开她半步，私下里和父亲准备把景怡嫁出去。既然儿时定亲的那个男人下落不明，那谁也不能阻止他们把女儿嫁给想娶她的人。母亲除了让景怡到阿泰舅舅家，哪里也不让她去。景怡只好天天陪着阿泰舅舅，和阿泰舅舅的老婆一起埋在那些针头线脑里。一切的一切，都像是回到了过去的时光。

一天，阿泰舅舅的裁缝店里来了一个客人，他拿走了做好的衣服，却落下随身带来的报纸。景怡拿起报纸看了起来，"'三一八'政府门前惨案，学生死亡二十余人"几个字突然跳入眼帘！报纸上的内容让她震惊。原来，三月十二日，日本侵略者的军舰入侵大沽口，驻守大沽的国民军随即自卫还击，日军竟然联合英美等国无耻地提出各种无理要求。三月十八日上午十时，北平的学生和社会人士，到天安门举行反对八国最后通牒的国民大会，这个号称十几万人参加的抗议大会，震惊了世界。广场临时搭建的主席台上悬挂着孙中山先生的遗像和他撰写的对联"革命尚未成功，同志仍须努力"，台前横幅上写着"北平各界坚决反对八国最后通牒示威大会"。

爱国学生和群众在李大钊先生的带领下，到天安门集会抗议。游行示威的队伍到铁狮子胡同段祺瑞执政府请愿，军警对三千多名手无寸铁的爱国群众和学生进行了血腥屠杀。景怡的同学，国立北平艺专学生会主席姚宗贤惨遭杀害。

恰在此时，景怡收到了秀姿的信：

> 景怡，你不在的北平，发生了让人震惊的惨案。北平群众和进步人士在李大钊的领导下，在天安门集合，反对日本干涉国政、炮击大沽，赴段祺瑞的执政府请愿。段祺瑞竟下令让卫队开枪，打死了我们的同胞，有上百人死伤……
>
> 国难当头，国人如何能置之度外？
>
> 回来吧，景怡！我们不战斗，谁来战斗？我们不拯救国家，谁来拯救我们的国家？

景怡看着信，眼泪禁不住流下来，心仿佛被撕裂了。她要回去，要和大家并肩战斗。

秀姿的信里还附有夏贺功的信：

　　我亲爱的景怡，你不在北平，你不在我身边，我的心都空了。

　　在偌大的战场上，我们奔走着；在漫长的黑夜里，我们抗争着。

　　我们勇敢，真理从不惧怕强势。

　　期待得到你的消息。

　　爱你的夏。

　　景怡捧着信，眼泪止不住地往下淌。她给夏贺功写了一封信，但是她并没有等他的回信，她已经等不及了。两天后的清晨，景怡悄悄地起床走出了家门，她把写好的纸条留在了枕头下面：

　　母亲，女儿离开您，是想让天下所有的母亲不再受您所受的苦！

　　不实现理想，女儿永不回头。

　　女儿不孝，来生再做您的女儿！

　　景怡离开了家，离开了她的母亲，离开了生她养她的故乡，离开了浩荡悠远的苏州河，她知道，也许此生再也回不到这里了。她在心里说，母亲，是女儿不孝，也许今生我再也无法在您面前尽孝了，但是女儿是为了天下的母女不再骨肉分离。女儿不仅要做您的女儿，也要做天下人的女儿。景怡坐上了去往北平的火车，这是她第二次离家，想着母亲会是怎样痛苦和绝望，她的心都碎了。但这一次，她走得坚决而果断，那是她内心的热血在沸腾，小我的亲情已经无法阻挡她的意志，功名和安逸在她心里远抵不上自由和民主。景怡的心里已经燃起了理想的火苗，她要回去找夏贺功，告诉他，她爱他，她要跟着他一起干革命。

　　正像夏贺功说的那样，没有一个良好的社会秩序，如何能有个体小家的安宁？景怡已经向组织递交了入党申请书，她要像夏贺功那样，做一个勇敢的战士，为实现共产主义理想而奋斗。

　　回到北平当天，景怡就立即投入抗议声援活动中，她和同学们一起走在游行的队伍里。那天，北平刚下过雨，春寒料峭。树叶裹挟在萧瑟的风中跌落下来，被乱哄哄的人群踩在脚下，踩成了烂泥。道路变得泥泞坑洼，人流沿街向前行进着，一张张愤怒的面孔在寒风中呐喊着口号。游行队伍从最初的学生，到后来加入各种各样的人，有工人，有政府机关人员，有商店的员工。阴霾深重的天空，像阴间讨债的恶鬼，用寒冷抽打着游行的人们。不知道谁起的头，大家一起唱起了歌。警察拿着武器迎上来，前进的队伍却勇往直前。枪声在广场上空回荡，警察们用枪托痛打着手无寸铁的人们，现场混乱不堪，人们开始四处奔跑。

此时又下起了雨，暗灰色的天空更加灰暗，布满阴霾，像是从来不曾见过光明一样。人们躲在灰暗之中，见证着这场让人绝望的追杀。大街上到处都是落单被打的人留下的血迹，甚至警察的衣服上都沾满了无辜人的血。但是，没有人屈服，人们依然勇往直前不断行进……

7

得到父亲的死讯时，父亲已经去世两个月了。他们没有找景怡回去，当然也不可能找她，景怡在父亲的大家庭里是人人皆知又人人装作不知的存在，那些让父亲自豪的儿子们已经够多了，他们怎么可能让景怡一个女孩子去分割他们看重的财产。

得到消息的那一天，景怡十分难过。对于景怡来说，属于父亲的时代已经结束；而对于母亲来说，她的精神世界已经倒塌。那天，夏贺功陪着景怡在学校后面的小饭店里喝酒。景怡的眼睛红肿着，她想起死去的父亲，那个威严得像冰块一样、坚硬得像顽石一样的旧式男人，那个跟她没有任何情感交流，却给了她生命的男人。他死了。她本来是应当恨他的，可不知道为什么，却揪心般疼痛。

景怡想到最后时刻经历病痛折磨的父亲，想到他身上的长袍里包裹着的日渐干瘪的身子，感觉莫名的悲凉。这个想要多子多孙的男人，在这个乱世里，想着继承祖业，发展壮大家族产业，骨子里该是多么讨厌女孩子。如果不是景怡的婆家因为愧疚而退了婚事，景怡想像男孩子一样到北平读书，那简直是做梦。

可是，这样一个她叫作父亲的给她生命的男人，永远地去了，景怡再也无法痛恨他，也永远没有机会去爱他了。

8

夏季已至，西城前京畿道两侧的柳叶儿正绿。傍晚时分，景怡穿着蓝色的花布洋装走在路上，脚上是黑色绒布鞋和白色袜子。她刚刚从天津回来不久。

景怡和戏剧系的同学们组建了“五五剧社”，他们在北平的演出大获成功，剧社名声大震，被邀请到天津演出。景怡跟着剧社到了天津，演出《压迫》《兵变》等进步话剧。

在学校参加完剧社的新剧讨论，走出艺专大门时，已是傍晚时分了。景怡的怀里抱着几本书和油印的新剧本，边走边看着路两旁的柳树。想到好久没有在北平的大街上这样自由地行走了，她就有一种幸福的感觉在心里升腾，好像有一种声音在召唤她。是的，她心里不由得想起一个人，她已经好长时间没有见到夏贺功了。

景怡收到了唐娟的来信，唐娟告诉她，自己遇到了贵人，已经如愿考上了演员培训班，有一个叫陈凯的导演看中了她，认为她很有表演天赋，只要加以研习，定会有所造诣。唐娟说她已经开始试戏，也许不久的将来，景怡就可以在大银幕上看到她了。景怡边看信边想象着唐娟学表演的样子，这时传来了敲门声。打开门，她眼前一下子明亮起来，来的人竟然是夏贺功。

景怡参加了夏贺功领导的学生罢课运动，又在他的介绍下加入了学生剧社，还充分利用自己画画写字的特长，刻铜版、刻蜡字、印刷通知，用夏贺功的话说就是能力进步很快，觉悟提高也很快。两个人已是恋人，但这是属于他们两个人的秘密。

在去天津演出的那些日子里，北平的形势有些紧张。奉系军阀张作霖占据北平，北平城内遍贴"宣传赤化，主张共产，不分首从，一律死刑"的大标语。景怡十分担心夏贺功的安危，因为她已经知道了他的真实身份，那是他亲口告诉她的。

景怡已经好长时间没有见到夏贺功了，这段日子，景怡每次下课都会不由自主地四下张望，希望在哪里见到他的身影，但是每一次她都非常失望。没想到这一次，夏贺功竟然一个人找到了她家里。

夏贺功一脸的喜气，这让景怡感觉到了特别。为了方便开展活动，景怡已经从学校里搬出来了，独自在西城前京畿道租房子住。

景怡忙着给夏贺功弄水喝，他却拉住景怡，让她在床边坐下。夏贺功拖把椅子坐在景怡对面，像一时兴奋说不出话，又像有太多的话不知从何说起。一切都太突然，组织上给他布置了一项艰巨而又光荣的任务，他一时间不知道如何向景怡表述。他爱景怡，他知道景怡也爱他。两个人互相爱慕，本是件幸福的事情，但是夏贺功想到即将到来的任务，还有自己的特殊身份，想到漫长的革命道路充满艰辛，就很难抉择要不要带景怡一起走。直到来找景怡的这一刻，他都无法给自己一个明确的答复。

夏贺功看着景怡，脸红起来。他终于开口，一本正经地问景怡："章景怡，你爱我吗？"见景怡愣了一下，他又说，"不是不是，我知道你爱我，我是说，你愿意嫁给我吗？"

景怡似乎明白了什么，她等这一天已经等了好久，只是觉得自己配不上夏贺功，只把那样的愿望当成一种奢望。景怡一个劲地点头，夏贺功一把抱住景怡，紧紧地拥抱着。景怡听到了他的心跳，也听到了自己的心跳。

"景怡，我想带你走，你愿意跟我走吗？"

景怡在他的怀里用力地点头。

"不管去哪里？"

"不管去哪里！"

"那……今天你就嫁给我吧！"

"今天？"

"对，就今天！"

景怡看着夏贺功，有些不知所措。她爱夏贺功，梦里不知道多少次想嫁给他，只是这幸福似乎来得太突然太急迫，她有些不敢相信。

夏贺功也爱景怡，但是要景怡立刻嫁给他，也是临时决定的。最近，组织上安排夏贺功和景怡以"夫妻"的名义去大连做地下工作。夏贺功想到他和景怡之间早已互生爱恋，便请求组织同意他和景怡结成真正的夫妻，只是他拿不准景怡会不会答应他。他哪里想到，景怡知道这一切后，心中早已是一片狂喜。

夏贺功说："景怡，你或许还没有真正地爱上我。但现在组织上需要我有一个家庭，然后到大连去工作，我想我们俩真的结婚会更好些，又怕你误会这样的爱不纯粹。现在你知道了真相，还愿意嫁给我吗？"

"当然！我愿意！"

"从此以后，你可能要和你的朋友们亲戚们暂时断绝关系，还要更名改姓，说不定还会面临牺牲，也许牺牲后都没有人知道你的名字。但是我们做的是这个世界上最伟大最有意义的事情，是为解放全体贫苦大众去奋斗，去奉献我们自己的事情。知道这些，你还愿意吗？"

"只要和你在一起，让我做什么，我都愿意。"

"这是一条充满危险的路……"

"别说了，我愿意！我愿意！"

夏贺功紧紧地拥抱着景怡，喜极而泣。

他告诉景怡，震惊中外的大连福纺厂大罢工已经持续了好几个月，正进入僵持阶段，也是最关键的时期，为了保证罢工的胜利，组织上决定派他到大连领导罢工，开展地下工作，发展壮大党组织。景怡明白，夏贺功不只属于她，还属于他的组织、他的事业，他做的是大事，虽然她还不能完全理解他的思想和他的主义。原本，她只是爱他，只是私下里做过多次美梦，期待有一天能成为他的女人。后来她知道夏贺功的特殊身份，想想自己的水平和党悟还配不上他，暗自想只要一辈子追随他就满足了，不再有嫁给他的奢望。

那天晚上，景怡跟着夏贺功去了他的住处。一进门，夏贺功就让她闭上眼睛。他从随身带的大包里拿出买来的东西，一一布置好。过了一会儿，他让景怡睁开眼睛。眼前的一切让景怡惊呆了，这是一间刚刚布置好的新房，桌子上燃着两支红蜡烛，床上是绣着龙凤图案的缎面被子，一对绣花枕头摆在旁边。再一看，墙上挂着一面党旗。

"景怡，还有一个喜讯，组织上已经批准了你的入党申请。"

景怡看着鲜艳的党旗，激动不已，她等待这一天已经很久了。

新婚之夜，面对党旗，夏贺功带着章景怡举起了拳头，一字一句地庄严宣誓："严守秘密，服从纪律，牺牲个人，阶级斗争，努力革命，永不叛党。"

"从今天起，你就是一名共产党员了。"夏贺功紧紧地拥抱着景怡。

就在新婚那天晚上，夏贺功给章景怡起了新的名字——安娜。夏贺功说："安娜是一位苏联女英雄的名字，现在这个名字属于你了，属于一个年轻的共产党员了。"

"安娜！安娜！"

景怡重复着自己的新名字，感觉浑身充满了力量。

那些天里，景怡一边沉浸在新婚的幸福里，一边暗自守着已经入党已经结婚的秘密，她不敢告诉任何人，对最好的同学都守口如瓶。白天她跟着同学们一起上课、写生、演出，就像什么也没有发生；到了晚上回家，她就跟着夏贺功学习如何使用药水写信，如何识别电报密码，如何化装。她一直处于兴奋之中，为自己神秘而幸福的生活感动着。

9

景怡一直在等秀姿，想和她告别，然而秀姿却一去不回，没有任何消息。景怡有些失落，给秀姿留下了一条自己亲手织的黄色围巾，又写了一封信给她。景怡并不知道，秀姿早已回到北平，知道夏贺功要和景怡去大连后，她的心里非常难过。她喜欢夏贺功，她觉得夏贺功也喜欢她，虽然他们从来没有互相表达过，但是她相信自己的感觉。然而，她是共产党员，必须服从组织，她唯一能做的就是祝福。

离开北平去大连之前，景怡按照宋大鹏家给她的地址去了东四条胡同。如果能找到那个男人，她想告诉他他们已经解除婚约，虽然有些多此一举，但是景怡认为还是告诉他好一些。她找到了宋大鹏住的地方，只是那栋房子门前积了厚厚的一层落叶，看上去好久没有人居住了。

宋大鹏小时候经常得病，他的父母听从大仙的话，想给儿子找个八字相投的女孩订婚以冲病灾，找来找去就找到了景怡。订婚以后，宋大鹏果然病好了，便从家里出来读书，为此他家里还在北平给他买了房子。一开始家里还能收到从那个地址寄来的信，后来听说他出国留学了，之后就没了音讯。

面对那房子，景怡默念着："宋大鹏，也许我们今生的缘分只能到此了，我有了新的爱人，马上就要开始新的人生，也许那样的人生你不会懂。我也说不好，但是我爱着我的爱人，我愿意跟着我的内心走。"

去大连工作，对夏贺功来说是接受组织上的重任，但对景怡来说有另一层意义——跟夏贺功在一起，无论到哪儿，无论做什么，她都不会打半点儿折扣。不仅因为他是自己的丈夫，更因为她心里对他的爱，还有他们彼此承诺要信守一生的誓言。

景怡不会想到作为一名共产党员要经历怎样不同寻常的人生，也无法体会到时局的动荡和命运的残酷，更无法体会到革命的真切意义和夏贺功所说的某种意义上革命就是掉脑袋。她内心装得更多的东西是小布尔乔亚式的浪漫情调。那天下午，景怡受邀朗诵诗歌，夏贺功赶到小礼堂的时候，正好听到景怡朗诵白朗宁夫人的诗《我怎样爱你》：

> 我怎样爱你？让我把方法细数。
> 我爱你，尽我的心灵所及，直到那样的深度、广度和高度……
> 我爱你，遍及太阳和烛光映照下，日常生活中静谧无言的需求。
> 我自由地爱你，像男子汉为正义奋斗；

我纯洁地爱你，似他们在赞美面前低头。

我爱你，带着往昔悲伤时满腔的辛酸，带着我童年的信仰。

我爱你，怀有那似乎随着消逝的圣徒而失落的慕恋。

我爱你，以我终生的呼吸、微笑和泪珠！

假如上帝愿意，我还要更加爱你，在我死去之后。

景怡朗读结束，礼堂里随之响起了热烈的掌声。这时，景怡看到了夏贺功的身影，让她不解的是，夏贺功没有像往常那样到前面来热烈地鼓掌，而是悄悄地向她做了个手势。景怡看出他有事要找自己，便在掌声结束后走下台来，等大家把注意力再集中到台上时，悄悄地走了出来。

夏贺功告诉景怡，他接到通知，组织上要他们马上出发去大连。"这是北方区李大钊同志的命令。"夏贺功说。

"李大钊同志知道我吗？"

"当然知道，我们是夫妻啊！"

景怡双手搂住夏贺功的脖子，大声叫道："太好了！"

"你知道吗，"夏贺功脸色严峻，"大连是日本占领区，到大连做地下工作充满了危险，你真的想好了吗？"

"想好了，我早就想到危险的地方去工作了。"

"说得轻巧，我们开展的是地下工作，可不是闹着玩的。"

"我知道，有你在，我怕什么？"景怡开心地跳起来，没有感觉这任务有多艰难。

让景怡激动不已的是，作为一名年轻的共产党员，她第一次接受的重要任务就是李大钊派遣的。她被委派做旅大地区的宣传和妇女工作，同时配合任地委书记的丈夫夏贺功，在大连秘密建立党组织，领导大连福纺厂工人大罢工。

她想起自己入党宣誓的情景，她曾经举着拳头，当着夏贺功的面，对着党旗立下庄重的誓言。从那刻起,她就决心把一生交给党!

"现在机会来了,我怕什么,我什么也不怕!"她坚定地对自己说。

10

回忆往事,景怡心里无比难过。

她凝视着幽深的大海,想起那些并不遥远的过去,陷入更加深沉的回忆之中。如果再一次选择,她相信她还会选择夏贺功,不仅仅是因为爱,还因为夏贺功对革命理想的追求,已经像种子一样深深地埋在了她的心里,使她的心中也长出了一种叫作信念的东西,神圣而坚定。

年轻的共产党员安娜,跟着丈夫夏贺功从北平出发了。他们先到达天津,然后登上开往青岛的航船,开始了海上航行。这之前,安娜对大连知道得不多,夏贺功曾拿着地图给她讲解。夏贺功告诉她,大连这个地方三面环海,只有一面是陆地。也就是说,在大连如果出现危险,敌人把陆上交通封锁后,他们想转移都很难。

尽管夏贺功一再强调工作的危险性,但安娜心里仍藏不住对大海浪漫的想象,她对革命的憧憬也几乎是在想象中完成的。

刚上船那几天,安娜晕船厉害,天天呕吐不止,什么也吃不下去,瘦得几乎脱了相,夏贺功一直细心地照顾她。随着离大连越来越近,安娜对那个从没去过的日本占领区,渐渐产生了莫名的恐惧,但是她不敢说出来,怕自己的懦弱会让夏贺功担心。此番去大连,两个人可都是带着很重的任务，不能出任何纰漏。那些天里，夏贺功常常陪着安娜在甲板上看海，给她讲自己小时候的经历，讲他是如何走上革命之路的。安娜喜欢听夏贺功讲故事，不知不觉已经习惯了船的颠簸，习惯了海上漫长的黑夜和白天，后来她甚至希望这条船永远都不要停下来。永远在大海里航行该多好啊，她要守着夏贺功，一辈子在一起，一辈子这样依偎在他的怀抱里，两个人一起迎接黎明和黑暗。但是她知道这不可能，自从嫁给他那一刻起，她心里就清楚，夏贺功不只属于自己，他还属于党，属于革命，属于他一直在追寻的那个真理。

　　进入大连的过程漫长而惊险，他们必须先从北平到天津，再从天津乘船到青岛，再由青岛乘船到大连。那时正值春夏之交，南方恣意的水患生成了千百万苦难的流民。这些流民食不果腹、流落街头，活过今日难料明天。这样民不聊生的破败景象，让安娜心里徒生伤悲，她为这个满目疮痍的国家而痛心。坐在轮船上，安娜心里涌现出无限的惆怅，想到母亲无奈虚妄的人生，想到家乡苏州河上那些辛苦的船夫，想到雨季来临苏州河两岸许多人家被淹没……

　　这个叫大连的城市，有一个叫黑石礁的地方，那里有一个属于自己的新家，那个家的男主人叫夏贺功，是自己新婚一个月的丈夫。在通往大连的轮船上，在夏夜的微风中，安娜又渐渐憧憬起即将来临的生活。

　　在未来的日子里，这个为了理想勇敢地投身革命的富家公子夏贺功，成了她生死相依的真正精神伴侣，纵使远离他的日子，她也能感受到他所给予她的无穷力量。

11

为了避人耳目，夏贺功西装革履，安娜身着丝绸旗袍，他们假扮成商人夫妇。但是他们毕竟不是真的商人，举手投足间还无法藏拙，尤其是安娜，脸上还透着年轻人的稚气。船上到处都是特务，两个人小心翼翼，刻意地躲避人多的地方。他俩白天不大出舱，只有吃饭的时候，两个人才在餐厅里出现。夏贺功把买来的一大堆报纸一份份地看完，从中研究分析形势、了解情况。

直到后来，两个人也想不通他们是怎么被特务发现的。可能从青岛上船的时候，夏贺功腋下夹了太多份报纸，引起了特务的注意。那天中午，在两个人等餐的时候，一个男人主动跟夏贺功和安娜搭话。他自称是一位绸缎商人，说他曾在天安门前看到过夏贺功，夏贺功穿着长衫拿着话筒的样子很威风，不知道让多少女学生疯狂。那男人又对着安娜说："我猜，你也是他的崇拜者吧？"夏贺功和安娜打着哈哈，总算糊弄过去了。

回到船舱，夏贺功想，也许是当年参加学生运动时与那个男人见过面。两个人因此更加小心，不敢出舱门。轮船抵达大连码头时，夏贺功挤在人群中正准备上岸，突然来了几个警察把他俩带到了船上的会客厅。他们自称是大连日本水上警察署的，要对夏贺功和安娜进行身份盘查。

一个叫水井的警察在翻译的陪同下，对夏贺功进行了盘问。他怀疑夏贺功的商人身份，问他做什么生意。夏贺功说自己做药材生意，在天津有一家商行。他俩在天津停留时，特意去了一家药店，了解了药材的情况，也获知了店主的姓名，心里早做了打算。后来想想，安娜还是有些后怕，幸亏他们的行李箱中装了一些中药。当时安娜身上湿气太重，考虑到大连的天气潮湿，他们就在药店里开了些祛湿的中药，准备到大连再慢慢调理。水井对夏贺功的回答有些怀疑，问："做生意的人买这么多报纸干什么？"夏贺功说："在船上没事干，闷得慌，只好看看报纸。""没事？看上去你们是对年轻夫妻，会没有事情干？"夏贺功只好说："我们再年轻，也不能时时刻刻地黏在一起啊，总会有空闲啊。"

安娜听了夏贺功和水井的对话暗自好笑。其实，他们在船上除了看报纸，还真是时时刻刻黏在一起。夏贺功说："我无法给你一个像样的婚礼，但我们有一个像样的新婚蜜月旅行。面朝蓝天，心随大海，枕着波浪，一起航行，多美多浪漫的新婚旅行啊！等我们老了，和我们的孩子们说起这段经历，那是多么幸福啊！"

水井还是有些不相信，随即把夏贺功带到了水上警察署，详细地询问了他的情况，从学历到职业，从姓氏到祖籍，一一盘问。又问夏贺功到大连做什么、见谁，以及对方的住处。夏贺功告诉他，自己姓王，见做生意的舅舅杨存福，他住在大连青泥洼……

水井点着头，但眼神里却透着不信任。他有些不理解："你姓王，为什么你的舅舅姓杨呢？"夏贺功说："在中国，舅舅和叔叔是有区别的，姓氏是不一致的。"水井从桌子后面绕过来，走到夏贺功跟前看了他好长时间。他并不把翻译的话当真，依旧怀疑夏贺功的身份。他突然用中文说："我看你不姓王，也不是来做药材生意的，你是带着某种使命来的，你看上去很镇定，你的镇定正说明你心虚。这里已经是大日本帝国的土地，你到这里来从事非法活动，我们大日本帝国是绝对不允许的。"

听到这些，夏贺功有些激动，他突然站起来说："你凭什么说我从事非法活动？我到这里来看亲戚，顺便看看有没有生意可做，这有什么错吗？你们大日本帝国也好，警察局也好，总不能不许我们做生意、走亲戚吧？"

水井看着激动的夏贺功，有些犹疑。警察带走夏贺功的时候，并没有带走安娜，安娜被他们安置在水上警察署旁边的旅行社里。虽然距离夏贺功很近，但安娜却不知道他那边是什么情况。安娜没想到他们竟然出师不利，刚到大连就被警察带走，吉凶未卜。她又不敢轻易行动，她知道有人在暗中监视她，她的忧虑和不安不能表现出来。她压抑着心中的焦急和恐惧，耐心地等待时间一秒一秒地度过。

几个小时后，"舅舅"杨存福到了，总算把夏贺功和安娜平安接走了。

12

经过多日的海上航行，再加上警察的盘问，两个人终于有惊无险地在黑石礁安顿下来。安娜虽然疲惫不堪，但是当她看到家门前的黑石礁大海时，还是被震撼到了。

黑石礁是城区通往旅顺的交通要道，也是城市与郊区的分界线，地理位置特殊。这里最早只是个小渔村，依山傍海，自然风光怡人。而安娜居住的浪花街，在家里就可以看到大海，走出家门不远就是海边。在整个黑石礁海岸线上，密密麻麻布满了大大小小奇形怪状的黑色礁石，有的礁石一半在水中一半露在海面上，有的礁石高低不平地散落在沙滩上。从西侧临海的山顶远望，整个黑石礁海的礁石点缀在波光中，星罗棋布。再往大海深处远眺，更有好几座巨大的黑色岛屿。黑石礁的海，海水清澈无比，感觉漫过沙滩就会直接涌进家里。安娜从来没有看过布满礁石的大海，好不容易等到晚上，她和夏贺功手拉着手，赤脚走在沙滩上，海水一下一下地拍打着她的脚面。她生在水乡，天生喜欢水，但是她从没想过这辈子会住在海边，而且离海这么近。

来到浪花街的第一个晚上，安娜便和夏贺功一起到海里畅游了好久。晚上睡觉时，她躺在炕上，人很疲惫，脑袋却很清醒，怎么也睡不着。她说："要是这辈子能永远在这里住下去该多好啊，以后就把这里当成永远的家吧，天天枕着涛声入睡，多美啊！"她枕着夏贺功的胳膊，一脸憧憬。夏贺功抚弄着她还有些潮湿的头发，长时间无语。他们都知道，到大连来不是享受海边浪漫的，有更加严峻的任务在等着他们去完成。

13

王大灿的家直面大海，不远处就是顺着星个浦公园西侧流进大海的黑石礁河。虽然安娜和夏贺功是带着艰巨的任务来到大连的，但那一段海边居住的时光，始终占据着安娜内心最温暖的角落，从来都不曾被谁挪移过。那段时间虽然危险，却充满幸福，每个夜晚她都依偎在夏贺功的臂弯里，睡得又香又甜又幸福。安娜一下子就喜欢上了下屯巷所有的东西，尤其是丁采芹炖的香喷喷的杂鱼贴玉米饼子。

那是安娜到黑石礁之后的某个夜晚，当时夏贺功正和王大哥还有几个工友朋友们在院子里喝酒，铁锅里炖着的杂鱼贴饼子的鲜味在院子里四处飘散。虽然已经吃了好多鱼和饼子，但是安娜感觉还没有吃饱，还一个劲地咂巴嘴。

"这鱼味儿真鲜啊。"

"现在正是鱼汛，也正是鱼最鲜的时候，这锅里炖的就是杂拌鱼，有皮匠鱼、大棒鱼、小黄花鱼、偏口鱼、小嘴鱼，各种鱼混在一起。你多吃点，可以补身子，你看你多瘦。"

"我都胖了。"安娜想起什么，不由得笑了起来。

"我知道你们小两口很恩爱。夏先生一看就是做大事的人，你看他对你多贴心，说话也和气，还有学问，能嫁给这样的男人，也算是我们女人的福气。"

"嗯！"

"你们啥时候要个小孩子就更好了。"

月光下，安娜白净清秀的脸庞分外妩媚，王大嫂的话让她有些羞涩，像是被哪个眼尖的姐妹看出了自己的秘密恋情。她想起前几天晚上睡觉时的情景。那天他们已经躺下休息了，她突然想起什么，从炕上跳到地上，拖出角落里的皮箱子，从里面翻出那件红色的旗袍。那是夏贺功送给她的结婚礼物，旗袍下面是夏贺功藏青色的长衫，两个人还穿着它们一起到照相馆照了一张合影。

安娜穿上旗袍，重新上了炕。她在炕上站着，让夏贺功看自己的腰是不是粗了。夏贺功从炕上坐起来，两只胳膊环抱住安娜的腰，脸贴近安娜的胸口，紧紧地抱着她。

借着窗外的月光，安娜看到夏贺功抱着自己的样子那么投入，心里一下涌满了幸福感，胸口一阵阵灼热。

"我是不是胖了？嗯，是不是胖了？"她边细声细语地问，边用手抚摸着夏贺功的头发。

夏贺功抬起头，月光下，安娜的眼睛格外明亮。

"你说说看，我胖了没？"

"我喜欢胖，越胖越好。"

"为啥？"

"胖了好给我夏贺功生儿子啊！"

安娜的眼泪要落下来了。

"生几个？"

"嗯，生……四个五个六个，嗯，生一个班。"

两个人紧紧地抱在一起。

"等革命成功了，我们就生。"

"选一个小班长，每天吹起床的号子，孩子们排着队去上学。"

"一定要他们忠于党。"

"像你一样。"

"也像你一样。"

说着说着，两个人已经是泪流满面了。

记得第一次见安娜时，夏贺功感觉冥冥之中两个人会有交集。他当时心里暗暗地欢喜，但也只是想想而已，没想到有一天，两个人真的走到了一起。夏贺功既幸福又不安，他不知道爱她是对还是错，他可以给她爱，但无法给她安定的生活，他知道将要走的路有多么艰难。对于自己来说，选择了革命就注定选择了勇敢，包括牺牲。而安娜选择革命，最初却是因为选择了爱情，她也许还没真正懂得革命的意义。

夏贺功无论如何也不会想到，一个下午就让他们从此天各一方。

党组织在上海建立了秘密工作点，夏贺功对到上海执行新的任务充满期待。在他的脑海里，到了上海就离党组织更近了，上海到处都是革命同志，每一条弄堂里都有同志与自己擦肩而过，每一个角落里都有正义的力量在酝酿。但上海又是一个非常复杂的地方，各路人马、各种组织、各种机构、各国势力、各色人等鱼龙混杂。夏贺功更多的是担心安娜。

　　夏贺功知道，自春天开始，国共两党已经决裂。蒋介石背信弃义，一方面为了维持反动统治，急于率军北伐，另一方面又担心共产党的势力壮大，开始进行所谓的"清党"行动。夏贺功黄埔军校的同学张伯良写信告诉他，在黄埔军校，一夜之间有数百名共产党员师生被逮捕，有的被关押，有的被杀害。蒋介石还在国民党内部专门成立了特务机构，加大对共产党员的抓捕力度。在白色恐怖下，上海和北平的好多地下党组织遭到破坏，而逮捕共产党人的势头并没有减弱的迹象。面对这么复杂的情况，安娜被派去上海，让夏贺功无法不为她担心。作为一名年轻的共产党员，安娜还缺乏对敌斗争经验，缺少应对复杂局面的能力。

　　那天，睡到后半夜，夏贺功突然被噩梦惊醒。他梦见安娜正走在一条冰河上，走着走着，忽然就不见了。他四处呼喊着安娜的名字，可怎么也找不到，越找不到，他就越焦急地呼喊着，直到把自己喊醒。这时，他看到身边的安娜正在熟睡，心里一阵难过，眼前这个女人好像从来不知道危险就在身边。他想起那个可怕的梦，突然就搂紧了安娜。睡梦中的安娜不知发生了什么，黑暗中她只听到夏贺功嗵嗵的心跳声。她紧紧地依偎在他的怀里，又沉沉地睡去了。

第四章

娜样红

1

　　唐娟在上海街头看到一个女人，样子很像景怡，然而跟上去，才发现并不是景怡……

　　唐娟从梦中惊醒，奇怪，她梦见了景怡。如果不是在梦里相见，她已经快把景怡忘记了。唐娟想起和景怡一起离家的情景，仿佛很遥远，又仿佛是昨天才发生的事情。不知道景怡在北平过得怎样，她那么有才，又那么漂亮，应该会有很多人喜欢她吧。之前，自己写给景怡的信都没有回音，但愿她过得好。时局混乱，谁知道一个人会变成什么样子，就好比她自己。唐娟现在没什么朋友，喜欢一个人独来独往，而且戴老板说过，一个太过儿女情长的人是成不了大事的。

　　屋子里似乎有些异样，唐娟看了看床头的钟表，迷迷糊糊的，竟然看不出是几点钟。她头痛欲裂，似乎是喝了太多酒的缘故。她看了看四周，沙发上果然有人，好像是平昌老兄。那一次，唐娟在城隍庙上香拜佛，无意中发现倒在大殿后面浑身是伤的平昌，便救了他。平昌可是她的好大哥，虽然五短身材，但是听她的话，对她好。

　　唐娟并不知道，上海滩的日本秘密特工平昌此刻正在被人追杀，最后横尸街头。那个说过要保护她一辈子的矮小壮实的男人，就这样乱草一样死掉了。

屋里静静的，什么人也没有，看来是自已神经过敏了。唐娟重新躺下，进入梦乡。

其实，屋里有人，王林正躺在沙发上。看着唐娟醒来后又翻身重新睡去，他没有吱声。唐娟梦游也不是一次两次了，一方面是酒的缘故，另一方面也说明唐娟有着很重的心思，他看得出来。王林看了看手表，离天亮时间还早，他既困又乏，闭上眼睛想睡，却怎么也睡不着。接到任务已经是半夜了，王林来找唐娟，看她不在，就倒在沙发里等，睡了一觉又一觉，还是不见唐娟的影子。那时候唐娟正陪着戴笠和大中华影业的徐老板一起吃饭，晚饭后，几个人意犹未尽，非要换个地方再喝几杯。唐娟想起初识戴笠时，并不知道这个男人日后会成为自己的老板，她说起了在火车上的相遇："戴老板一路上就坐在我的对面，对着我这个不谙世事做着明星梦的女孩，想着狡猾的对策。"

戴笠听了唐娟的话并不生气，反而哈哈大笑，说："唐娟，你多有福气，我若是花花公子，你岂不就……"

唐娟又冲着戴笠说："戴老板，当时你若把我介绍给这位大中华的徐老板，说不定我现在就是红透上海滩的大明星了！"

徐老板却不以为然："再好的演员也有不红也有老去的那一天，而唐小姐从事的事业，可以说就像我们大中华影业一样永远不老呀。"

司机送回唐娟的时候，她几乎是跌撞着上楼的。

唐娟打开灯，看到了沙发上的王林。王林看她醉得不成样子，并不责备，只说："明天有任务，早点休息吧。"然后就扶着唐娟上床。唐娟有些恼怒："姐姐我正高兴着呢，管他什么任务呢。"王林说："你看你喝的，哪里还有个女人的样子？"唐娟伸手勾住他的脖子不放手，嘴里揶揄他："你什么时候把我当女人看了？我是个没有性别的人，你也是！你是男人吗？你像男人吗？我看你倒是有点像生错了，明明长着女人一样的秀气相，却成了男人。"

王林挪开她的手，看着像烂泥一样东倒西歪的她，一脸的无奈。他拿过枕头给唐娟枕上，又拽过薄被给唐娟盖上，然后关上灯，重新坐回沙发，面前的茶几上是喝了半瓶的洋酒。唐娟不知道，她没回来的时候，王林就独自一个人喝酒，等她睡着的时候，王林又接着喝。只是让王林生气的是，为什么自己怎么喝也不醉，脑子始终是清醒的。他多么想真正地醉一场，就像唐娟那样人事不省地醉一场。

夜色覆盖下来，黑暗掩埋了天地万物，也包裹起了那些不为人知的真心。王林不知不觉喝光了剩下的半瓶酒，不知何时也睡着了。睡梦中，他听到有个女人轻柔地喊着自己的名字。王林有些不相信，那是唐娟的声音，她何时这样温柔过？眼神也太过亲密了，不真实！"王林，你暴露了。"唐娟神秘的笑容后面，是嘲笑的眼神。王林马上意识到什么，喝酒一向是他的大忌。他看不清周围，但是他清楚地听到了她的声音，没错，是唐娟。他知道自己已经大难临头，因为跟着那束光一起出现在眼前的，是黑洞洞的枪口。王林在黑暗中几乎条件反射地迅速把手伸到枕头下掏枪。说时迟那时快，就在他掏枪时，唐娟扣动了扳机，王林立即尖叫起来。唐娟收起枪，拿过王林枕头下的手枪递给了他。王林未加思索，举起枪就想对着唐娟扣动扳机，但是他的身子一点力气也没有，怎么也握不住枪。他绝望地看着唐娟，直到手枪掉在地上。唐娟哈哈大笑看着王林："我早就知道你是个奸细，我早就把你的子弹给卸下来了。"王林有气无力地倒在地上，他说："我知道我早晚得死在你手里，谁让我爱你呢，死在你手里，我值了！"

一场梦！

王林从噩梦中惊醒，他捂着怦怦乱跳的心口，感觉一阵眩晕。他看了看躺在床上酣睡的唐娟，又看了看茶几上的空酒瓶，后悔自己喝了那么多的酒。

2

傍晚时分，唐娟和王林坐在码头上一家茶馆的包房里喝茶，包房的窗口正好对着码头。这几天，码头上到处都是唐娟的人，据说有一个女共产党员要乘船来上海，唐娟早已在此布下了天罗地网。

包房的帷幔几乎是透明的，从里面可以看到大厅的情况。茶馆的老板娘三十岁出头，穿着紫色的旗袍，珍珠项链和耳坠配得恰到好处。她烫着外翻的发型，这正是当下流行的，只是配她巴掌大的小脸，有些夸张。她双肘支在柜台上，一个西装笔挺的年轻人与她轻声地聊着什么，从她的表情看，两个人聊得投机而融洽。唐娟打量着老板娘，猜想着她的身份：靠着这个冷清的茶室，怎么会过得那么滋润？这个行当不会有那么多的利润。她又不像是哪个男人的侧室，早过了让人钟情的年龄。她看上去普通，却又让人觉得与众不同，举手投足从容自如，仿佛一切尽在掌握中。这，正是症结所在！唐娟想，这里也许是一个情报站，她是个情报贩子，靠着这个情报集散地养活自己，或者她根本就是某个派别的情报人员。四一二反革命政变后，国共两党对立，在大上海的租界，中国共产党转入地下秘密行动，而国民党的军统却日渐壮大。军统一边搜集共产党的信息，一边又紧盯汪伪政权的特工总部，寻找机会铲除异己。

那时国民党内形成了宁、汉、沪三个集团：在南京，有蒋介石控制的"国民政府"和"中央党部"；在武汉，有汪精卫控制的"国民政府”和“中央党部”；而在上海，西山会议派也以“中央党部”的名义进行活动。美、英、日、法等列强的势力在中国也是盘根错节。各方角力令上海滩催生了一个热门行业——贩卖情报。当时上海到处都是情报贩子，有日本的，也有朝鲜的，有美国的，也有英国的。反正到处都需要情报，到处都有人出卖情报，似乎谁掌握了情报，谁就多了胜利的筹码。现在，大上海没有哪个行当比贩卖情报更能让人迅速暴富，也没有哪个行当能像这个行当一样充满刺激和惊险，今天花天酒地，明天可能就暴毙街头。

此时的唐娟已经成了宁派的特务骨干，她有了自己的特别行动小组，可以先斩后奏。而暗地里，唐娟又与日本人交往，这个不为人知的秘密，才是她最小心的事情。

记得那天唐娟干掉欧阳寻后回家时，远远地看见一辆轿车停在巷子口，她有一种不好的预感，衣兜里的手不自觉地握住了枪。打开家门，她看见一个身穿风衣的男人坐在客厅的沙发上。那人看见唐娟进门，并不慌张，而是坦然地看着她。然后，男人打开手里的皮箱展示给唐娟看，皮箱里面装满了钱。唐娟见其没有攻击性，便松开枪，把手从衣兜里拿了出来。

“给你的！”

“给我的？”唐娟看了看来人，有些不解。

“这是你的酬劳。”

“为什么？”

“为什么？哈哈，唐娟小姐，凭着你的智慧和可靠的消息，我们大日本帝国军人成功出兵山东，进驻青岛、济南。”

“什么意思？日本军人出兵青岛、济南了？”

“唐娟小姐，难道你没有看报纸？我们大日本帝国感谢你。为了实现真正的大东亚共荣与和平，我们日本必须发动战争，你关于军方防务的可靠消息，可是让我们减少了不少伤亡。正是因为这次成功出兵，我们日本的首相田中向天皇上了奏折：'吾人如欲征服中国，则必先征服满蒙。吾人如欲征服世界，则必先征服中国。吾人如能征服中国，则其余所有亚洲国家及西洋诸国，均将畏惧于我、臣服于我。'"

"你的记忆力还真是过人。"唐娟有些吃惊。

"这是我的职业训练。目前我们大日本帝国正在做重大的布局，这不仅是关于中国也是关于亚洲的计划，这是我们整个亚洲的共荣。唐娟小姐，你的功劳大大的，希望之后继续与我们合作。"

"那我要找的人呢？"

"只要找到朱先生，我们会通知你，也会送你们出国，我们大日本帝国是最讲信誉的。"

唐娟一直没有放弃寻找朱沉潜，她已经与在大连的日本方面取得联系，正在秘密寻找朱沉潜。她虽知道朱沉潜是日谍，但毕竟他是自己所爱的人，也许他也像自己一样，无法自由选择。她想，如果有一天她找到朱沉潜，那他们再也不要分开，他们会像灰尘一样，从这个纷乱的世界里消失。在她的观念中，这个世界上每个人都是微不足道的小人物，每个人都有藏得很深的尊严，即使做了违心的事又如何，不过都是在天地间寻找一条属于自己的生存之路而已。

男人把装钱的箱子留下便匆匆离开了。唐娟看着窗外，两只喜鹊先后落在了院子里的枝头上，脑袋灵巧地四处张望着，防备着随时可能出现的敌人。即使是一只普通鸟儿的生和死，也有着特殊的天意，不是吗？

唐娟把钱存到了一家外国银行里，钱没有爱和仇恨，只有实用的价值，对于有价值的东西，她有着自己的认识和打算。

唐娟和王林坐在茶馆里，看着柜台前的一切。她用眼神和王林交流了一下，王林即刻去了柜台，向男服务生借火点烟。他路过柜台的时候，顺便看了下那个年轻人。回到座位上，他拿起看了一半的报纸，对唐娟说："年轻人和老板娘是亲戚。"果然不一会儿，进来一个年轻的女人。年轻男人像是正在等她，主动迎上去，两人看上去像情侣一样亲热。老板娘和年轻女人说了几句话，又给了那个年轻男人一包包好的茶叶，两个年轻人便离开了茶馆。

唐娟不相信王林的眼光，她轻轻地叩了叩桌子，王林朝着窗口的两个跟班使了个眼色，两人便跟了出去。

"那两个年轻人有问题？"王林问。

"我是看着那个男人长得像一个人，我想知道他是做什么的。"

"你的想法真是挺奇怪。"

唐娟笑了，她并不在意王林说什么，她能感觉到王林对自己有意思。如果逢场作戏，她才不在乎对方是谁，但是要说到爱字，她不想给王林错觉，她的心里只有一个人，其余谁也装不下。

两人坐在茶室里，喝着茶，吃着瓜子，昨天两个人都喝了太多的酒，喝茶可以清清身子。唐娟看着码头上的风景，想起了许多往事，王林耐心地听她讲着。自从和唐娟搭档做事以后，他特别喜欢听唐娟讲她老家的事情，北方长大的王林，对南方的一切都充满了好奇。

唐娟说起苏州河畔的家，说起阿泰舅舅，说起姐姐景怡，说景怡要多美就有多美，说景怡的愿望是当个女画家，将来要到十梓街的女中当美术老师。

"十梓街很美吗？"

"当然，以后有机会我带你去。"唐娟继续说着往事，"父亲不喜欢我，但他喜欢外公的钱，所以他任由母亲享受生活，自由自在。母亲就是一个贪图享受的人，只要有钱花，可以随心所欲，别的都不在意。她总是说，人这辈子就应当过想过的生活，其他都不重要。

"我的母亲为了贪图享受，一味地讨好男人，把我当成累赘，放在舅舅家里不管我。这下倒好，我想干什么就干什么，想用钱就去找她要。她总是把麻将桌的抽屉打开，抓一把钱丢给我，让我走得越远越好。我就拿着钱请十梓街上的男孩子们吃好吃的，让强壮的男孩子帮我打架。十梓街上男孩子多，我这样的女孩子剪了男孩子的发型，就是为了不被欺负。我到培训班的时候，教练都说我反应奇快，天生是干这行的料，可能与那时候喜欢打架有关吧。

"本来我到大上海是想当演员的，后来遇到了一个改变我一生的男人，我才知道，世界上有比当演员更有意思的事情。正像戴老板说的那样，人生本身就是一出大戏，我们本身就是这出大戏的主角，如果我们有一个精彩的人生，那么任何人也演不过我们。

"我来上海之前，父亲把我许配给了东北的马贩子周先生。那周先生死了老婆，又喜欢江南女子，本来我想嫁了算了，谁想到这时候我从小喜欢的一个男孩子出现了，这真是奇迹。但是那个男孩子不久又失踪了，我就突然不想嫁了。我发誓，这辈子一定要找到那个男孩子。"

"找到之后，你想嫁给他？"王林问。

"嫁不嫁不是最重要的，重要的是我要问他一句话。"

"什么话？"

"我就问他一个男人说话还算不算话！"

"他对你说了什么？"

"他说，这辈子一定要娶我！"

王林低下头，眼睛看着地面，他知道自己心里已经有些难过了，但他不能让唐娟看出来。他说："真没劲，这种说了重话却又无法兑现的男人，就应当把他打死。这样的男人你还想着他，你是不是有病啊？"

"你才有病！"唐娟狠狠地踢了他一脚。这时，码头上传来了一阵紧似一阵的汽笛声，他们知道，等的船来了。

3

在船上的时候，安娜的伤口发炎，疼得她夜里无法入睡。炎症又引发高烧，让她昏昏沉沉，咳嗽得也很厉害。有一段时间，她甚至不敢躺下，怕一觉睡过去，就再也醒不过来。

她坐在船舱里，似乎不知道今夕是何年，唯一的期望就是快点到达上海。有时她想，跳进大海多好，这样就可以与夏贺功在大海里相遇，永远与他在一起。但是一想到夏贺功对她的期待，一想到他们一起许下的誓言，她便有了坚强活着的动力，至少要在找到上海先生前活着。那样，将来有一天在另一个世界里见到夏贺功，她才不会脸红，才不会让他失望。她要让夏贺功知道她完成了任务，让夏贺功知道他没有爱错人。

吃晚饭的时候，伊莲娜点了份羊肉，配料为一小碟白色蒜瓣。拿回船舱的时候，安娜一点儿食欲也没有，只是就着干面包喝水。伊莲娜每吃一块羊肉，就吃一瓣蒜，看上去吃得挺香。她要给安娜吃，安娜告诉她，羊肉是发物，病人吃了上火会加重病情。伊莲娜哪里懂得这些，只是感觉有些不好意思。安娜看着伊莲娜，突然想起了什么，外婆曾经告诉过她，她老家的一个亲戚得了肺结核病，怎么也治不好，马上要死了，喝了碗大蒜汁，病竟然神奇地好了，据说大蒜汁有杀菌的作用。想到这些，安娜让伊莲娜找厨师弄了碗大蒜汁回来，她把大蒜汁兑上白开水后，大口大口地喝了下去。大蒜汁辣得她流下眼泪，咳嗽不止，几乎昏死过去。

安娜身上滚烫，不停地做着噩梦，时而清醒时而糊涂。她想到身上的情报，想到寒潮告诉她的话——就是死了，也不能让这个情报落入敌人的手中。

从大连出发之前，领事馆给安娜找来一个医生上门为她做手术。医生来了以后，让西德罗夫和伊莲娜回避。他戴着大口罩，有着长而密的睫毛，白色的帽檐下露出一圈金色的鬈发。他先是意味深长地看了看躺在床上的安娜，然后默默地打开了医用箱，从里面拿出一张香港报纸递给安娜。安娜接过报纸。报纸上刊载着一幅巨大的照片，英国的艾伯特王子（即后来的乔治六世）和伊丽莎白王妃正站在白金汉宫的阳台上，把出生不久的小伊丽莎白介绍给大英帝国的臣民们。安娜看过报纸，然后拿出藏在小馒头里的一个弹壳，递给了医生。医生一言不发地给安娜打了一针，安娜眼看着男人一点点变得模糊，自己一点点失去知觉。手术很快，等安娜醒来时，她身上的伤口已经包扎好了，那个弹壳已经成功地包扎在了伤口里。医生临走时，把那张报纸拿了回去，并向安娜竖起了大拇指。安娜的眼泪一下子涌了出来，医生拍了拍她的脸颊，用纱布擦拭了一下她的眼窝。

在上海码头会有人接应她，但她不知道自己能不能活着到达上海，有一阵子，她感觉自己仿佛已经走到了生命尽头。她看着舱外的大海，如果能沉睡在大海里，就可以永远和夏贺功在一起。她天性喜欢水，江河湖海都是相连的，也许大海会把自己带回苏州河边的亲人身旁。

伊莲娜无计可施，只好不停地用毛巾给安娜降温。她几次想找船上的医生，都被安娜坚决地拒绝。安娜说，到了上海，她就去医院。她说，这是命令。伊莲娜不以为然，什么命令比命重要？但是她最终还是听了安娜的话，没有找医生来。

4

安娜被伊莲娜搀扶着,一瘸一拐地走着。尽管码头上人头攒动,但是唐娟还是一眼就认出了她。唐娟丢下王林,撒腿跑过去,一把推开伊莲娜,大叫:"景怡,真的是你?景怡,怎么是你?你从哪里来的?你怎么会到上海?你是来找我的吧?"安娜猛然听到有人叫自己景怡,吓了一跳,心怦怦跳个不停。她看着唐娟,有些不敢相信自己的眼睛,两个人一下子拥抱在一起。

安娜十分虚弱,她说:"唐娟,我不行了,不行了,快要死了。"

唐娟环顾四周,发现不远处停着一辆救护车,司机正站在那里抽烟。她看到码头上有一个认识的小弟,便远远地招手把他喊过来,让他去把那辆救护车叫过来。救护车司机看了看唐娟,显然不愿意搭理那个小弟,拉开车门跳上车,就要把救护车开走。唐娟快步跑过去,一把掏出枪顶在司机的脑袋上。她原本只想比画一下,不想情急之下子弹竟然出了膛,幸亏王林迅速抬起她的手,让子弹飞向了天空。枪声一响,码头上立即乱作一团。那个司机从车上跌落下来,像是吓蒙了,不知道自己哪个地方做错了,他说他有任务,不能离开。

"我不管,先执行我的任务。"唐娟语气坚决。

王林拽过唐娟:"唐娟,你是跟我一起出来执行任务的,不是来救人的,快撒手!"说着,他把唐娟的枪夺了过去。

唐娟大叫道:"管他什么任务,你知道她是谁吗?"

"我不管她是你什么人，但你要记着你自己是谁，破坏了任务，你就是死路一条。"

"管他死路活路！她是我姐，我亲姐，现在我亲姐要死了，我能不救她吗？"

"你姐？"王林看着安娜，搞不明白是怎么回事，"要是上面怪罪下来，我们都得吃不了兜着走。"

"不是有你吗？"唐娟软下来，撒娇地说，"王林，你不是说愿意为我做任何事吗？"

唐娟把司机推上车，自己也跳上车，救护车掉转车头，开到了安娜身边。安娜被抬上了救护车，救护车朝着北苏州路上的公济医院开去。安娜似乎听到了唐娟的呼唤声，她脸上现出笑容，她没有想到会在这里遇到唐娟。

唐娟发现，与安娜在一起的那个外国女人不见了。安娜说，那洋女人是到上海来找她未婚夫的，她俩是在船上认识的，人家看自己病重，就主动帮忙照顾自己。

事后才知道，这辆停在码头的救护车，其实是迎接安娜的人安排的。他们准备了多种方案，力求一切安排恰到好处，但谁也没有想到，半路上杀出个唐娟。万幸的是，唐娟要救的也是安娜，可谓歪打正着。

安娜躺在救护车里时，身上剧痛无比，但是脑子却很清醒。她偷偷地打量着唐娟，已经明白了几分，心里有着说不出来的难受。更糟糕的是，如果唐娟老跟着自己，身上的秘密就有可能被发现。情报怎么送出去？救护车会按计划到达公济医院吗？等在医院里的那个人会来接头吗？

安娜终于到了公济医院，一切安排都天衣无缝。一个个子高高的医生走进来时，安娜突然有种似曾相识的感觉。医生手里的听诊器放在她胸口时，她被那双手吸引住了，她想起了寒潮。圣德公园里见到的那个寒潮，他的手也这样修长白净。安娜感觉自己激动得脸色都变了，唐娟还以为她是害怕。口罩遮住了医生的大半张脸，安娜看见了口罩上面的那双眼睛，那双眼睛通透、秀气、干净。这时，安娜听到医生说话了，他让护士把外人都请出去。唐娟说："我是她的亲人，再说我，我是……"她结巴起来，慌乱地看着安娜。医生严肃地说："我不管你是哪里的，这里是医院，请你到外面去等着。"

不知过了多久，安娜在聚光灯下醒来了，四周很安静，只有偶尔传过来的器械碰撞的声音。她转过脸来，看到一个护士正低头忙碌着。护士看到她醒了，放下手里的托盘，弯下身子和善地看着她，又看了看她的吊瓶。

"这是哪里？"安娜问道。

"公济医院。"护士小姐答道，声音软软的。

安娜说："我身上的伤口都处理好了吗？"

护士点了点头："放心，都处理好了。你一定受了不少苦，遇到了糟糕的大夫。子弹埋藏得那么深，取起来确实费劲。"说着，护士走了出去。

安娜听到了关门声和走廊里的脚步声，她知道，她的情报已经顺利地交给了"上海先生"。而门外的唐娟此时也感觉疲惫不堪，她看着天花板上橙色的灯，很快就睡着了。

5

唐娟和景怡分别后，一度十分想念她，每想到自己执拗地离开她就满怀愧疚。两个人曾经通过信，后来便不再联络，像两个混江湖的兄弟各奔东西，有意相忘于江湖。后来，人生的变故让唐娟感觉自己的际遇与当初的目标越来越远，甚至背道而驰，她就更不想找景怡了。每个人有每个人的活法，不是吗？

从医院出来后，唐娟突然有种不好的感觉，她敏感地想到了什么。比如，景怡的目光一直在躲闪，景怡没有告诉她为什么从船上下来，也没告诉她自己从哪里来、和谁一起……唐娟想到大连是日本占领区，以她所了解的情况来看，景怡到大连一定是带有某种使命的，来上海也一定是有着使命的。景怡的腿伤，景怡几乎丧命的肺病，景怡神秘离开的女伴，一切都让唐娟产生怀疑。

她把想法告诉王林后，王林有些警觉："等她病好一点，你想办法了解一下，说不定我们逮着一条大鱼了。"

唐娟立即正色："你说什么呢，她可是我姐。"

"干我们这行的，可不能儿女情长。"

"不能儿女情长？这么说，你说的那些喜欢我的话都是假的了？"

"这可不能乱比较，你这是混淆是非。"

"去你的！"

码头上唐娟的枪声无疑暴露了那里有埋伏的信息。本来另一伙特务已经掌握了一些共产党的信息，也一直跟踪在码头上，结果枪响之后特务监视的那批等在码头上的可疑人员突然都消失不见了，特务们跟踪的线索一下子断掉了。

唐娟被关了禁闭，王林去看她时，她却并不在乎，她知道用不了多久她就能出去。

然而，情况却出人意料，唐娟一直被关着，没有人管，什么人也不让见。唐娟只好偷偷地让人带了一封信给戴老板。但是没想到的是，她不但没有被放出来，还被转移到了南京，要接受更加深入的调查。唐娟非常害怕，她猜想帮助景怡不会有什么大事，那个共产党要犯真的不是她有意放掉的，再说码头上有那么多的弟兄，为什么只追究她一个人的责任？显然，醉翁之意不在酒，唯一的可能就是她与日本人交往被发现了。她常常在深夜里望着黑洞洞的窗口，想象着自己可能遭受的一百种一千种的死法。她想着那些不知哪个王八蛋设计的变态的刑具，就怀疑自己能不能扛得住，怀疑自己这辈子还能不能见到朱沉潜。

后来唐娟才知道，就在她被关押审查的同时，那个从天而降的姐姐景怡从医院里消失了。她的心里有一种复杂的情绪，难道景怡是……唐娟被自己脑子里一闪而过的想法吓到了，也许她什么都知道，但她似乎不想让自己知道。

6

安娜已被组织安排秘密休养，她在大上海迎来了冬天。四处的景致早已衰败，树上的叶子开始松动，她仿佛看到了时光的阴影，一如她寂寞受伤的心。想到再也见不到自己的爱人了，安娜的心都要撕裂了。夏贺功的爱像是黑暗世界里仅存的一点光，成了她日日夜夜疗伤的良药。她想起夏贺功跟她说过，真正相爱的人暂时分开，不会毁灭彼此心中的信念之火，也许自己活着，就是要完成夏贺功不能完成的使命。

冬天的上海有些冷，安娜却喜欢在这样寒冷的日子里走出家门。她住在山阴路的一个里弄里，山阴路不长，步行大约半小时的样子。这里远离喧嚣，不见浮华，弄堂里的人家安于各自的小日子，默默地与这个变化万千的世界保持着距离。安娜经过一段时间的休养，渐渐康复。她每天坚持到山阴路上散步，从这头走到那头再折回来，往复多次，直到累了疲了才回去。她在努力地锻炼身体，做着随时离开上海的准备，因为她刚刚接受了新的任务。

上月底，在位于租界的上海中共中央交通机关里，安娜见到了党中央领导周正，周正表扬了安娜。在大连地下党几乎全军覆没的情况下，安娜凭借自己的机智和冷静，成功地逃离大连，及时地把秘密文件"飞鹤计划"交到了上海先生手里，完成了不可能完成的任务。她表现勇敢而出色，这份秘密文件正是我党在东三省的地下交通站联络图，它对秘密筹备的六大发挥了重要作用。如果没有建立在东北的中共地下交通网，在莫斯科召开的六大将很难如期顺利进行。

周正告诉安娜，考虑到她在大连开展地下工作的经验和她的良好素质，组织上决定派她前往莫斯科中山大学学习，等伤好后就出发。这是在蒋介石白色恐怖下，党为了保存革命力量、壮大革命队伍，同时也为未来工作培养和储备人才的需要。安娜又激动又不安，激动的是党组织对自己的这份期望，不安的是刚刚找到组织又要离开前往一个完全陌生的地方。

"你放心，到了那边，会有人跟你联系，也安排好了你在那里的一切。安娜同志，你很聪明，要努力学习，多长本领，将来我党还有更加重要的工作需要你去完成，你要担负更加重要的使命。"

周正的话让安娜心里安稳了许多。那些天，她的心情一直处于激动之中，她想起和夏贺功一起宣誓入党时的情景，不由得在心里暗下决心，决不辜负党的期望，更要对得起死去的丈夫。

安娜一个人在山阴路的小屋里休养，周正给了她一些秘密简报。安娜从简报得知，大连地区的党组织在省临委的领导下正在秘密恢复，积极开展工作，选拔优秀工人代表参加全党代表大会。目前，整个东三省都行动起来了，哈尔滨、长春、奉天、大连都设立了职工运动委员会，牡丹江、沈辽、关东州、柳河以及热河、蒙古周边区域，也正在开展农民运动。安娜想，我们的工作多么有意义啊。

当然，安娜也得到了唐娟的消息，正如她想到的那样，唐娟已经秘密加入了国民党，码头事件后人已不知去向。

7

终于到了出发的日子。

安娜提着简单的行李，按约定来到了码头。夜晚的码头格外寒冷，四周都是闪烁不定的灯火。安娜安静地坐在候船厅的一角，静静地等着船开。想到就要离开这座城市，想到死去的丈夫夏贺功，想到唐娟，想到好久没有消息的母亲，她的心里格外惆怅，感到格外孤单。这时，有几个人急匆匆地向她走来，等走到跟前时，她简直不敢相信自己的眼睛。前面那个戴着礼帽穿着西服的是周正，紧跟在他后面的是好几个朋友。安娜瞬间崩溃，眼泪夺眶而出。周正紧紧地握着她的手说："安娜同志，莫斯科天寒地冻，对你是个考验。你要好好保重，好好长本事，我们等你学成归来。"

安娜的眼泪一串串地流下来，她有太多的不舍。想到安娜孤身一人前往异国他乡，周正心里也不是滋味。他开玩笑说："不许像个小孩子，要……"话没说完，自己的眼睛已经湿润了。

"离别就在眼前，既然我们选择了革命，就选择了牺牲，选择了离别。

我们今天的离别，是为了让更多的人能够团聚，不是吗？我们的离别甚至牺牲，是为了换来大众的觉醒和美好的生活，不是吗？"安娜虽然想这样说，却哽咽着说不出话来。

时间差不多了，安娜提着行李与大家挥手告别，周正陪着安娜上了小舢板，划向大船。他们一起登上一条开往海参崴（符拉迪沃斯托克）的苏联轮船，胖胖的船长库兹涅佐夫早已等在那里。周正把安娜介绍给船长，船长把他们领到了安娜的房间。这是个二等舱，里面是上下铺两层床，沙发、桌子、脸盆架、镜子等日常用品也都齐全。船长说，如果船上的人不多的话，这个房间就只留给安娜一个人。安娜心里暖暖的，感激地看着大家。

船长和周正说话的时候，安娜打开柳条箱，从里面拿出一条棉被，箱子里一下子变得空荡荡的，只剩下几本书和简单生活用品。周正看到后，有些心酸。他翻了翻身上的口袋，把所有的钱都掏了出来，全部放在安娜的箱子里，又把自己的大围巾送给了安娜。

船要开了，周正对安娜说："到了莫斯科别忘记来信，告诉我们你平安到达了。你虽然受过一些训练，但实际工作参加不多。那边有很好的学习机会，希望你回来时将更多的革命经验带给其他同志，给中国革命以新的力量。同时，你要留心观察苏维埃国家的社会制度与中国半封建制度以及资本主义剥削制度的区别，以便将来把他们的革命生活方式介绍给铁蹄下的中国人民。我们在祖国等你，等一个勇敢的女战士学成归来。记住，不许做逃兵。"说完，周正紧紧地握住安娜的手。

安娜说："放心吧，我不会让组织失望。"

周正下了大船，坐上小舢板回岸边去了。直到舢板划出去很远，安娜还在甲板上挥着手。渐渐地，他们已经看不清对方了，但他们知道彼此脸上都挂着泪水，即使再大的风也吹不干，因为那泪水实在是太汹涌了，那泪水来自心底……

安娜想到她在上海养伤的这段时间里党组织给她的关心和照顾，想到自己不过是一个无名无功的小同志、小战士，却能得到周正的关怀，她的心里真是有太多的感动。

船终于启航了，码头上的人渐渐变小、变模糊了，只有寒风在四周吹动。她裹紧了周正送给她的围巾，感觉温暖无比，像是有一种无形的力量在身体里生长。她重新回到船舱里，茶房已经把热水瓶打满了水。她冲了一杯茶，捧在手里，一股暖流涌进心里，眼泪再一次流了下来。

安娜看着船舱外的大海，思绪也跟着航船一起行驶着。她突然有了一种冲动，想找人诉说，但是船四周都是大海，而每个小舱都是别人的世界，没有人可以交流。她拿出日记本，打开墨水瓶，写了起来：

> 母亲，我就要远离你。也许你现在还无法理解我，我所从事的是一项现在还不能让人知道的事业，但是这是一项伟大的事业，支撑我从事这项事业的就是信仰。因为信仰的力量让我相信，我们的努力终会有结果、有收获。母亲，不知道我们什么时候才能再见，我希望到胜利的那一天，你会为你的女儿骄傲！
>
> 放心吧，我的爱人，我记下了我们一起许下的誓言。虽然你不在了，但我身上有你给我的力量，无穷的力量，我一定不会让你失望。
>
> 放心吧，周正同志，我在莫斯科不会虚度光阴，因为我身上有着千斤重担。为了我亲爱的丈夫夏贺功，为了王大灿、丁采芹和那些牺牲的同志们，为了他们未竟的事业，我要成为真正的战士。
>
> 是的，我是一个战士，一个为国家而战斗的战士，为实现伟大理想而战斗的战士。总有一天，我们会为今天的努力而自豪！
>
> ……

安娜手里的笔停不下来，想着遥远而又寒冷的莫斯科，想着将远离这里的一切，她的心里仿佛有说不完的话。她向自己倾诉着，给自己鼓着劲，不停地写着……这时，有人敲门，茶房送来了两床被单、一条厚厚的毛毯，还有一个松软的大枕头。安娜突然感觉很累，她铺好床，枕着松软的枕头，在轮船轰隆的行进中，慢慢睡着了。

安娜不知道自己究竟睡了多久，可能是太累了的缘故，她感觉自己像是睡了一个世纪那样漫长。睁开眼的时候，船舱里竟然亮着灯，她正奇怪，一张女人的脸出现在她的面前。她一下子坐起来："怎么是你？"

坐在她面前的是伊莲娜。伊莲娜说："没想到今天船上客满。船长库兹涅佐夫先生说，这条船上可能只有一个房间会让我满意，因为这个房间里住着一个安静的女人，这个女人安静得只知道睡觉，从船启航时就睡，到现在都没有醒过来。于是我就进来了，没想到船长说的竟是你。看你睡得那么沉，我只好等着你醒来。"

像是看出了安娜的不解，没等安娜问，她自己就说："我未婚夫在海参崴等我。我们和船长库兹涅佐夫先生是老朋友，我未婚夫有许多货都是船长帮忙给运到中国的。我们经常在一起喝酒，每次到上海，他都要请我们喝酒，经常喝得天昏地暗。"停了一下，她说，"我未婚夫你认识的。本来我半个月前就应当和他一起到上海的，可他突然改变主意，临时到哈尔滨办事去了。现在我要从上海坐船，到海参崴与他会合。"

见安娜还没有反应过来，伊莲娜说："你忘记了？就是他把你藏到了我的床上。"说完，伊莲娜哈哈大笑起来。安娜想起，从大连到上海，一路上都是伊莲娜在照顾自己，自己却没有和她说过一句感谢的话。

安娜说："谢谢你，伊莲娜，你这么好心肠，一定会幸福的。你的西德罗夫是个很好的男人，你很有福气。"

伊莲娜笑着说："谁说他是我的，还不知道他会是谁的呢。"

安娜想到伊莲娜的身份有些神秘，便不再多说什么，但是她知道，伊莲娜是自己人。

安娜没有告诉伊莲娜自己要到莫斯科学习，伊莲娜也没有问她去哪里、要干什么。伊莲娜告诉安娜，晚上船上有舞会，问她想不想一起去。安娜摇了摇头，说她想静一静。伊莲娜便一个人去了，旋风一样地消失了。

8

经过几天的海上航行，轮船终于到达海参崴，安娜看到了西德罗夫。西德罗夫站在码头上，身边依然是他的黑罗。他的嘴里依然叼着喜欢的雪茄，鬈曲的头发被风吹得像草原上的野草，卡其色的风衣被海风吹得鼓起来，让他看上去像一个生气的蛤蟆。远远地，他就看到了安娜，他大步走向她。安娜眼里突然涌出泪水，那些过去的日子一下子浮现在眼前，好像就发生在昨天。

"西德罗夫！"安娜叫着他的名字，扔下手里的皮箱，快步迎向他。西德罗夫把手里的雪茄潇洒地丢进海里，张开怀抱紧紧地拥抱安娜。

"安娜小姐，见到你真高兴！"西德罗夫松开安娜，开心地笑着。黑罗也扑过来，亲昵地扒拉着安娜，让安娜又惊又喜。西德罗夫看到船长库兹涅佐夫和伊莲娜走过来，便招呼道："库兹涅佐夫老兄，谢谢你把我们美丽的安娜小姐安全地送到海参崴。"

库兹涅佐夫哈哈地笑着，伊莲娜却装作生气的样子："西德罗夫先生，你真是个重色轻友的人。"

"为什么？"西德罗夫边拥抱伊莲娜，边笑着问她。

伊莲娜嘟着嘴，不满地说："你一看见美丽的安娜小姐就忘记问候我了，一路上可是我一直陪着安娜小姐，我可比你的库兹涅佐夫老兄出的力还多呢！”

“是啊！”库兹涅佐夫船长说，"多亏了我们的伊莲娜小姐。”

几个人哈哈地笑着，那笑声被码头上的风传得很远很远……

西德罗夫邀请安娜一起走，安娜没有接受，她怕伊莲娜误会，更不想麻烦西德罗夫。从现在起，她要自己照顾自己，不依赖任何人。安娜与他们告别后，谢过了库兹涅佐夫船长，一个人从海参崴坐上了开往莫斯科的火车。

在开往莫斯科的旅途中，安娜每天都在回忆中度过，回忆着与夏贺功在一起短暂而幸福的时光，但想到生死不明的丈夫，她的心情又沉重起来。

莫斯科，多少青年热切向往的地方。孙中山去世后，苏联在莫斯科创办了孙逸仙劳动大学（简称中山大学），为国共两党培养骨干力量，这所大学的招生规模及影响力都超过了东方大学。后来中山大学和东方大学合并，成了中国留苏学生的大本营。

安娜到达中山大学时，已经开学好几个月了。为了好好学习跟上功课，她从不参加学校的课外活动，包括俱乐部。安娜在中山大学学习俄语、政治理论、军事知识，转眼间，已经快一年了。为了方便开展工作，学习期间，组织上安排安娜加入了国民党。不久，苏联特种警察学校到中山大学招生，安娜被选拔到该校受训，学习侦探、审讯、劫狱以及爆破、射击、秘密通信等各种专业特务技能。安娜从苏州到北平读书时，从来没有想过自己有一天会成为特工，更没有想到自己竟然有着让自己都不可思议的潜力和意志。除了学习日常科目，安娜还被她的导师、苏军参谋总部情报头目乌里茨基将军选中，秘密接受特训。

安娜到莫斯科一年以后，收到了一封从大连辗转寄来的信，信中确认她的丈夫夏贺功已经去世。得到丈夫去世的确切消息，安娜的心里无比悲痛，最后一线希望也破灭了，与丈夫重逢的梦永远也不可能实现了。

9

　　秋天过去，冬天走近，莫斯科大街上，即使是繁华的地方也有了萧瑟气息。城市不再喧闹，而是沉默着，像说了一辈子闲话的老人再也不愿意张口，无语地凝望着这个世界。白日渐短，仿佛一眨眼的工夫就从早晨到了晚上。安娜漫无目的地走过一条又一条铺着硬石条的长街，四周浸透寒意，大街上的人好像都被寒冷劫持了，全部不见了踪影，只剩下她的脚步声。安娜像是在街头找寻湮灭在时光里的往事，她的眼睛是空洞的，看不到任何美丽的景致。安娜感觉到了寒冷，身体感到的冷还可以躲避，而心里的冷却无法躲避，更无法取暖。时间或许可以去除恨的痛苦，却无法带走失去爱的遗憾。

　　安娜看到了面包店橱窗上的自己，她剪掉了长发，换回女学生一样的短发，本来嘛，她才二十多岁。橱窗里面，一个小女孩坐在窗前看着她，还和她挥手打着招呼。安娜微笑着，却没有停下来。她继续往前走，好像只有走下去才能找到宝藏一样。但安娜知道，那是她在排解受伤的心，只有不停地走，才能忘却那些丢失的爱和痛。

　　那天，安娜从电车上下来时，突然刮起了一阵大风，她一下子被寒冷包裹住了。一辆马车飞驰而过，吓得她跳到一边，帽子掉到了地上。她转身去捡帽子，结果一阵风又把帽子刮走了。她跑过去追，却总也追不上。终于，有人把帽子捡了起来。她看到了一个高大的男人，蓝色的眼睛那么明亮，她脱口而出："西德罗夫，是你？！"

"这个世界真是太小了，安娜女士，我们又重逢了。"

"是啊，世界真是太小了。"安娜重复着，忽然她看着眼前的蓝眼睛，问了句，"你结婚了吗？"

"结婚？和谁结婚？"

"你不是和伊莲娜……"

"怎么可能，我们只是好朋友。"

"你不是她的未婚夫吗？"

"一定是伊莲娜告诉你的吧。她总是这样，凡是看到我喜欢哪个女人，她就会告诉人家我是她的未婚夫，哈哈。不过，大家都不信，就你信。"

安娜脸色绯红，不知道自己怎么会关心起他结婚没结婚的事情，有些不好意思。

西德罗夫把帽子给安娜戴上，又抚平她有些散乱的头发，明亮的蓝眼睛充满了关爱："安娜，你要去哪里？"

"同学卡娅约我去听一次演讲。"

"上来吧。"他把她请上马车，执意要送她。马车拐过几条街就到了地方，安娜下了车，匆匆与西德罗夫告别，钻进了一幢楼房里。不一会儿，二楼的一个窗户上现出安娜的身影。西德罗夫坐在马车上，想了想，正准备离开，突然传来了警笛声。他看到一群警察骑着马过来了，手里拿着武器。他下意识地躲到一边。这时，一个持枪的警察把枪对准他，命令他立即离开，他只好让车夫赶着马车先走了。接着，成群的警察把整幢楼包围了。西德罗夫知道不妙，他躲在远处观察着。不一会儿，小楼的灯灭了，有人冲了出来，楼里传来了枪声和哭喊声。西德罗夫的马受到了惊吓，突然奔跑起来，把他重重地摔在地上。他顾不得疼痛，奋力地往小楼里冲去。突然，一个警察的枪托重重地砸在他的头上，他倒在地上，一下子失去了知觉。

西德罗夫一直在设法制造一次与安娜的邂逅，但安娜的心已经冰冷，他得有足够的能耐让她温暖过来，他知道那并不容易，尽管他救过安娜。

这样的邂逅会让自己头破血流，这真是他没有想到的。

10

安娜回到住处时，已经是半夜了。她和几个同学跑散了，冻得浑身发抖。屋里灯没亮，看来卡娅不在，借着微弱的光线，她发现屋里被翻得乱七八糟。她刚想打开灯，又警觉起来，往楼下看去，发现街角有两个可疑的身影正在朝她张望。很快，安娜听到两个人上楼的声音，她打开门往楼上跑去。不一会儿，她听到楼下传来说话的声音。这时，旁边的门开了，一个老年男人打开门，发现在楼梯下躲藏的安娜时好像并不吃惊。那两个便衣警察爬上楼来，向老男人询问是否见过楼下的住客，老年男人漠然地摇了摇头，砰的一声关上了门。

安娜听到两个人下楼走远的声音，连东西也没有收拾，便跑出了大楼。

安娜并不知道，和她在一起的卡娅由于特殊原因，已经成为清查对象。她只看到卡娅留下的纸条，说自己是冤枉的，要去证明自己的清白。还说安娜也处于危险境地，恐遭不测，让安娜尽快逃走。安娜去找自己的联系人，却发现联系人不知去向。她去找自己的老师，老师也不知去向。看来这次清查工作，涉及不少人。安娜六神无主，她无处可去，但卡娅留下的信使她不敢在房间里多待一秒。

两天后，她重新回到了自己的住处。敲开门，这里却已经住了别的房客。她在走廊上看到了楼上的那个老男人，老男人并没有和她打招呼，但却把一包面包和几根红肠放在了门口。安娜感激不已，抱着这些东西走出了大楼。

安娜去找乌里茨基将军，将军家的大门紧闭。看门的老人说，将军已经好久没有回来了，好像是犯了错误，被什么人带走了，不知道去了哪里。安娜因为在将军处实习，好久没有到学校了，再去时，学校大门紧闭已经放假了。实际上她已经没有学可上了，安娜本来是要跟将军一起回中国的，这次突生的变故让她不知所措。站在校园里，她不知道何去何从。

安娜来到火车站，晚上的火车站冷冷清清，她不清楚是自己参加的那个沙龙有问题，还是将军出了什么事，反正她已经无处可去。她按照秘密接头的方式，给自己的联络人安先生留下了一张字条，可那张字条几天了还原封不动地待在公园的凳子底下，安先生也没有了音讯。安娜身上的钱已经所剩无几，她想到有一个同学住在基辅，就直奔基辅而去。大雪纷飞，她一个人沿着火车道走着。到了傍晚，她实在走不动了，四周白茫茫的一片，她不知道这是哪里，感到很绝望。

她不停地走，终于到了基辅。可基辅太大了，安娜不知道到哪里去找同学。饥肠辘辘的她坐在火车站的长椅上，天地间飘着浓密的大雪，一会儿就把她变成了雪人。安娜站起来，茫然无力地往回走，像一只移动的白羊。她凭着记忆寻找西德罗夫给她的住址，但怎么也找不到门牌号。她不敢回莫斯科，只好往郊外走去。她彻底绝望了，从没有过的绝望。看着漫天大雪，她终于跌倒在白色的世界里。

她不知道，此时，西德罗夫正派人四处寻找她。

11

　　这是莫斯科的郊外，群山环抱的玫瑰庄园，高大的柏树枝上停留着厚厚的雪花，远远看去，像一团团飘在空中的云朵。庄园里正在举行一个假面派对，午夜时分，派对正值高潮。大厅里挤满了人，外面的寒冷似乎并没有影响到人们的雅兴，西装革履的男人们和珠光宝气的女人们混在一起，谈笑风生。包厢里打牌的人不时传出欢快的叫声，赢了钱的狂欢瞬间就感染到每个角落。舞池里的男男女女在乐曲的节奏中挪动着，乐此不疲地一曲接一曲地跳。安娜跟着西德罗夫，并没有加入跳舞的行列，但她的眼睛一刻也没有离开舞池。突然，她看见了伊莲娜，虽然她戴着假面，但是在扭头的时候面具掉了，安娜一眼就发现了她。伊莲娜重新戴上面具继续跳着。安娜正看得出神，西德罗夫拿掉她手里的酒杯，递给安静的侍应生，然后搂过她的肩膀，把她领向另一边。

　　安娜说："你有没有发现伊莲娜？"

　　西德罗夫说："她现在对乔将军比对你更感兴趣。你们现在已经不同了，忘了她，做这种工作的女人就是这样。你现在要忘记这些，尽快地适应这种生活，未来我们可能会有跳不完的舞会。"

　　这是西德罗夫举办的新年酒会加舞会，更确切地说，是他为了安娜举办的酒会。他终于下定决心离开这个国家了，钱是永远也挣不完的，更何况他得到了最心爱的安娜小姐的爱。在离开之前，他要举办这个派对，与过去做一个告别，与这个国家做个告别。毕竟，他爱这个国家，尽管这个国家不爱他。过去，他一直没有离开的理由，现在有了，安娜已经答应跟他走了，或许她经过太多的磨难，终于被他的痴情感动。他要给疲惫不堪的安娜一个安稳的生活，自从他见她第一面起，他就知道，今生他们之间有一根永远剪不断的红线。

安娜看到西德罗夫为自己做的这一切，有些高兴，也有些感动，但心里的惆怅却始终挥之不去。想到远在中国的那些同胞们，想到她和夏贺功一起去大连时一路上看到的那些流离失所的人们，她心里就隐隐作痛。那时候，她的心里装着理想与豪情，而现在这一切都已经离她远去，夏贺功已经死了，同学们也都各奔东西，她失去了奋斗下去的动力。当她要死在雪地里的时候，是西德罗夫救了她，她要报答这个男人。阿泰舅舅说得对，女孩子终究要嫁人的，何况眼前有这么爱自己的男人，她应当心存感激才是。

西德罗夫挽着安娜的胳膊，似乎怕一松手安娜就逃走了，眼神里是满满的爱意。那天，他对着几乎冻僵的安娜说："亲爱的，谢谢你终于想到了我，只有我才能让你幸福。这一生，你的主义也争取了，斗争也进行了，几乎死掉。你对得起你死去的爱人，也对得起你的主义，对得起你的祖国。幸好你活过来了，以后的日子也该属于你自己了。你不需要为任何人活着，你只要为自己活着，幸福地活着。我们去一个安静的、没有争斗、没有苦难的地方，一起共度余生。"苏醒过来的安娜眼里涌满了泪水，她知道，西德罗夫爱她甚于自身。这个明亮的男人心地善良，是自己把他搅进了混乱的世界，但他从来没有厌倦，从不抱怨，一切都是心甘情愿。安娜被他的真诚感动了，她太累了，一路拼杀，现在又跟组织失去了联系，没有人知道她是生还是死，她似乎有足够的理由接受西德罗夫的感情。为什么不呢，没有谁会像这个男人这样对自己如此衷情。

西德罗夫家的专用裁缝为安娜量体裁衣，做的连衣裙正合身。经过一段时间的调养，安娜的气色也好多了。不过安娜想起失踪的同屋姐妹卡娅，想起那天的情景，仍然心有余悸。她尽量让自己高兴起来，于是喝了些酒。有些微醉的安娜脸色红润，看上去异常美丽。西德罗夫爱着眼前这位姑娘，安娜像一盏灯，照亮了他昏暗的生活，这个美丽又神秘的姑娘正领着他走向灿烂的世界。

人能够做到的，也是最难做到的，大概就是想通吧。安娜想通了，西德罗夫反而不着急了。他知道，安娜不是一般的女人，征服女人他一贯在行，但是征服安娜这样的女人，他确实有些情怯。不是他没有自信，是因为他面对的是一个纯情的女人。越是纯情的女人，越容易沉浸在往事之中，那些往事没有缝隙，不是谁都可以钻进去的。西德罗夫这次动了真情，反而不敢轻易出手，害怕这份感情会失去，他必须小心。

西德罗夫带着安娜四处转着，想到也许要永远离开这里了，他有些伤感。他说，小时候，父亲总是带他到不同的地方度假，他家在俄罗斯到处都有庄园房产。现在，这些庄园房产留下的已经不多了，这里也是因为他为政府做事暂时留下的，未来这个地方也将属于国家。"不过没关系，我的安娜，我们在巴黎和瑞士，还有许多这样的别墅，足够我们享受余生。只要和你在一起，有没有这些都不重要。"他亲吻着安娜，像是怕伤着她，仿佛她是他手里的瓷器般小心翼翼。他说："安娜，你就是我的瓷器，我真的好幸福啊。"他拥抱着安娜，紧紧地挽住她的手，楼上楼下地转悠。安娜尽量跟随着他的节拍，体会着他描绘的那些情景，想把自己尽可能地融入他的一切之中。

他们成长在不同的环境中，从没有在一起生活过，但是现在却似乎融合在了一起。西德罗夫说："安娜，这个世界上不会有人比我更疼你更懂你。"安娜无法反驳，不是吗，没有谁比他更贴心地对待她了，在自己就要死去的时候，不是首先想到西德罗夫吗？

寒冷的莫斯科郊外，似乎与动荡的时局毫不相干，不停地有马车载着客人前来。大厅里，服务生动作敏捷地穿行在客人之间，巧妙地躲避着兴奋的客人，避免哪个醉酒的鲁莽碰撞的人。音乐时而欢快，时而忧伤，来自高加索的女歌手卡捷琳娜唱起了《加罗的婚礼》，明亮酣畅的嗓音似乎要穿透莫斯科厚厚的夜空。

卡捷琳娜歌声停下来时，有一瞬间，整个大厅都安静了。突然，有人高呼："真是太美了！卡捷琳娜，你美妙的歌喉不仅属于俄罗斯，你属于全世界！"这时钟声响起，新年到了。

大厅爆发出热烈的欢呼声，人们把面具和手里的东西扔上天空，互相拥抱着，祝福着新年快乐。不一会儿，不知道谁起了头，他们开始唱歌，一首接一首。安娜的情绪被感染了，眼睛里有泪水在打转。西德罗夫轻轻地帮她擦拭眼泪。安娜抬起头看着西德罗夫，紧紧地拥抱着他。两个人看着欢腾的人群，感受着他们自己才能体会到的独特幸福，久久不语。

牌桌前的一位先生内急，拉过西德罗夫要他替一下。西德罗夫只好放开安娜："亲爱的，你自己随便转转，这里没有什么地方不能去的。去吧，保持好心情。"

安娜笑着走出舞厅，来到长长的走廊里，站在落地窗前，看着窗外高大的松柏若有所思。这时，有人向她走来。她转过身，看到一个高高瘦瘦的男人手里端着红酒杯来到自己跟前。

"安娜小姐，祝贺你！看得出，西德罗夫先生真的很爱你。"

"谢谢！"安娜接过红酒，感觉这个男人有些面熟，却实在想不起来在哪里见过。男人说他是医生阿列夫，他伸出自己的右手比画着："一个拿手术刀的医生。"安娜看到他长而浓密的睫毛，还有金色的鬈发，似乎想起了什么："您是不是见过我，阿列夫先生？"

阿列夫说："不知道你的伤有没有留下后遗症，不过，我看你跳舞了，看来你的伤已经完全好了。"

安娜恍然大悟："天哪，难道您就是那位给我安装弹壳的医生？"

阿列夫笑着点了点头："你真的很勇敢，我从你身上取出来一枚子弹，又装进去一枚大的弹壳，当时我就特别佩服你。"

安娜记得在西德罗夫的别墅里，医生给她手术后竖起的大拇指，一种复杂的情愫突然从心底生发出来，仿佛身上的热血开始复活。

"我一直想找机会问问你，是什么样的力量让你有那样的决心，真是一个女英雄。"

安娜感觉自己脸红了，她突然不敢看阿列夫的目光，让一个那么佩服自己的人看到现在的自己，她有一种无法言说的悲伤，为自己，也为那些死去的同胞们。

安娜听到走廊尽头传来脚步声，她知道那是西德罗夫过来了。阿列夫举了举手里的红酒，一饮而尽，然后大步离开了。

安娜在更衣室换衣服时，在大衣的口袋里发现了张纸条，她不知道是伊莲娜给她的，还是阿列夫给她的。

纸条上是一行端正的中文：

　　唯有信仰不可辜负！

安娜的心一下子提到了嗓子眼儿，这是夏贺功曾经对她说过的话。

夜晚，安娜躺在西德罗夫舒服的大床上，脑子里却全是丈夫夏贺功的影子。夏贺功介绍自己入党那天，正是他们的新婚之夜，她想起与他一起面对党旗许下的誓言。头可掉，血可流，唯有信仰不可辜负。而现在，革命尚未成功，我怎么可以半途而废，这样怎么对得起夏贺功，又怎么对得起党和周正同志对我的信任？她想起周正说过的话，"记住，不许做逃兵"，可自己差一点就做了逃兵。

安娜与西德罗夫道别的时候，西德罗夫无比悲伤。他不知道自己哪里做错了，眼看着自己的愿望就要实现了，为什么他的安娜又改变了主意？他不知道如何挽留安娜，天天借酒浇愁："安娜，失去了你，我就失去了一切，也永远失去了爱。"

伊莲娜对安娜说："你真该跟他走，这个世界上没有哪个男人会像他那样爱你了。你知道他的心有多么高傲吗，也许没有谁可以轻易地走进他的内心。"

"也许他受过伤，就更懂得受伤的人。"安娜说。

"难道你的心里只有你的祖国？"西德罗夫为安娜送行的时候无比伤感。不过，他倒不失为绅士，愿意为心爱的女人做任何事，哪怕帮助她抛弃自己。

安娜终于重新找到了组织，苏联的清查并没有影响到她。两年的时间里，她长了一身的好本事，接到党组织派给她的新任务，她就要启程回国了。

安娜告别了西德罗夫，她说："我欠你的，下辈子还吧。"她不后悔放弃西德罗夫，因为她有更重要的使命，因为她深爱的祖国在等着她。为了理想，为了信仰，她必须回去。

12

安娜终于坐上了莫斯科开往满洲里的火车。同样的铁路线上，同样的火车上，她的心境已经大变。此时的安娜，褪去了学生气和小女人气，美丽依旧，却成熟练达。

回祖国的路程虽然遥远，却让安娜特别期待。坐在轰隆奔驰的火车上，安娜的眼睛有些湿润。两年的时间，她像是走过了漫长的一生，身心经历了磨难，生活经历了波澜，体味到了从没有过的宁静，挺过了生死关头，也遇到了心爱的男人。但是，如果人生需要抉择，最痛苦的莫过于爱的抉择。安娜坐在列车上，向祖国行进，她像一个虔诚的朝圣者，要去一个神圣的地方，内心激荡，满怀向往。也许是离家太久，也许是异乡的孤单和离别亲人的惆怅充斥着内心，越接近自己的祖国，她的心跳得越厉害。她从来没有像现在这样渴望回家，渴望回到自己的国家，不管这个国家多么千疮百孔，多么多灾多难，那毕竟是自己的国自己的家。

列车飞速地行进着，震颤的车身像乐队的鼓手，用力而有节奏地击打着，执拗而又充满韧性，在安娜耳中格外动听。列车穿过茂密的森林，安娜似乎听到了树枝断裂的声音，直到列车终于从郁郁葱葱中露出头来，她才长长地舒了口气。远处的群山渐渐靠近，巍峨绵延，大片的原野上，终于见到了乡间人家长着茅草的屋顶和冒着炊烟的烟囱，辽阔而安静的大地活泛起来。

终于到达了满洲里，四周的一切都那么亲切，每一棵大树，每一棵小草，每一块石头，都像是久不见面的亲人，让安娜看不够。想到自己的新任务，想到组织对自己的信任和培养，她庆幸自己选择了一条正确的路。

青铜色的夕阳远远地照耀着辽阔的大地，即使是落日余晖，也让安娜的心里感到熨帖和舒适。夕阳从没有像现在这样让安娜感觉如此亲切、亲近，她仰起头眯着眼，让余晖穿透云层倾泻在自己的脸上，身体和心灵都有种暖意融融的感觉。心驰神往的祖国啊，我回来了！安娜只想大声歌唱，大声呼喊，我属于你，我是你的女儿！我回来了，我亲爱的祖国！

13

满洲里是新兴城市，非常繁荣。早年这里是游牧民族的理想牧场，因为在离牧场不远的霍勒金山的北部，有一个长年奔涌的泉眼，所以牧民们把这里称为霍勒金布拉格，意为"旺盛的泉水"。自铁路在霍勒金布拉格建站后，这里又改名为满洲里亚，人们习惯称之为满洲里。

走在满洲里的街头，想着参加六大的同志们就是从这里去的莫斯科，想着同志们一路上经历的艰难曲折、惊心动魄、欢欣鼓舞，安娜的心里就有种热乎乎的感觉。满洲里在她的心里既神秘又神圣，她对这里充满了好奇和向往。这里是中国共产党和苏联共产党以及共产国际的秘密红色交通站，是自己成功传送的"飞鹤计划"的重要节点。想到"飞鹤计划"，安娜心里就有小小的成就感，暗自兴奋。安娜走在满洲里的大街上，好奇这里的一切。离开祖国两年，再看到自己的同胞，想到这里也许还有自己的同志在战斗，想到同志们就在某个地方做着不为人知的伟大事业，她的心里就充满了喜悦和自豪。

安娜顺着铁轨往苏联方向看过去，像是看到了曾经的岁月，再见了莫斯科，再见了西德罗夫，我爱你们，但我更爱我的祖国。

满洲里素有"东方巴黎"之称。相比空旷而辽阔的苏联大地，夜幕下的满洲里却有着另一番别致的景象，外表的坚硬与夜幕下的阴柔同时呈现，刻板的街市与美好的夜色没有任何隔膜。安娜满眼见到的都是繁华街景，热闹与她内心的波澜达成了某种共鸣。

安娜走在满洲里的大街上，心里默默地生出感动。她朝四下张望着，像欣赏列宾美术学院的美术作品，仿佛街道两旁每一扇窗都是一幅画作，那里面都有凝视自己的眼睛，都有可以信任的同志。她的心里有了底气，更有了勇气，脚步也从容了许多。想到自己即将回到上海，就要见到分别已久的同志，安娜胸中不禁升起了一股豪气。

满洲里作为东亚之窗，混居着汉族、蒙古族、回族、朝鲜族、鄂伦春族等中国居民和苏联人、朝鲜人、日本人等外国居民。安娜顺着井字形的一道街、二道街走过去，直到第五道街，两侧都是风格各异的建筑，商铺、酒吧、咖啡馆林立。酒吧和咖啡馆里不时传出俄罗斯或豪放或忧伤的音乐，还不时传来大上海歌女甜腻的歌声。此时，从一家咖啡馆里传出了黎明晖演唱的《毛毛雨》，她的歌声柔和而温馨。安娜边慢慢走着，边听着那动人的歌声：

毛毛雨下个不停 / 微微风吹个不停 / 微风细雨柳青青 / 哎哟哟柳青青 / 小亲亲不要你的金 / 小亲亲不要你的银 / 奴奴呀只要你的心 / 哎哟哟你的心 / 毛毛雨不要尽为难 / 微微风不要尽麻烦 / 雨打风吹行路难 / 哎哟哟行路难 / 年轻的郎太阳刚出山……

安娜顺着声音抬头看去，原来是上海咖啡馆，怪不得外观装饰有着浓浓的上海味道。安娜推开咖啡馆的门，唱片里的歌声更加清晰地在四周环绕。屋内略有些幽暗，虽然放着中国歌曲，但里面的装饰却充满了异国情调。香醇而浓烈的咖啡香味迎面飘过来，安娜深深地吸了口气，然后定定神，找了一个靠近街道的窗边位子坐下来。一个年轻的侍者走过来，给了她一杯水，水温热，恰到好处，颇为熨帖。

"女士，请问您来点什么？"

安娜点了一杯咖啡，然后她环顾四周，有的人在聊天，有的在静静地看着报纸，有的看着窗外发呆，还有的在吞云吐雾，怪不得自己刚进来时，感觉烟雾蒙蒙，有点看不清。

一曲放完，又接着放黎明晖的《可怜的秋香》。这首歌安娜也喜欢，她不由得在心里哼唱起来。这时咖啡送过来了，还有一盘精致的点心。安娜叫住侍者，告诉他自己没有要点心。侍者扭头看向坐在不远处的几个人，说是那边有个先生送的。

安娜疑惑地看过去，只见几个男女正坐在那里兴高采烈地聊天，其中一个男人向她招了招手。安娜几乎不敢相信自己的眼睛，那个男人不是别人，正是西德罗夫。

西德罗夫暂时放弃了移民欧洲，他说他爱的人和自己的好运气都在东方，所以，他又回到中国了。

第五章

娜样红

1

安娜是在租界的舞厅里见到上级雄鹰的。

那天，舞厅里一如既往地幽暗、暧昧，舞客们在浪漫而优雅的舞曲中翩翩起舞，其余的人，有的在低声细语，有的在欣赏，有的在沉默。安娜在提前订好的9A茶座沙发上刚刚坐下，一个戴着墨镜的高个子男人就出现在安娜的面前，左手拿着摘下来的皮手套，右手拿着一个硕大的棕色烟斗。他挨着安娜坐下来，指了指安娜放在桌子上的精致烟盒，又晃了晃手里的烟斗，说："这位女士，我带了烟斗，却忘记带烟丝，又犯了烟瘾，可不可以把你的烟给我一支？"安娜说："先生，这是女士烟，恐怕浓度不是你喜欢的那种。"男人说："你抽的茄力克吧，G–a–r–r–i–k。"他一字一字地念着，"我知道这是最高级的香烟，五十支听装，一块银圆一听，从英国直接进口，像我们上海这样的大城市都不生产。我太太就抽这种烟，所以我不介意抽女士烟。"安娜说："我正好有更适合男人抽的烟，要是你喜欢，就送给你。"安娜从包里拿出一盒大前门，轻轻地推给男人。男人见安娜的食指在烟盒上轻轻地点了三下，便收下烟，打开抽出一支。他从口袋里拿出一个打火机将香烟点燃，然后把打火机给了安娜，说："来而不往非礼也，这个打火机，正宗的奥地利货。"

安娜拿起打火机把玩，脸上挂着微笑，然后把打火机装进了皮包里。她已确认，这就是她要接头的上级"雄鹰"。雄鹰把抽了一半的烟掐灭在烟灰缸里，他说："这烟的确没有多少劲，不如我们跳支舞吧。"安娜欣然同意，两个人一起随着音乐滑进舞池。舞池幽暗，雄鹰搂紧安娜，并不言语。安娜在雄鹰的暗示下，打起精神，不停地变换着姿势，仿佛自己真是个热衷于舞蹈的舞女。她沉浸在舞曲舒缓欢畅的节奏中，努力使脚下生出风情，迎合善舞男人天生的霸道。安娜感觉眼前的雄鹰有些面熟，又看见他衬衫袖口银色的袖扣，突然说："你这个袖扣是日本货，大连的三越百货里才有的卖。"男人搂腰的手猛地往里一收，把头靠近安娜，说："我就知道你天生是做这行的，敏感、机智、聪明、记忆力好。"

"真是你，寒潮？"安娜有些激动，心跳加速，手心里都是汗，"那天你走了，我才想起根本没有看清你的脸。"

"可是我却把你看得清清楚楚，在脑海里想赶也赶不走。"寒潮搂紧她，两个人几乎脸贴着脸。

"你用的是松香洗发水，这种洗发水会伤头发，以后别用了。"

"你身上也有一股来苏水的味道，不过，闻着倒不像医院里那样难闻。"

寒潮把嘴巴贴近安娜的耳朵，像是亲密地窃窃私语，但安娜知道那不过是掩人耳目的招数："现在上海几乎成了国民党的天下，形势复杂，既要完成任务，又要保护好自己。从现在起，我们是一对还没有公开的恋人，新的联络方式和地址就在打火机里。"

一曲终了，两个人相携落座。安娜看着寒潮，他的脸在幻彩的灯光中不停地换着颜色。安娜不解："既然上海都成了国民党的天下，为什么我们的中央领导机关要建立在上海，这不是自找麻烦？"寒潮说："现在党中央暂时还没有稳定的根据地，只能选择群众基础较好的上海。再者，目前上海租界内有各国所设的领事馆、办事处，华洋杂居，金融、商号、报馆等比比皆是，各方势力相争于此，政出多门。越是乱的地方，越容易隐藏，也越利于开展秘密活动。租界比较特殊，几乎不查户口，国民党的警察、宪兵和特务也不能随便执行公务，更不能开枪、捕人。"

再次见到寒潮，安娜意外又惊喜。寒潮表情虽严肃，却掩饰不住内心的喜悦，他一直期待着与安娜重逢。两年多未见，安娜愈加成熟，愈加美丽，他不由得心生欢喜。但他交代安娜："现在你的任务格外艰巨，最重要的是保护好自己，不能保留任何文字之类的文件在身边，要学会用脑子记。最近你的几份重要情报对组织非常有用，尤其是那次提前获得了敌人的抓捕计划，使我们的同志及时转移，避免了重大损失。"

安娜没有向寒潮过多地提问，她知道，像寒潮这样的特科组织成员的一切资料都是保密的，不能向包括自己亲属在内的任何人泄露。

又一曲跳完的时候，已是午夜，安娜竟然没觉得累，甚至有些意犹未尽。

2

沈扬在北四川路大德里对面的一栋楼里办公，这里是一个秘密的办事处，挂着国民党中央调查科驻沪办事处的牌子。办事处每天阴气沉沉，出差几天，沈扬也没有多么想到单位去。与办公室过度严肃过度压抑的氛围相比，他更喜欢大街上的开阔。

清晨的四川路上少有行人，收货的上海佬在小巷里穿行。沈扬慢慢地走在小巷里，享受这样的早晨。这样安静的早晨不会太多了，他知道等待他的也许是生，但更可能是死。带着这样复杂的心情，他走进了小楼。

时间尚早，小楼里静悄悄的。他推开门，一股清雅的茶香扑面而来。他下意识地停下来，仿佛担心随便一阵小风都会吹走心中那份难得的宁静。这时，一个高挑漂亮的女人出现在沈扬面前，他失重一般地后退了几步。

"您是沈主任吧，我是新来的秘书章景怡。"

沈扬这才想起来老同学陈之之前的吩咐，看来他推荐的美女已经到位。安娜就在他的外屋办公，她把茶泡好端给了沈扬。精致的杯子不大不小，放在一个托盘里，正合沈扬的心意。他是个讲究享受的人，喜欢喝茶，也喜欢一些小情小调的东西。

"看来你做了不少功课啊。"

"沈主任，我是苏州人，我们苏州人最喜欢喝茶了。平时家里可以断粮，不可以无茶的。"

多么美好的早晨啊！沈扬心里一动，不由得想起了夫人。与夫人一别多日，她应该已经到达大洋彼岸了，此时或许正在纵览风光吧。想着不久的将来自己也将与夫人会合，他的心里畅然了许多。而此时，眼前的美女如此清雅，让他阴郁的心情顿时转晴。他端起茶杯喝了一口，嗯，这茶还真是沁人心脾啊。

他和夫人约定，过一段时间，他就会飞到洛杉矶与她团聚。想到暗淡无光的官场，想到党国无处不在的腐败，他无心恋战，早已做好了随时撤退的准备。在仕途上，他不抱期望，更不想国共两党打内战，都是中国人，为什么不能和平相处？他也知道，自己改变不了什么，索性来个不参与、不树敌，但他又不能不做什么，不做什么上哪儿弄钱？如果将来要换一种活法，就需要弄更多的钱，这个办事处就是他捞钱的最好工具。

沈扬的办事处，其实就是国民党特别情报处，专门为南京政府服务。

他把所有收集到的情报全部拿到办事处，交给秘书章景怡整理、登记、存档。在沈扬看来，情报重要与否，也就是情报价值的大小，取决于能给他带来多少收入。沈扬看着景怡，心里非常满意，在夫人不在的情况下，眼前有这样一个漂亮可人的女子，心情还是蛮愉悦的。这个女子就是一个失去了丈夫的年轻寡妇，出来工作只是为了谋生而已，她没有政治信仰，没有复杂的社会关系，就是一个不谙世事的年轻女子，沈扬当然不用怀疑。

3

唐娟想得没错，有人举报她与日本人有瓜葛，但在她被关押待审的时候，那个举报她的人在去南京的途中意外地出车祸死掉了。南京方面经过调查，没有找到什么证据。唐娟又让王林花钱运作了一番，再加上戴老板出面担保，唐娟总算被放了出来。

从此，唐娟做事更加小心。几经磨难，她已经锻炼成为年轻的女干将，深得戴老板的赏识与重用，她也更加卖力地为主子服务。唐娟长相漂亮，又会化妆打扮，还特别会演戏，最擅长的就是伪装。用王林的话说，她不当演员真是太可惜了。唐娟可以惟妙惟肖地装扮成乡下妇女和青春时尚的女大学生，还可以装扮成遭受委屈的女佣，甚至可以装扮成帅气的公子哥儿。

有一次，国民党特务得到情报，大中华区职业妇女俱乐部的汪主席表面筹款做公益，实际上暗地里支持共产党。汪主席是社会知名人士，没有足够的证据，特务们不敢轻易动她。为了接近汪主席，唐娟提前做了好多功课。有一天，汪主席组织一次公开募捐活动，活动结束后，回家走在宁波路上时，突然听到身后有女人的尖叫声，随后又传来女人凄惨的哭喊。汪主席忙走过去，只见一个男人一手拎着酒瓶子，一手揪着一个女人的头发，对着女人拳打脚踢。女人可怜地跪在地上，央求男人看在孩子的分上放了自己。

汪主席看到这个场面气愤不已，上前怒斥男人的行为，男人只好悻悻地走了。其实这个女人就是唐娟扮的。唐娟告诉汪主席，刚才打她的是她丈夫，她丈夫是酒鬼，把家里的钱都换了酒，还要把自己卖了还债。她现在连家都不敢回去，孩子已经藏在朋友家里了。唐娟的这出苦肉计，获得了汪主席的同情，她很顺利地得到了汪主席的信任，潜伏在汪主席身边。没过多久，她就把汪主席亲共的情况摸清了。等特务们把汪主席的办事处一锅端了时，汪主席还在担心唐娟无处可去呢。这让唐娟颇为得意自己的演技。

安娜是在机关早会时碰到唐娟的。当时，唐娟正从会议室里出来上厕所，照镜子时，从镜子里面看到走进来的安娜。她简直不敢相信自己的眼睛，眼前就是她日夜担心的姐姐景怡。唐娟是被戴老板秘密安插在沈扬身边的，表面上是在办事处工作，私下里则替戴老板监视这些"不稳定分子"。戴老板始终相信唐娟是个可塑之材。

"早就听说机关里来了位漂亮的机要秘书，没想到是姐姐你啊？"唐娟惊讶地说道。

安娜也十分惊讶，她看唐娟一身戎装，与过去那个一脸清纯的小姑娘判若两人。眼前的唐娟显然已经变成了一个干练的战士。

这次意外重逢，双方都吃惊不小。唐娟之前的神秘失踪，今天的意外重逢，都让安娜有些慌乱。当天晚上，沈扬建议举办新同事欢迎会，反正他回家也是一个人，不如与大家一起乐和乐和。餐桌上，久别重逢的两姐妹坐在了一起。此时的唐娟经历过了大起大落的人生变故，心性大变，而且她寻找已久的朱沉潜也有了线索。她开始做新的打算，眼前的生活不是她想要的。不过她没有想到，现在安娜竟然和自己成了战友。她担心的是，自己的多重身份总有一天会暴露，所以眼下她只想趁乱世多捞取些钱财，等找到朱沉潜那一天，他们就一起远走高飞，过属于自己的人生。

唐娟和安娜虽然亲如姐妹，可彼此好几年没有音讯，所以看上去挺亲热，实际上又生分些，似乎各自隐藏着什么。唐娟甚至怀疑安娜到办事处工作不是讨生活那么简单。不过，唐娟认为她们都是一根藤上的蚂蚱，谁也不清白。

唐娟听说过安娜在北平的一些事，她也秘密调查过她，并把这些情况透露给了头儿沈扬。哪想到，沈扬对安娜的情况全部掌握，他还意味深长地看着唐娟："听说你们还是好姐妹，多好，一起为党国效力！要珍惜啊，唐娟！"

两个人终于可以单独坐在一起了，地点是码头上的那间茶室。两年前，唐娟正是从这里把姐姐紧急护送到医院，为此她还差点送了命。

唐娟对安娜的身份有所怀疑，她笑着问："姐姐这么多年没有消息，是不是嫁给了哪个共产党高官或者加入了什么秘密组织？"面对唐娟的旁敲侧击，安娜十分坦然。她说自己的丈夫是共产党也好，是国民党也罢，她都不关心了，反正丈夫已经去世，她再也不想提起那些伤心往事了，现在只想在这个动荡年代好好活着。

唐娟调查安娜的底细，一方面是想知道安娜的真实身份和这几年的经历，另一方面是为了自保，防止自己的秘密被泄露。因为不管安娜属于哪方哪派哪个组织，她是一名谍报人员这一点是毫无疑问的。唐娟并不知道，在莫斯科中山大学化名燕子的神秘特工就是安娜。

安娜看上去不愿意提起自己的伤心往事，想到唐娟在上海的一切，她又关心起唐娟来。唐娟却轻描淡写地说："我做任何事都只是为了活着。"

"好了，我们又在一起了，多好。"

"是啊，多好！"

两个人看似亲切，却都感觉到了一种陌生感。她们眼睛后面都藏着某种东西，一种无法言说的东西。

4

安娜回上海已经好长时间了，她已经熟悉了周围的一切，对自己秘书这个新身份已经驾驭得游刃有余了，脸上也多了些自信和从容。但是在位高权重的沈扬身边工作，必然会引起很多人的注目，安娜还是时时刻刻藏着小心。她担心自己稍有不慎，不仅性命难保，还可能会给党组织造成重大损失。对安娜来说，她现在就是在刀尖上行走。

根据中共六大决议，党中央决定依照苏联国家政治保安总局的模式，建立由中央政治局委员组成的反间谍委员会。对于年轻的中国共产党来说，最大的威胁莫过于党内的叛徒。面临大革命失败后严酷的白色恐怖，党内不少意志不坚定者和投机分子纷纷退党，一时之间退党声明和反共启事充斥各大报纸版面。这类人如果只是脱党，对党组织并无多大危害，不过是大浪淘沙，反而使党组织更加纯洁。但严重的是，其中一些人叛变投敌，出卖组织，用昔日同志的头颅作为自己在国民党中的晋身之阶，许多人就是因叛徒告密而被捕牺牲的。

周正领导的特科便是直指敌人要害，"打进去"和"拉出来"的秘密机构。安娜已经成为中共中央特科成员，她的秘密身份只有少数几个人知道。特科的主要任务是搜集情报，对中共高层人物实施政治保卫，防止高层被国民党当局逮捕或者暗杀，并且开展针对国民党的渗透活动。

寒潮告诉安娜，国共分裂以后，许多中共党员和亲共人士被逮捕、杀害，中共党员一度从五万多人缩减为一万人，有些被捕人员投降叛变，使党组织遭受毁灭性破坏。为了遏制叛变逆流，特科抽调四十多名成员组成红队，也叫复仇队。这支队伍藏龙卧虎、精英荟萃，是一支超小型的精锐特种部队。成员经过严格挑选，个个身怀绝技、胆识超群。

一想到自己与这么多优秀的同志们一起战斗，安娜就感觉浑身充满力量。

虽然唐娟和她是姐妹，但是为了防止暴露，她假称自己正在恋爱，经常要约会，以此减少与唐娟的相处。唐娟也不想让安娜知道她太多的事，也在有意疏远。好在两人不在一个部门工作，少有交集。

有一天，沈扬邀请安娜到他家里做客。一个单身男人请一个单身女人去家中做客，安娜吃不准沈扬有什么目的，又不能不去。那天，沈扬家的保姆特意做了几道苏州小吃，沈扬还亲切地让安娜不要拘谨，把这里当自己家就行。饭后，两个人坐在客厅里喝茶，沈扬突然对安娜说："请告诉你的'朋友'，如果老朋友需要我做什么，我愿意帮忙，毕竟我们都是中国人。"

沈扬的话让安娜大吃一惊，这说明自己的身份已经暴露，又说明头儿沈扬有心投奔党组织。安娜相信，沈扬之所以没有揭发身边的这位女卧底，一定是想给自己留一条后路。

"不过，你要小心了，办事处里的人可是个个心怀鬼胎。"沈扬意味深长地说。

5

安娜表面上不关心政治，工作兢兢业业仿佛只为了挣钱养活自己。她喜欢逛街，喜欢吃城隍庙的小吃，喜欢逛书店，私下里却将搜集来的情报及时地抄送出去。正是这些重要的情报，使我党许多地下党员化险为夷。

安娜在上海的直接领导雄鹰，也就是寒潮，在公济医院里做医生。现在，他还有一个身份，就是安娜的"恋人"。两个人经常约会，一起跳舞、看电影、吃饭、喝茶，经常手拉着手在南京路上闲逛。一开始，安娜把情报向寒潮汇报时，他总是认真地记下来。渐渐地，两个人谈完了工作，竟然都不舍得分开。安娜发现自己对寒潮有了依恋的感觉，而寒潮也开始更多地想与安娜在一起。寒潮知道，安娜正在慢慢从失去夏贺功的悲痛中走出来。正像安娜对他说的那样，在莫斯科漫长而孤独的两年时间里，她一度绝望，也无人倾诉，她曾经动摇过、悲伤过，差一点跟着大商人西德罗夫去了欧洲。现在，她认识到，一名真正的共产党员，除了个人的感情，还有更重要的使命，比个人感情更重要的是对国家的感情、对革命的感情。正是党组织在她无望的时候及时地找到她，让她重新回到了革命队伍当中，她感谢组织。听到安娜说自己差点冻死在莫斯科的雪地里时，寒潮的心就开始隐隐作痛。他承认，自己喜欢安娜，从在圣德公园见到她那一刻起，他就喜欢上了她。但是他又不能喜欢她，那时候她是夏贺功的爱人，虽然夏贺功已经去世，可他知道她的心里一直爱着夏贺功。而现在，他是她的上级，他必须克制自己的感情。大连一别，寒潮一直在为安娜担心，一直想与她重逢。真是老天厚爱，他们竟然在大上海重逢了。当年他用手术刀从安娜左臂取出那个装着胶卷的弹壳时，他的心在哭泣，为坚强的安娜，也为勇敢的安娜。他没有想到，为了传递"飞鹤计划"，安娜差点搭上了性命。

当他知道安娜从苏联回来，还要和自己一起工作的时候，他的心里充满了激动和兴奋，还有不能与人言说的那种秘密的幸福。但他只能压抑着自己的感情，不能向她表白，除了任务、情报，他不能再多说什么。有时候，两个人在公园的长椅上一坐就是好半天，晒着太阳，看着孩子们欢快地玩耍，心里都在默默地感受着对方的爱意。安娜也很享受这样在一起的时光，但他们都清楚，这是一项危险的事业，他们终有一天要分别。在严酷的现实面前，爱对他们来说太过奢侈了，他们有着更重要的事业，有着更重要的使命。

安娜每次见过寒潮后，都要难过好久。她默默告诫自己，除了工作，还是把寒潮忘记吧，自己的爱都给了夏贺功，再也没有力气经受任何打击了，那种创伤需要一辈子去修复。"谁也不会让我们分开，哪怕是无情的岁月。这一生，无论生死，永远在一起，谁也不许离开谁。"自己和夏贺功一起许下的誓言仿佛就在眼前，人生却无法回头。安娜不敢去想再失去爱人所要承受的那种痛，那是一种撕心裂肺的痛。但她知道，寒潮喜欢她。每一次，他为了装成恋人搂着她的时候，她都能听到他真实的心跳，他的心里有她。她又何尝不是呢？她喜欢他的拥抱，喜欢他身上的医院走廊里常常闻到的来苏水的味道，喜欢他白皙而细长的手指。有好几次，他们差一点亲吻了，互相都听到了擂鼓一样的心跳，但是他们只能那样抱着，紧紧地抱着，默默地抱着，听着彼此的心跳。

他们互相欣赏、互相鼓励，心里又互相着迷、互相渴望。他们在一起有种共同的使命，这种使命甚至可以让他们抛开一切，但是他们又无法不去想念对方，每一次见面之后，都盼望着下一次再见。有几次，安娜都想去医院里看看他，去挂一个他的号，让他给自己测测心跳，让他知道自己的心跳得有多厉害。但她最终没有去，只是在他上班经过的小花园里坐着，远远地看着他走进医院大门，看着他上班下班。有时她甚至为他担心，自己这样默默地观察他，他竟然没有发觉，他的警惕性是不是太低了？

唐娟秘密地跟踪景怡，当她在公园里看到寒潮的一刹那，她吓了一跳。她的脑海里一下子跳出一双似曾相识的眼睛，那双眼睛正是眼前这个男人的眼睛。那天他戴着白色口罩，如果不是他坚持把她赶走，她就能陪着景怡做手术了。她的心里一激灵，眼前这个男人就是当年给景怡做手术的医生，他与景怡虽然手挽着手十分亲密，却不像谈恋爱那么简单，这个医生一定有问题。

6

安娜作为机要秘书，把从沈扬那里得到的有价值的信息及时抄送给寒潮，再由寒潮报给中央特科。安娜提供的重要情报使许多地下党员化险为夷。最近，安娜得到重要情报，说中共有一个重要人物叛变了。南京方面已经发来密电，但是这封密电安娜并没有见到，沈扬当时也不知去向，这份电报一定还在一楼特务科长张仙手里。情况紧急，寒潮指示安娜，必须迅速拿到这份电报，得悉具体内容。

张仙科长中午喝了他喜欢喝的鲫鱼汤，也许是他太贪嘴了，下午开始闹肚子，不停地去上厕所。不巧的是，一楼卫生间的下水道堵了，走廊里臭烘烘的,而二楼的卫生间又是女人的,因此他不得不去三楼的卫生间。而到三楼的卫生间,必须要走到二楼走廊的尽头再拐回到三楼。

安娜站在女厕所里等待时机。厕所斜对面就是档案室,机要员杨安正在追求档案员小雷,他总是趁着档案室主任和大家都去休息室抽烟的时候,过来与小雷套近乎。这时,电话突然响了起来,心神不宁的小雷吓了一跳,忙跑过去接电话。安娜终于看准机会从女厕所里出来。杨安似乎看见了安娜,正要跟出来,小雷递电话给杨安说:"找你的。"杨安奇怪,走过去接电话,结果电话掉线了。刚挂掉,电话又响了,这次是找小雷的。小雷放下电话抱怨说:"主任让我去电话局,最近我们电话老是不好用。你能开车送我吗?"杨安当然愿意,两个人便一前一后离开了档案室。

安娜沿着长长的走廊往前走着,空荡荡的走廊寂静又幽暗,从走廊尽头拐下去,就是一楼张仙的办公室,紧挨着张仙办公室的就是电报室。走廊尽头的墙上挂着蒋委员长和孙中山先生的合影画像,安娜走过去,见四下没人,便把手伸到了画像后面,摸出一把钥匙。她知道,她只有几分钟,也许连几分钟都没有,但是她必须冒这个险。不要慌,千万不要慌,生死关头,不能慌,安娜心想。

张仙屋里窗帘紧闭,一片漆黑。

安娜打开门,在黑暗中分辨着屋子里的一切。正在这时,门突然开了,安娜飞快地藏到了沙发下面。她趴在地上,不敢呼吸,生怕发出一丁点儿的声音。她看到一个穿着黑色皮鞋的男人停在自己眼前,然后坐在了沙发上。另一个男人走到办公桌前坐了下来,显然是张仙。他打开保险柜,拿出里面的文件看了看,又放了回去。安娜猛然发现自己的一个紫色发夹躺在地上,一定是自己往沙发底下钻的时候不小心碰掉的。安娜紧张极了,感觉整个房间里都是自己的心跳声,打雷一般震耳欲聋。这时,张仙站了起来,似乎看到了那个发夹。与此同时,沙发跟前的一只脚踩住了那个紫色发夹，而张仙转到办公桌前又站住了，他对着沙发上的人说话了。

"你不是有急事要向我汇报吗？什么事，说吧。"

"我发现档案室的小雷和机要员杨安关系不正常，两个人经常黏在一起。"安娜听到沙发上那个人说话了，那声音她感觉有些耳熟，是王林！

"什么时候发现的？"

"最近几天才发现的。我本来不想说，但想到最近好多情报都被泄露，我怀疑这个小雷有问题。"

"他们现在在哪里？"

"刚刚一起出去了。午饭的时候，听小雷告诉杨安今天好像收到了什么秘密文件。我只是提醒你小心谨慎，防止内鬼。"

张仙坐在那里，好长时间无语，但他的喘气声却越来越重。过了好一会儿，他站起来说了声"我们走"，便和王林一前一后地走了出去。门终于关上了。

安娜的手仍然紧紧地抱在胸前，她的口袋里有药片，这是她提前准备好的，如果事情失败，她就吞下药片。她想到刚才的一幕，有些不解，王林显然看到了那个发夹，临走时还用脚把那个发夹轻轻地踢到了沙发底下，他一定知道她藏在这里，可他为什么要帮自己隐瞒呢？王林明明是唐娟的助手，天天跟着唐娟鞍前马后地侍候，人人都知道他喜欢唐娟。这个王林到底是什么人？

安娜来不及多想，如果不拿到这份情报，也许无数个人会死在上海街头，地下党组织就会遭到破坏。她从沙发下面爬出来，紧张的心都要从嗓子眼里跳出来了。她努力让自己镇定，这之前，她多次进过这个房间，已经了解张仙放文件的地方。张仙为人多疑，通常把文件放在保险柜里。安娜用事先破译的密码打开了保险柜，对着文件一张一张迅速地拍着。

这时，安娜听到走廊里传来了嘈杂声，还有纷乱的脚步声，是唐娟和王林的声音。安娜不知道，唐娟最近一直悄悄地盯着自己。看着安娜往张仙办公室的方向去了，唐娟正要跟过去，迎面却碰上了张仙和王林。王林抓住唐娟就走，唐娟不知道王林要做什么，不想跟王林走，说她要去办点事。王林不听唐娟的，拉着她不管不顾地继续往外走。等走到走廊尽头，唐娟实在忍不住了，她边挣脱王林边大声说："王林你快停下来，你想干什么……"这时，王林一把把唐娟按到了走廊的墙上，用嘴封住了唐娟的嘴，亲吻着她。唐娟被王林突然间的举动激怒了，她奋力挣扎着，但王林死死地抱着她的头不松手。这时候，张仙走过来大声呵斥："你们两个人干什么？"唐娟在王林的怀里叫着什么，张仙却什么也听不清。张仙伸手去拉扯扭成一团的两个人，却怎么也拉不开。突然，一声枪响传来，王林和唐娟瞬间一动不动了。王林紧紧地抱着唐娟，唐娟感觉浑身是血，怒目看着王林。王林贴住唐娟的耳朵，说："如果你不想让大家知道你是日本奸细，就不要多管闲事。"

等张仙把两个人分开，才发现，原来唐娟在激烈的争斗中对王林开了枪。

7

电报的内容还是让人后怕不已，叛变的是中共中央特科的一个重要领导人物谷顺意，他在被捕当晚就叛变了。谷顺意几乎认识全部特科人员，掌握许多重要机密，只要他一开口，在上海的地下党就会被一网打尽！情况非常危急，安娜冒险拿到了这一绝密情报。周正得到消息后，亲自指挥，赶在敌人动手之前迅速转移，使国民党反动派当天下午的抓捕行动落了空。

沈扬消失了，听说办事处存在银行里的经费全部被提空，整个办事处几乎瘫痪了。

有人说是王林把消息偷走的，不然，他最爱的那个女人唐娟为什么要和他纠缠在一起，还要开枪打死他？王林被送到医院时就死去了，尸体已经送到了停尸房。只有一个人不相信这样的假设，那就是张仙。他当然不相信这件事是王林干的，那天出事之前，王林还和他一起回过房间，那时候文件还在保险柜里。他坚信文件不是从他那里偷走的，唯一的可能就是王林说的，是小雷在收到文件后告诉了杨安。在张仙看来，王林就是一个无所事事的唐娟的小跟屁虫，这个与世无争的男人喜欢唐娟，他无论如何也不相信王林会走漏消息。如果要说值得怀疑的人，张仙更怀疑唐娟，他觉得唐娟的行为实在诡异。

当天晚上，张仙被同事邀请到霞飞路上的一家酒馆里喝酒，竟然发现小雷正和杨安在一起吃饭。张仙秘密跟踪，发现两个人一起去了酒店。

一想到两个人在酒店过夜，张仙的头都炸了，他跟踪两个人进了酒店。

张仙一直以为小雷喜欢自己，没想到她与杨安还有一腿，想到情报泄露时只有小雷看过文件，他的火气和疑心更大了。张仙听见两个人在屋里安静下来，一会儿又听到流水的声音，猜想他们一定在洗澡，或许正准备云雨一番。他愤怒不已，一脚踹开门，没想到被躲在门后的杨安一下子绊倒了。接着，杨安用枕头捂住张仙的脸，对着他的头就是一枪。只一会儿，张仙就不再挣扎了，白色的枕头也洇红了一片。小雷已经吓得魂不守舍，她看着杨安把张仙拖到床上盖上床单，做出张仙正熟睡的样子。

两个人一起走出了房间，杨安没有忘记在门把手上挂上勿扰的牌子。

小雷一直在发抖，她有些不解。杨安说："实话告诉你吧，我是共产党员，你不会告发我吧？"

小雷摇了摇头，她想到了远在武汉的父母，想到父母只有她一个女儿……小雷拿着杨安给她的钱，当晚就坐着火车跑了，从此再也没有在上海露过面。

8

三谷贞吉曾经在大连的码头上抓捕了三个可疑的南方人，他们打扮平常，却身手敏捷，不同凡响。原来他们正是帮捐赠金条的商人护送的人。捐赠金条的商人并没有亲自出场，他派人在烟台把金条运上船，给了他们一笔钱，说余下的钱要等货到了后再到烟台去取。送货的人并不知道护送的是什么，直到被三谷贞吉抓捕，他们才知道自己辛苦跑腿送的竟是金条。

三个人根本不用审讯，直接交代了送货的经过。让三谷贞吉生气的是，尽管他提前好多天在码头上布置，严密搜查每条船，搜查所有人所有货物，却始终没有查到那箱金条。其实，那三个人并没有把货带到大连码头。据他们交代，船经过小平岛海域时，他们按约定把箱子扔到海里，箱子落在一个撒网捕鱼用的大圆圈里，那个大圆圈是几十个葫芦穿成的漂浮物。

三谷贞吉断定那笔钱一定是成功地送到了大连地下党的手里。随着地下党一个个被抓捕，他加大了刑讯力度，却没有一个人知道有这笔钱存在。夏贺功是大连地下党的头子，他一定知道那箱金条的下落。当三谷贞吉得知中弹后的夏贺功并没有死时，他高兴坏了，把夏贺功秘密地藏了起来。夏贺功伤势太重，监狱里的医生费尽九牛二虎之力，总算保住他一条命，但他却一直昏迷不醒。三谷贞吉设法让夏贺功住进了自己的监狱，将他关在监狱一间半地下的牢房里。三谷贞吉想，现在要让全世界的人都以为夏贺功死了。于是，他让记者在报纸上发消息，说在黑石礁河入海口不远处，发现了一具无名男尸，身中数枪，脸被海浪冲击已模糊不清，但经医生鉴定，确认是夏贺功。

三谷贞吉看着这些报道，得意地笑了。现在夏贺功已经"死去"了，他要耐心地等他醒过来，要和他做一笔交易。他相信交易会成功的。如果交易无法完成，他还有另一张王牌，他已经提前做好了局，相信只有自己才能找回那箱金条。

他召回了朱沉潜，就像当初放他时一样。大连地下党组织被破坏后，朱沉潜和党组织失去了联系，现在没有人知道他在哪里。朱沉潜对三谷贞吉来说是福星，正是在朱沉潜的招供下，他才把大连地下党一网打尽，更重要的是，他还让朱沉潜成了自己的人。没有人知道当初是他救了朱沉潜，现在，朱沉潜应当好好报答他才是。他要让朱沉潜这个共产党的叛徒发挥更大的作用。他把朱沉潜秘密地藏起来，然后等待时机，再把他"抓进"监狱。这样，等夏贺功苏醒，他就可以安排夏贺功和朱沉潜见面，到那时候，他三谷贞吉的好运气也就来了。

9

安娜在莫斯科绝望的时候，夏贺功正在旅顺的日本监狱里昏迷着。但他还是活过来了，他当然不会知道，救他的是日本人三谷贞吉。

夏贺功身中数枪，一直处于昏迷状态，但三谷贞吉一直在努力救治他。这是三谷贞吉的阴谋，如果夏贺功不是大连地下党的主要负责人，如果不是那箱神秘的金条失踪了，三谷贞吉早就让他死了！

夏贺功跳进黑石礁河的时候，感觉数颗子弹击中后背，有种万箭穿心的感觉，直到最后毫无知觉地随波逐流。等他稍有知觉的时候，他只断断续续地记得自己在一个昏暗的牢房里，有人来给他喂药、打针，却不知道这种状态持续了多长时间，只感觉从夏天到了冬天，非常漫长。终于，他可以说话、可以走动了。他不知道三谷贞吉的葫芦里卖的什么药，也不知道自己将要经历什么。

夏贺功身体稍微恢复后，日本当局并没有放过他，他们对他进行了秘密审讯。靠镇压中朝人民起家的关东厅地方法院长安住时太郎做主审法官，川烟源一郎和长岛卯十郎为审判员，池内真清为检察官，荒木格雄为书记，加上神谷巡查和平及警卫等，他们一起参加了审讯。而三谷贞吉作为日本监狱的监狱长，从头到尾参加了旁听。审问并没有因为夏贺功身体虚弱而放弃用刑，老虎凳、灌凉水、夹笔杆、火烧等酷刑几乎用了个遍。夏贺功身体本已破败，经过几次审讯，几乎成了废人。但是，让审问者苦恼的是，即使处于濒死状态，夏贺功也毫不畏惧，没有吐露半点有价值的信息。

"你所信奉的是共产主义？"

"是！我们共产党现阶段要限制资本家的暴利，分配均等，平均地权，限制资本……将来要在我国建成人类极为美好的共产主义。"

"据说你们要从资本家手里没收铁路、工厂、电气事业……劳动时间要缩短？"

"是！这样不但工人可以得到实惠，即使是一般人民也可得到很好的生活。"

"你们的主义听起来好，可是，"主审官把拳头举在半空，"谁的拳头大谁就说了算。只要在我们统治之下，违反治安维持法那是不用说的了，绝对不能允许。宣传共产主义也是要被彻底检举审判的，我们不允许任何不符合大日本利益的言行存在。"

主审官宣判夏贺功监禁十年。

审判消息没有发布，夏贺功清楚，有人不想让他死，这个人就是三谷贞吉。法庭上竟然没有提到那箱金条，说明现在还没有人知道这件事。对于三谷贞吉来说，这个是最最重要的，如果这个消息让别人知道了，他救夏贺功还有什么意义？虽然夏贺功至今没有吐露半点有用的信息，但三谷贞吉不死心，他心中早有妙计。这妙计在他心里酝酿很久了，像发酵的糯米，他已经闻到了酒的香气。

10

夏贺功被塞进关了好几人的牢房。第一次从牢房里出来放风的时候，他并没有走出多远。铺满青草的院子里，除了一块巨大的石头在中间竖立着，再看不到一粒石子儿。太阳光十足，晒得皮肤发疼，犯人们都躲在阴凉处，只有他走到大太阳底下，坐在滚烫的大石头上。他在阴冷潮湿的地下室里待得太久了。他微闭着眼睛，像是在享受阳光，实际上却四下观察。院子四角的岗楼上都有荷枪实弹的卫兵，他们紧紧地盯着放风的犯人，虽然天热，但卫兵看上去没有一丝的松懈。自这座监狱建成那天起，没有一个人能从这里成功越狱。即使有人能从这里跑出去，外面方圆几公里空旷开阔，无处躲藏，很快就会被找到，结果必死无疑。

在地下室待了太久，夏贺功喜欢上在阳光下暴晒自己。像是把身上的病菌都晒死了似的，他感觉身体渐渐地恢复了。两个月后的一天，放风的时候，他正坐在大石头上闭着眼胡思乱想，一个人慢慢地走到了他的旁边。他在刺目的阳光中猛地睁开眼，居然是朱沉潜，他大吃了一惊。夏贺功知道，地下党成员都在市内的西岗区受审，判刑后都关押在岭前监狱。自己是因为昏迷时间太长才转移到日本监狱的，怎么会在这里看到朱沉潜？夏贺功并不知道朱沉潜已经投敌叛变。他看到朱沉潜后更加绝望了，他们竟然都被抓了起来。朱沉潜被判了七年徒刑。夏贺功看到自己的同志难过不已，联想到自己受刑的情景，感觉朱沉潜一定也吃了不少苦。两个人避开狱警，有一句没一句地说着话。他想问问其他同志的情况，特别是安娜和牛文礼。朱沉潜告诉他，这些人都下落不明。下落不明最好了，这说明他们既没被抓起来，也没有被判刑，还有活着的希望。

这时候，卫兵打开了院子北侧的一扇小门，一个戴着草帽的送菜农民扛着盛满菜的大筐进了东侧的厨房。几分钟后菜农就回来了，卫兵再次打开门，让菜农提着空筐走出去。

院子里放风的犯人已经习惯了这一幕，但没有人敢动趁机逃跑的心思，四角岗楼上的卫兵手里有枪，即使跑出去，外面辽阔的田野也无处躲藏。夏贺功和朱沉潜同时注意到了这个菜农，两个人的目光一下子对上了，他们都紧张起来。朱沉潜对夏贺功说："我观察了好久，在这几分钟里，负责开门锁门的卫兵手里忙着，枪挂在肩上。只要有人分散岗楼上卫兵的注意力，我们就能抢到那把枪，两分钟就可以逃出监狱。"

这想法太大胆了，夏贺功感觉很难成功。这么长时间以来，他在监狱受尽了折磨，身体已经虚弱不堪，无力去完成这样的冒险。他不怕死，只是怕自己死了，那箱金条就无法亲自交给党组织了。

朱沉潜一直不死心，他说："我被判了七年，你被判了十年，如果不逃出去，我们就得死在监狱里。想想那么多的任务无法完成，想想未竟的事业，我们怎么可以在监狱里浪费生命？"夏贺功一直在警告朱沉潜，不可以轻举妄动，活着最重要，不要盲目地牺牲。但朱沉潜似乎已经下定了决心，他看卫兵的眼神也越来越让人紧张。每次放风时看到朱沉潜，夏贺功都紧张不已，晚上睡在牢房里，梦里都是朱沉潜逃跑时被击毙的惨状。

朱沉潜已经着手制定逃跑的计划，他常常找夏贺功商量，但每一个方案对夏贺功来说都不完善。朱沉潜对夏贺功反对自己越狱越来越不满，说他胆小怕死。

这天，两个人在放风的时候又遇见了。朱沉潜装作无意地说起他在被审问的时候，三谷贞吉追问过大连地下党收到一箱金条的事情。有人说，是夏贺功私吞了金条。还有人说他是叛徒，要追杀他。朱沉潜严肃地对夏贺功说："如果我逃出去了，就把金条交给组织，这样就不会有人再怀疑你夏贺功是叛徒。"

夏贺功不动声色，他现在不敢相信任何人。但他有时也想，如果朱沉潜真能成功越狱，他就应当把藏金条的事情告诉他。

夜晚的牢房太冷，冻得人浑身发抖。同屋的一个犯人得了天花，夏贺功的体质太弱被传染了。他病得几乎无法行走，天天躺在牢房冰冷的水泥地上，没有力气爬起来，放风的时候也没有力气走出去。监狱里还是老样子，看样子朱沉潜暂时放弃了逃跑的打算。有一天夏贺功在饭钵里发现了一张卷着的纸条，纸条是朱沉潜写给他的，上面写着："我准备行动，成功后会把你救出去。"

夏贺功就着玉米饼子把纸条吃到了肚子里。谁把纸条放在了饭里？看来这里有自己人，或许朱沉潜真能成功越狱。如果他出去能找到组织，告诉组织夏贺功从来没有叛变过，也永远不会投降，那么组织上就会相信自己，也一定会设法营救自己的。

夏贺功病情突然恶化，他没有等到朱沉潜越狱，就被送到了监狱后山的传染病牢房里。他被传染上了天花，又得了严重的疟疾，浑身发烫，不省人事。看他气息全无，一个狱医捂着鼻子下了死亡通知单。他被扔进了停尸房。停尸房里到处撒着白石灰，屋里还堆着装死尸的筐。筐很小，尸体只有蜷起来才能放进去。

在狱警的监督下，夏贺功被两个农民塞进了装死尸的筐里。两个农民将筐扔到一辆马车上，马车上还有三个筐，那里面装着已经死了的人。马车晃荡着前往离监狱不远的一个山沟里。到了地方，两个狱警远远地坐着，闷声不响地抽着烟，似乎靠近那两个挖坑的农民，他们就会被一起埋进坟里一样。

两个农民正挖着，监狱方向传来了一阵枪声。两个狱警看着筐被扔进了坟坑里，匆忙开着汽车跑了。

监狱方向的枪声震醒了夏贺功，他猜想，可能是朱沉潜打死了守门的卫兵，抢走了卫兵的长枪，成功地逃出了监狱。

他有些后悔没有告诉朱沉潜金条的事。

11

牛文礼从黑石礁逃出后，眼睛盯着大黑山一直往北面走去。从牧城驿到南关岭，从普兰店到瓦房店，公路上到处都是关卡，他只能挑偏路和山路等难走的路走。和夏贺功一起喝酒的那天晚上，牛文礼喝多了，在外面睡了一觉着了凉，一路上又风餐露宿、着急上火，到了瓦房店，他便再也走不动了。他想到叛徒朱沉潜会给组织上造成的危害，想到和肖天飞在一起的处于危险之中的儿子牛丰收，心急如焚，他想去复州城找妹妹牛文书。

复州城里正在赶大集，街市上到处都是赶集的男男女女，虽看似热闹，却不是从前那种热闹。现在的集市上，不时地出现穿黄衣服的日本人，他们既想营造繁荣的假象，又不放心中国人聚在一起，时时都盯着中国人。做生意的人全没了畅快和天然的热情，动作和声音里都夹杂着小心；逛集市的人们也没有了坦然的心境，像是到了别人家的院子里般局促不安。牛文礼不敢贸然去妹妹家，他躲在山上，远远地看着复州城，要等到晚上路上没人了再去。

牛文礼身心疲惫，不知不觉睡着了。突然有什么东西把他捣醒，他一看，两个日本兵正拿枪对着他。他清醒过来，急速地想着对策。他用衣服扇着身上的酸臭味，熏得两个日本兵立即捂住了鼻子。他假装要爬起来，趁机抓起一把泥土扔向两个日本兵的脸，然后撒腿就跑。牛文礼哪里知道，他身后的山谷里，有一队日本兵正在训练，一阵乱枪打来，他瞬间倒地。山下热闹的集市里依然人来人往，而牛文礼再也看不到这样的景致了⋯⋯

倒地后，牛文礼一直在喊儿子牛丰收的名字，一遍又一遍，直到自己都听不到自己的声音。

牛文礼被发现的时候，已经死了好几天。有人认出他是复州城的牛文礼，说他的妹妹牛文书因为外甥牛丰收被警察带走了，就一个人离家去找牛丰收了，至今未回。还有人说，在大连街头看到牛文书了，她像疯了似的，看到小孩就上去抓住不松手⋯⋯

据说牛文礼死的时候眼睛大睁着，手里紧紧地攥着一张火车头的照片。有人说那火车头是日本造的，也有人说是英国造的，还有人说是美国造的，但有一点是明确的，照片里的火车头肯定不是中国造的。

有好心人在牛文礼死去的地方给他修了一座坟，把这张火车头的照片镶在了坟头上，既然找不到他本人的照片，就把他手里的照片镶上吧，这至死都不舍得丢弃的照片一定是他的最爱吧。

12

三谷贞吉知道，夏贺功死也不会交出金条。他造谣出去，说夏贺功私吞金条，夏贺功无路可去，唯一的可能就是去找他的老婆安娜。而据苏联领事馆的内线消息，他老婆已经成功逃出大连去了上海。

那天，监狱里让两个农民去掩埋几个死去的犯人，两个农民把几个死人扔到大坑里，草草地填了填土就走了。夏贺功从昏迷中醒来，发现有什么东西在晃动自己的筐子，定睛一看，原来是几只野狗刨开了土正在撕扯他的筐子。夏贺功吓坏了，拼命地晃动身子，野狗们却更加疯狂地嚎叫、撕扯。夏贺功感到了绝望，拼尽力气地号叫着。这时，一块大石头飞了过来，野狗四散而去。夏贺功听到有人走动的声音，他睁大了眼睛，看到一个老汉下到了坑底。

夏贺功被拾荒的陈老汉救了出来。陈老汉单身，住在旅顺陈家村。他上山采药，给夏贺功熬中药喝，又将黄土、小白菜汁和盐水等搅和后，烀在他的脸上和身上，给他去病降火除毒，还用锅底灰给他消炎。冬天的时候，夏贺功终于痊愈了，只是他的脸上和身上结了许多疤，皮肤变得坑坑洼洼。既然已经死过一回，就什么也不怕了。他谢过陈老汉，一个人上路了。他要去找党组织，要把金条交给党组织，哪怕用尽最后一点力气。

夏贺功拄着拐杖，不敢走大路，只能沿着海边的山崖行走。他昼伏夜出，在山里吃野草野菜，到海里赶海菜充饥，走了好多天，终于到了黑石礁。他躲在黑石礁海边的山林里，远远地看着自己住过的地方。他想到了王大灿的妹妹王大美，王大美和老母亲去山东守孝，也应当回来了。

夏贺功在山林里看到一个捕鸟的小孩，便让他帮自己给王大美捎个口信。天黑的时候，王大美来到了山林，看见夏贺功时吓了一跳。她第一次见到夏贺功已是多年以前的事了，眼前的夏贺功满脸坑坑洼洼的伤疤，衣裳破破烂烂，王大美几乎认不出他了。正像朱沉潜告诉夏贺功的那样，王大美说大连地下党遭到了严重破坏，夏贺功是死是活也没有人知道，有人说他叛变了，有人说他携金条跑了，还有人在追杀他，但是她相信他是好人，他绝对不会当叛徒。夏贺功简单地讲了自己死里逃生的经历，听得王大美唏嘘不已。

王大美说，她回来后，警察和日本人来抄了好几次家，后来就不了了之。她现在在大连铁道工厂上班，已经和组织上失去了联系，出于安全考虑，她无法留夏贺功。她给了夏贺功一些钱，还把哥哥的两件旧衣裳给了他。王大美还告诉夏贺功，王大灿死的时候用血在墙上写了一个字，不知道是什么意思，好像是牛字，又好像是没写完的朱字，反正就是一个没有写完的模糊的字迹。

夏贺功想，那个字一定是王大灿临死的时候给他留的信息，看来这事和朱沉潜或者牛文礼脱不开关系。也不知道朱沉潜在监狱里怎么样了，那天的枪声是不是他越狱引起的？如果真的越狱，那么朱沉潜要么已成功，要么已被乱枪打死。不管怎样，此地不可久留，自己要尽快与组织取得联系。夏贺功感到庆幸的是，当时他在屋顶上给安娜报了信，并在乱枪中拼命奔向黑石礁河，吸引了敌人的注意力，成功地拖延了时间，使安娜及时地脱险。

现在没有安娜被捕或死亡的消息，说明她还是安全的，她极有可能按计划离开大连去了上海。夏贺功觉得目前更稳妥的办法是到上海去找安娜。

三谷贞吉发现筐里的夏贺功不见了，最终从陈老汉那里确认夏贺功没有死。于是，他派出人马寻找夏贺功，并在天津一家寺院里发现了他的下落。他没有惊动夏贺功，只是派人秘密地跟踪他。

这是三谷贞吉的计谋。他曾对朱沉潜说，他已领教过像夏贺功这样的共产主义者，又臭又硬而且一根筋，即使大刑用尽也不会吐露半点有价值的信息。要想有收获，只能智取，不可强来。要让夏贺功活着，让他自己露出马脚，那比上多少大刑都管用。

三谷贞吉为自己的计谋而暗自得意。与此同时，朱沉潜也得到了秘密情报，有一个神秘人物正在上海等他，这是属于他自己的秘密，不想让三谷贞吉知道的秘密。

13

按照三谷贞吉的想法，本来是要安排朱沉潜成功越狱的，但是夏贺功突然得了天花，已是将死之人，此时再让朱沉潜表演越狱没有任何意义，既不可信，还会引起不必要的麻烦。

夏贺功从朱沉潜那里得知，大连的地下党组织全部暴露，外界因他失踪且由他保管的那箱金条不见了，便传他私吞金条叛变革命，将他列入了追杀的黑名单。夏贺功心想，自己只有找到安娜，才能证明清白，于是开始去寻找安娜。他不敢走大路，专挑山路小路险路，哪里人烟稀少就往哪里走。经过多日风餐露宿，他终于走出大连到了营口，再从营口走到天津，又从天津往上海走去。他在大黑山朝阳寺遇到过一位挂单的胖和尚，胖和尚送给他一件居士穿的衣裳。按照胖和尚的指点，夏贺功一路上专门寻找寺院吃住。累了，就歇息在寺庙的某个角落里；困了，就等着晚上庙里关了门，从窗户爬进去，睡在大殿里；饿了，就趁夜里没人的时候，吃点给菩萨上供的供品。有时候遇到小的庙宇，上供的小馒头硬得像石头一样，他干巴巴啃着，心里也不觉得苦。毕竟，他一天天地靠近上海，靠近他的安娜。他走得天昏地暗，走得骨瘦如柴，意志却愈发坚定。终于到了上海，历尽艰辛的他对寺院庙宇的一切已不再陌生，像一个资深的和尚，在松江西林禅寺里住了下来。

虽然安娜已经从莫斯科回到了上海，夏贺功也在四处寻找，可上海这么大，上哪里去找安娜呢？为此，夏贺功常常整夜整夜地失眠。西林禅寺香火旺盛，初一和十五更是香客云集、人流不断，夏贺功在寺院里帮忙打扫卫生，一边做工一边四处打探消息。

在夏贺功入住西林禅寺后，朱沉潜也来到了上海。按照三谷贞吉的打算，只要朱沉潜盯紧夏贺功，就能通过他找到那箱金条，要是能顺藤摸瓜找到他们的上级，将他们一网打尽就更好了。但对三谷贞吉来说，最重要的事情不是抓什么共产党，他不想节外生枝，他只想找到那箱金条。

朱沉潜到上海，除了执行三谷贞吉交代的秘密任务以外，还有一个不为三谷贞吉所知的目的，就是找到那个一直在寻找他的神秘女人。一个月前，有个穿着长衫的日本男人找到他，告诉他在上海有个女人一直在找他。他猜想会不会是唐娟，从苏州逃走后，他曾经派人回去打听过，但唐娟早已跟着她的姐姐一起离开苏州了，而且再也没有回去过。

朱沉潜发现有一个戴着黑色墨镜的小个子男人经常出现在寺院附近，好像还尾随过自己。他知道，狡猾的三谷贞吉信不过他，不会让他一个人在上海享受自由，一定会派人跟踪他。不过，眼下跟踪他的是不是只有小个子一个人，还需要再观察。朱沉潜格外小心，他一边秘密盯紧夏贺功，一边找机会与那个到处寻找自己的神秘女人见面。

14

正如朱沉潜猜想的那样，那个寻找他的神秘女人就是唐娟。见到唐娟的那一刻，他又吃惊又不解，在这个世界上竟有一个女人这么多年一直深爱着自己。他了解到，唐娟一直在找他，为此还放弃了出嫁，孤身来到举目无亲的大上海。在这个险恶的世界里，自己还能拥有这样纯洁的一份爱，朱沉潜感觉到了从没有过的激动和幸福。

那个在苏州河上与他如胶似漆的女孩唐娟，为了找他，什么都愿意去做，什么苦都愿意吃。这样一个女人，为了一份也许永远都没有未来的爱，饱受痛苦和磨难，甚至为戴笠卖命，甚至出卖情报给日本人，将自己置于危险的境地。

朱沉潜无以报答，他告诉唐娟，从今以后，无论发生什么，他永远也不会放弃唐娟。

朱沉潜和唐娟在一间茶舍里喝茶，中途他去了趟卫生间。在卫生间里，他看到旁边隔断里有个穿着棕色皮鞋的男人。他警觉起来，悄悄地躲在卫生间里观察着。等这个男人转过身来往外走的时候，他大吃一惊，差点儿叫出了声。眼前这个男人是大连地下党组织负责人之一的寒潮，也是他的入党介绍人。他看到寒潮走出卫生间，有些不知所措。寒潮不是去哈尔滨了吗，怎么会在上海？他和谁在一起？只能是安娜！真是踏破铁鞋无觅处，得来全不费工夫啊。

朱沉潜看寒潮穿着衬衫和背心，没有穿外套，知道他不会马上走。

他没有冲动，仔细想了想，如果贸然出现在寒潮面前，就表明自己在大连的大搜捕中既没有被抓起来，也没有受到伤害，寒潮很可能会怀疑到自己变节，那样一切就都完了，自己的命也将不保。他现在可不想与任何组织有瓜葛，只想尽快摆脱这一切。

他既兴奋又不安，匆忙回到包间。唐娟一脸疑惑，顺着朱沉潜眼神的方向看过去，包间外，一个男人正拿着外套经过。她一下子就认出这个男人是公济医院的医生，还给姐姐做过手术，现在正和自己的姐姐谈恋爱。

"你姐姐叫什么名字？"

"景怡，章景怡！就是和我一起在苏州河边碰到你的那个女孩，可能你当时没有在意。"

"我感觉在哪里见过她。"朱沉潜脸上现出沉思。

唐娟猛然想起什么："对了，几年前我姐是从大连来上海的，她好像嫁了一个男人，后来那个男人病死了，她就回来了。"

"如果我没有猜错，你姐应当就是大连地下党负责人夏贺功的老婆安娜。"

"安娜？"唐娟也一脸惊讶。她想起那天中午死在她怀里的王林，王林当时拼命地纠缠自己，难道是为了掩护安娜？看来自己的怀疑是正确的，安娜无疑是共产党，唐娟想想就后怕。看来自己的一切安娜早就知道，她装作可怜巴巴像是遭了遗弃似的，现在想想，可怜的张仙也一定是死在她的手里。

朱沉潜告诉唐娟，自己到上海是为了跟踪大连地下党头子夏贺功，夏贺功掌握着共产党的一箱金条，而且只有他本人知道这箱金条藏在哪里。旅顺监狱的监狱长三谷贞吉要他跟踪夏贺功，就是为了这箱金条。夏贺功到上海来是为了找安娜，他已经与组织失去了联系，唯有通过他的妻子才能找到共产党在上海的组织，他要把那箱金条交还回去。

唐娟阴阴地笑道："既然你知道他在哪里，先不要惊动他，我会安排一次他俩的巧遇。"

"等夏贺功找到安娜，就找到了上海的共产党，他一定会证明他不是叛徒。到那时，寒潮的任务就算完成了，我们就把寒潮干掉。如果寒潮发现我，我们俩都难逃一死。然后，我们跟踪夏贺功和安娜去大连，把金条运出来。"

15

做了一天的手术，寒潮浑身酸痛。这些日子，他感到格外累，从办公室的窗户往外看去，院子里不时地有病人走过。看着看着，他猛然想起什么，忙找来日历翻看，果真今天是他的生日。寒潮看着日历，茫然地看着远方，有种说不出来的孤独。他离家已经十多年了，此刻突然格外地想家。他从皮夹里拿出那张与母亲的合影，那时他才十四岁，母亲坐着，他站在母亲侧面。那时候，懵懂的他不会想到，离开家以后，他再也没有回去过。

他先是去了日本，考入早稻田大学，学了医学专业。在日本，他接触到了马克思主义思想。后来，日本政府镇压共产主义运动，他又去欧洲游学。在欧洲，他认识了许多进步的爱国人士，回到中国后就秘密加入了共产党，走上了革命道路。他不再和家里联系，与其让父母为自己担心，不如就让他们找不到自己吧，这样至少不会给他们带来什么危险。生日的到来，表明自己又长了一岁，父母也一定会在这样的日子想起他吧。此刻，他特别想找个人一起说说话，他想到了安娜。他刚刚接到任务，要去武汉工作，他想见安娜，想告诉她他爱她。想到这里，他拿起电话打给了安娜。

这几天，安娜也莫名地感到焦虑，她的眼前常常会出现寒潮的影子。她想到在大连圣德公园那天，她没有看清寒潮的相貌，寒潮讲究的衣着曾经让她怀疑他的能力，而自己在上海遭遇的一切却完全证明了寒潮的能力，如果没有他，真不知道自己会怎么样。

安娜在路边的摊位买了白斩鸡，寒潮去商店买了些啤酒和罐头，两个人一起回到了安娜的住处。安娜得知今天是寒潮的生日，特意煮了长寿面。吃饭的时候，安娜点了两根蜡烛，两个人坐在泛黄的光晕里，互相凝视着。安娜举起酒杯，对着寒潮说："寒潮，不，雄鹰同志，祝你生日快乐！"昏黄的烛光里，寒潮端起酒杯一饮而尽。放下杯子，寒潮说："自从离开家，特别是参加革命以后，我很少想自己，想到的都是革命事业，但是我最近特别想家，想父母，有时候还想你。"他说，"你该不会笑话我变得儿女情长，变得软弱了吧？"安娜想起初次见到寒潮的情景，不禁笑起来："当时我也怀疑过你，觉得只有穷苦的人才会革命，像你那样的富家子弟，怎么可能会干革命呢？其实夏贺功也是富家子弟，却为了革命背井离乡，为心中的理想而奋斗。你和夏贺功是一样的，又怎么会软弱呢？"

寒潮告诉安娜，他在很小的时候曾经订过婚，大约十几岁吧。但他从来没有见过那个未婚妻，也不爱她，那都是父母之命，媒妁之言，并不是他的本意，他也不知道这算不算婚姻。他参加革命后一直没有回家，实际上已经和家里失去了联系。

听了寒潮的话，安娜的心却狂跳起来。她告诉寒潮，其实她在与夏贺功结婚前也与别人订婚了，对方留学国外，一去不复返，不知道是因为他不喜欢自己，还是不喜欢中国。安娜从钱包里拿出一张照片给寒潮看，她说和她订婚的那个男人叫宋大鹏。

寒潮看着眼前的照片，简直震惊了，照片上的男孩正是小时候的自己，而那个女人正是自己的母亲。寒潮眼圈泛红，思绪翻滚，他怎么也想不到，眼前这个他暗恋许久的安娜就是曾经和自己订婚的那个女孩，就是自己曾经主动放弃的那个女孩。老天捉弄，当时让他们失之交臂，如今又让他们重逢。他想大胆地告诉安娜，他爱她，很早很早就爱她了。但他知道，安娜的心里还有夏贺功，虽然夏贺功已不在了。他害怕自己突然表白会遭到安娜的拒绝，那还不如就像现在这样暗恋着，至少可以经常和她在一起。

寒潮想告诉安娜，如果宋大鹏知道你这么好，这么美，他一定不会离开你，也一定会回来娶你的。安娜，宋大鹏没娶到你，他一定会后悔的。

但寒潮什么也没有说出来，每每想到安娜说起夏贺功时的那种神情，他的心就很痛。他没有自信，他怕表白之时就是失去安娜之时。

16

夏贺功发现，有一个戴着礼帽和墨镜的小个子男人，敬香时的动作十分潦草，没有半点虔诚，很值得怀疑。这段时间，夏贺功久居寺院，还是能分清一个人是否是真正的香客的。一个专心上香求佛的人是不会东张西望的。夏贺功毕竟做过地下工作，他知道，这个小个子男人很可能是冲着自己来的。他到寺庙干什么？看样子他不太像中国人，会不会是日本特务？

这天，那个小个子男人又来了，而且眼睛盯着不远处的一个高个子男人。等那个高个子男人走了以后，小个子男人也跟了出去，夏贺功随即跟上了他。小个子男人来到一家旅馆前停下了，他躲在不远处，眼睛注视着旅馆的大门。夏贺功远远地跟着，躲在暗处观察着。这时那个进了旅馆的高个子男人又出来了，小个子男人赶快躲了起来。夏贺功简直不敢相信自己的眼睛，这个小个子男人跟踪的不是别人，正是朱沉潜。朱沉潜逃出了监狱？他又怎么会到上海来？如果跟踪他的小个子男人是日本特务，那日本人为什么要跟踪他？复杂的情况让夏贺功百思不得其解。夏贺功想到自己得了天花将死之时，还一度后悔没有把藏金条的地方告诉朱沉潜，现在看来，自己当时的谨慎还是很有必要的。

朱沉潜经过一家书店，好像被橱窗里的广告画吸引，就站住了。小个子男人忙躲起来。朱沉潜转身，头也不回地拐进了书店旁边的弄堂。小个子男人紧跟着走进了弄堂。走着走着，小个子男人发现走在前面的朱沉潜站住了，原来这条弄堂是个死胡同。小个子男人刚要躲起来，朱沉潜已经转过身来，远远地看着他。小个子男人看到朱沉潜把手伸进了前襟口袋像是要掏枪，他忙拿出了枪。但朱沉潜并没有拿出枪，他掏出的是一条手帕。他张开手掌，用两根手指头夹着手帕的一角，脸上挂着笑容。小个子男人有些奇怪，他不知道朱沉潜笑什么。就在这时，一根细细的绳子从后面一下子套住了他的脖子。

唐娟把绳子套在了小个子男人的脖子上。她拽紧绳子，一转身，把小个子男人背靠背地背了起来。小个子男人被绳子勒得双脚离地，拼命地在唐娟背上挣扎着，脸色慢慢由红变白变紫再变成猪肝色。

唐娟用她惯用的手段，很轻易地就把小个子男人活活勒死了。

朱沉潜知道三谷贞吉暗地里派人跟踪自己，他一直在找机会做掉这个人。

朱沉潜表面上答应帮三谷贞吉找金条，可自打离开大连那一刻起，远离了三谷贞吉的阴谋，他感觉到了从没有过的自由，他的第一个想法就是再也不回去了。他知道，三谷贞吉已经牢牢地盯住了他，不找到那箱金条，他早晚都得死。他暗自做好打算，等知道金条的下落，就杀掉跟踪自己的人，再把夏贺功灭口，然后带着那笔钱远走高飞。

唐娟跟踪安娜到了公济医院，透过玻璃窗看到寒潮正在给安娜看病，她立即想到上次安娜在医院做手术的事情。她猛然醒悟过来，这个大夫就是共产党地下分子，当时就是他，借着做手术支开其他人，从安娜那里取走了情报。

唐娟想，寒潮知道朱沉潜的叛徒身份，如果寒潮活着，朱沉潜就会有危险，她自己也会有危险。唐娟眼里露出凶光，是该解决掉寒潮了。

17

临去武汉前，寒潮一直想向安娜表白，但是他最后也没有说出来。

吃过晚饭，寒潮离开安娜家，一个人往回走。夜雾笼罩，天地茫然，四周一片漆黑。突然，一个颤巍巍的声音传过来："我可怜的花儿，你跑哪里去了？你快回来吧，没有你我怎么活啊，别丢下我一个人好不好？"寒潮寻着声音走近，看到一个老妇人蜷缩在轮椅上，头上包着围巾，身上盖着一条毯子。原来，这个可怜的老妇人丢了猫。他四下看看，并没有猫的影子。

老妇人的毯子滑到了地上，她费力地伸手去够，却怎么也够不着。

寒潮的心里对这个可怜的老妇人充满了怜悯，他走过去，蹲下身来帮她捡起毯子。突然，他感到一阵窒息，一根又细又结实的绳子套在了他的脖子上。那个老妇人突然从轮椅上站了起来，膝盖顶住他的后背，用力一拉一拽，从后面死死地勒住了他的脖子……

寒潮拼命地挣扎着，不多时，终于停了下来。

唐娟拿出匕首，在寒潮的喉咙上狠狠地划了一刀。顿时，寒潮的脖子上出现一道长长的口子，鲜血喷涌而出……

送走寒潮，安娜一直有种隐隐的不安，心里有一种说不出来的感觉。她回到房间，发现桌上放着一张照片，仔细一看，惊得目瞪口呆。这张照片和自己收藏的那张照片一模一样，是少年宋大鹏和母亲的合影，只是这张照片保存得更好一些。很显然，照片是寒潮留下的，他已经知道了安娜就是那个与他订婚的女孩。安娜看着照片，好长时间没有反应过来。忽然她意识到什么，心猛地狂跳起来，寒潮难道就是照片上的宋大鹏吗？安娜想起寒潮和她一起看照片时激动的神情，终于明白了，她迅速地跑出去追赶寒潮。外面漆黑一片，她追出去好远，寒潮却早不见了踪影，她只好往回走。黑暗中一个熟悉的女人的身影从她身边跑过。这时，警车来了，她下意识地躲了起来，再一探头，那个身影已经不见了。

唐娟在警察到来之前迅速地跑掉了。她想，寒潮这个男人一定不会明白，他的热情和善良最终害了他。一个特工不应该有软弱的心肠，他有这样的好心肠却直到今晚才死掉，已经是奇迹了。

唐娟逃走的时候，夏贺功在不远处看着这一切，他不知道死去的是寒潮，只是感觉这个杀手动作太快了。

让夏贺功没想到的是，他看见了躲在不远处的安娜。

18

多年前，朱沉潜一心想跟着老师做一番事业，老师丛林对他特别器重，视如己出。后来朱沉潜发现，丛林所研究的是针对中国的入侵计划，但那时他知道得太多，加上与老师丛林有着多年的感情，已无法脱身。哪想到在苏州做勘探时，老师丛林的身份暴露，在逃跑途中不幸身亡。朱沉潜当时有些六神无主，却又如释重负，或许他早就想找个机会摆脱日本人的控制。

他回到了出生地大连，遇到了早年在日本留学时认识的寒潮，并在他的介绍下，秘密加入了共产党。那时候，他觉得这个年轻而有朝气的共产党有着崇高的理想，可以让自己成就一番事业，成就个人的梦想。他没有想到，入党没有多久，大连地下党就暴露了，让他本想在共产党队伍里捞取点政治资本、做一番事业、洗白身份的愿望落了空。但是，他的身份还是被三谷贞吉发现了。本来他入党的动机也不纯粹，决心也不是那么坚定，不过是徒有空想纸上谈兵的雄心壮志而已。既然抗争是一条死路，选择合作是一条活路，还不如放弃抗争，再一次投靠日本人，全盘告知所知道的一切，来保住自己的命。但他没想到，三谷贞吉给了他一个更加艰巨的任务。他知道，找不到那箱金条，三谷贞吉不会放过他，找到那箱金条，他也活不了，三谷贞吉不会让他知道金条的秘密。

从他答应帮三谷贞吉找金条那天起，他就开始盘算怎样摆脱三谷贞吉，怎样想办法捞钱。他不仅出卖了大连地下党的成员，还出卖情报给日本人、朝鲜人，以及国民党，只为换更多的钱。如今到了上海，找到了唐娟，他又有了新的想法。找到金条最好，找不到金条也不能在上海久待了，不管是国民党还是共产党，都不会放过与日本人合作的"奸细"，他和唐娟一定要想办法尽早离开中国。

19

朱沉潜发现了寒潮，感觉到了威胁，他必须要除掉寒潮。

对于杀掉寒潮，唐娟起初还有些犹豫。但是后来她愈发清楚，虽然寒潮表面上是安娜的恋人，王林和张仙死去以后，办事处似乎也平静了许多，但是安娜是有问题的，她跟寒潮也并非恋人这么简单。

朱沉潜说得对，他们已别无选择，只能除掉寒潮。

安娜第二天从报纸上得到了寒潮被暗杀的确切消息，报纸还暗指这个公济医院的医生有着神秘的身份。安娜又从办事处的人那里侧面打听到，是唐娟发现了寒潮这个共产党分子，并杀掉了他。唐娟本可以大方地前去邀功领赏，可是为何她如此低调？既然知道寒潮是共产党，为什么不活捉他而是偷偷地杀掉他？安娜细心地思索着。

杀掉寒潮的第二天，久不回办事处的唐娟回来了。她等着安娜下班，两人一起走在夜色朦胧的小街上。除了工作，她们两个人私下里的交往已经越来越少，表面上看是为了在办事处避嫌，实则两人都明白彼此渐行渐远的真正原因。

唐娟的神情并无他样，像是什么也没有发生过，但安娜能感觉到唐娟声音里带着的得意，那种杀掉一个人就像杀掉苏州河里跳出来的一条鱼一样的得意。想到惨死街头的寒潮，安娜的眼泪夺眶而出，如果不是路灯下的飞虫及时地迎面扑来，她都不知道自己会不会一拳打在唐娟的脸上。

唐娟在路灯下得意地笑着，她的眼睛里已经丝毫看不到当年那种天真，老到得可怕。安娜的心无比疼痛，她像是被兜头浇来的海水猛地呛着了，嘴里涌出一口苦涩的咸味。她突然蹲在地上，捂着胸口使劲地收回泪水。她想起初次见到寒潮时那个阳光般的年轻人，当时哪里会知道，他就是自己极力逃避的真命天子。

安娜一直在想，如果时光能回转，不管去哪里，她一定带走唐娟。哪怕不革命，不做任何事，只要两个人像小时候那样在一起，在教堂里睡到天亮，一起坐在苏州河边看夜航船、听评弹……

看到安娜蹲在地上，唐娟目光里有了一丝狡黠。有一阵子，她想要除掉安娜，但她突然又想，眼前的安娜不一定非要死，活着可能更好。她弯下腰，长筒马靴把小腿肚子勒得紧紧的，仿佛勒住了她心里最后那一丝情感。她扶起安娜时，明显感觉到安娜的瘦弱和无力。是啊，这个曾经丰满的姑娘，如今一定承受了巨大的压力，一面是自己心爱的人无法救活，一面又怀念死去的丈夫；一面是小时候亲密无间的同伴，一面是不可饶恕的敌人。

安娜不明白，唐娟如何就断定寒潮一定会帮助她装扮的老妇人？寒潮的警惕性真的很高，怎么会犯这样低级的错误？

唐娟跟踪过寒潮。有一次，他在医院门口看到一对乞讨的母女，他原本已经走过去了，却又倒回来，悄悄把钱塞进了那个女人的手里。当时唐娟心里一动，这个人心肠这样软？

见过安娜后，唐娟突然失踪了。

　　调查唐娟的人向戴笠汇报，发现唐娟和日本人合作，她还有一个恋人，正是当初跟随日本特务丛林到中国刺探情报的那个失踪的学生，叫朱沉潜。唐娟偷偷杀死的寒潮，是共产党的重要领导，和朱沉潜曾是同学，并介绍他加入了共产党。后来，朱沉潜被日本监狱的三谷贞吉收买了。现在唐娟与朱沉潜都下落不明。

　　戴笠突然想起那条黄色的手帕，终于明白了手帕上那朵浸上血的扶桑花的由来。他也终于明白，唐娟的心早已经被这个叫朱沉潜的男人给俘获了。戴笠的胸口不由得一阵痛，他从口袋里拿出那条黄手帕，慢慢地展开，烫得平整的手帕上依然有血迹，似乎能让他闻到血的味道。

　　他不会放过唐娟。

　　"放过她，是我戴笠的耻辱！"

20

　　唐娟和朱沉潜两个人躲在码头附近的一间小屋里喝茶，那里是唐娟的秘密藏身之处。唐娟为自己的果断而得意，她当然不会轻易地被戴老板逮到。她早就看透了，做这一行，不一定什么时候就会莫名其妙地消失，她必须给自己留后路，这也是她从戴老板那里学来的。戴老板曾经告诉她，永远不要告诉别人你的底牌，不管那底牌多么厉害，都不能轻易露出来，那是做这行的大忌。

　　唐娟已经花钱托人想办法帮助他俩逃走，现在，两个人只能先暂避风头等待消息。

唐娟和朱沉潜商量好了，他们不再寻找金条的下落了，这几年她从日本人那里得到的钱，再加上她用各种手段取得的钱，足够他们这辈子挥霍了。他俩还有一件事要做，既然要离开上海了，既然不再纠结金条的事，那么走之前必须把安娜和夏贺功干掉。

重逢唐娟，朱沉潜无比喜悦。他感谢老天对他的厚爱，九死一生后却拥有最纯粹的爱情，这不能不让他激动。这样一个优秀的女人，才是他朱沉潜今生的最爱。他真的不喜欢那些风花雪月的女子和那些不切实际的浪漫，他更喜欢唐娟这种敢闯敢爱的女子。

唐娟喜欢泡茶，尤其是泡工夫茶。她和朱沉潜讲起父亲的四姨太，那个女人总是喜欢在家里泡工夫茶，家里到处都是茶香，那茶香把唐娟的父亲醉得意乱情迷。唐娟对朱沉潜笑着说："当时我还觉得那个女人太矫情，一杯茶用得着那样洗来洗去泡来泡去吗？杯子也烫来烫去，真不嫌麻烦！现在想想，我还真是冤枉了她。每当我孤单一人的时候，我就会一点点体会泡茶特别是泡工夫茶的好处。泡茶可以养性情，也可以磨性子，沏泡和品饮的学问就在这工夫二字上，要在水、火、冲三者中求之。"唐娟手里操作着，嘴上不停地说着，"泡茶的水、火都讲究一个活字，活水活火是煮茶要诀。"唐娟终于将清澈透亮的茶水缓缓地倒进了小杯子里，朱沉潜不由得捧起香气四溢的小茶杯慢慢品味。

"这是什么茶？"

"乌龙茶。这种茶最适合泡工夫茶了，还有就是铁观音、水仙和凤凰。乌龙茶介乎红茶绿茶之间，为半发酵茶，只有这类茶才能冲出工夫茶所要求的色香味。"

朱沉潜看着飕飕作响的砂铫，一小杯一小杯地品着，慢慢地品味出了茶水甘醇香甜的滋味。

唐娟笑起来："工夫茶以浓度高著称，初喝似嫌其苦，习惯后则嫌其他茶不够滋味了。"

　　唐娟又换了一种茶。她将沸开的砂铫提起，淋着茶海上的罐和杯，然后开始冲水，一层茶沫浮出壶面。眼见着茶壶里的水要溢出来，唐娟从壶口轻轻刮去茶沫，然后盖好壶盖，再以滚水淋于壶上。

　　朱沉潜专注地看着唐娟忙活，突然他像是想起了什么，猛地抓住了唐娟的手，吓得唐娟一哆嗦，茶壶里的水差点烫着她。唐娟看他眼盯着茶壶，以为自己什么地方出了错。没想到，朱沉潜拿开了她的手。

　　"这是什么？"

　　唐娟看了看手里的水壶："这是淋罐。"

　　"淋罐？"

　　"对啊，让热气内外夹攻，逼使茶香精迅速挥发。再小停片刻，罐身水分全干，即是茶熟，最后冲去壶外茶沫。"

　　"淋罐的水呢，哪儿去了？"

　　"在这里啊。"她指了指茶船，"在茶船里。"

　　"茶船？"

　　"是啊，也叫茶海。"

　　"茶船！"朱沉潜重复着，眼睛盯着茶船好久不语，"我只知道喝茶，却不知道叫什么。"

　　朱沉潜想起在夏贺功的住处他拿起一块石头砸向大锅的情景，那口大锅里明明有不少水，但是他砸下去的时候，却并没有发现水流出来。只是当时他听到外面有人来了，匆忙中跑了，也没有多想。他一下子明白了，只有一种可能，大锅下面是一个暗室，夏贺功的金条就在那个暗室里。真应了那句老话，越是危险的地方越安全。朱沉潜兴奋不已，他猛地站起来，一把拉住唐娟的手："唐娟，老天真是太厚爱我们了，我知道金条藏在哪里了。"

21

那天晚上，安娜没有找到寒潮便回了家，刚要关门，突然看见一只手挡在了门上。她看到了一个满脸是疤的男人，惊恐不已。那个男人叫了声"安娜"，熟悉的声音让她的心一下子提到了嗓子眼儿。她简直不敢相信自己的眼睛，站在眼前的不是别人，正是自己朝思暮想的已经"死去"的丈夫夏贺功。

"是你，夏贺功？你没有死？你真的没有死？"安娜一把抱住夏贺功，像是怕他会再次不见了。她抚摸着他乱糟糟的头发，像找到了丢失许久的孩子一样。安娜积郁已久的情感终于爆发了，所有的痛苦和委屈像山洪一样排山倒海地袭来，她呜呜地大哭起来。夏贺功无比心疼，他回抱着安娜，眼泪也止不住地流下来。亡命天涯的凶险他不在乎，敌人的折磨他也咬牙坚持，即使死亡也无法让他屈服，但是面对安娜，他再也无法坚强。他一直在为安娜担心，现在他的安娜好好地站在他面前，这一切像是做梦，又是真真切切的，他无法不激动。

两个人哭了好久，稍微平静一些后，夏贺功告诉安娜发生的所有一切。安娜看着夏贺功满是疤痕的脸，用手轻轻地抚摸着，心像刀割一样难受。她相信夏贺功，从来就没有怀疑过他，但她一直以为他死了。然而，夏贺功不仅没有死，更没有叛变革命，他历经艰难来到了上海，不惧生死、吃尽苦头来寻找自己，寻找党组织。安娜被深深地震撼了。

夏贺功告诉安娜，刚才街上死去了一个人，杀人的正是和朱沉潜在一起的女人。安娜这才想起,刚才她看到的那个熟悉的身影,就是唐娟。

安娜猛然想起海龙王生日那天,在大连,她和丁采芹去上香时见过的那个人就是朱沉潜。两个人虽然没有接触,但他确实就是唐娟朝思暮想的那个男人朱沉潜,他还曾经在苏州出现过。

上海的地下党已经暴露,安娜和夏贺功必须迅速转移,因为唐娟和朱沉潜下一个目标就是他俩。安娜在码头上很容易就租了一条船,约好了时间,做着出发的准备。

然而,唐娟很快得到线报,说安娜在码头上租了一条小船,要从苏州河上海段西边一个僻静的小码头乘船去苏州。她和朱沉潜经过周密策划,确信那条小船出发不久就会在一个无人经过的河段爆炸。

那天傍晚,化妆后的安娜和夏贺功如期来到码头。船很快启动,划向了江心。就在此时,撑船的人突然疯了一样丢掉他们,跳进了河里。

唐娟看到夜色中的江心突然轰鸣一声,燃起了大火。火光冲天,把天地照得红亮……

岸上传来的尖叫声不绝于耳。唐娟看着那条船燃着大火向下游而去,心里默默地说:"没办法,安娜,你本来就喜欢水,现在死在水里也算不错的归宿了。我没法不杀你,我不允许你动我的朱沉潜一根指头,谁也不能动他。这一辈子,只有对他,我是付出了真感情的,我不能让你毁了他,毁了我们的生活,你就跟你那些所谓的主义见鬼去吧。"

唐娟的心情异常平静,她从来没有想过,这辈子要以这样的方式与自己亲爱的姐姐告别。如果安娜不死,死的就是朱沉潜和自己。她好不容易找到了自己的真爱,不能再把这份爱丢掉。这辈子,她永远不想再失去朱沉潜。

潮乎乎的夜风吹来,远处黄浦江上的轮船发出沉闷的启航声。安娜和夏贺功在船爆炸前已经跳河,像在黑石礁海里游泳一样,他们潜入河中，向相反的上游而去。此时，两个人坐在岸边。安娜想到唐娟，心里异常难过，她知道，今生她们再也不可能做姐妹了。她的眼泪夺眶而出，顺着脸颊流了下来。

22

正像朱沉潜告诉唐娟的那样，她的姐姐景怡就是大连地下党领导人夏贺功的老婆，也是一名地下党。唐娟联想到在办事处死死缠住自己的王林，那个曾经为自己心动的男人，看来他死亡的消息也是假的。唐娟想，她的枪打中了他的膝盖，即使他想逃离，现在也无能为力，那么他只能在某个神秘的地方养伤。

唐娟想起她的手下告诉过她，他们在山阴路上曾经看到过安娜，当时安娜的手里除了几盒点心，还有几本厚厚的旧书。她当时不知道安娜的真实身份，也就没有多想，现在想想，安娜拿的那些东西一定有什么特殊用途。唐娟来到山阴路附近的一家图书馆，很容易就查到了章景怡的借书卡。她看到借书卡上那一长串的书名，有闲暇时间看这么多书的人，一定是一个无法动弹的人。唐娟早就怀疑王林的死讯了，因为她在停尸房并没有见到王林的尸体。那个死亡报告一定被寒潮做了手脚，不仅骗了她，也骗了所有人。她的脑海里不禁浮现出王林躺在沙发上捧着书的情景。没费什么劲，她就找到了借书卡登记的地址。

唐娟打开门的时候，王林还以为安娜来了，安娜和夏贺功正在安排他离开上海。他费力地从椅子上转过身，发现身后站着的竟然是唐娟。

他伸手到怀里掏出枪,却被唐娟一脚踢飞了,人也和椅子一起倒在了地上。

唐娟拉过椅子,坐在了他的对面。王林在地上用力挣扎着,很显然,他的一条腿已经没了知觉,只能靠两只手挪动。

"没想到在这么远的地方,你也能找到我。"

"我早就该想到,只是我们忽略了。"

"看来,你终究还是不肯放过我。"

"应当感谢我的姐姐景怡,不,是安娜。如果不是她过于低调,气质又好,总是拿着书出现在这个僻静的地方,我的手下也不会发现她。"

"没想到会死在你手里。"

"这是迟早的事,办事处的那些人知道你活着也不会放过你的。我知道你活着,就更不能放过你。王林,亏我这么信任你,你却背叛我,还说爱我。"

"我没有背叛你,我真的爱你!"王林眼圈发红,"唐娟,我真的爱你!我一直想找个机会帮助你。我知道你不是坏人,一直想把你争取过来。"

"你知道我太多的事,你必须死。"

"我承认这是一场精彩的追杀。"王林的脑子在飞转,但他的手枪已到了唐娟的手里。

"如果能死在你手里我也值了。只是,安娜和夏贺功不会放过你,我的同志们也不会放过你。"

"别做梦了,谁也救不了你们。你们明天在西边码头上安排好的一切早就被我掌握了,与其明天惨死在码头,不如默默地死在这里吧。我会想办法让人来给你收尸,好好地安葬你。我其实可以在你没发现我时就一枪打死你,但那不是我的风格。我要让你知道,你背叛了我,就必须死。你知道的,我最痛恨背叛我的人。"

"你不怕哪一天和我一样,死在异乡?"

"谁知道呢?不过,至少现在我还活着,至少日本人能让我远走高飞。

我是现实主义者，不像你和安娜，都是不切实际的理想主义者。实现共产主义？做梦吧！"

王林拢了下头发："你说过，你是个讲信义的人。"

"当然！"唐娟点了点头。

"那你让我坐起来，我不想躺着死，你至少可以让我死得有点尊严吧？"

唐娟想了想，还是把他扶到了椅子上。王林刚刚坐下，突然抓住唐娟的头发，拼命地往下拽她，两个人一起滚到了地上。混乱中，一声枪响，王林胸前的血喷到了唐娟的脸上。

唐娟推开王林，抹了一把脸上的血，恨恨地说："既然我们都选择了自己要走的路，是死是活，由老天来决定吧。"

安娜找到王林的时候，他已经死去了，她知道，一定是唐娟杀死了王林。

安娜的心里悲痛万分，没想到唐娟已经变成了毫无人性的刽子手，她要为寒潮和王林报仇，为那些牺牲的同志们报仇。

23

朱沉潜从唐娟泡茶中得到了灵感，终于知道了夏贺功藏金条的地方，真是踏破铁鞋无觅处，得来全不费功夫。他和唐娟果断地处理了夏贺功和安娜，商量先由朱沉潜潜回大连取金条，然后两人一起到香港，再从香港到美国，从此远走高飞。用朱沉潜的话说，这个主义那个理想终究都不属于我们，我们终究要过属于自己的人生。唐娟陆续取出了自己的秘密存款，预订了机票，只等着朱沉潜的好消息。两个人相约，事成后唐娟只要收到"孩子出生，母子平安"的电报，就立即出发去香港等候朱沉潜。

朱沉潜走后，唐娟借着天黑到附近的一家商铺里采购食物。结账时，收钱的中年男人似乎认出了她："你是唐娟小姐吧？"唐娟一愣，假装不认识，继续从钱包里拿钱，并偷偷地观察中年男人，男人看样子挺憨厚。中年男人说："你就是十梓街上的唐娟吧？我的手下去苏州办货，说回来时遇到一起车祸，一辆军车在苏州城外撞死了好几个人，听说唐老板的太太也就是你的妈妈被撞成重伤，现在正在苏州的医院里抢救呢。看到你，我才想起这件事来。"唐娟心里像是被谁揪了一下，但她表情冷漠，边装东西边说："你认错人了。"

往回走时，唐娟特别留意，并没有发现有人跟踪。接下来两天，窗外也不见可疑的人影。唐娟仔细地回想那个中年男人的样子，在脑海里费力地搜索着关于这个男人的记忆，似乎真就在苏州见过他。唐娟越来越觉得那个中年男人说的不会是假话，如果这个人可疑，他完全没有必要主动说自己认识唐娟，那不是不打自招吗？再说这么大的事也无法作假，只要一打听便知道了。

唐娟又去偷偷地观察商铺的动静，并没有发现异常，而那个办货的伙计倒是让唐娟感觉有些面熟。晚上，她在长途电话局给苏州的几家大医院打电话，打到第二家医院的时候，值班的医生告诉她确实有个唐太太住在重症病房。唐娟开始犹豫是否回去看看母亲，想到这一生可能再也见不到自己的母亲了，她的心情难以平静。对于母亲，她说不上爱，但想到当初自己离家出走已经令母亲那么伤心，这辈子不知道还会不会再看到她，便决定回去一下，哪怕远远地看母亲一眼，也算了却了母女的缘分。

唐娟坐在贵宾室里的一个沙发上，手里拿着一张报纸。她戴着淡茶色的墨镜，这让她可以看清楚别人，而不会让别人一下子发现她。她穿着低调，一身黑色印花旗袍，外披一件藏蓝色的披肩，看上去像是一个刚办完了丧事的妇人，给人一种拒人千里之外的漠然。她没有戴什么首饰，只是右手腕上有一个精致的镯子，这是必需的装扮，更何况那只镯子里暗藏着机密。这之前，她确实准备以决绝的心态离开上海，这一辈子都不会再回来。几天前，她去了王开照相馆，照了她在上海的最后一张相。直到要离开上海，她才发现这里的一切本不属于她，她没有需要道别的人，也没有牵挂。

虽然上海离苏州并不太远，但是对于她来说，这两座城市已经是两个完全不同的世界。她从来就没有想过要回苏州，如果不是从医生那里得知母亲病危，她才不会回去。朱沉潜此时应该已经到大连了。这一次，她不再留恋上海滩的刀光枪影，决定要把自己嫁了，嫁给自己最爱的朱沉潜，选择堪称完美的人生。如果当时她听了母亲的话，嫁给马贩子周先生，如今她可能就会坐在北方一个暖融融的大宅子里，怀里抱着孩子，看着窗外的飞雪，闻着弥漫的烟火味，慢慢地等待日出日落，那是多少女人梦想的生活。那时候的母亲为了保住自己的地位，执意要让她给人家做小。她当时不能理解母亲，自己给人家做了一辈子小，为什么到头来又要让女儿给别人做小，还嫁到那么远的北方。现在，她可以自由选择自己的生活了，可又比给人家做小好到哪里去？她自己也说不清。与其说她恨母亲狠心，倒不如说她恨自己软弱。她知道，自己外表看上去坚硬无比，骨子里却还有丝缕的缠绵，狠劲还不是那么纯粹。

她想起戴老板第一次见到她时，曾经一语中的地对她说："心软是你的软肋。"这句话时常响在耳边，以至于每有困难的时候，她就不由得想想身前身后那些男人的脸。很长一段时间里，她都无法在那些脸中找到一张值得自己依靠的。那些男人不是太阴险就是太愚蠢，不是过于精明就是太过莽撞，有的孤傲难以驯服，有的就像跟屁虫一样让她厌烦。她知道，尽管她有戴老板庇护，但做这一行的要么认钱，要么认命，没有谁真能帮得了谁，只能靠自己的机灵和运气。

唐娟每每走在上海滩的夜色中，都有种如临大敌的惊恐，每一个横尸街头的画面，都会让她想到自己的未来。她先是为了任务不断地除掉那些可能的敌人，后来为了钱，也为了保护自己，更为了证明自己，下手越来越狠，以至于在上海滩提到唐娟两个字，都会让人心惊胆战。那时候唐娟的心里藏着不服，她要做出勇敢狠心的样子给戴老板看看，让他知道他没有看走眼，也正因如此，她逐渐成为上海滩的女魔头，也成了戴老板最得力和忠实的干将。

当然，这一切是戴老板的功劳。如果不是遇到了戴老板，她还不会挖掘出自己身体里的潜能，也不会想到有一天要摆脱掉曾经的一切。但朱沉潜的出现，完成了她对男人的追寻和探究。这个男人才是她最需要的，有了朱沉潜，其他什么都不重要了，她从此要与朱沉潜一起开始只属于他们两个人的人生。

就要告别大上海，永远不再回来了，她又想起了自己从特训班毕业时戴笠说过的话："一个真正的特工，就像一个超级演员，对角色的理解不会输给表演大师，不会输给文学家，更不会输给导演。好演员不只会演戏，更会参透人生，一个没有经历过挫败和悲伤的人，怎么可能对着这个世界仰天大笑呢？不是所有的笑声都与快乐有关，要知道，所有的阳光都是在风雨之后才更明媚。你怎么知道那明媚的阳光之前曾经有过的风云雷动、阴霾满天呢？而能在镜头前把人生的绝望和不甘演绎到极致的人，一定有着与天地相通的气象。那些精神匮乏的人，不可能演出人生的大戏。而特工，演的是自己的人生大戏，每一次出场必须逼真到极致，方能出生入死、操控命运。"

唐娟打开包厢门，看到一个精致的皮包放在卧铺上。她感觉这个包在哪里见过。正想着，一个腿上打着石膏的男人挂着双拐站到了包厢门口。刚刚在贵宾室里，唐娟看他离自己比较近，便有些怀疑，故意装作不小心碰倒了这个男人。当时这个男人拐杖飞出去老远，皮包也掉到了地上，两只手捧着打着石膏的那条腿疼得龇牙咧嘴。

男人在包厢门口看到唐娟也有些吃惊，抬头看了看包厢号，确定没错，然后他笑了笑："看来我们真是有缘分，我还真是无处躲藏了。"

唐娟看男人小心地翘着打着石膏的那条腿，笨拙地坐到了对面，不由得笑了："放心吧，这一路上不会再有人伤到你的腿了，我保证。"

火车轰然启动，唐娟的心里突然有种空荡荡的感觉。她从窗外收回目光，与对面男人的目光不期而遇。她看着男人的那条伤腿，心里充满了同情。逼仄的空间让旅途中的人无处遁形，两个人很快熟络起来。男人彬彬有礼，高大帅气，既像是官人，又像是读书人，唐娟拿捏不准。男人主动告诉唐娟，他是一个商人，腿受了伤，要回苏州老家养伤。男人得知唐娟回家看望生病的母亲，对她的孝心大加赞赏。说了一会儿话，茶房送来开水，男人拿出水杯冲好了茶，包厢里立即飘出迷人的茶香。

唐娟想，这茶一定是红茶，产自福建武夷山，看来男人还算有品位。男人拿出报纸一张张地翻看着，这时候，唐娟突然闻到了一股熟悉的血腥味。她示意男人把他身边的报纸拿给她看，男人转过身拿报纸时，唐娟迅速地把一根又细又软的钢丝绳子套在了男人的脖子上，用力一勒，利落地结果了眼前的男人。唐娟用脚踢了踢男人那条打着石膏的断腿，石膏立即脱落，唐娟在男人的身上找到了一块黄色的手帕。唐娟想起在苏州火车站，杀了人的戴笠手臂上那条像蚯蚓一样游动的红色的血渍。唐娟曾经用这块黄色的手帕，给戴笠擦拭过他胳膊上流下来的鲜血，而这块手帕是朱沉潜送给她的，上面绣着日本的扶桑花。唐娟想，一定是戴笠派人来暗杀她的，然后再把手帕放在她身上，故意造成是日本人杀害她的假象。

广播里不知何时传来评弹优美的曲调，悠扬的丝弦声和清丽委婉的吴侬软语的唱腔，像是从潺潺流水边的茶楼里传过来：

　　……可怜楼上月徘徊，应照离人妆镜台。玉户帘中卷不去，捣衣砧上拂还来。此时相望不相闻，愿逐月华流照君。鸿雁长飞光不度，鱼龙潜跃水成文。昨夜闲潭梦落花，可怜春半不还家。江水流春去欲尽，江潭落月复西斜。斜月沉沉藏海雾，碣石潇湘无限路。不知乘月几人归，落月摇情满江树。

这是唐娟听过千百遍的《春江花月夜》，弹词优美的意境伴随丝弦的音韵，早已沁入唐娟的心里。唐娟听着听着泪如泉涌，此刻，她又想到了码头茶馆里遇到的马贩子周先生，他目送自己离开时该有多么不舍啊。

包厢里迷人的茶香，让唐娟有些头晕，她已经敏感地察觉到茶香里面有毒。她早该想到会中毒，应当早点离开包厢。但此时她感觉困倦袭来，无力地倒在卧铺上，眼前渐渐模糊起来。

包厢的门开了，唐娟蒙眬中看到安娜进来了，她正疑惑，安娜拿手枪对准了她的脑门。唐娟有些不敢相信自己的眼睛，安娜居然没死。她想伸手去枕头下摸枪，却什么也没有摸到。

"看来好多人都想让我死。不过章景怡，你是我的姐姐，你不可能开枪打我，你下不了手。没有谁像我这么了解你，你打死了我，你这一辈子都不会安心的。"

安娜紧握手枪，扣紧扳机："你杀掉了我那么多的同志，杀掉了那么多无辜的同胞，我必须为他们报仇。"话虽这么说，但唐娟好像说对了，安娜像是被施了魔法，就那么怔怔地盯着唐娟，持枪的手抖得厉害，她好像真的下不了手。

"没有想到你会变成这样。"

"谁又想到谁呢？这个世界在变，你不是也在变吗？"

"人应当变好、向善，你是吗？"

"我做了太多的坏事，我知道我对不起你，对不起这个国家，但是谁又对得起我呢？"

安娜眼泪模糊了双眼。这时，唐娟悄悄地摸到了茶几上的茶杯，用力把茶杯朝安娜头上砸过来。就在这时，只听砰的一声枪响，安娜看到唐娟的脑袋上血花飞溅，身后，夏贺功的枪口正对着唐娟。

安娜慢慢地靠近唐娟，轻轻地抱着她，悲痛不已。安娜哭了好久，直到怀里的唐娟像一只泄了气的皮球，一点点地瘪了下去。

安娜在唐娟的衣兜里找到了两个荷包，那是阿泰舅舅送给她们的。她把两个荷包并在一起，拼成一朵完整的荷花。当年，阿泰舅舅把绣好的一朵荷花分成两半，做成两个荷包，一个送给了唐娟，另一个送给了安娜。安娜在苏州火车站把自己的荷包和钱，一起扔给了站台上的唐娟。那时候，她们一定不会想到，有一天两个荷包会浸满鲜血。

24

三谷贞吉看着窗外绿草如茵的庭院，欣赏着院子里的鸟语花香虫鸣，有一种悄然梦醒的感觉。他的手下野村临出发前还有些担忧，野村不相信一个彻底逃离危险境地的人会心甘情愿地回来。

三谷贞吉并不赞同野村的看法，他相信朱沉潜会回来。现在，共产党已得到消息，夏贺功为了保全性命已投诚叛变并携带金条逃走了，他们正派人追杀夏贺功。夏贺功必然不敢公开露面，他只有找到安娜，并把藏金条的地方告诉安娜，才能证明自己的清白。

"对付夏贺功这样的顽固分子，我们不能硬来，只能智取。现在，我们把舆论造足了，只等着他往我们的套子里钻了。"三谷贞吉相信，朱沉潜一定会步步紧跟夏贺功，"他朱沉潜和我有仇，但他不会跟金条有仇。"三谷贞吉得到消息，夏贺功已经找到了安娜，唐娟也已经和朱沉潜接上了头，一切都在按计划进行。

为了那箱金条，朱沉潜偷偷地返回了大连，他已经知道了金条的下落，现在唯一要做的就是先干掉三谷贞吉。

朱沉潜知道，三谷贞吉每月初一都会到衡山寺去上香，像他这样恶贯满盈的人，不知道上香还有什么意义。三谷贞吉有着自大自信的毛病，仗着一身的功夫，喜欢独来独往，不想让别人知道他太多的底细。那天，他从衡山寺出来后，一个人开着车回旅顺，车行至白银山洞时，正好对面有一辆车开过来。从衡山寺到旅顺只有这一条路，路过白银山的时候必须要穿过白银山洞。这个山洞很窄，只能容纳一辆车单向通行，一头有车进来，另一头的车就只能在洞口边上等着。

三谷贞吉远远地看到山洞里有灯光，便停下车，靠在车门上，半闭着眼睛看着天空的鸟儿，耐心地等待着对面的车开过来。白银山洞有点长，洞里面黑乎乎的看不清楚，对面的车好像开得还有点慢，车灯也有点小，亮度也很糟糕，灯光还晃荡着。三谷贞吉想，这一定是个粗心的司机，或许是喝了酒。他站在路边，拿出烟来点上，看着对面那辆车慢腾腾地开出来。突然，他感觉有什么不对，只见对面的车灯掉到地上，几个捆在一起的手电筒滚到了他的脚跟前。他低头去看时，一颗子弹从他的后脑勺洞穿过去，他还没听到自己的叫声，就直接倒在了车旁。

朱沉潜扔掉自行车，爬上三谷贞吉的车，把他拽到副驾驶位置上，然后开足马力，冲进了白银山洞。山洞出口处是一个山崖，如果车不拐弯就会直接掉下山崖。朱沉潜把车开出白银山洞的时候，放慢了车速，然后从车上跳了下来。车子向前滑行着，滑行着，然后毫无悬念地掉下了山崖。

三谷贞吉的照片登上了第二天日文版的《大连新闻》，不知道为什么，日本官方隐瞒了他头部受伤的细节，只是说三谷贞吉先生在执行公务时意外坠落山崖，不幸身亡。

25

伊莲娜坐在剧院里，她的身边除了西德罗夫，还有两个小男孩，那两个男孩是肖似和牛丰收。那天，剧院上演的是爱美剧社的《千秋遗恨》，这是由社长马殿元亲自排演的话剧，因为此剧是反映家庭和社会矛盾的悲剧，观众都哭得一塌糊涂。

伊莲娜喜欢看话剧，而且她喜欢和西德罗夫一起看话剧，尤其爱看爱美剧社的演出，最喜欢爱情剧《一三二八》。爱美剧社的英译是非职业性的，但伊莲娜感觉他们一点也不比专业的差，听听观众的笑声和掌声就足够了。

从剧院出来，伊莲娜挽着西德罗夫的手，带着两个男孩上了西德罗夫的黑色轿车。

26

靠近海边的浪花街总是雾蒙蒙的，清晨的叫卖声时隐时现。朱沉潜被熟悉的叫卖声吸引着，虽然他喜欢吃油条、喝豆浆，但却只是远远地跟着两个小贩，并没有买的意思。

卖油条豆浆的是王大美和她娘，两个人边叫卖着边推着小车拐出了下屯巷，往海边的鱼市去了。朱沉潜知道，鱼市里很热闹，有许多人在等着买她们的豆浆油条，她们一时半会儿回不来……

朱沉潜折回下屯巷，推开王大美家虚掩的院门，走了进去。

家里没有人，只有院子里的鸡在转悠着，茫然地看着朱沉潜。灶间热气腾腾的，一个小炉子上架着一个油锅，油锅还有些温热。另一口大锅敞开着，里面有点浑水，灶台上还有滴洒的豆浆，看样子豆浆就是在这口大锅里煮好的。

朱沉潜里里外外检查了一番，又打开院门四下张望了一会儿，雾蒙蒙的巷子里静悄悄的，不见人影。朱沉潜心里一阵暗喜，重新回到屋子里，用力地搬了搬大锅。锅很牢固，他没有搬动。他拿起地上劈柴的斧头，朝着锅底用力砸去，大锅瞬间被砸裂了，碎成几片。朱沉潜瞪大眼睛看着大锅，果然，锅里的水没有流出来，而是消失不见了。他猜得没错，灶台底下有暗室。他一阵狂喜，清理了一下碎锅片，然后在锅灶底部看到一块光滑的石板。他用力一推，石板动了，下面是一个黑洞洞的地窖。他跳进去，点上火柴，发现了一台铅字油印机，还有一个木箱子。他踢了下木箱子，脚碰得生疼。抬了抬，箱子有点沉，他费了好大劲才挪动。他哈哈大笑起来，这不就是三谷贞吉日夜思念的那一箱沉甸甸的金条吗？

朱沉潜不敢久留，费劲地从地窖里举出箱子，然后爬出了地窖。他刚一出来，就看见一个满脸是疤的男人站在灶台前，手里拿着枪对着他。是夏贺功，旁边站着安娜。

"你们不是……"朱沉潜想不明白，明明看着他们被烧死了啊！他边说边往后退，一不小心被箱子绊倒了，摔倒在箱子上。箱子被压得散架了，几个铁铸的哑铃从箱子里滚了出来，滚到了一个女人的脚边。原来王大美也回来了。朱沉潜一脸的沮丧，他想伸手去摸枪。王大美早拿起哑铃照着他的头砸了下去：“我现在知道我哥在墙上没写完的那个字是什么了，就是你这个王八蛋的'朱'。”

27

码头上，西德罗夫正在监督着工人往船上装货，他已经有了自己的船。此刻，伊莲娜带着肖似和牛丰收已经上船了。这次西德罗夫的船要前往欧洲，他已经答应送肖似和牛丰收去国外读书，正像牛文礼期望的那样，让两个孩子学习机车制造专业。

夏贺功和安娜在不远处看着。夏贺功说：“瑞金来消息了，已经收到了那箱金条，你做了一件大事。我想知道，你是怎么运走金条的？”

“除了他，还能有谁？”安娜看了看码头上的西德罗夫，他正把一根骨头丢给他的大狗黑罗。黑罗贪婪地啃着骨头，警惕地防守，像是怕人抢走了它的美味。

“西德罗夫？”

“是的！他已经正式加入共产国际，现在是我们的人了。他还捐赠了大笔资金。”

“这都是你的功劳！”夏贺功说。

“不，是他自己说的，要过一个有意义的人生。”

夏贺功紧紧地握着安娜的手，再也不想放下。

安娜看着夏贺功满脸的疤痕，心痛不已。她说：“夏贺功，当初你差一点惨死，又被人诬陷叛变，还有人说你私吞金条，和组织联络上以后，你又受到了组织的审查，甚至一度受到不公正的对待。我想问你，你遭了那么多罪，吃了那么多苦，受了那么多委屈，为什么还要继续革命呢？"

安娜的话让夏贺功心潮起伏，多少往事浮现在眼前。他看着远处的大海，对安娜说："安娜，我们所从事的是一项解放人类的事业，开辟的是一条前无古人的道路，干的是一番惊天动地的伟业，承载的是中华民族复兴的大业。既然我们当初面对党旗立下过誓言，就要为实现共产主义奋斗一生。只要我们的事业能成功，只要能实现无数革命者心中的理想，我个人所受的这点委屈又算得了什么呢？与民族大业相比，我个人的得失又算得了什么呢？别说是委屈，就是搭上性命，我也在所不惜，因为我们的目标不是个人的目标，而是整个中华民族的目标。"

安娜的眼睛湿润了，视线渐渐模糊。她知道，自己的眼泪一定控制不住，是的，真的控制不住。她紧紧地抱住夏贺功，伏在他的胸口，任凭眼泪不住地流着，流着……

只有夏贺功知道安娜的眼泪为谁而流，为什么而流。他无限怜爱地抚摸着安娜光滑的头发，想着有一天，要让安娜再把头发留起来。

晨风吹拂，海天辽阔。远处海面上太阳渐渐升起，越来越高，越来越大，像燃烧的火球般耀眼夺目，把海天万物照得红彤彤、明艳艳的。

"安娜，你看看这太阳，多红火多明艳多像你啊！"

"像我？"

"是啊，像你，像我的安娜，娜样美，娜样红！"

安娜仰起头，沐浴在万丈阳光里，轻轻地重复着——

"娜样美！娜样红！"